Claire Douglas arbeitete 15 Jahre lang als Journalistin, bevor sich ihr Kindheitstraum, Schriftstellerin zu werden, erfüllte. Ihr Thrillerdebüt *Missing* machte sie in Deutschland zur Bestsellerautorin. Auch *Still Alive* wurde zum gefeierten Bestseller. Bei Penguin ist vor Kurzem ihr dritter Thriller *Vergessen* erschienen. Claire Douglas lebt mit ihrem Ehemann und ihren beiden Kindern in Bath, England.

Außerdem von Claire Douglas lieferbar:

Missing. Niemand sagt die ganze Wahrheit. Thriller.
Vergessen. Nur du kennst das Geheimnis. Thriller.

Claire Douglas

Still Alive

Sie weiß, wo sie dich findet

Aus dem Englischen
von Ivana Marinovic

PENGUIN VERLAG

Die englische Originalausgabe erschien 2017 unter dem Titel
Last Seen Alive bei Michael Joseph, London.

MIX
Papier aus verantwortungsvollen Quellen
FSC® C014496

Verlagsgruppe Random House FSC® N001967

PENGUIN VERLAG

1. Auflage 2020

Covergestaltung: bürosüd
Covermotiv: Arcangel/Mark Fearon; Getty Images/Martin Barraud; bürosüd
Redaktion: Sabine Thiele
Satz: Buch-Werkstatt GmbH, Bad Aibling
Druck und Bindung: GGP Media GmbH, Pößneck
Printed in Germany
ISBN 978-3-328-10595-4
www.penguin-verlag.de

Dieses Buch ist auch als E-Book erhältlich.

Für Claudia und Isaac

Prolog

Er hat so schöne Augen, blau wie der Ozean – sie waren schon immer das Beste an ihm. Nun sind sie leblos und glasig wie die einer Porzellanpuppe, starren mit leerem Blick in der Dämmerung zum Himmel empor. Die steinerne Figur entgleitet meiner offenen Hand, rollt auf seinen toten Körper zu und prallt schwer gegen seinen Oberschenkel.

Furcht packt mich, sodass ich für einige Sekunden wie angewurzelt dastehe und die Wunde in seinem Schädel anstarre – das Blut, das in einem Bogen aus seiner Schläfe gespritzt ist und den Rasen rot färbt. Dann knie ich mich neben ihn in das feuchte Gras, wobei ich darauf achte, ihn nicht zu berühren. Ich darf keine Spuren hinterlassen.

Ich blicke verstohlen auf. Das Gebäude ist über fünfzig Meter entfernt, die Fenster dunkel, manche mit zurückgezogenen Vorhängen, andere mit hochgerollten Jalousien. Hat mich jemand beobachtet? Ich denke schon wie eine Verbrecherin. Hat mich jemand gesehen, hier am anderen Ende des Gartens, zwischen dem Unkraut und dem wuchernden Gras?

Hat man mich gesehen, als ich meinen Mann tötete?

TEIL EINS
Cornwall

1

Jamie dreht den Lautstärkeregler am Radio voll auf, sodass wir die Stone Roses über den Fahrtwind hinweg hören können, der uns um die Ohren pfeift. Er sieht aus wie einer dieser Wackeldackel, während er im Takt der Musik mit dem Kopf nickt.

»Gott, ich liebe dieses Lied!«

»Sag bloß«, ziehe ich ihn auf und schneide eine Grimasse, als er anfängt, lauthals mitzusingen.

Es entgeht ihm nicht. »Was denn? Immerhin war ich mit achtzehn schon Sänger in einer Band.« Dann drückt er liebevoll meinen Oberschenkel, um mir zu zeigen, dass er nicht beleidigt ist. »Du hättest unser Groupie sein können.«

Ich bin versucht, ihn daran zu erinnern, dass er damals mit Hannah zusammen war – sie wäre sein Groupie gewesen –, aber ich will ihm seine Laune nicht verderben. Er wirkt so glücklich wie schon lange nicht mehr. Ich drehe mich zu ihm, um ihn zu mustern, seinen fein geschnittenen Kiefer zu bewundern, der in einer geschwungenen Linie in seinen langen Hals übergeht, die feinen blonden Härchen, die über den Knöpfen seines Polohemds hervorlugen, und spüre sofort das Verlangen in mir aufflackern. Ich lege meine Hand auf seine, die noch immer sanft auf meinem Oberschenkel ruht, und wir verschränken unsere Finger ineinander. Er erhascht meinen Blick und lächelt, bevor er seine Aufmerksamkeit wieder auf die leere, endlose Fahrspur vor uns richtet.

»Ich kann es kaum erwarten, das Haus zu sehen«, sage ich. »Wie es wohl ist? Ich hoffe nur, dass es kein Reinfall wird.«

Jamie hebt eine Augenbraue. »Ein Reinfall? Das wage ich zu bezweifeln. Hat Philip Heywood es nicht als« – er spricht mit seiner Telefonstimme – »›stattliche Residenz am Meer mit herrlichem Panoramablick über die Bucht‹ beschrieben, oder so ähnlich …«

Ich lache. »Nicht ganz.«

Er zieht seine Hand zurück und legt sie wieder aufs Lenkrad, um eine Kurve zu nehmen. »Die Roseland-Halbinsel soll atemberaubend sein.«

»Bei dem Namen muss sie das auch sein.«

»Anscheinend kommt er von *rhos*, dem keltischen Wort für Heidekraut.«

»Warum weißt du so etwas?«

Er hebt eine Augenbraue. »Na, weil ich ein Geek bin.«

»Allerdings, das bist du«, erwidere ich grinsend. Ich ziehe meinen Mantelkragen weiter hoch, um meinen nackten Hals zu bedecken. Es ist schon Jahre her, dass ich langes Haar hatte, aber gelegentlich vermisse ich die Wärme im Nacken, vor allem in den kälteren Monaten. Die hellen Sonnenstrahlen werden von der Motorhaube zurückgeworfen, doch trotz des klaren blauen Himmels hängt eine gewisse Kühle in der Luft und erinnert uns an die allgegenwärtige Gefahr eines Aprilschauers. Ich bringe es nicht übers Herz, Jamie zu bitten, das Verdeck des Wagens zu schließen. Er braucht diese Auszeit genauso sehr wie ich – die ersten neun Monate unserer Ehe waren alles andere als leicht.

Ich werfe im Spiegel einen Blick auf unseren Golden Retriever Ziggy, der mit geschlossenen Augen und heraushängender Zunge auf dem Rücksitz faulenzt. Es war ein spontaner Entschluss, den Hund mitzunehmen – Katie, Jamies jüngere Schwester, hatte eigentlich versprochen, auf ihn aufzupassen, uns aber wie üblich in letzter Minute hängen lassen.

Mir wird etwas übel, als Jamie die nächste scharfe Kurve nimmt, und so versuche ich, mich darauf zu konzentrieren, tief einzuatmen und den Brechreiz zu unterdrücken, während meine Nase verzweifelt nach jener frischen Seeluft sucht, die man uns versprochen hat; doch stattdessen trifft sie nur auf den penetranten Geruch der gelb blühenden Rapsfelder um uns herum.

Mein linker Arm juckt unter dem sperrigen Gips und fühlt sich unangenehm schwer an, aber wenigstens konnte ich mich so ums Fahren drücken. Nicht dass Jamie mich noch dazu ermuntern würde, mich hinters Steuer zu setzen – jedenfalls nicht mehr, seit ich uns beide zu Beginn unserer Beziehung beinahe umgebracht hätte, als ich auf eine viel befahrene Bundesstraße bog und dabei nur knapp einen entgegenkommenden Lastwagen verfehlte.

Endlich zeichnet sich ein immer größer werdender Fleck in der Ferne ab, der die Eintönigkeit der Landstraße durchbricht – eine einsame kleine Tankstelle, die inmitten der wilden Wälder dasteht wie ein verlorenes Kind.

»Das muss es sein!«, rufe ich und zeige aufgeregt in die Richtung, während ich versuche, mich an die Anweisungen zu erinnern, die Philip Heywood mir vor zwei Tagen am Telefon durchgegeben hat.

Jamie hält vor den Zapfsäulen und stellt den Motor ab, woraufhin die Welt für einen Moment zu verstummen scheint. Nach der konstanten Geräuschkulisse aus lauter Musik und rüttelndem Fahrtwind ist die Stille willkommen. Ich empfand Lärm schon immer als stressig und nervenzehrend, doch Jamie liebt laute Musik und dreht sie immer so weit auf, wie er es sich gerade erlauben kann.

Jetzt beugt er sich nach hinten und befestigt die Leine an Ziggys Halsband. »Gehst du schon mal rein und holst den Schlüssel, Libs? Ich tanke gleich noch, wenn wir schon mal hier sind. Und dann drehe ich mit Ziggy eine kleine Runde, damit er sein Geschäft erledigen kann.« Er zeigt auf ein zugewuchertes Rasenstück neben dem Tankstellenladen. Ich habe nichts dagegen, da ich froh bin, aussteigen zu können und ein bisschen festen Boden unter die Füße zu bekommen.

Der Junge hinter dem Tresen ist kaum den Teenagerjahren entwachsen. Als ich nach dem Schlüssel für das Hideaway, unsere Unterkunft, frage, glotzt er mich nur ratlos aus seinem aknevernarbten Gesicht an. »Ich weiß nichts von einem Schlüssel«, erwidert er, wobei er sich an einem Pickel am Hals kratzt. »Ich hole mal die Chefin. Name?«

»Entschuldigung?«

Er schnaubt und gibt sich nicht einmal die Mühe, seine Genervtheit zu verbergen. »Wie Sie heißen?«

»Oh … Libby.«

»Nachname?«

»Elliot … Ich meine, Hall. Mrs. Hall.« Ich bin es von der Arbeit so gewohnt, meinen Mädchennamen zu benutzen, dass ich manchmal vergesse, dass ich nun zu einer anderen Familie gehöre.

Er geht gemächlich nach hinten, wobei er die langen schlaksigen Arme schwingt wie ein Affe, dann verschwindet er hinter einer grauen Tür. Der Laden ist winzig, die Regale bis oben hin vollgestellt mit Thunfisch-, Bohnen- und Tomatenkonserven. Ich bin die einzige Kundin. Ich nehme eine Packung Pfefferminzpastillen von dem Ständer vor mir und überfliege die Süßigkeitenauswahl nach etwas für Jamie – am besten etwas mit Kokos, seine Lieblingsgeschmacksrichtung. Dann sehe ich Jamie durchs Fenster zu, wie er den widerspenstigen Ziggy zurück ins Auto bugsiert. Unser Mini Cooper ist der einzige Wagen vor der Tankstelle.

Der Junge taucht nicht wieder auf, und mich überkommt das flaue Gefühl, dass die ganze Sache ein ausgeklügelter Schwindel war und es weder einen Schlüssel noch ein Haus am Meer gibt. Doch da eilt eine vollbusige Dame mit blondierter Mähne durch die Tür, von deren wurstigen Fingern ein verheißungsvoller Schlüssel baumelt.

»Elizabeth Hall?«, fragt sie mit dem typischen Akzent Cornwalls.

Ich nicke. Sie überreicht mir den Schlüssel und lächelt

breit. »Sie haben aber ein Glück, im Hideaway unterzukommen. Herrliche Aussicht. Nicht dass ich jemals dort übernachtet hätte – ich wusste gar nicht, dass es vermietet wird.«

Dankbar nehme ich den Schlüssel. »Ich weiß nicht, ob die Besitzer das normalerweise tun. Wir machen einen Haustausch.«

Sie reißt erstaunt die Augen auf. »Einen Haustausch? Was für eine fantastische Idee! Das heißt also, die sind bei Ihnen im Haus, während Sie bei denen sind?«

Ich schiebe meine Kreditkarte ins Lesegerät. »Ja. Obwohl wir nur eine kleine Wohnung in Bath haben.«

»Ich habe gehört, Bath soll ganz reizend sein. Selbst war ich allerdings noch nie dort.« Sie reißt die Quittung ab und reicht sie mir, während ich meine Karte wieder aus dem Gerät ziehe. »Ein Haustausch also. Wirklich eine ganz fantastische Idee.« Ihr Blick huscht über meinen Gips. »Dann erholen Sie sich wohl gerade von einem Unfall, ja?«

Am liebsten würde ich entgegnen, sie solle sich gefälligst um ihren eigenen Kram kümmern – und vor ein paar Jahren hätte ich das wohl auch noch getan –, aber diese Zeiten liegen hinter mir. Bei meiner Arbeit kann ich es mir nicht leisten, die Beherrschung zu verlieren. Also schlucke ich meinen Ärger hinunter. Ich kann ihr die Wahrheit nicht sagen – ansonsten würde ich bestimmt den ganzen Tag hier festhängen und ihre Fragen beantworten.

»Ich bin ausgerutscht und habe mir den Arm gebrochen«, erkläre ich. Das ist immerhin nur zur Hälfte gelogen. »Auf dem Schulhof. Ich bin Grundschullehrerin.«

Die Frau verzieht das Gesicht. »Oh, das ist ja übel. Hat einer dieser kleinen Quälgeister Sie etwa geschubst?«

Ich schüttle den Kopf, zwinge mich zu einem Lachen und erkläre, über ein Springseil gestolpert zu sein, das auf dem Schulhof herumlag, während ich mich gleichzeitig Richtung Ausgang bewege, um diesem Gespräch zu entkommen. »Vielen Dank noch mal«, verabschiede ich mich, mit dem Schlüssel winkend, und husche durch die Tür, bevor sie noch eine Frage stellen kann.

Ich sehe durch die Windschutzscheibe, wie Jamie ungeduldig mit den Fingern auf das Lenkrad trommelt. Wir haben uns in letzter Zeit ziemlich oft gestritten, meistens wegen Geld, und ich will das fragile Gleichgewicht, das sich seit der Fehlgeburt wieder zwischen uns eingestellt hat, nicht durcheinanderbringen. Ich lasse mich auf den Beifahrersitz gleiten. »Tut mir leid. Die Frau wollte einfach nicht aufhören, mir Löcher in den Bauch zu fragen.«

Seine Miene verfinstert sich. »Was für Fragen?«

»Oh, wegen des Gipses und wie es passiert ist.«

»Du hast es ihr doch nicht etwa erzählt?«, fragt er ungewöhnlich harsch.

»Nein, natürlich nicht.« Ich ziehe mir den Sicherheitsgurt über die Schulter.

»Gut. Wir wollten das Ganze doch endlich hinter uns lassen. Hat sie dir den Schlüssel gegeben?«

Ich halte ihn wie zum Beweis hoch. Er ist an einem Anhänger befestigt – einem kleinen Kristallherz, das in der Sonne glitzert.

Jamie entspannt sich sichtlich. »Gott sei Dank! Ich dachte schon, das alles wäre ein Fehler gewesen. Du weißt doch, wie es so schön heißt: Zu gut, um wahr zu sein ...«

Ich beuge mich zu ihm und küsse ihn auf die zarte Stelle unterhalb des Ohrläppchens, wobei ich seine weichen Bartstoppeln an meinen Lippen spüre. Ich bin froh, dass er so aufgeregt wegen dieser Sache ist. Dass er allmählich seinen alten Schwung zurückgewinnt. Das habe ich von Anfang an an ihm geliebt – seine Lebensfreude, seine Begeisterungsfähigkeit. Eigentlich ist er einer dieser Menschen, für die das Glas immerzu halb voll ist; aber erst die Kündigung und dann die Selbstständigkeit sowie die daraus resultierenden Geldsorgen hatten nun einmal ihren Tribut gefordert. Während der letzten Monate habe ich mit ansehen müssen, wie sein Optimismus zusehends schwand, wie der Glanz einer alten angelaufenen Münze.

Als wir uns die nächste schmale Landstraße hinabschlängeln, die zu beiden Seiten von dichten, mit weißen Blüten gesprenkelten Hecken gesäumt wird, schreit Jamie auf: »Das muss es sein!« Seine Begeisterung bringt den leichten südwestenglischen Akzent zum Vorschein. Er deutet über die T-Kreuzung vor uns. Ich folge seinem Finger mit dem Blick und ... Er irrt sich doch bestimmt, oder? Das Haus ist riesig, größer noch als das seiner Mutter.

»Das kann nicht sein«, erwidere ich, als Jamie in die Einfahrt biegt. Der Kies knirscht unter den Reifen, als uns die näselnde Stimme des Navigationsgerätes darüber informiert, dass wir unser Ziel erreicht haben.

Das Auto kommt zum Stehen, und Jamie macht den

Motor aus. Wir sitzen in ehrfürchtiger Stille da und lassen das frei stehende, rechteckige Gebäude auf uns wirken, das auf einer Seite von einem runden Erkerturm geziert wird; es ist aus traditionellem rauchgrauem Stein und Glas erbaut. Eine Kletterpflanze rankt sich bis zur halben Höhe an den Mauern empor, sodass es so aussieht, als hätte das Haus einen Bart. Bäume und Büsche in unterschiedlichen Grünschattierungen rahmen es ein, als würden sie es in ihre Arme schließen. Hinter dem Anwesen erstreckt sich ein funkelndes blaues Band am Horizont, das Meer. Die einzigen Geräusche sind das fröhliche Zwitschern der Vögel und das entfernte Rauschen der See. Ich kann das Salz in der lauen Brise riechen, durchzogen von einer leichten Spur Pferdedung.

»Es ist ziemlich abgeschieden«, bemerke ich etwas überwältigt. Ich bin auf dem Land aufgewachsen – ein kleines zweistöckiges Reihenhaus in einer recht überschaubaren Sozialsiedlung in North Yorkshire –, aber den Großteil der vergangenen neun Jahre habe ich in der Stadt verbracht. Ich bin es gewohnt, Nachbarn zu haben. Von Menschen umgeben zu sein, gibt mir ein Gefühl von Sicherheit, und ich fühle mich weniger ängstlich.

»Es ist unglaublich!«, sagt Jamie strahlend. »Ich kann gar nicht fassen, dass wir hier wohnen werden. Gute Entscheidung, Libs!« Er atmet tief durch die Nase ein. »Ah, riech mal … diese Luft. So frisch und sauber. Keine Verschmutzung, keine Abgase.«

Ja, dafür Kuhscheiße, will ich erwidern, aber ich beiße mir auf die Zunge. Ich kann förmlich dabei zusehen, wie die Spannung der letzten Monate von ihm abfällt und er sich in den Mann zurückverwandelt, den ich geheiratet habe.

Als ein Eichhörnchen einen nahe stehenden Baumstamm hinaufrennt, bellt Ziggy auf dem Rücksitz los – ein tiefes »Wuffwuff«, das die Stille zerreißt – und zerrt ungeduldig an seinem Gurt. Jamie lacht und beugt sich nach hinten, um Ziggy loszumachen und die Leine an seinem Halsband zu befestigen. »Los geht's, mein Junge! Ich weiß, du kannst es kaum erwarten, die ganze Umgebung auszukundschaften.«

Jamie steigt aus dem Wagen und eilt um die Motorhaube, um mir die Tür zu öffnen. »Wirklich sehr galant«, kichere ich, zucke jedoch vor Schmerz zusammen, als ich aufstehe.

Jamie runzelt die Stirn. »Alles okay, Libs?«

»Ich kann es nur kaum erwarten, diesen verfluchten Gips endlich loszuwerden, das ist alles. Das Ding macht alles so furchtbar kompliziert.«

»Nicht mehr lange, meine kleine Heldin.«

Ich stoße ihn mit dem gesunden Arm in die Seite. »Hör auf, dich über mich lustig zu machen.«

Er drückt mir einen Kuss auf die Stirn. »Ich mache mich nicht lustig, du *bist* eine Heldin«, raunt er. »Vergiss das nicht.« Dann wird er von Ziggy mitgerissen, und ich folge ihnen zaghaft, wobei ich innerlich jeden Moment damit rechne, dass der wütende Besitzer aus dem Haus stürmt, um uns von seinem Anwesen zu verjagen. Als Jamie mein Zögern bemerkt, winkt er mich zu der Eingangstür aus anthrazitfarbenem Aluminium, die so sauber und auf Hochglanz poliert ist wie der Rest des Hauses. Philip Heywood hat mir am Telefon gesagt, dass es erst kürzlich komplett renoviert worden ist.

Jamies Augen leuchten auf, als er von dem Stück Papier in seinen Händen aufblickt. »Es ist das richtige Haus. Schau …«, verkündet er, wie um sich selbst noch einmal zu vergewissern. Er tippt mit dem Finger auf das Papier und zeigt dann auf die Schieferplatte neben der Tür, in deren Oberfläche *The Hideaway* eingraviert ist. »Passender Name für die Hütte. Es gibt im Umkreis von einer halben Meile kein anderes Haus. Außerdem ist es gar nicht weit weg von Lizard Point. Ich wollte schon immer mal den Leuchtturm dort besichtigen.« Er klingt wie einer meiner sechsjährigen Schüler.

Einen Moment lang verspüre ich ein schlechtes Gewissen, dass wir unsere schäbige Dreizimmerwohnung in Bath, samt Hundehaaren und Tierfuttermief, gegen solch ein herrschaftliches Domizil eingetauscht haben. Unsere Wohnung befindet sich nicht einmal in einem georgianischen Gebäude, wie man es in Bath erwarten könnte, sondern stammt nur aus dem späten 19. Jahrhundert.

»Glaubst du, es war in Ordnung, Ziggy mitzubringen? Ich habe überhaupt nicht daran gedacht zu fragen.«

Jamie reißt die Augen auf. »Scheiße, Libs, warum hast du das nicht abgeklärt? Ich habe keine Ahnung.«

»Ich dachte doch nicht, dass es so ein großes, piekfeines Haus wäre. Philip meinte, es wären immer noch Bauarbeiten im Gang, also ging ich davon aus, es wäre etwas …« Ich halte inne, um die gepflegten Beete und Hecken zu mustern, die die Einfahrt säumen »… *unfertiger.*«

Meine Befürchtungen bestätigen sich, sobald wir über die Türschwelle treten. Es ist definitiv kein Haus, in das man seinen haarenden Hund mitbringen sollte. Alles ist so unglaublich weiß: die Sofas, die Teppiche, die Wände. Ich weiß jetzt schon, dass wir irgendwas schmutzig machen werden – wir mit unserer chaotischen Art und Ziggy mit seinen dreckigen Pfoten. Bis auf einen Haufen Bauschutt neben einem Baum am anderen Ende des Gartens gibt es kaum einen Hinweis darauf, dass kürzlich erst renoviert wurde.

Ich nehme Jamie die Leine aus der Hand, da ich Angst habe, Ziggy loszulassen. Während ich in die Küche gehe, werde ich das Gefühl nicht los, dass wir uns hier unerlaubterweise aufhalten. Es ist ein riesiger offener Kochbereich mit weiß lackierten Schränken und marmornen Arbeitsflächen. Die faltbaren gläsernen Terrassentüren gehen auf einen weitläufigen Garten hinaus und eröffnen den Blick auf den ausgedehnten Strand darunter.

»Schau dir das an, Jay!«, rufe ich, als ich den Kopf in den überdimensionierten amerikanischen Kühlschrank stecke. Beim Anblick des Essens läuft mir das Wasser im Mund zusammen. »Hier drin gibt es genug Nahrungsmittel, um eine zehnköpfige Familie zu ernähren.«

Jamie gesellt sich zu mir, um ebenfalls einen Blick hineinzuwerfen. »Oh, sie haben Pâté, Räucherlachs, einen dicken Laib Stiltonkäse … und schau dir all die Craft-Biere an!« Er wendet sich mit einem Grinsen zu mir. »Das hier ist das Paradies!«

»Dafür ist unser Kühlschrank so gut wie leer«, sage ich und denke beschämt an den halben Liter Milch und den angetrockneten Schinken zurück, den ich liegen gelassen habe. Ich bin noch nicht einmal auf die Idee gekommen, den Kühlschrank für unsere Gäste aufzufüllen.

»Mach dir deswegen keine Sorgen, die haben wichtigere Probleme.« Er schlendert zur Kücheninsel und greift nach einem abgerissenen Notizzettel, der dort liegt. »Hier steht, wir dürfen uns nach Belieben beim Essen bedienen. Ist das nicht spendabel von ihnen?« Er wartet meine Antwort nicht ab, sondern wirft den Zettel zurück und spaziert weiter durch die Küche, wobei er über die modernen Gerätschaften streicht und an diversen Reglern und Knöpfen herumfingert. »Wow, diese Küche ist der Hammer!«, ruft er, als ein 20-Zoll-Flachbildschirm nahtlos aus der Arbeitsfläche der Kücheninsel auftaucht.

Ich lächle in mich hinein, wohl wissend, wie gerne Jamie das nötige Kleingeld hätte, um es für die neuesten technischen Spielereien ausgeben zu können.

»Du kannst später noch herumtüfteln«, sage ich und ziehe ihn von der Hightechkaffeemaschine weg, die vom Design her an ein Raumschiff erinnert. »Lass uns erst den Rest auskundschaften.« Ich lasse Ziggy von der Leine, und Jamie nimmt meine Hand. Wir rennen durch das Haus wie zwei übergeschnappte Teenager, während Ziggy uns mit einem fröhlichen Bellen hinterherjagt.

Im gesamten Haus ist massives Eichenparkett verlegt, und im weitläufigen Wohnzimmer schwingt sich eine beeindruckende frei schwebende Glastreppe zum ersten

Stock empor. Die kalkweißen Wände werden von bunten abstrakten Gemälden geziert, und im Wohnzimmer hängt eine riesige Porträtaufnahme einer Frau, die Tara Heywood sein muss – den Kopf in den Nacken geworfen, die großen braunen Augen kokett verdreht. Oben angelangt stecke ich den Kopf durch die erstbeste Schlafzimmertür und sehe ein Klappsofa sowie ein verblichenes antikes Puppenhaus. An einer Wand steht ein mit Spielzeug vollgestelltes Regal – kein modernes Spielzeug, wie es meine Kids aus der Schule haben, sondern altmodische, geradezu gruselige Sachen. Ein paar Kasperlefiguren lehnen zusammengesackt an einer Porzellanpuppe mit fehlendem Bein, und ein hässlicher Clown steht gleich neben einem ausgestopften Wiesel. Das wird doch wohl nicht das Zimmer ihrer Tochter sein, oder? Als Kind hätte ich hier drin jedenfalls Albträume bekommen.

Die anderen zwei Schlafzimmer sind größer, außerdem gibt es auch ein traditionelles Arbeitszimmer, in dem ein massiver Schreibtisch mit lederbezogener Arbeitsfläche steht. Ich trete ein. Die Wände sind mit Bücherregalen gesäumt, auch wenn sie so gut wie leer sind bis auf ein paar abgewetzte Liebesromane, ein Oldtimer-Handbuch sowie eine mehrbändige Enzyklopädie. Ich zähle drei weitere ausgestopfte Tiere: ein Frettchen, einen Fuchs und ein traurig dreinblickendes Nagetier, das ein bisschen an eine Ratte erinnert, aber genauso gut ein Maulwurf sein könnte.

Ganz am Ende des Flurs, in dem runden Erkerturm, befindet sich das Schlafzimmer der Heywoods. Es ist mit Abstand der größte Raum, und er verfügt über ein eigenes

Bad und einen separaten Ankleideraum. »Wow, das ist ja größer als unsere ganze Wohnung«, staune ich und blicke fasziniert zu den deckenhohen Fenstern, dem Himmelbett mit den fließenden weißen Musselinvorhängen und der frei stehenden Klauenfußbadewanne. Hier hängt eine weitere Porträtaufnahme von Tara, diesmal in Schwarz-Weiß und mit ernsterem Gesichtsausdruck. Ich trete ans Fenster und schaue auf den Strand unterhalb des Anwesens. Es ist keine Menschenseele zu sehen. Geradezu idyllisch.

»Ich hatte nicht erwartet, dass es derart modern und opulent ist«, sage ich, als Jamie sich neben mich stellt. »Ich dachte, es wäre eine urige, gemütliche Hütte oder so was in der Art.«

»Gefällt es dir etwa nicht?«, fragt Jamie verblüfft.

»Nein … nein, das ist es nicht. Es ist unglaublich. Ich meine, *wirklich* unglaublich. Das ist so ein Haus, das man sonst nur in Filmen sieht. Es muss Millionen wert sein. Ich finde nur … es scheint mir einfach kein fairer Tausch.«

Jamie zuckt die Achseln und legt einen Arm um mich. »Vergiss nicht, dass sie es so wollten. Die ganze Sache war ihre Idee.«

»Ich weiß …«

Er seufzt. »Hör mal, Libs, das Haus ist ein echter Glückstreffer.«

Ich wende mich zu ihm, mustere die dunklen Ringe unter seinen Augen, seinen blassen Teint und schiebe mein Unbehagen beiseite. Die frische Meeresluft hier in Cornwall wird ihm guttun. Und mir ebenso. Ich berühre unsicher meinen Bauch, was Jamie nicht entgeht.

»Wir brauchen diesen Urlaub«, sagt er. »*Du* brauchst ihn. Nach der Sache, die an der Schule passiert ist, und der Fehlgeburt …«

Tränen schießen mir in die Augen, und ich blinzle sie schnell weg. Ich kann jetzt nicht daran denken. Ich bin hierhergekommen, um zu vergessen. Um zu genesen. »Du hast recht«, erwidere ich mit belegter Stimme. »Es ist ein wunderschöner Ort. Wir haben wirklich großes Glück.«

»Wir werden einfach darauf achtgeben, dass es schön sauber und ordentlich bleibt.« Er zieht eine Grimasse, und ich kann die Belustigung aus seiner Stimme heraushören. Unser Hang zur Unordnung ist schon zum Dauerwitz zwischen uns geworden, und wir machen uns einen Riesenspaß daraus, uns gegenseitig zu beschuldigen, der schlimmere Chaot zu sein.

Ich mustere Jamie, der sich immer noch kleidet wie ein Student, mit seinen ausgebleichten, löchrigen Jeans. »Wir hätten unsere Schuhe ausziehen sollen«, bemerke ich mit einem demonstrativen Blick auf seine schmuddeligen Chucks. »Außerdem werden wir Ziggys Pfoten sauber halten müssen. Wir hätten doch diese Hundesocken kaufen sollen, die wir in der Tierhandlung gesehen haben.« Ich kichere, als ich mir Ziggy in flauschigen Söckchen vorstelle. Das würde er uns niemals verzeihen.

Jamie stößt ein lautes, herzhaftes Lachen aus, das im ganzen Haus widerhallt und das ich in den letzten Monaten nicht oft gehört habe. Mein Herz hüpft vor Freude. »Weißt du, was wir tun sollten?«, fragt er mit einem schelmischen Funkeln in den Augen und nimmt meine Hand.

»Nein, was denn?«

Er nickt mit dem Kopf in Richtung Bett. »Wir werden es einweihen müssen.«

Ich hebe eine Augenbraue. »Ach, wirklich? Jetzt sofort?«

»Was du heute kannst besorgen, das verschiebe nicht auf morgen.« Er hebt mich mühelos hoch – er ist über einen Kopf größer als ich – und trägt mich zum Himmelbett. Wir lassen uns mit verschlungenen Gliedern auf die weichen Baumwolllaken fallen, und Jamie beginnt, meinen Hals zu küssen, so wie ich es am liebsten mag. Ich schlinge meine Beine um ihn, presse meinen Körper gegen seinen und fühle mich dabei so glücklich und zufrieden wie seit Monaten nicht mehr.

Wir verbringen eine Ewigkeit im Bett und nehmen uns die Zeit, unsere Körper zu erforschen, genauso wie wir es am Anfang unserer Beziehung taten – bevor wir heirateten, bevor die Dinge kompliziert wurden. Vor den Einmischungen seiner Familie und Hannahs unauffälliger, doch nervtötender Präsenz in unserem Leben. Danach schmiege ich mich an Jamies Schulter. Es fühlt sich unnatürlich an, auf meiner rechten Seite zu liegen, aber ich darf den Gips nicht belasten. Er fühlt sich so furchtbar schwer und sperrig an. Nur noch zwei Wochen, beruhige ich mich.

Eine Weile schaue ich zufrieden auf die untergehende Sonne, die draußen lange Schatten auf den Rasen wirft. Dann erhebe ich mich schwungvoll aus dem Bett und wickle mich vorsichtshalber in ein Laken, da die Fenster über keine Vorhänge verfügen.

»Wohin gehst du?«, murmelt Jamie und zieht die Daunendecke um seine Achselhöhlen zusammen.

»Na, in Taras Kleiderschrank herumschnüffeln, natürlich«, verkünde ich und hebe verschmitzt die Augenbraue.

»Libs! Das kannst du doch nicht machen!«

»Ach komm schon. Als ob du nicht neugierig wärst! Willst du nicht auch mehr über Philip und Tara Heywood erfahren?«

»Eigentlich nicht«, erwidert er mit einem trägen Lächeln auf den Lippen.

»Nun, ich schon.« Ich gehe in meiner provisorischen Toga zum Ankleidezimmer. Ziggy folgt mir und streckt sich auf dem flauschigen Teppich aus. Der Raum hat ungefähr die Größe unseres Schlafzimmers zu Hause. An einer Wand ist ein deckenhoher Spiegel befestigt, direkt daneben steht ein gepolsterter Stuhl. Das Ambiente erinnert an einen Anproberaum in einer noblen Boutique; dabei ist das noch nicht einmal der Hauptwohnsitz der Heywoods, sondern nur das Ferienhaus. Was in mir die Frage aufwirft, wie wohl ihr richtiges Haus aussieht. Ich gehe die Klamotten durch: lange Abendroben, leichte Sommerkleider, wallende Röcke und Tops aus seidenzarten Stoffen. Ich ziehe ein langes smaragdgrünes Kleid von einem der Bügel und halte es vor mich, um mich darin zu bewundern. Es ist viel zu lang, und der überschüssige Stoff legt sich wie eine Pfütze um meine Füße – ich sehe aus wie ein kleines Mädchen, das die Kleider seiner Mutter anprobiert. Dank meiner kurzen Haare eigentlich sogar wie ein kleiner Junge. Ich hänge das Kleid an seinen Platz zurück und öffne eine Schublade mit Unterwäsche. Darin befindet sich eine Sammlung von sexy Tangas und hochwertigen Spitzencorsagen. Ich erkenne sogar ein Teil wieder, das ich mal auf der Agent-Provocateur-Website gesehen habe. Alles ist stilvoll und weit außerhalb meines finanziellen Budgets. Hier gibt es nichts Abgeschmacktes oder Billiges zu entdecken.

Dann wende ich mich den Schuhen zu. Sie befinden sich in schmalen Metallregalen, die man aus der Wand herausziehen kann, und umfassen alle erdenklichen Farben und Modelle. Allesamt Designermarken, darunter einige, von denen ich noch nie gehört habe. Ich muss an meine zerschlissenen Ballerinas denken, die ich bei Top Shop gekauft habe, während ich ein Paar todschicker roter High Heels in den Händen halte – Größe vierzig, drei Nummern zu groß für mich. Bedauernd stelle ich sie wieder zurück.

»Ich kann mir noch nicht einmal ihre Schuhe ausleihen«, jammere ich, als ich in das Himmelbett zurückklettere. »Sie ist eine Riesin. Oder ein Supermodel.«

»Oder ein Alien«, schlägt Jamie vor.

»Ein sehr attraktives Alien«, erwidere ich lachend. »Schon schräg, was für ein Leben die oberen Zehntausend führen, was?«

Er zieht mich in seine Arme. »Tja, diese Woche sind wir die oberen Zehntausend, Libs«, flüstert er in mein Haar. »Also lass es uns genießen.«

2

Ich wäre gar nicht auf die Idee gekommen, in den Urlaub zu fahren, wenn da nicht dieses Flugblatt gewesen wäre, das man vor ein paar Tagen bei uns einwarf.

WOHNUNG ZUM TAUSCH GESUCHT, EILIG!

Meine Frau Tara und ich sind verzweifelt auf der Suche nach einer Unterkunft für ein bis zwei Wochen. Die Lage Ihrer Wohnung wäre ideal, da wir etwas in Krankenhausnähe benötigen, um so schnell wie möglich bei unserer geliebten Tochter sein zu können, die sich demnächst einer lebensrettenden Herzoperation unterzieht. Wir bieten Ihnen für die Dauer unseres Aufenthalts unser wunderschönes, kürzlich erst renoviertes Haus in Cornwall mit Seeblick an. Falls Sie glauben, uns helfen zu können, melden Sie sich bitte bei Philip Heywood.

Seine Handynummer war am unteren Rand der Seite notiert.

Ich verwarf es zunächst, da ich es eilig hatte, zur Arbeit zu kommen. Nach dem Brand und der anschließenden Fehlgeburt war ich zwei Wochen lang krankgeschrieben gewesen. Meine Chefin, Schulrektorin Felicity Ryder, hatte darauf bestanden, dass ich mir eine bezahlte Auszeit bis nach den Ferien nahm, doch ich hatte am letzten Tag noch einmal in der Schule vorbeischauen wollen, um meine Klasse zu besuchen und allen schöne Osterfeiertage zu wünschen. Die Kinder waren mir ans Herz gewachsen. Ich fühlte mich verantwortlich für ihre Ausbildung und fürchtete, dass die Vertretungslehrerin, die auf die Schnelle eingesprungen war, die Bedürfnisse meiner Schützlinge nicht so verstehen könnte wie ich. Außerdem vermisste ich die Schule selbst: die Wände meines Klassenzimmers, die mit den farbenfrohen Kunstwerken der Kinder dekoriert waren, das Gemeinschaftsgefühl im Lehrerzimmer, die Freudenschreie auf dem Pausenhof und die Gespräche mit Cara, meiner Lieblingskollegin, ja, selbst den Geruch von Desinfektionsmittel im Korridor. Also stopfte ich das Flugblatt auf dem Weg nach draußen in meine Handtasche und verschwendete die nächsten Stunden keinen Gedanken mehr daran.

Ich war zutiefst bestürzt, als ich die Folgen des Feuers sah. Die Aula war zwar renoviert und ein neuer Boden verlegt worden, aber der Brandgeruch hing immer noch in der Luft, als würde er durch die frische Farbe und das neue Parkett hindurchsickern. Der Zutritt zum Speisesaal, dem mutmaßlichen Brandherd, war immer noch verboten. Als ich meine Nase gegen die Glastür presste, konnte ich das schwarze Loch im Boden sehen, wo sich die Herde und Backöfen befunden hatten. Es war ein deprimierender Anblick. Den Kindern war gesagt worden, dass sie etwas zu essen mitbringen sollten, bis die Küche wieder in Betrieb genommen werden konnte, und so saßen sie nun, über Hummus, Biogemüse und Fruchtsaftpäckchen gebeugt, in ihren Klassenzimmern und aßen dort zu Mittag.

Erst als die Eltern nach Unterrichtsschluss erschienen, um ihre Kinder abzuholen – und sich dabei sowohl nach Celeste erkundigten als auch mir zu meinem Mut gratulierten –, kam mir die Idee. Mrs. Hunting, Theos Mutter, berührte mitfühlend meinen Gips und meinte, ich hätte mir einen Urlaub verdient. »Sie haben so eine schwere Zeit hinter sich, Miss Elliot«, sagte sie mit diesem Tonfall, den Leute verwenden, wenn ein nahestehendes Familienmitglied verstorben ist. »Die Sache hätte wirklich schlimm enden können. Celeste hätte in dem Feuer umkommen können, wenn Sie nicht gewesen wären. Man mag es sich gar nicht ausmalen.« Ich wusste, dass sie dabei auch an ihr eigenes Kind dachte. Ich berührte unwillkürlich meinen Bauch und musste an das Kind denken, das ich verloren hatte.

Der Vorfall schaffte es zu meinem großen Entsetzen in sämtliche Zeitungen. In der *Mail* druckten sie sogar ein Bild von mir ab, auf dem ich, umgeben von Kindern, Gitarre spielte, wobei mir mein Pony in die Augen fiel. Es musste an meinem ersten Arbeitstag gemacht worden sein und war das einzige Foto, das die Schule von mir hatte.

Eine einfache Geschichte über den Brand in einer Grundschule hätte es nicht über die Regionalpresse hinausgeschafft – wenn da nicht die Tatsache gewesen wäre, dass ich nicht nur meine Klasse, sondern eben auch Celeste Detonge, die Enkelin eines berühmten Theaterschauspielers, vor dem Feuer in Sicherheit gebracht hatte. Wir waren an jenem Tag der einzige Jahrgang im Gebäude gewesen; die Erst- und Zweitklässler befanden sich auf einem Schulausflug. Cara bekam Panik, als der Rauch in die Aula drang, wo wir gerade ein Lied für die Schülerversammlung einübten, und ich hatte Mühe, Ruhe zu bewahren, auch wenn das Kreischen des Feueralarms mit einem Schlag die Erinnerungen an eine andere Zeit, ein anderes Feuer in mir aufwühlte. Doch ich bezwang meine eigene Furcht und konzentrierte mich stattdessen darauf, Cara und die Kinder aus dem brennenden Gebäude zu schaffen. Celeste war auf dem Weg gestolpert und hingefallen, und ich eilte in die Aula zurück, wo der Rauch mir den Atem und die Sicht raubte, sodass ich ebenfalls stolperte. Ich stürzte unglücklich auf meinen Arm, ignorierte jedoch den Schmerz, während ich das verängstigte Mädchen hochhob und in Sicherheit brachte. Ich selbst glaube nicht, dass ich sonderlich mutig bin. Ich habe getan, was jeder unter diesen Umständen getan hätte. Ich bin Lehrerin – ein Beruf, den ich liebe und für den ich lebe. Die Kinder haben für mich oberste Priorität.

Die Blutung setzte ein, als mein Arm geröntgt wurde. Ich war nur wenige Tage vor Ablauf der magischen ersten drei Monate entfernt gewesen.

»Fahren Sie denn über Ostern irgendwo Nettes hin?«, fragte Mrs. Hunting. »Sie haben sich einen Urlaub verdient, nach allem, was Sie durchmachen mussten.« Beim mitfühlenden Klang ihrer Worte wurde mir erstmals bewusst, wie wundervoll es doch wäre, eine Weile wegzufahren. Eine richtige Auszeit einzulegen. Seit Jamie sich selbstständig gemacht hatte, waren wir immer knapp bei Kasse. Wir waren seit unseren Flitterwochen nicht mehr weggefahren; und selbst das war nur ein fünftägiger Trip auf die Isle of Wight gewesen. Nach allem, was damals in Thailand passiert war, hatte ich viel zu große Angst, ins Ausland zu verreisen oder in ein Flugzeug zu steigen, da ich fest davon überzeugt war, dass es abstürzen würde. Und so verbrachten wir unsere seltenen verlängerten Wochenenden oder Kurzurlaube eben in England. Auf dem Nachhauseweg von der Schule kamen mir immer wieder diese verlockenden Worte über ein wunderschönes Haus in Cornwall mit Seeblick in den Sinn. Ich stellte mir ein kleines, süßes Cottage vor, vielleicht in einem malerischen Fischerdörfchen wie Port Isaac aus *Doc Martin*. Die frische Meeresluft würde Jamie guttun. Er arbeitete von zu Hause aus, also könnte er seinen Laptop mitnehmen. Als ich zu Hause ankam, hatte ich mich selbst davon überzeugt, dass dies die Antwort auf all unsere Gebete sei.

Ich hörte Jamie im Gästezimmer, das er zum Büro umfunktioniert hatte, telefonieren. Also setzte ich Teewasser auf, tollte ein wenig mit Ziggy herum und begann dann, das Abendessen vorzubereiten. Mit einem Gipsarm zu kochen, gestaltete sich etwas schwierig, aber Florrie, Jamies ältere Schwester, hatte uns netterweise einen ganzen Vorrat an Cottage Pies und Nudelsoßen vorgekocht, die ich eingefroren hatte. Ich zog eine Auflaufform mit einer köstlichen Pie aus Kartoffelbrei und Hackfleisch aus dem Gefrierfach und heizte den Backofen vor. Während die Pie vor sich hin schmorte, machte ich es mir am Küchentisch vor meinem Laptop bequem, um diesen Philip Heywood zu googeln.

Da ich nur eine Hand zum Tippen hatte, dauerte es länger als gewöhnlich – es war frustrierend, dass ich für alles doppelt so lang brauchte –, doch dann erschien eine Liste an Philip Heywoods auf dem Bildschirm: ein Musiker aus den USA, ein Biologe aus Australien und ein Schönheitschirurg an einer Londoner Privatklinik. Ich klickte auf den Link der Klinik, und sofort erschien das Foto eines seriös aussehenden Mannes Anfang vierzig mit kurzem dunklen Haar und einem Oberlippenbart. War dies der Philip Heywood, den ich suchte? Nach ein paar weiteren Recherchen fand ich seine Facebook-Seite, auch wenn die Einstellungen zu eingeschränkt waren, um mehr als zwei Profilbilder sehen zu können. Eins zeigte ihn an einem menschenleeren Strand, den Arm um eine jüngere, sehr attraktive Brünette gelegt. War das seine Ehefrau? Befanden sie sich da etwa in Cornwall?

Jamie telefonierte noch immer, also suchte ich weiter nach »Philip Heywood« und »Cornwall«. Das Foto einer lokalen Benefizveranstaltung in Truro erschien: Philip im schwarzen Anzug und Krawatte, den Arm wieder um dieselbe Frau gelegt. Sie trug ein schulterfreies smaragdgrünes Abendkleid, und ihre dunklen Locken umschwebten wie eine seidige Wolke ihren Kopf und ihre Schultern. Die Bildunterschrift lautete: *Passionierte Unterstützer der Stiftung – Chirurg Philip Heywood und seine Gattin Tara*. Ich betrachtete das Bild eingehend – Taras breites Lächeln, ihre weißen Zähne, ihre makellose Haut. Die beiden wirkten wie ein erfolgreiches, hoch angesehenes Ehepaar. Als ihre Tochter krank wurde, müssen sie doch bestimmt ein Hotel in Erwägung gezogen haben; aber womöglich haben sie keins gefunden, das nahe genug am Krankenhaus lag. Wir würden ihnen doch sicherlich ein, zwei Wochen lang unser Heim anvertrauen können, wenn wir im Gegenzug in ihrem Haus wohnen durften, oder nicht?

Dann gab ich »Philip Heywood« und »Tochter« ein, woraufhin ein Foto von Philip und Tara mit einem etwa dreizehnjährigen Mädchen auf dem Bildschirm erschien; sie hatte ein hübsches Lächeln, sandfarbenes Haar und die charakteristischen Züge des Down-Syndroms. Ich überflog den Artikel – ein kurzer Text über Philips wohltätiges Engagement. Enttäuscht musste ich feststellen, dass er keine weiteren persönlichen Informationen preisgab, weder Einblick in seine Ehe noch Hinweise darauf, was für ein Vater er war. Ich erfuhr nur, dass Philip Heywood ein sehr erfolgreicher Facharzt war, der seine Zeit großzügig diversen Stiftungen und Wohltätigkeitsorganisationen zur Verfügung stellte. Noch bevor ich den Artikel zu Ende gelesen hatte, hatte ich meinen Entschluss gefasst.

Entgegen meiner Erwartung war es gar nicht so schwer, Jamie zu überreden. Ich hatte mir meine Argumente gut zurechtgelegt: Ich hatte sowieso zwei Wochen Ferien; es würde uns nichts kosten; er hatte sich eine kleine Auszeit verdient und konnte seinen Laptop mitnehmen, da ich mir sicher war, dass es dort Internet gab; ich war noch nie in Cornwall gewesen; die Heywoods wirkten wie seriöse Leute; ihre Tochter hatte das Down-Syndrom und war ganz offensichtlich schwerkrank, und wenn sie eine lebensrettende Operation benötigte, würden wir damit sogar etwas Gutes tun ... Jamie saß mir gegenüber, die langen Finger um eine Kaffeetasse geschlungen, und sagte kein Wort. Als ich geendet hatte, erhob er sich, um seine Tasse ins Spülbecken zu stellen, zuckte mit den Schultern und sagte: »Okay. Wenn du alles organisierst, dann lass uns hinfahren.«

Ich wartete, bis wir mit dem Abendessen fertig waren und Jamie die Wohnung verlassen hatte, um mit Ziggy Gassi zu gehen, bevor ich die Handynummer wählte. Philip Heywood hatte eine warme, angenehme Stimme mit einem Yorkshire-Akzent, der meinem ähnelte. Er klang jünger, als ich erwartet hatte, während er sich danach erkundigte, aus welcher Gegend Nordenglands ich stammte. Ich beantwortete seine Frage nicht direkt, sondern erzählte ihm nur, dass ich über die Jahre sehr oft umgezogen sei. »Eine Woche in Ihrer Wohnung wäre die perfekte Lösung für uns«, sagte er, und ich konnte ihm seine Erleichterung anhören. Wir klärten noch ab, wo wir die Schlüssel hinterlegen würden – in seinem Fall an einer Tankstelle in der Nähe seines Hauses, in unserem bei unserer Nachbarin Evelyn, die über uns wohnte –, und versprachen anzurufen, falls es irgendwelche Probleme geben sollte. Am Samstag sollte es losgehen, nur zwei Tage später. Ich legte auf und jubelte innerlich vor Freude. Was konnte denn da schon schiefgehen?

3

Durch die große Fensterfront hindurch, die beinahe die gesamte Wand einnimmt, kann ich die unzähligen Sterne sehen, die den schwarzen Himmel übersäen. Es ist, als befände ich mich in meinem privaten Planetarium. Ich liege im Bett und versuche, Orion oder den Großen Bären zu finden, aber ich kann keine Sternbilder ausmachen. Es erinnert mich an diese Postkarten, die der letzte Schrei waren, als ich etwa acht war, und auf denen man ein verstecktes 3-D-Bild in den wirren Mustern finden musste. Ich bekam regelmäßig Kopfschmerzen bei dem Versuch, das verborgene Einhorn oder Frauengesicht in den endlosen Reihen von Dreiecken und Quadraten zu erkennen.

Ich kann immer noch nicht ganz fassen, dass wir tatsächlich hier sind, in diesem wunderschönen Haus, mit einem märchenhaften Strand am Fuß des Gartens. *Einem Strand*. Bei dem Gedanken an die vor uns liegende Woche durchströmt mich ein warmes Glücksgefühl: romantische Strandspaziergänge mit Jamie und Ziggy, faule Stunden in dem malerischen Garten mit Meerblick, gemeinsames Kochen in der Hightechküche, die aussieht, als wäre sie einem dieser Einrichtungsmagazine entsprungen, die ich mir so gerne kaufe. Jetzt, da absolute Stille herrscht, höre

»Das ist das Problem, wenn man auf dem Land wohnt«, meine ich. Es gibt nun mal weder Straßenlaternen noch Autoscheinwerfer, die im Vorbeifahren durchs Fenster streifen. Nicht so wie in unserer belebten Geschäftsstraße in Bath, wo man nur einer unter vielen ist. Sicher. Anonym.

Ich kichere los.

»Was bitte ist so lustig daran?« Aber ich kann die Belustigung in seiner Stimme hören. »Verdammt, das ist echt unmöglich, Libs. Ich kann das Scheißding einfach nicht finden.«

Ich blinzle, um meine Augen an die Lichtverhältnisse zu gewöhnen, doch die Dunkelheit liegt über uns wie eine Wolke aus Smog. Wir tasten beide vergeblich die Wand ab, als mein Arm plötzlich gegen etwas Hartes stößt, das mit einem dumpfen Knall auf den Boden fällt. Vermutlich ein Ziergegenstand, eine Figur oder dergleichen.

»Scheiße!« Ich weiche zurück und bemerke erst da die Regalbretter über meinem Kopf. Ich spähe zu dem Ding auf den Boden ... Es sieht aus wie eine Art Vogel. Ich ziehe scharf die Luft ein. Jamie ist sofort neben mir.

»Was war das?«

»Sieht aus wie ein totes Tier.« Es liegt mit dem Gesicht nach unten, aber ich kann erkennen, dass es gefiedert ist und recht groß.

Er geht in die Hocke und dreht es um. »Eine Eule.« Er hebt sie vorsichtig hoch und geht ans Fenster, um sie gegen das schwache Mondlicht zu halten. Ich spähe an seiner Schulter vorbei und stelle verblüfft fest, dass es ein ausgestopftes Exemplar ist. Jamie blickt sie fasziniert an, doch mich gruselt es vor ihren starren toten Augen.

»Stell sie zurück, Jay«, zische ich, als könnten Philip oder Tara jeden Augenblick durch die Tür kommen.

»Ach ja, es ist also vollkommen okay, wenn du Taras Kleiderschrank durchwühlst, ihre Schuhe anfasst und ihre Kleider anprobierst …«

»Ich habe das Kleid nicht anprobiert. Es war viel zu lang. Ich reiche ihr wahrscheinlich nicht mal bis zu den Achseln.« Ich pruste los, da ich die Situation plötzlich irrsinnig komisch finde. Ich freue mich, das breite Grinsen auf Jamies Gesicht zu sehen, als er sich streckt, um die Eule zurück aufs Regal zu stellen, wobei er zärtlich ihren Kopf tätschelt. Wenn es um Tiere geht, ist er der totale Softie, und anscheinend gilt das auch noch für ihre toten Artgenossen. »Meinst du nicht, du solltest dir etwas anziehen? Durch die Fenster kann man praktisch alles sehen.« Ich lasse den Blick über seinen geschmeidigen, langgliedrigen Körper schweifen, der aufgrund des mangelnden Lichts in ein mattes Grau getaucht ist; trotzdem kann ich die zarten blonden Härchen erkennen, die von seinem Bauchnabel abwärtswandern. Tief in mir regt sich wieder Begehren. Heute war erst das zweite Mal, dass wir nach der Fehlgeburt Sex hatten, doch plötzlich kann ich nicht genug von ihm bekommen.

Er winkelt seine Oberarme an wie bei einem Bodybuildingwettbewerb, und ich muss lachen. »Wir sind hier mitten im Nirgendwo. Wer soll mich schon sehen?«

Ich schnaube in gespielter Frustration. »Es muss eine andere Möglichkeit geben, das Licht anzumachen.«

»Na klar, ich hab's!«, ruft er. »Es ist ein akustischer Lichtschalter. Das habe ich in Filmen schon gesehen.« Er klatscht in die Hände. Nichts geschieht. Er klatscht erneut – nun zweimal schnell hintereinander –, und plötzlich erstrahlen die Deckenleuchten über uns so grell, dass wir einen Moment geblendet sind.

»Gibt es auch eine etwas stimmungsvollere Einstellung?«, frage ich und versuche, die schwarzen Pünktchen wegzublinzeln, die vor meinen Augen herumschwirren.

»Woher soll ich das wissen?« Er klatscht zweimal, und wir stehen wieder im Dunklen. »Ach, scheiß drauf! Warum können sie auch keine Lichtschalter haben wie normale Leute?« Er greift nach seiner Jeans, die über dem Fußende des Bettes liegt, und schlüpft hinein; dann machen wir uns auf den Weg nach unten. Wir tasten uns durch die Finsternis, wobei Jamie zielstrebig vorangeht und mich die Stufen hinabführt.

Als wir das Ende der Glastreppe erreicht haben, klatscht Jamie abermals, und sofort gehen die Lichter an. »Es muss doch bestimmt so was wie eine Fernbedienung geben«, brummt er und steuert die Küche an. »Ich komme mir vor wie ein Vollidiot bei der ganzen Klatscherei.«

Ich folge ihm mit Ziggy auf den Fersen. Als ich um die Ecke biege, bleibe ich wie angewurzelt stehen; mein Herz klopft wie wild. Die Eingangstür ist sperrangelweit offen. Ich spüre den Luftzug um meine Knöchel streichen und bemerke das Stirnrunzeln auf Jamies Gesicht, als er losgeht, um sie zu schließen. Er sagt nichts. Das muss er auch nicht.

»Wir hatten die Tür zugemacht«, sage ich schließlich, wobei ich versuche, die Panik in meiner Stimme zu unterdrücken.

Er blickt unbekümmert, aber ich weiß, dass das nur gespielt ist. Seit dem Brand in der Schule behandelt er mich wie ein rohes Ei und versucht ständig, mich zu einem Gespräch mit seiner Mum oder einer anderen Therapeutin bezüglich einer möglichen posttraumatischen Belastungsstörung zu überreden. Aber ich weiß, dass ich nicht unter einer solchen Störung leide. Wie auch, wo ich schon zuvor viel Schlimmeres überlebt habe?

»Vielleicht habe ich sie nur nicht richtig geschlossen. Der Wind muss sie aufgedrückt haben.« Er weicht meinem Blick aus und geht in die Küche. Ich folge ihm schweigend, setze mich an die Kücheninsel und schaue ihm dabei zu, als er auf der Suche nach einer Fernbedienung eine Schublade nach der anderen öffnet und schließt, während die Gedanken in meinem Kopf nur so rasen. Wie lange stand die Tür so offen? Wir sind um sechzehn Uhr angekommen. War sie die ganze Zeit geöffnet? Es hätte weiß Gott wer von der Straße hereinspazieren können. Dann fällt mir ein, dass es hier gar keine Straße gibt. Das ist weder die Sozialsiedlung, in der ich in Yorkshire aufgewachsen bin, noch unsere Geschäftsstraße in Bath, wo praktisch ständig Verkehr herrscht, Leute vorbeispazieren oder Kinder von einer der zahlreichen Schulen in der Gegend heimlaufen. Selbst mitten in der Nacht fällt das blinkende Licht von Rettungs- oder Polizeiwagen durch den Vorhangstoff unseres Schlafzimmers.

»Jaaa!«, ruft Jamie triumphierend und reckt eine kleine Fernbedienung in die Luft. »Hier ist er, der kleine Mistkerl, nach dem ich gesucht habe.« Er drückt auf den Knöpfen herum und löst damit ein wahres Blitzlichtgewitter über unseren Köpfen aus, als wären wir in der Vereinsheimdisco, zu der mein Vater mich als Kind immer mitgenommen hat.

Die Tür stand stundenlang offen. Jemand könnte im Haus sein.

Bei dem Gedanken wird mir speiübel. Doch wenn ich ihn laut ausspreche, werde ich damit nur Jamie verärgern, das ist mir klar. Er wird nur sagen, dass ich mich irrational verhalte, und wieder von der Therapie anfangen, und die glückliche, unbeschwerte Stimmung, die seit unserer Ankunft hier zwischen uns herrscht, wird der Anspannung weichen. Also versuche ich, meine Befürchtung zu verdrängen, doch sie hat sich in meinem Kopf festgesetzt, wo sie immer größer wird, wenn es mir nicht gelingt, ihr sofort Einhalt zu gebieten. Eigentlich war ich immer gut darin, solch destruktive Gedankenspielchen aus meinem Kopf zu verbannen, doch seit dem Brand male ich mir die schrecklichsten Szenarien aus, und es fällt mir immer schwerer, positiv zu bleiben.

Ziggy winselt und starrt flehentlich aus seinen großen braunen Hundeaugen zu mir empor. »Ach herrje Ziggy, tut mir leid«, sage ich und springe von dem lederbezogenen Barhocker aus Chrom. »Jay, wo hast du Ziggys Futter hingeräumt?«

»Hmmm«, brummt er, ohne aufzusehen.

»Ziggys Futter? Wo ist es?«

»Oh, in dem Hängeschrank über der Spüle.«

Die Küchenfront verfügt über keine Griffe, also drücke ich mit der Handfläche gegen die kühle Glastür, woraufhin sie sich öffnet. Ich kippe eine Packung Hundefutter in Ziggys Napf und versuche, seiner feuchten Nase auszuweichen, als er sich gierig darauf stürzt.

»Ich hab's«, verkündet Jamie. »Endlich habe ich das verflixte Ding durchschaut. Das heißt, wir werden nicht länger im Dunkeln sitzen müssen, mein Schatz.« Er grinst mich an, doch dann verschwindet das Lächeln aus seinem Gesicht. »Was ist los mit dir?«

»Nichts.«

»Libby, du siehst total verängstigt aus. Was hast du auf dem Herzen?«

»Es ist nur wegen der Tür …«

Er unterdrückt ein Seufzen. »Was ist mit der Tür?«

»Sie stand stundenlang offen, Jay. Ich weiß auch nicht, aber es macht mich ein bisschen nervös.«

Er sagt mir nicht, dass ich paranoid bin. Das muss er nicht – es steht ihm ins Gesicht geschrieben. Wortlos verlässt er den Raum, während ich mit Ziggy allein in der Küche zurückbleibe, und ich frage mich schon, ob er beleidigt abgezogen ist, obwohl das eigentlich nicht seine Art ist. Für gewöhnlich ist Jamie sehr geduldig. Ich versuche, mir nicht vorzustellen, wie er von einem Einbrecher niedergestreckt wird. Nur Ziggys Schmatzen ist zu hören, der geräuschvoll sein Futter verschlingt. Dann kommt Jamie endlich zurück.

»Ich habe mich im ganzen Haus umgeschaut, nur um dich zu beruhigen. Nichts. Kein Eindringling weit und breit. Rein statistisch betrachtet, sind wir hier um einiges sicherer als in Bath. Obwohl …«, er grinst schelmisch, »… ich noch mehr ausgestopfte Tiere gefunden habe. Die Heywoods stehen wohl auf Taxidermie.«

Für mich ist das ein Widerspruch zu dem modernen Interieur, doch ich zucke nur mit den Schultern und versuche, mir nicht anmerken zu lassen, wie erleichtert ich darüber bin, dass kein Irrer irgendwo im Dunkeln lauert.

»Ich weiß, dass ich mich albern aufführe …«

Er legt den Arm um meine Schultern, zieht mich an sich und drückt mir einen Kuss aufs Haar. »Ich verstehe das schon. Das ist der Kampf-oder-Flucht-Instinkt, Libs. Nach dem Brand sind deine Sinne in voller Alarmbereitschaft. Aber jetzt ist es an der Zeit abzuschalten. Du musst damit aufhören, alles als potenzielle Gefahr zu betrachten. Das ist einer der Gründe, warum wir überhaupt weggefahren sind. Ich wünschte nur, du würdest mal einen Experten aufsuchen …«

Er klingt wie Sylvia. »Jamie. Wir sind nicht alle wie du. Oder deine Mum. Ich bin verdammt noch mal nicht mit meinem persönlichen Therapeuten groß geworden.«

Er weicht zurück und hebt beschwichtigend die Hände. »Ich weiß … ich weiß. Du bist nicht so erzogen worden. Das erzählst du mir ständig. Was mich im Übrigen daran erinnert, dass ich meiner Mum eine SMS schicken sollte, dass wir gut angekommen sind.« Er greift in seine Gesäßtasche, um sein Handy herauszuholen, und blickt aufs Display. Sein Lächeln verblasst. »Na toll. Kein Empfang.« Er geht zum Kühlschrank und öffnet ihn. »Egal. Was sollen wir uns Leckeres zum Abendessen kochen? Hier drin steckt ein ganzer Haufen Bioköstlichkeiten. Unsere Gastgeber verwöhnen uns.«

Ich lächle, höre aber nicht richtig zu, weil mir ein anderer Gedanke gekommen ist. Ich habe Jamie gegenüber nie etwas davon erwähnt, da er mich sonst höchstpersönlich zu einem Seelenklempner schleifen würde, aber es will mir einfach nicht aus dem Kopf.

Was, wenn das Feuer in der Schule kein Unfall war?

4

Als ich am frühen Sonntagmorgen aufwache, fällt gleißendes Sonnenlicht durch die Schlafzimmerfenster. Ich werde mich niemals daran gewöhnen, ohne Vorhänge zu schlafen. Meine Paranoia von gestern Abend ist im Angesicht des strahlenden Morgens mit seinem Vogelgezwitscher und dem sanften Rauschen des Meeres wie weggeblasen. Ich habe mich gestern die halbe Nacht hin und her gewälzt, da ich die völlige Dunkelheit und die bedrückende Stille nicht gewohnt bin. Als wir zu Bett gingen, war selbst das Mondlicht verschwunden – es war so dunkel, als hätte ich die Augen geschlossen. Dabei habe ich schon als Kind immer ein Nachtlicht brennen lassen. Ich konnte Ziggy am Ende des Bettes mehr spüren als sehen und lauschte angestrengt nach irgendeinem Geräusch, doch da war nichts außer dem Wind und dem fernen Brausen des Meeres. Kein Straßenlärm, keine Flugzeuge am Himmel, keine Stimmen aus der Nachbarschaft und auch keine entfernte Musik. Die Stille dehnte sich ins Unendliche. In Verbindung mit der Finsternis fühlte es sich beklemmend an, als wären wir die einzig verbliebenen Menschen im Universum. Ich war erleichtert, als der Morgen dämmerte.

Jamie schnarcht leise neben mir, und Ziggy schlummert

auf der Bettdecke; meine Beine schlafen beinahe ein unter seinem schweren Körper. Ich schiebe ihn sanft mit den Füßen beiseite. »Ziggy«, flüstere ich, »du darfst doch gar nicht aufs Bett.« Zu Hause erlauben wir es ihm. Aber hier, auf Taras makellosen weißen Bettbezügen, fühlt es sich falsch an. Er ignoriert mich und verlagert seinen Körper gerade so weit, dass ich die Beine auf den Boden schwingen kann.

Über dem Bett hängt ein überdimensioniertes Hochzeitsfoto von Tara und Philip. Sie sehen so verliebt aus, so attraktiv – sie in einem ausladenden bodenlangen Brautkleid, er in einem eleganten, perfekt sitzenden Anzug mit elfenbeinfarbener Seidenkrawatte. Sie schaut voller Liebe zu ihm auf, und er lächelt sanft zu ihr hinunter. Sahen Jamie und ich bei unserer Heirat auch so aus? So voller Hingabe? Auf dem Bild wirken sie wesentlich jünger als in der Zeitung; keine Spuren von Grau in Philips dunkelbraunem Haar, und Taras Teint ist makellos, ihre braunen Augen wirken noch größer in ihrem zarten Gesicht. Ich nehme an, dass sie wenigstens fünfzehn Jahre älter sind als wir, was bedeutet, dass sie etwa Mitte vierzig sein müssen, aber sie können auf dem Bild nicht älter sein als wir jetzt. Ich möchte mehr über Tara erfahren – diese wunderschöne, privilegierte Frau, in deren Haus ich lebe.

Ich küsse Ziggy liebevoll auf den Kopf, dann wickle ich mich in meinen Morgenmantel und steuere das Badezimmer an, ohne Jamie aufzuwecken.

Ich gehe aufs Klo und betrachte neidisch die frei stehende Badewanne, die glänzenden Armaturen und die exklusiven Duftkerzen auf dem Regal darüber. Ich wollte schon immer eine solche Kerze haben, aber sie liegen weit oberhalb meiner finanziellen Möglichkeiten. Ich stelle mir vor, wie Tara schwelgend in einem Schaumbad liegt, ein Buch über Achtsamkeit lesend, während sich der exquisite Duft der Kerzen im Raum ausbreitet. Ich wasche meine Hände, nehme dann eine der Kerzen vom Regal und sauge tief den Duft nach Mandarine und Limette ein. Mein Herz klopft vor Aufregung. Würde irgendwer merken, wenn ich eine mitnähme? Da stehen mindestens sechs von der Sorte. Mehr als Tara benötigt. Sie wird sich doch bestimmt nicht mehr daran erinnern, wie viele sie gekauft hat? Außerdem kann es sie wohl kaum allzu sehr kümmern, wenn sie sie in ihrem Ferienhaus aufbewahrt? Ich blicke nervös zur Tür, als könnte jeden Moment Tara dort auftauchen. Ich kann von hier aus das Himmelbett sehen. Jamie schläft noch immer, einen Arm über seine Augen gelegt. Ich blicke auf die Kerze in meiner Hand. Es ist und bleibt Diebstahl, egal, wie ich es drehe und wende. Widerstrebend stelle ich die Kerze zurück.

Ich stöbere in dem Schrank unter dem Waschbecken herum, unsicher, wonach ich eigentlich suche. Wahrscheinlich bin ich einfach nur neugierig. Ich finde ein türkisblaues Fläschchen Parfüm von Tom Ford. Ich ziehe den Deckel ab und sprühe mir den Zitronenduft auf Hals und Handgelenke. So muss Tara also riechen. Teuer und exklusiv. Ich stelle den Flakon zurück, als mir ein großer Kulturbeutel ganz hinten in der Ecke ins Auge fällt. Ich will gerade danach greifen, als Jamie nach mir ruft.

»Libs, alles in Ordnung?«

Ich schließe hastig den Schrank und kehre ins Schlafzimmer zurück. Jamie hat sich auf einen Ellbogen gestützt, während Ziggy noch immer tief und fest schläft.

»Warum schaust du so schuldbewusst?« Er lächelt. »Du hast doch nicht etwa schon wieder Taras Kleider anprobiert, oder?«

Ich spüre, wie ich rot werde. »Meine Güte, Jay, ich war nur kurz pinkeln.«

Er streckt sich. »Mir tut alles weh. Das Bett ist zu weich.«

»Du klingst schon wie Goldlöckchen. Ich gehe runter und mache uns einen Tee«, sage ich und wende mich zur Tür – ein klitzekleines bisschen beleidigt, weil er mit seinem Scherz über Taras Klamotten näher an der Wahrheit dran war, als er ahnte.

Die Morgensonne strömt durch die französischen Fenster und verleiht dem Wohnzimmer ein reines, frisches Aussehen. Ich will nicht nach Hause, denke ich und gehe zum Kamin, um eine schlanke geriffelte Glasvase zu berühren, die den Sims ziert, ziehe jedoch rasch die Hand zurück, als ich versehentlich einen ausgestopften Papageientaucher streife, der neben einer weiteren Duftkerze steht. All die toten Tiere sind mir nicht geheuer – sie sehen so echt aus und gleichzeitig so offensichtlich leblos mit ihren starren, leeren Augen. Ich kann mir nicht vorstellen, dass Tara sie besonders mag. Das muss Philips Tick sein. Das sanfte kalkige Weiß der Wände, die Teppiche, Überwürfe und Kissen sind definitiv Taras Einfluss geschuldet, da bin ich mir sicher. Der typisch weibliche Anstrich eben. Vielleicht glaubt Philip, er bräuchte die ausgestopften Tiere als eine Art Aushängeschild für seinen ländlichen Lifestyle und hasst sie in Wirklichkeit. Sie passen kein bisschen in dieses Haus.

Ich lasse mich auf das weiße leinenbezogene Ecksofa fallen, strecke mich darauf aus und lege den Kopf auf die weichen Daunenkissen. Ich begutachte die gemusterten Zierkissen und befühle die taubengraue Kaschmirdecke, die über der Lehne liegt, wobei ich mich frage, wo sie die wohl herhat und ob ich denselben Stil in meiner eigenen Wohnung nachahmen könnte. Wenn wir doch nur mehr Geld hätten, um unser Heim aufzuhübschen. Es könnte einen Neuanstrich gebrauchen, außerdem ist unser Sofa eines von Sylvias ausrangierten Stücken, viel zu groß und zu altmodisch für unsere Wohnung.

Ich muss eingedöst sein, da ich von lauter Rockmusik geweckt werde. Mit wild klopfendem Herzen schrecke ich hoch. Der Fernseher an der gegenüberliegenden Wand dröhnt auf voller Lautstärke, und ich sehe mich nach Jamie um, in der Annahme, dass er heruntergekommen sein und ihn eingeschaltet haben muss. Doch da sehe ich ihn in Boxershorts und T-Shirt mit Ziggy im Schlepptau die Treppe hinuntereilen, das widerspenstige Haar steht ihm seitlich vom Kopf ab.

»Verdammt noch mal, Libs, musst du es denn so laut aufdrehen?«, brüllt er, damit ich ihn über die Musik hinweg verstehe.

»Ich … ich war das nicht …« Ich starre verwirrt auf den Bildschirm. Eine Heavy-Metal-Band spielt auf einer

Bühne, während dem Sänger der Schweiß übers Gesicht rinnt. »Er ist von allein angegangen.«

Jamie runzelt die Stirn und geht zum Fernseher. »Wo ist die Fernbedienung?«, brüllt er.

»Ich weiß nicht! Wie ich schon sagte, ich habe ihn nicht angemacht!«, blaffe ich zurück. Er weiß doch, wie sehr ich laute Musik hasse.

Der Lärm ist so ohrenbetäubend, dass ich aus dem Raum flüchten muss. Am ganzen Körper zitternd eile ich in die Küche und wickle meinen Morgenmantel fester um mich, als wäre er schalldicht. Wie ist der Fernseher bloß von allein angegangen?

Ich füttere Ziggy und mache mir eine Tasse Tee. Es geht wirklich blitzschnell, wenn man nicht auf den Wasserkocher warten muss – die Heywoods haben direkt neben der Spüle einen von diesen neumodischen Wasserhähnen, aus denen sofort kochend heißes Wasser kommt. Ich kann noch immer die Musik aus dem Wohnzimmer hören, also schiebe ich die Terrassentür auf und trete in den Garten hinaus; die steinernen Fliesen unter meinen nackten Füßen sind kühl. Von draußen sehe ich dabei zu, wie Jamie diverse Schubladen am Fernsehschrank öffnet und wieder schließt auf der Suche nach einer Möglichkeit, den Fernseher auszuschalten. Ich bin froh, dass wir keine Nachbarn haben, die sich über den Lärm beschweren könnten. Ziggy hingegen scheint die Unruhe nichts anhaben zu können, und er folgt mir in den Garten. »Alles ist gut«, sage ich, beuge mich zu ihm hinab und lege meinen gesunden Arm um seinen Hals. Er blickt sehnsüchtig in Richtung Rasen.

»Na los, geh nur«, ermuntere ich ihn, erhebe mich wieder und schaue ihm hinterher, wie er gemächlich über das taufeuchte Gras läuft. Ich gehe bis zum Rand der gepflasterten Terrasse und bleibe dort stehen. Auf dem Rasen sind Fußabdrücke zu sehen. Große Abdrücke. Von Männerfüßen. Ich wirble herum, um mich zu vergewissern, ob das Gartentor geschlossen ist. Bei unserer Ankunft gestern war es definitiv zu, da ich sichergehen wollte, dass Ziggy nicht weglaufen kann. Nun aber steht das Tor sperrangelweit offen. Ich muss an die offene Haustür gestern Abend denken, und eine Gänsehaut überzieht meine Arme.

»Libs«, sagt Jamie zum x-ten Mal, als wir etwas später den Strand entlangspazieren, »bitte hör auf mit deiner Paranoia. Ich habe dir doch schon gesagt …«

Schwarz vertrockneter Seetang knirscht unter unseren Sohlen. Der Strand ist bis auf ein paar vereinzelte Spaziergänger, die mit ihren Hunden an uns vorbeikommen, so gut wie menschenleer. Ziggy rennt hechelnd voraus, seine Zunge hängt ihm aus dem Maul, während er mit sandigen Pfoten am Wasser entlangtollt. Es ist windig, und ich habe mir eine Mütze über den Kopf gezogen, die sich aufgrund des riesigen Bommels ziemlich schwer anfühlt.

»Was gesagt? Dass diese Fußabdrücke schon seit Ewigkeiten da sein könnten? Das wage ich zu bezweifeln. Es hat die letzten Tage geregnet, das weißt du selbst. Und was ist mit dem Gartentor? Und dem Fernseher?«

Er seufzt. »Der Fernseher war über eine Zeitschaltuhr so programmiert. Das habe ich mittlerweile herausgefunden. Ich weiß nicht, warum das Ding so laut eingestellt war. Vielleicht stehen Philip und Tara einfach auf laute Rockmusik.«

»Sie scheinen mir nicht unbedingt der Typ dafür.«

Jamie bleibt stehen und lässt meine Hand los. »Woher willst du wissen, ob sie der Typ dafür sind oder nicht? Du kennst sie doch gar nicht. Du hast keine Ahnung, wer sie sind.«

Ich fühle mich den Tränen nahe. »Wie meinst du das … ich habe keine Ahnung? Ich weiß schon eine ganze Menge über sie. Ich weiß, dass sie hübsche Dinge mögen und sich für wohltätige Zwecke engagieren. Philip ist ein Facharzt. Ein renommierter Chirurg. Und Tara … nun, Tara ist Hausfrau. Und Mutter. Sie ist wunderschön und fürsorglich. Sie haben ein schwerkrankes Kind, das …«

»Libby«, sagt Jamie sanft und tritt auf mich zu. »Ich weiß, dass du mit ihm telefoniert hast, dass du ihre Fotos gesehen und ihre Habseligkeiten durchstöbert hast. Ich weiß auch, dass du Berichte über die beiden in der Zeitung gelesen hast und wir uns gerade in ihrem Haus aufhalten. Aber es sind nun mal Fremde.«

»Das ist mir durchaus klar.«

»Gut. Dann ist dir bestimmt auch klar, dass sie vermutlich nicht perfekt sind. Sie scheißen und pissen wie der Rest von uns auch.«

Ich stoße ihn von mir. »Bäh, Jay, jetzt werd doch nicht gleich so vulgär.«

»Ich sage es doch nur. Es sind auch nur Menschen. Stell sie nicht auf ein Podest, nur weil sie stinkreich sind.«

Er hat recht, denn genau das habe ich getan. Ich war

schon immer eingeschüchtert von gesellschaftlichen Überfliegern, Menschen mit luxuriösem Lebensstil und einer gewissen Klasse. Vielleicht liegt es daran, dass ich mit Eltern aufgewachsen bin, die ständig ihr Geld zusammenhalten oder, wie im Fall meiner Mutter, nebenher als Putzfrau arbeiten mussten, um über die Runden zu kommen. Sie sprach immer ehrfürchtig von »Mrs. Haughton aus der Villa«, als wäre sie etwas Besseres, nur weil sie in einem Haus mit fünf Schlafzimmern wohnte. Ich nehme still Jamies Hand, und er schaut mir dabei einen Moment zu lange in die Augen, sagt dann aber doch nichts mehr dazu. Stattdessen stapfen wir mit hochgekrempelten Hosen ins Meer und suchen in den Gezeitentümpeln nach Krabben.

Als wir windzerzaust und mit Sand auf Haut und Haar nach Hause kommen, eilen wir stolpernd ins Schlafzimmer und werfen achtlos unsere Klamotten zu Boden, während wir die ebenerdige Dusche ansteuern. Ich lache, als Jamie mich um die Taille packt und meinen Nacken küsst. Ich weiß, dass er versucht, meine Sorgen und Ängste zu zerstreuen. Und es gelingt ihm auch. Seit der Fehlgeburt hat er nicht anderes getan. Immerzu darum bemüht, mich aufzurichten.

Als wir das Baby verloren, war ich am Boden zerstört. Ich glaube, alle waren überrascht, wie schlecht ich die Nachricht aufnahm. »Es war nur ein kleiner Zellhaufen«, sagte Sylvia. »Nicht größer als eine Erdnuss.« »Du hast es verloren, als du etwas Mutiges und Selbstloses getan hast«, tröstete mich Cara; und Jamies ältere Schwester Florrie beharrte darauf, »dass uns die Natur auf diese Weise mitteilt, dass etwas mit dem Baby nicht stimmt«.

Noch nie zuvor hatte Jamie mich emotional so zerrüttet erlebt. Er sagte, dass er immer schon meine Unabhängigkeit bewundert habe. Meine Stärke. Er liebte es zuzuhören, wenn ich erzählte, wie ich mich selbst aus der – wie er es nannte – »Gosse« herausgeholt hatte, um zu studieren und damit meinen Traum zu verwirklichen, Lehrerin zu werden. Wie ich alles aufgegeben hatte, um nach dem Tod meiner Eltern nach Thailand zu reisen. Doch Kinder sind mein großer wunder Punkt. Ich liebe sie. Ich liebe es, ihre Lehrerin zu sein, und darum wünsche ich mir auch so verzweifelt, selbst Mutter zu sein.

Doch jetzt sind die Dinge zwischen uns anders. Ich merke, dass Jamie mich nicht mehr im selben Licht sieht. Er ist fürsorglicher. Für ihn bin ich nunmehr ein zerbrechliches Wesen – mit einem gebrochenen Arm und einer leeren Gebärmutter. Ich bekomme Herzrasen von Lärm und Krach, was früher nie der Fall war. Ich bin nervös, geradezu paranoid. Verängstigt. Ich habe das Gefühl, die Kontrolle zu verlieren, und das hat meine sorgsam in sich abgestimmte Welt völlig auf den Kopf gestellt. Die Welt, an deren Schaffung ich so lange und so hart gearbeitet habe.

5

Da ist ein Klingeln in meinen Ohren. Es ist ohrenbetäubend schrill und monoton wie ein Pressluftbohrer und kommt mir bekannt vor ... Feueralarm! Panik packt mich, drückt mich nieder und zerquetscht meine Brust. *Feuer!* Ich muss hier raus. Kalter Schweiß bricht mir am ganzen Körper aus. Ich bin im Hostel. Es ist viel zu heiß. Die Dunkelheit senkt sich über mich, und ich sitze in der Falle. Ich höre das Geräusch rennender Schritte, Rufe in einer Sprache, die ich nicht verstehe. Schreie. Der Rauch dringt in meine Nase, meine Lunge, ich bekomme keine Luft. Ich spüre Arme um mich herum ... ich versuche, sie abzuschütteln. »Loslassen! Loslassen!«

»Libby. Alles ist gut ... schhh, wach auf.«

Ich schlage die Augen auf und sehe Jamie, der mit sorgenvoller Miene auf mich herabschaut, spüre seine Hände auf meinen Schultern. Ich liege auf dem Sofa. Im Hideaway. Ich bin in Sicherheit ... in Sicherheit. Ich muss eingeschlafen sein ... aber der Lärm ... ich kann ihn immer noch hören.

»Es ist nur der Rauchmelder«, erklärt Jamie, als könne er meine Gedanken lesen. »Er ist in der Küche losgegangen, als ich ein paar Toasts gemacht habe.« Er lächelt entschuldigend. »Ich wollte etwas von der teuren Pâté essen, aber dieser verflixte Alarm ist viel zu sensibel. Noch eine Minute, dann geht er aus. Ich habe schon den Ausschaltknopf gedrückt …« Ich entziehe mich seinem Griff, und er weicht zurück, als hätte ich ihn gebissen. »Du hattest einen Albtraum. Ich habe nur versucht, dich zu wecken.«

Ich setze mich aufrecht hin. »Ich dachte …« Das Schrillen verstummt, und augenblicklich beruhigt sich mein Herzschlag, obwohl ich noch immer ein schwaches Klingeln in meinen Ohren höre.

Jamie setzt sich neben mich, berührt mich aber nicht. Auf dem Sofatisch steht ein Teller mit zwei verbrannten Toastscheiben mit schwarzen Rändern.

»Libs, du zitterst ja …«

Ich habe einen widerlichen Geschmack im Mund, und mein Top unter dem Morgenmantel klebt schweißfeucht an meinem Körper. »Ich dachte, ich wäre in dem Hostel«, sage ich verwirrt. Ich blicke mich um, nur um sicherzugehen, dass ich auch wirklich im Hideaway und nicht in Thailand bin. Tara lächelt von der Fotoleinwand über dem Fernseher zu mir herab. Der Anblick ihres Bildes bringt mich vollends in die Gegenwart zurück.

Mein Kinn zittert. Ich will nicht weinen.

Jamie bemerkt es und nimmt mich in die Arme. »Oh, Süße.« *Süße*. So hat er mich seit Jahren nicht mehr genannt.

»Es hat sich so echt angefühlt«, flüstere ich an seiner Schulter; meine Kehle ist so rau, als ob ich tatsächlich Rauch eingeatmet hätte. Dann entziehe ich mich seiner

Umarmung, stehe auf und zupfe an meinem Ausschnitt. Ich bekomme schlecht Luft.

Mit zitternden Knien gehe ich zu den französischen Türen, drehe den Schlüssel, um eine Seite zu öffnen, und trete dann unter den sternenlosen Himmel, wobei ich meinen kranken Arm umfasst halte. Ich habe die Schlinge entfernt, doch der Gips ist schwer. Ich krümme und strecke meine Finger – ich kann es kaum erwarten, das blöde Ding loszuwerden.

Draußen ist es unglaublich dunkel, diese Art von nächtlichem Himmel, den man nur auf dem Land sieht – undurchdringlich und unendlich tief, frei von jeglicher Verschmutzung oder dem Licht der Straßenlaternen. Ich nehme ein paar tiefe, frische Atemzüge, schmecke das Salz auf meiner Zunge und höre das Tosen der Wellen unter uns. In dieser beinahe vollkommenen Finsternis wird mir erneut klar, wie abgeschnitten wir hier von allem sind, wie weit weg von der Zivilisation. Plötzlich verspüre ich Sehnsucht nach unserer belebten Straße in Bath mit all den Menschen, die laut und hektisch ihrem Alltag nachgehen. Es ist so still hier draußen. Zu still.

»Du sprichst nie darüber. Was in Thailand passiert ist.« Beim Klang von Jamies Stimme zucke ich erschrocken zusammen. Ich drehe mich um, und da steht er im Türrahmen, eine dunkle Gestalt vor dem gedämpften Wohnzimmerlicht. Er hat sich eine Ewigkeit mit der Fernbedienung beschäftigt, bis ihm die richtige Stimmung gelang.

»Ich will es nicht noch einmal durchleben«, erkläre ich.

»Aber das tust du. Du durchlebst es ständig wieder. So

wie gerade eben erst. Und vermutlich auch, als das Feuer in der Schule ausbrach.«

»Ich möchte es einfach vergessen. Es begraben. Es ist meine Art und Weise, damit umzugehen.«

Ich habe ihm nie genau erzählt, was passiert ist. Mir. Karen. Er weiß, dass meine Freundin starb. Er weiß, dass ich das Glück hatte zu entkommen. Manchmal belasten mich all diese Dinge, die ich ihm nicht erzählt habe. Weil wir keine Geheimnisse voreinander haben sollten. Und doch haben wir welche. Ich weiß, dass es gewisse Dinge gibt, die auch er mir vorenthält. Zum Beispiel die Gefühle, die er für Hannah hatte. Oder den Kredit, den er von seiner Mutter bekommen hat und von dem er glaubt, dass ich nichts davon wüsste. Und das ist auch in Ordnung. Ich verstehe das. Weil wir einander lieben und einander vertrauen müssen. Ich halte nichts von diesem Therapiequatsch. Ich werde mich niemals auf die Coach einer psychiatrischen Praxis legen, um dann bei Fragen wie »Und wie fühlen Sie sich dabei?« mein Herz auszuschütten. Das bin einfach nicht ich. Was mich betrifft, ist die Vergangenheit vergangen. Und genau darum sollte sie das auch bleiben.

Als ich am nächsten Morgen nach einer unruhigen Nacht erwache, beschließt Jamie, dass wir den Tag draußen verbringen sollten. Er muss es nicht extra sagen; ich weiß auch so, dass er mich aus dem Haus schaffen will. Dass ich gestern Abend wegen des Rauchmelders ausgerastet bin, hat vermutlich das Fass zum Überlaufen gebracht.

»Wir könnten nach St. Mawes fahren und uns das Schloss anschauen. Es wurde von Heinrich VIII. erbaut. Es heißt, es sei wirklich sehenswert«, schlägt er während des Frühstücks vor. »Oder hast du Lust auf den Leuchtturm auf Lizard Point?« Er hat eine Landkarte auf der Kücheninsel ausgebreitet und studiert sie aufmerksam, während er Shreddies-Frühstücksflocken in sich hineinlöffelt. Ich muss immer wieder schmunzeln, wenn ich sehe, wie sehr er diese Dinger liebt, die für mich unter Kinder-Zerealien laufen. Kellog's Frosties gehören ebenfalls zu seinen absoluten Favoriten. Er fährt nirgendwohin, ohne einen Vorrat einzupacken.

»Wie weit weg ist denn der Leuchtturm?«

»Eine Stunde, maximal.«

Der Gedanke, so lange im Auto eingepfercht zu sein, erscheint mir nicht besonders verlockend – ich werde diese Übelkeit seit gestern Abend einfach nicht los –, aber ich will ihm auf keinen Fall seine gute Laune verderben. Lieber besichtige ich diesen Leuchtturm, als um ein feuchtkaltes, zerbröckelndes Schloss herumzulaufen. Außerdem wird es mir guttun, aus dem Haus zu kommen, sosehr ich es auch liebe.

Wir überlegen, ob wir Ziggy mitnehmen sollen, entscheiden uns aber dagegen, auch wenn ich einen Stich schlechten Gewissens verspüre, als wir uns zum Aufbruch rüsten und er uns aus seinen großen braunen Hundeaugen ansieht.

»Wir bleiben nicht lange fort, Zigs«, sagt Jamie, und ich werfe dem Hund noch eine Kusshand zu, bevor die Tür zufällt. Jamie sieht mich mit unsicherer Miene an. »Meinst du, es wird ihm gut gehen? Was, wenn er auf die teuren Möbel kackt oder so?«

»Er ist stubenrein«, erwidere ich lachend.

Jamie bleibt unschlüssig auf der Türschwelle stehen. »Libs, mir ist wirklich nicht wohl bei dem Gedanken, ihn allein zu lassen.« Er steckt den Schlüssel wieder ins Schloss und schiebt die Tür auf, als uns auch schon Ziggy entgegenspringt.

Ich verdrehe die Augen in gespielter Verzweiflung. »Na gut, aber er wird im Auto bleiben müssen, solange wir den Leuchtturm besichtigen. Danach können wir ja einen ausgedehnten Spaziergang mit ihm machen.« Jamie eilt ins Haus zurück, um die Hundeleine zu holen. »Und vergiss seinen Wassernapf nicht!«, rufe ich ihm hinterher, während ich mich zu Ziggy beuge, damit er nicht wegrennt.

Es ist kälter als am Tag unserer Ankunft; der Himmel ist schiefergrau, und ein eisiger Wind weht vom Meer her. Ich wickle meinen Schal fester um den Hals, während Jamie Ziggy auf den Rücksitz klettern lässt. »Lass das Verdeck geschlossen«, ermahne ich ihn, als ich mich auf den Beifahrersitz schiebe. »Ich friere so schon, und ich kann mir noch nicht einmal meinen Mantel vernünftig anziehen wegen dieses verflixten Gipses.«

»Ich wollte das Verdeck gar nicht öffnen«, erwidert er sanft, wobei er mir gleichzeitig einen Seitenblick zuwirft, wie um meinen emotionalen Zustand abzuschätzen.

Ich möchte ihn anschreien: *Hör auf, mich wie ein rohes Ei zu behandeln!* Aber ich kann nicht, da mir klar ist, dass er sich aus Liebe zu mir sorgt. Trotzdem hasse ich es, wie eine Jungfer in Nöten behandelt zu werden. Mir ist klar, dass ich mir mit meinen Ängsten vor irgendwelchen Schreckensszenarien selbst keinen Gefallen tue, und als das Auto die schmale Landstraße entlangrollt, schwöre ich mir, mich zusammenzureißen und meine paranoiden Gedanken in den Griff zu bekommen. Ich will, dass Jamie mich wieder als die starke, unabhängige Frau sieht, in die er sich damals verliebt hat. Die Frau, die sich nichts gefallen ließ. Die Frau, die seine Mutter einst, nach einer hitzigen Debatte mit Katie über das britische Erziehungssystem, abschätzig als »ziemlich kampflustig« bezeichnete.

Wir reden nicht. Ich sehe aus dem Fenster, während die Landschaft in grauen und grünen Blitzen an uns vorbeizieht. Auf den Feldern in der Ferne grast eine Herde Schafe, deren weiche, wollige Felle sich weiß vor dem üppig grünen Hintergrund abzeichnen und mich an ein Kinderbild erinnern. Jamie dreht das Radio auf, doch diesmal singt er nicht mit.

Schließlich biegt er rechts ab, und ich sehe den Leuchtturm, der sich neben einer Reihe gedrungener weißer Häuschen mit türkisgrünen Fenstersimsen erhebt. Der Mini Cooper rumpelt über den holprigen Asphalt, und mir wird übler, als mir ohnehin schon ist, bis Jamie endlich in eine freie Parklücke zurücksetzt. »Perfekt«, sagt er, als er den Motor ausmacht. »Zuerst der Leuchtturm?«

»Ein Königreich für einen Starbucks«, gestehe ich.

Er grinst. »Ich glaube ja nicht, dass sie hier Starbucks haben. Aber wir könnten danach das Café da drüben ausprobieren.«

»Ja, aber ob sie dort Caramel Macchiato haben? Du

weißt doch, dass ich Kaffee nicht ohne einen Schuss Sirup runterbringe.«

Er drückt sanft meinen Oberschenkel. »Ich werde mein Bestes tun«, verspricht er, und die Spannung zwischen uns ist verflogen. Er dreht sich zu Ziggy um. »Und dir verspreche ich, dass wir einen richtig langen Spaziergang unternehmen, sobald wir zurück sind.«

Wir schlendern mit unserem Guide, einer jungen, hübschen Frau mit roten Korkenzieherlocken namens Ruth, im Leuchtturm umher. Ich bekomme beinahe Platzangst, eingepfercht in dem kleinen runden Raum mit neunzehn anderen Besuchern. Mir ist noch immer schlecht von der Autofahrt, und der Mann neben mir riecht, als habe er sich eine ganze Weile nicht gewaschen. Jamie lauscht fasziniert, während Ruth uns einen Abriss über die Geschichte des Leuchtturms gibt und dann über eine klapprige Holztreppe nach oben führt, damit wir die sagenhafte Aussicht auf das Meer genießen können. Ich gebe mir Mühe, Begeisterung zu heucheln, aber ich fühle mich, als wäre ich bei der Arbeit, auf einem unserer zahllosen Schulausflüge.

Endlich werden wir wieder nach draußen entlassen, und ich atme tief die frische Meeresbrise ein, um mich vom Mief ungewaschener Körper und alter, verstaubter Sehenswürdigkeiten zu reinigen. Mein Geruchssinn scheint sensibler als normal: das feuchte Gras, die salzige Luft, der Kaffeeduft aus dem nahe gelegenen Café, das fruchtige Shampoo einer vorbeigehenden Frau. Das einzige andere Mal, dass mein Geruchssinn so ausgeprägt war, war während meiner Schwangerschaft. Bin ich es womöglich wieder? Instinktiv reibe ich über meinen Bauch, wohl wissend, dass es äußerst unwahrscheinlich wäre. Vor unserer Abfahrt nach Cornwall hatten Jamie und ich nur einmal Sex. Ich weiß, dass im Zweifelsfall nur einmal reicht, um schwanger zu werden, aber ich glaube kaum, dass ich so ein Glückspilz bin.

Ich schlendere in Gedanken versunken über den Rasen, als mir auffällt, dass Jamie nicht bei mir ist. Ich drehe mich um und sehe ihn im bogenförmigen Eingang des Leuchtturms, wo er in eine angeregte Unterhaltung mit Ruth vertieft ist. Er hat die Augenbrauen gerunzelt und lauscht konzentriert, als sie spricht. Dann erwidert er wohl etwas Lustiges, denn sie wirft lachend den Kopf in den Nacken und berührt seinen Arm, wobei ihre Finger länger als unbedingt nötig an seinem Wollmantel hinabstreifen. Sie muss gute zehn Jahre jünger sein als er, aber es ist offensichtlich, dass sie auf ihn steht – das tun die Streberinnen immer. Er hat diesen schelmischen Geeklook, den manche Frauen – ich eingeschlossen – sexy finden; eine Art blonder, jüngerer Jarvis Cocker. Er trägt einen langen Mantel über seiner abgewetzten Jeans und einen roten Schal. Er sieht aus wie ein Professor. Oder ein Langzeitstudent.

Ich reiße den Blick von den beiden los und spaziere gemächlich in Richtung Café, da ich weiß, dass Jamie bald zu mir stoßen wird. Als er zu mir aufholt, ist er ganz außer Atem, und seine Wangen sind gerötet.

»Wusstest du«, fragt er aufgeregt und hakt meinen gesunden Arm bei sich unter, »dass, bevor man auf das

Computersystem umgestellt hat, immer drei Mann im Leuchtturm anwesend sein mussten?«

»Nein, das wusste ich nicht.« Jamie liebt es, mit wahllosen, meist nutzlosen Fakten um sich zu werfen.

»Ganz früher waren es nur zwei. Aber das hat man geändert. Und weißt du auch, warum?«

Ich zucke mit den Schultern.

»Komm schon, Libs, tu mir den Gefallen.«

Ich seufze. »Okay, warum?«

Ich kann förmlich sehen, wie er sich im Geist vor Freude die Hände reibt. »Nun, Ruth zufolge hatte vor langer Zeit, auf einer abgelegenen Insel vor Wales, einer der diensthabenden Leuchtturmwärter einen Herzinfarkt oder so was in der Art. Jedenfalls blieb der andere daraufhin mit dem Leichnam allein, ganz auf sich gestellt. Monatelang.«

Mittlerweile haben wir, sehr zu meiner Enttäuschung, das Café hinter uns gelassen und die Klippen erreicht. Ich bleibe stehen und krame in der Tasche nach meinem Handy, damit ich ein Bild von der Bucht unter uns machen kann. Der Himmel ist bewölkt; der Wind zerrt an unserem Haar und unseren Mänteln, wie um unsere Aufmerksamkeit von der atemberaubenden Aussicht abzulenken. Das Wasser ist von einem wütenden, tiefen Blau, und die weiß schäumende Gischt bricht sich an den Felsen, um schließlich am zerklüfteten Ufer zu zerbersten. Das Brausen des Windes mischt sich mit dem Tosen der See und ist so ohrenbetäubend, dass wir beinahe schreien müssen, um uns verständlich zu machen.

»Er hatte Angst, dass die Polizei ihn des Mordes an dem

Mann beschuldigen könnte, also bewahrte er seinen Leichnam als Beweis auf und hängte ihn aus dem Fenster«, fährt Jamie mit seiner Geschichte fort.

»Igitt, Jamie! Warum bitte sollte er die Leiche seines Freundes aus dem Fenster hängen?«

»Weil im Leuchtturm kein Platz war. Der Raum war zu klein. Außerdem war der Kerl tot, Libs. Er begann zu verwesen. Zu stinken. Moment … lass mich das machen«, sagt er und nimmt mir das Handy aus der Hand, als er sieht, dass ich Schwierigkeiten damit habe.

»Danke«, antworte ich schaudernd und rümpfe dann die Nase. In der Luft hängt ein beißender Geruch; eine Mischung aus Meersalz und Fisch. »Wie hat er ihn denn rausgehängt?«, will ich wissen. Ich kann meine Neugier nicht unterdrücken, obwohl ich wissen sollte, dass es keine gute Idee ist, Jamie zu weiteren Erläuterungen zu ermuntern.

Er strahlt, sichtlich erfreut, diesen Teil des historischen Tratsches auch noch zum Besten geben zu dürfen. »Nun, er hat einen provisorischen Sarg gebaut, seinen toten Freund darin deponiert und ihn dann aus dem Leuchtturm gehängt.« Jamie hegte schon immer eine morbide Faszination für Obskures und Okkultes und ist Abonnent der *Fortean Times*, einer Zeitschrift für unerklärliche, übernatürliche Phänomene. »Doch aufgrund der Witterungsverhältnisse zerfiel der Sarg, sodass schließlich nur noch der verwesende Leichnam dort hing und im Wind gegen das Fenster schlug, als wolle er seinen Freund zu sich hinauslocken. Kannst du dir das vorstellen? Zuzusehen, wie dein Freund langsam verrottet und verwest und …«

Mir dreht sich der Magen um. »Schon gut, Jay, ich kann es mir vorstellen. Warum hat der Mann denn keine Hilfe geholt?«

Er verdreht die Augen, als sei das ganz offensichtlich. »Na, weil er den Leuchtturm nicht unbeaufsichtigt lassen konnte, klar? Er sendete Notsignale aus, doch monatelang konnte niemand kommen. Es heißt, der Anblick seines herumbaumelnden Freundes habe ihn in den Wahnsinn getrieben.«

»Das wundert mich nicht. Können wir jetzt das Thema wechseln?«

Er grinst mich mit funkelnden Augen an. »Klar.«

»War das die Geschichte, die Ruth dir erzählt hat? Während sie über deine Scherze gelacht hat und auch sonst ziemlich am Flirten war?« Es rutscht mir einfach so heraus, und ich bemerke den Anflug von Überraschung in Jamies Gesicht.

Er zuckt gutmütig mit den Schultern. »Was soll ich sagen?«, erwidert er und zwinkert mir dabei zu. »Ich hab's immer noch drauf.«

Ich boxe ihn in den Arm. »Das hättest du wohl gerne«, antworte ich lachend. »Na ja, solange du nicht vergisst, dass du mir gehörst.«

»Wie könnte ich das je vergessen?«

Wir laufen zum Gipfel des grasbewachsenen Hangs, um eine bessere Sicht auf die Bucht und die zerklüfteten Felsen unter uns zu bekommen. Die Küste ragt zickzackförmig ins Meer hinaus. »Ist das eine Robbe?«, frage ich Jamie, stupse ihn an und deute auf eine dunkle Stelle, an der etwas aus dem Wasser emporsteht.

»Nein, das ist nur ein Felsen«, meint er blinzelnd. Er hebt mein Handy in die Höhe, um noch ein paar Fotos zu schießen.

Ich bemerke eine Touristengruppe hinter uns, die sich auf Französisch unterhält. Über Jamies Schulter hinweg fällt mir ein Mann Ende dreißig auf, der einen übergroßen grauen Fleecepullover mit aufgestelltem Kragen trägt, der sein Kinn verbirgt, dazu eine schwarze Strickmütze, die er sich tief in die Stirn gezogen hat. Sie erinnert mich an den Teewärmer, den Mum benutzte, als ich noch klein war. Um seinen Hals baumelt eine Kamera mit Zoomobjektiv, und sein Gesicht wirkt so rau wie die tosende See unter uns. Irgendwas an ihm kommt mir komisch vor. Jetzt richtet er die Kamera auf Jamie und hebt sie immer wieder ans Auge wie ein Paparazzo. Jedes Mal, wenn Jamie sich bewegt, bewegt sich auch der Mann … und seine Kamera. Jamie merkt nichts davon, stattdessen erzählt er mir von einer Doku über Robben, die er gestern Nacht noch gesehen hat, nachdem ich ins Bett gegangen war. Etwas an dem Kerl ist mir nicht geheuer. Versucht er etwa, ein Foto von mir zu machen? Oder von Jamie? Kurz überkommt mich der leicht paranoide Gedanke, dass er von der Polizei sein könnte oder ein Privatdetektiv, und meine Handflächen werden feucht. Sanft lenke ich Jamie weiter den Hügel hinauf, um unauffällig in dem Gedränge der anderen Touristen unterzutauchen.

Sehnsüchtig werfe ich einen Blick zurück zu dem Café. Ich benötige dringend Koffein, aber wir können jetzt nicht stehen bleiben. Ich suche die Gesichter hinter mir nach dem Mann mit der Kamera ab. Über die Schulter einer hoch aufgeschossenen Frau hinweg kann ich gerade noch seine Mütze erkennen. Hat er das Interesse an uns verloren? Vielleicht hat er uns mit seiner Kamera ja gar nicht im Fokus gehabt. Erleichtert wende ich mich wieder zu Jamie. Natürlich ist er kein Privatdetektiv. Wer sollte überhaupt einen anheuern? Und warum?

Ich möchte Jamie gerade fragen, ob wir umkehren sollen, um uns einen Kaffee zu besorgen, als ich ihn aufschreien höre. Er stolpert gegen mich, woraufhin ich nach vorne gestoßen werde. Es passiert so schnell, dass ich den Halt auf dem unebenen Boden verliere und ins Straucheln gerate. Ich bin panisch darauf bedacht, meinen gebrochenen Arm zu schützen, sodass ich immer weiter den Hügel hinabrase … direkt auf den Rand der Klippe zu. Das Blut rauscht in meinen Ohren, als ich mich schon auf die Felsen unter uns stürzen sehe, doch ich schaffe es nicht anzuhalten; es ist, als befände ich mich auf einem Laufband und könnte nicht abspringen. Ich höre Schreie und bin nicht sicher, ob es meine sind. Als Nächstes spüre ich einen Druck um meinen Hals, als ich an meinem Schal zurückgezerrt werde … dann vertraute Hände, die mich an der Taille packen.

»Alles ist gut, Libs, ich hab dich«, keucht Jamie atemlos vor Angst. »Ich hab dich.«

Wir befinden uns ganz am Rand, wo der Boden abrupt abfällt – nur ein, zwei Schritte weiter, und es wäre zu spät gewesen. Meine Beine fühlen sich an wie Gummi, und mein Hals schmerzt von dem Schal, an dem Jamie mich zurückgezerrt hat. Ich lasse mich von ihm den Hügel hinaufführen, bis wir uns wieder auf dem sicheren Gehweg befinden, dann sinken wir gemeinsam zu Boden, als wären unsere Gliedmaßen aneinandergefesselt. Ich zittere am ganzen Körper. Die erschrockenen Touristen versammeln sich um uns und erkundigen sich nach unserem Befinden. Ein älterer Herr kehrt aus dem nahe gelegenen Café zurück und drückt mir wortlos eine Tasse Tee in die Hand. Meine Zähne klappern, als ich mich stammelnd bedanke. Seine Freundlichkeit in Verbindung mit dem Schock treiben mir die Tränen in die Augen.

»Mein Gott, Libs, du bist beinahe über die Klippe gestürzt«, sagt Jamie mit zittriger Stimme. »Es tut mir so leid. Jemand hat mich in den Rücken gestoßen, und ich bin gegen dich geprallt.« Er ist vollkommen aufgelöst.

»Mach dir keine Sorgen, ich glaube nicht, dass du mich umbringen wolltest.« Ich versuche ein Lächeln und nehme einen Schluck von dem Tee, während ich mir die Hände an der Tasse wärme.

»Das ist nicht lustig.« Trotzdem lächelt er schwach. »Scheiße, das war vielleicht ein Schreck.«

Als die Touristen sehen, dass wir unversehrt sind, zerstreuen sie sich allmählich wieder.

»Hast du gesehen, wer dich gestoßen hat?«, frage ich. Mir ist speiübel.

Er runzelt die Stirn. »Nein, nicht direkt. Da stand ein Typ neben mir. Ein großer Kerl, ziemlich breit und stämmig. Aber ich bin mir nicht sicher, ob er es war.«

»Trug er eine schwarze Strickmütze?«

Jamie legt wieder die Stirn in Falten. »Ich weiß nicht genau. Warum?«

»Bevor du gestoßen wurdest, ist mir ein Mann aufgefallen. Er hatte eine Kamera um den Hals und machte Fotos.«

»Und?«

»Fotos von dir, Jay. Er hatte seine Kamera auf dich gerichtet.«

Jamie verlagert betreten das Gewicht, während sein Blick von mir abschweift. »Warum sollte er das tun?«, murmelt er.

Ich lasse ein, zwei Sekunden verstreichen, bevor ich antworte. »Ich weiß es nicht.« Ich seufze und reiche ihm meine Tasse. Er rappelt sich auf und hilft mir auf die Füße.

»Hör zu, Libs, das war ein Unfall. Es standen einfach zu viele Leute herum. Du willst mir doch nicht etwa erzählen, dieser Kerl hätte das mit Absicht getan, oder?«

Ich starre zu Boden, während die Gedanken in meinem Kopf sich überschlagen. »Ich bin mir nicht sicher. Nein, ich glaube nicht. Es ist nur … Dieser Kerl war an dir interessiert.«

Jamie grinst verschmitzt. »Vielleicht stand er ja auf mich? So wie Ruth, was?«

Ich muss lachen. »Sei kein Idiot.«

Er schließt mich in seine Arme. »Du bist ja eiskalt. Komm, lass uns dir was zu essen besorgen, damit du dich aufwärmen kannst. Und dann gehen wir besser wieder zu Ziggy zurück.«

Ich nicke und lasse mich von ihm zum Café führen. Aber ich fühle mich unwohl, während ich die Menge und die Nachzügler absuche, die sich auf dem Weg zum Leuchtturm und Parkplatz befinden. Es ist egal, was Jamie sagt. Ich weiß, dass es keine Paranoia ist. Etwas an diesem Kerl und seinem Interesse an meinem Ehemann war merkwürdig.

6

Als wir wieder beim Hideaway ankommen, dämmert es bereits. Von der Straße aus sehe ich, dass die Sicherheitsbeleuchtung im Garten hinter dem Haus angegangen ist; die Lampen tauchen den Rasen in ein bleiches Licht und werfen dunkle Schatten über Bäume und Büsche, sodass sie aussehen wie schwarz angemalt.

Warum sind die Lichter an?

Jamie steuert das Auto in die Einfahrt, und sofort geht auch die Sicherheitsbeleuchtung vor dem Haus an. Er macht den Motor aus und wendet sich zu mir.

»Alles klar bei dir?«, fragt er, als er sieht, dass ich keine Anstalten mache auszusteigen.

»Im Garten sind die Lichter an. Ich habe sie von der Straße aus gesehen …«

Er runzelt die Stirn. Schon frage ich mich, ob er mich gleich wieder kritisieren und mir erzählen wird, dass ich überängstlich sei. Aber das tut er nicht. »Wahrscheinlich eine Katze oder so«, sagt er stattdessen und öffnet die Wagentür. Ziggy springt heraus und rennt übermütig aufs Haus zu, wobei die Kiesel unter seinen Pfoten nur so fliegen.

Ich folge ihm und bemühe mich, das bange Gefühl tief in meinem Inneren zu ignorieren. Ich ziehe den Mantel fester um mich, da der Wind ungebärdig am Stoff zerrt, und blicke mich um. Ich mustere die Büsche und Bäume, die das Anwesen umgeben, die hohen Mauern. War jemand im Garten? Ich gehe zum Tor, dem einzigen Zugang hinter dem Haus, und streiche mit den Fingern über das raue Holz, als sei ich ein Forensiker. Da ist kein Schloss am Tor. Jedermann hätte sich mit Leichtigkeit Zugang verschaffen können. Oder ist derjenige einfach vom Strand hochgekommen? Plötzlich wird mir speiübel, und ich kann nicht so recht ausmachen, ob die lange Autofahrt oder die Sorgen der Grund sind.

»Wonach suchst du?«, fragt Jamie neben mir.

Ich zucke die Achseln. »Keine Ahnung. Beweise, nehme ich an …«

»Beweise?« Er prustet los. »Bist du jetzt Miss Marple oder so? Es gab hier keinen Mordfall, Libs.« Er klingt so unbekümmert, dass ich allmählich selbst glaube, dass es keinen Grund zur Sorge gibt. Er nimmt meine Hand und drückt sie aufmunternd. »Komm, lass uns eine Runde durch den Garten machen, dann kannst du dich mit eigenen Augen vergewissern. Mum hat übrigens auch eine Sicherheitsbeleuchtung im Garten, die ständig angeht, und meist ist es wegen einer der Nachbarskatzen.« Er spricht wieder mit dieser gekünstelt heiteren Stimme, als wäre ich eine tattrige alte Dame oder ein Kleinkind, das etwas Zuspruch benötigt. Er führt mich hinters Haus, das mittlerweile in vollkommene Dunkelheit getaucht ist, und die Lichter gehen erst wieder an, als wir die Terrassentüren erreichen. Er zieht den Schlüssel aus seiner Hosentasche, schiebt die Tür auf und tritt in die Küche. Ich bleibe, wo ich bin. Von meinem Standort aus kann ich das Meer sehen, das grau und wütend tobt, während es das letzte Licht des Tages verschlingt. Im Zwielicht sieht alles ein wenig düster und trostlos aus. Ich lasse meinen Blick über den Garten schweifen, über die Rattanmöbel und die Terrasse. Nichts wirkt ungewöhnlich oder fehl am Platz. Trotzdem wünsche ich mir nicht zum ersten Mal, das nächste Haus wäre nicht so weit weg.

Ich sehe den Dampf in der kalten Luft, als Jamie uns mit dem Heißwasserhahn eine Tasse Tee aufbrüht. Er scheint sich hier daheim zu fühlen und wirkt vollkommen entspannt in der hochmodernen Küche der Heywoods. Ziggy klebt förmlich an seiner Seite und stupst mit der Pfote gegen sein Bein, weil er auch etwas zu trinken haben möchte.

Ich atme tief ein. Alles ist so, wie es sein sollte. Das Licht wurde durch eine streunende Katze ausgelöst, nicht durch einen Eindringling. Nicht mehr und nicht weniger. *Hör auf, den Teufel an die Wand zu malen, Libby.*

Am nächsten Morgen spazieren wir mit Ziggy am Strand entlang und unterhalten uns über Jamies jüngere Schwester Katie, die wieder mal Ärger mit ihrem Freund hat. Jamie ist das mittlere von drei Kindern – der einzige Junge –, und seine Schwestern bereiten ihm ständig auf die eine oder andere Art Kummer; in einem Moment sind sie überfürsorglich, nur um sich im nächsten bei ihm auszuheulen, wenn sie aufgrund der diversen Männer in ihrem Leben wieder mal eine schwere Zeit durchmachen.

Sein Vater starb, als Jamie noch an der Universität war, lange bevor wir uns kennenlernten. Er war damals mit Hannah zusammen, seiner Sandkastenliebe – dem Mädchen, dessen Herz er gebrochen hat, wie mir seine Mutter ständig erzählt. Ich spüre, dass Sylvia sich wünscht, ihr einziger Sohn hätte Hannah geheiratet anstelle von mir, was sie dadurch beweist, dass sie Hannah – die mittlerweile alleinerziehende Mutter eines kleinen Sohnes ist – bei jeder sich bietenden Gelegenheit zu sich einlädt. Als wäre sie ein Teil der Familie und nicht eine Ex-Freundin von Jamie, mit der er vor zehn Jahren Schluss gemacht hat. Die Tatsache, dass sie darüber hinaus seit ihrem siebten Lebensjahr die beste Freundin von Katie ist, macht es nicht gerade einfacher.

Katie ist nie mit mir warm geworden. Ich merke es an der Art, wie sie mit mir spricht – sarkastisch und desinteressiert –, an der Art, wie sie mich mit ihrem Blick durch den Raum hindurch verfolgt – schweigend und missbilligend. Ich versuche, mich nicht davon beirren zu lassen, da ich weiß, dass Jamie mich liebt, dass jegliche Gefühle, die er einst vielleicht für Hannah hegte, ganz klar eine Sache der Vergangenheit sind. Außerdem tut sie mir leid, da sie eine schwere Zeit hinter sich hat; sie war mit einem windigen Frauenhelden verheiratet, der sie schwanger sitzen ließ. Sie ist ein stiller Mensch, mit großen, aufmerksam blickenden Augen. Es ist offensichtlich, dass sie Jamie immer noch anhimmelt – es steht ihr ins Gesicht geschrieben, wenn sie ihn anschaut. Manchmal, wenn ich Jamie und Hannah bei diversen Familientreffen mit ihrem vierjährigen Sohn Felix in der Mitte beisammensitzen sehe wie eine kleine Familie, überkommt mich eine schmerzhafte Unsicherheit, und ich fühle mich gekränkt, weil Sylvia sich derart unsensibel zeigt. Es ist auch nicht gerade hilfreich, dass Hannah und ihr Sohn nur einen kurzen Fußweg entfernt wohnen. Manchmal fühle ich mich erdrückt von der schieren Kraft ihrer Zusammengehörigkeit und gemeinsamen Geschichte. Ich kann mir nicht helfen, aber ich komme mir vor wie eine Außenseiterin. Ich habe keine eingeschworene Familie oder Gruppe. Jamie ist alles, was ich habe.

Doch in Cornwall sind wir weit weg von alldem. Hier gibt es nur uns beide, Jamie und mich, und ich habe das Gefühl, endlich wieder frei atmen zu können.

Es hat über Nacht geregnet, und der Sand ist noch immer so feucht, dass unsere Turnschuhe Spuren darin hinterlassen. Wir schlendern Hand in Hand, während Ziggy vor uns hertrottet. Die Rückseite des Hideaway ist vom Strand aus zu sehen, obwohl es so hoch gelegen ist, dass man über hundert in den Fels gehauene Stufen erklimmen muss, um von hier aus den Garten zu erreichen. Ich werfe einen Blick zum Haus hinauf … und lasse erschrocken Jamies Hand fallen. Mein Herz rast. Da steht ein Mann. In unserem Garten. Und beobachtet uns.

»Jamie!« Er ist ein Stück weitergegangen, ohne zu merken, dass ich nicht mehr an seiner Seite bin.

Als ich seinen Namen rufe, dreht er sich um und kommt wieder zurück. »Was ist los?«

»Da ist jemand in unserem Garten. Da oben, schau!« Der

Mann hat eine Kamera um seinen Hals, die er nun ans Gesicht hebt. Ich spüre heiße Wut in mir auflodern. Wie kann er es wagen!

Jamie blickt blinzelnd auf. »Was zur ...?« Er runzelt die Stirn. »Wer zur Hölle ist das?«

Die schwarze Mütze. Die Kamera. Blitzartig wird mir klar, wer das ist. »Das ist der Mann von gestern!«

Jamie sprintet auf die Stufen zu; seine Füße werfen den nassen Sand auf. »Hey!«, brüllt er, obwohl seine Stimme vom Wind verschluckt wird und es ohnehin zweifelhaft ist, ob der Mann ihn aus dieser Entfernung hören kann.

»Jamie!«, rufe ich ihm hinterher. »Nicht! Komm zurück!« Ich bin unsicher, was ich tun soll. Jemanden anrufen? Ich ziehe mein Handy aus der Tasche, aber natürlich gibt es hier unten am Strand keinen Empfang. Und überhaupt, wen sollte ich anrufen? Wer kann uns schon helfen? Ich beuge mich hinab und schlinge meine Arme um Ziggys Hals. Er blickt wachsam, die Ohren alarmiert nach vorne gedreht. Als der Mann bemerkt, dass Jamie auf ihn zurennt, verschwindet er rückwärts aus unserem Blickfeld. Was, wenn der Typ Jamie anfällt, sobald er oben angekommen ist?

Plötzlich kommt Ziggy in Fahrt und stürmt Jamie hinterher, wobei er die Stufen mit Leichtigkeit nimmt, sodass er sofort an seiner Seite ist. Mir ist wohler mit dem Wissen, dass Jamie den Hund bei sich hat. Ziggy hat ein friedfertiges Gemüt, aber er würde Jamie verteidigen, falls er in Schwierigkeiten geriete. Beide verschwinden im Garten.

Ich stehe wie angewurzelt da und murmle verzweifelt ein Gebet an einen Gott, von dem ich selbst nicht weiß, ob ich an ihn glaube: *Bitte, Gott, mach, dass Jamie nichts passiert.* Ich bin zu verängstigt, um mich vom Fleck zu rühren. So viel zum Thema Heldin – welch Ironie. Ich fühle mich ungeschützt, so allein am weiten menschenleeren Strand, mit lediglich der Rückansicht einer Handvoll Häuser oben auf dem Hügel als Gesellschaft. Die Abdrücke von Ziggys Pfoten zwischen Jamies Fußspuren sind der einzige Hinweis darauf, dass ich nicht ganz allein hier war. Die gesamte Szenerie ist zu still; es ist nichts zu hören bis auf die rauschende Brandung.

Endlich – es fühlt sich an wie Stunden, auch wenn es höchstens fünf Minuten gewesen sein können – taucht Jamie wieder auf. Er steigt die Stufen hinab, gefolgt von einem aufgeregt bellenden Ziggy, und ich eile ihnen entgegen.

»Alles in Ordnung mit dir? War es der Mann von gestern?« Ich werfe mich in seine Arme, und er küsst mich auf den Scheitel. »Ich habe mir wirklich Sorgen gemacht.«

»Du sollst doch mit deinem gebrochenen Arm nicht rennen«, ermahnt er mich. »Als wir oben ankamen, war er schon fort. Ich habe das gesamte Grundstück abgesucht … nichts. Er hat nicht versucht einzubrechen. Ich schätze mal, es war ein Tourist, der sein Glück versuchen wollte. Ich meine, das Panorama ist *echt* spektakulär.« Ich kann sein Lächeln an meinem Kopf spüren.

Ich weiche ein Stück zurück. »Ein Tourist? Hier ist es doch viel zu abgelegen für Touristen, oder nicht? Es muss der Kerl von gestern sein. Er trug die gleiche Mütze.«

»Libs, eine Menge Leute tragen Mützen …«

»Ja … aber …«

Er runzelt die Stirn. »Außerdem sind *wir auch* Touristen. Wie auch immer, er ist wahrscheinlich vorbeigefahren und wollte eine bessere Aussicht. Ich weiß es nicht. Aber es ist keine Spur mehr von ihm zu sehen.«

»Er kann doch nicht einfach so verschwunden sein! Wo sollte er denn hin? Es gibt im Umkreis von einer Viertelmeile kein Haus. Du hättest ihn sehen müssen. Vielleicht ist er immer noch da und lauert in den Büschen …« Meine Stimme wird mit jedem Wort schriller.

Jamie schüttelt den Kopf und hebt die Hände, um meine Tirade zu unterbrechen. »Vielleicht war er mit dem Auto unterwegs und dachte, das Haus sei unbewohnt …«

»Aber unser Auto steht in der Einfahrt. Hör mal, Jay, wenn es derselbe Mann war, der dich gestern gestoßen hat …«

»Das ist unmöglich.« Seine Stimme klingt ruhig, doch ich bemerke ein pulsierendes Zucken an seinem Kiefer. »Lizard Point ist etliche Meilen entfernt. Außerdem wurde ich nicht gestoßen …«

»Du hast selbst gesagt, dass du einen Stoß gespürt hast.«

»Ja, das sagte ich. Aber da war ein ganzer Haufen Leute. Wir standen alle dicht gedrängt beieinander. Ich glaube nicht, dass irgendjemand versucht hat, mir absichtlich wehzutun.« Ich sehe Mitleid in seinen Augen, als er zu mir herabschaut. »Ich weiß, warum du das glaubst, Libs. Ich verstehe es.«

Ich stoße ihn von mir. »Bitte, Jay, jetzt sag mir nicht

schon wieder, dass das alles von einer posttraumatischen Belastungsstörung kommt!« Entnervt reiße ich die Arme in die Höhe und zucke sogleich vor Schmerz zusammen.

»Du solltest deine Schlinge tragen.«

»Ich will nicht. Und du lenkst vom Thema ab …«

»Es gibt keinen Grund, sich Sorgen zu machen.« Sein Tonfall ist endgültig.

Ich will mehr sagen – so viel mehr –, doch mir ist bewusst, dass ich nur wie ein keifendes hysterisches Weibsbild klingen würde, also halte ich die Klappe, während ich Jamie durch den Garten und ins Haus folge. Obwohl Jamie kein Wort sagt, spüre ich seine Enttäuschung darüber, dass meine Neurose, unter der ich seit dem Brand leide, nicht in Bath zurückgeblieben, sondern uns in den Urlaub gefolgt ist. Er muss gehofft haben, dass diese Auszeit eine Therapie für mich sein würde. Und vielleicht hat er ja recht. Vielleicht *kommt* das alles ja tatsächlich vom posttraumatischen Stress. Vielleicht bilde ich mir nur ein, dass es der Mann von gestern war. Ich weiß nicht mehr, was ich glauben soll.

Eigentlich bin ich kein nervöser, ängstlicher Mensch. Ich habe mich immer als Draufgängerin betrachtet. Ehrgeizig. Unabhängig. Fähig.

Ich hatte nicht die beste Kindheit. Mein Vater war ein Trinker. Er hatte immer schon ein Problem mit dem Alkohol und verbrachte seine Abende vorzugsweise im Pub, wo er das hart verdiente Geld meiner Mutter versoff. Währenddessen hockten Mum und ich auf dem Sofa unseres spärlich möblierten Wohnzimmers vor dem Fernseher, aßen Pommes und Fleischpasteten von Tabletts auf unserem Schoß und taten beide so, als würden wir nicht wie auf glühenden Kohlen sitzend darauf warten, dass er, übertrieben gut gelaunt und nach Alkohol und Kippen stinkend, durch die Tür hereinplatzte.

Dann, als ich vierzehn war, starb meine Mum, und alles wurde nur noch schlimmer. Mein gramgebeugter Vater hörte vollends auf zu arbeiten, und ich musste das Geld vom Sozialamt mit meinen mageren Einkünften aus diversen Aushilfsjobs aufstocken. Als der Alkohol ihn schließlich umbrachte, ließ ich alles hinter mir, um alleine auf Reisen zu gehen. Ich wollte so weit weg wie nur möglich von Yorkshire, fort von meinem Heimatort und meinem alten Leben.

Als ich nach dem verheerenden Brand in dem Hostel in Thailand zurückkehrte, zog ich nach Middlesex und arbeitete hart, um mein Staatsexamen als Lehrerin zu schaffen. Ich finanzierte mir mein Studium selbst, indem ich im Supermarkt Regale auffüllte und in Pubs Bier zapfte. Ich tat alles, um ein besseres Leben zu haben als jenes, das mir das Schicksal zugeteilt hatte – fest entschlossen, nicht so zu enden wie meine gebeutelte Mutter. Was würde sie denken, wenn sie sehen könnte, wo ich gelandet war? Ich stelle mir gerne vor, dass sie stolz auf mich wäre.

Ich spreche so gut wie nie über diese Zeit in meinem Leben. Jamie weiß nicht einmal die Hälfte davon. Das muss er auch nicht. Es wäre zu deprimierend für ihn, von meiner Kindheit zu erfahren, die so anders verlaufen ist als die seine. Wahrscheinlich könnte er es nicht verstehen. Wie auch?

An dem Tag vor neun Jahren, als ich in den Flieger nach Thailand stieg, kappte ich den Kontakt zu allen Menschen, die ich kannte. Es war ein Neubeginn.

Damals, als ich mit beinahe fünfundzwanzig Jahren Jamie in einem Pub in Bath kennenlernte, hatte ich das Gefühl, bereits ein langes Leben hinter mir zu haben. Ich war erst vor Kurzem in die Stadt gezogen, nachdem ich eine Stelle als Grundschullehrerin bekommen hatte, und kannte so gut wie niemanden. Als Jamie mich fragte, ob er mir einen Drink spendieren dürfte, stand ich gerade mit meiner Kollegin Cara an der Bar und zog ein finsteres Gesicht, wann immer ein Mann es auch nur wagte, in meine Richtung zu schauen. Doch meine mürrische Art schien ihn nicht abzuschrecken. Mit seinem wuscheligen blonden Haar und den freundlichen Augen erinnerte er mich ein wenig an meine erste Liebe. Später erzählte mir Jamie, dass er meine kühle Fassade sofort durchschaut und das verängstigte kleine Mädchen dahinter erkannt habe. »Du sahst so zerbrechlich aus, während du dir Mühe gabst, so zu wirken, als wäre dir alles scheißegal. Ich verspürte sofort das Bedürfnis, dich zu beschützen«, verriet er mir.

Ich fand sein Selbstvertrauen und seinen Optimismus beruhigend; Jamie Hall mit seiner Privatschulerziehung und der großen, lärmenden Familie in dem riesigen schicken Haus. Ein Leben, das so anders war als jenes, das ich kannte. Ich hatte das Gefühl, dass alles sich fügte. Trotz meiner missratenen Herkunft gehörte ich zu den Glücklichen. Ich war geboren, um zu überleben.

7

Ich spüre Jamies bohrenden Blick, als ich Ziggys Pfoten mit einem der alten Handtücher, die wir mitgebracht haben, von dem nassen Sand befreie und abtrockne. Ich versuche, nicht zu ihm zu sehen, und konzentriere mich stattdessen auf den Hund.

Schließlich kann ich es doch nicht länger ertragen. Ruckartig hebe ich den Kopf. »Was?«

»Du«, erwidert Jamie. Er hat die Arme vor der Brust verschränkt; sein Kiefer ist angespannt, als bereite er sich auf einen Streit vor. Er hat noch immer seinen Mantel an und lehnt an der Kücheninsel. »Das kann so nicht weitergehen. Ich werde mit Mum reden und sie bitten, dir einen Therapeuten zu empfehlen.«

»Ich möchte verdammt noch mal nicht, dass du mit deiner Mutter über mich redest!«, schleudere ich ihm entgegen. Ich lasse Ziggy los und erhebe mich. Allein die Vorstellung, Sylvia könnte von meinen Problemen wissen und sie später gegen mich verwenden, lässt mich innerlich brodeln. Ich marschiere an ihm vorbei, um das nasse Handtuch über die Heizung zu hängen.

»Libby«, beginnt er mit diesem entschlossenen Gesichtsausdruck, den ich so gut kenne, »etwas stimmt nicht mit dir. Ich weiß, dass ich kein Psychiater bin. Aber du siehst überall nur noch Gefahren … und zwar ständig seit dem Brand. Nimm nur den Mann von heute. Es könnte irgendwer gewesen sein, doch du gehst sofort davon aus, dass es der Typ von gestern auf Lizard Point war. Die Sicherheitsbeleuchtung im Garten ist an, und du denkst automatisch, dass da ein Eindringling ist …«

»Aber jemand *war* in unserem Garten!«, unterbreche ich ihn. »Heute. Und es ist möglich, dass diese Person auch gestern da war.«

Er hebt abwehrend eine Hand. »Ich weiß, aber dieses Haus steht normalerweise leer. Der Mann ist weggerannt, sobald er uns gesehen hat. Das muss nichts Schlimmes bedeuten. Er hat den Garten nur betreten, um eine bessere Sicht auf den Strand zu ergattern.«

Oder auf uns?

Ich bin nicht überzeugt von Jamies Argumentation, aber ich kann nichts sagen, ohne wieder paranoid zu klingen. Also streife ich mir mit einem Achselzucken den Mantel von den Schultern und werfe ihn über die Rückenlehne eines Küchenstuhls.

»Bitte, Libs …« Er macht einen Schritt auf mich zu. Seine Wangen sind gerötet von unserem Spaziergang an der frischen Luft. Er legt seine Hand auf meine. Sie fühlt sich kalt an. »Ich will, dass du dich entspannst und diese Ferien genießt. Weiß Gott, wir haben es beide nötig.«

Ich spüre einen Anflug von schlechtem Gewissen. Die Fehlgeburt hat auch ihm zu schaffen gemacht, dennoch richtete sich die gesamte Anteilnahme auf mich, ohne dass sich Jamie je beklagt hätte. »Es tut mir leid«, murmle ich. »Ich mag es doch auch nicht, wie ich mich zurzeit fühle.«

»Ich verstehe genau, warum du dich so fühlst. Aber bitte, Libs, lass dir von jemandem helfen …« Verdammt, er meint seine Mutter. Ich beiße mir so fest auf meine Lippe, dass ich den metallischen Geschmack von Blut schmecke. Jamie ist ein guter Mann. Der beste überhaupt. Er kümmert sich wirklich – um mich und um seine Familie. Trotzdem wünsche ich mir manchmal, er hätte etwas mehr Rückgrat, wenn es um seine fordernde Mutter geht.

»Vielleicht war es zu früh wegzufahren.« Ich gehe zum Heißwasserhahn und nehme zwei Tassen aus dem Schrank. »Willst du auch einen Tee?«

»Ja, bitte.« Er beobachtet mich schweigend, während ich Teebeutel in die Tassen hänge und den Hahn aufdrehe. Dann geht er zum Kühlschrank, um die Milch zu holen. Er stellt sie wortlos auf den Tresen.

»Danke.« Ich lächle ihm zu. Er wirkt immer noch bekümmert. Das Schweigen zwischen uns wird allmählich unangenehm. »Vielleicht ist das Haus hier einfach zu abgelegen, und das macht mich nervös. Ich weiß es nicht …«, sage ich und reiche ihm die Tasse. Ich kann es nicht ertragen, ihm in die Augen zu blicken, die Enttäuschung in seinem Gesicht zu sehen. Jamie ist hier viel entspannter, als ich ihn seit einer Ewigkeit erlebt habe, und doch bin ich gerade dabei, uns den Urlaub zu verderben. Von draußen dringen das Rauschen der Brandung und das Krächzen der Möwen zu uns herein.

»Du darfst dich von diesem Mann nicht so aus der Fassung bringen lassen, Libs.« In Jamies Stimme schwingt Enttäuschung mit.

Ich schüttle den Kopf. »Ich weiß. Es tut mir leid. Ich ruiniere dir alles«, erwidere ich leise.

»Du kannst gar nichts ruinieren. Ich liebe dich. Außerdem haben wir Ziggy bei uns. Er wird uns beschützen.« Er kichert. »Sein Gebell klingt furchterregender, als er ist. Damit wird er jeden Eindringling verscheuchen.«

Ich lächle zögernd.

»Und falls du es noch nicht bemerkt haben solltest, aber die Hütte hier ist eine Art Fort Knox.« Er klingt wie ich, wenn ich einen meiner kleinen Schüler zu beruhigen versuche, dass es Monster und Vampire gar nicht gibt. »Die Heywoods sind offenbar Sicherheitsfreaks. Schau, da neben der Tür hängt sogar eine Kamera. So kannst du jeden sehen, der draußen lauert … Nicht dass da jemand lauern würde«, fügt er hastig hinzu, als er das Entsetzen sieht, das mir offenbar ins Gesicht geschrieben ist.

Mein Blick huscht zum Bildschirm der Überwachungskamera, von der Jamie spricht. Er zeigt zwei Bilder – eine Kamera ist auf die Einfahrt vor dem Haus gerichtet, die andere auf den Garten dahinter. Doch es gibt genug Bereiche, auf die sie keine Sicht gewähren – all die verborgenen Ecken und Winkel rund ums Haus. Natürlich habe ich die Kamera schon zuvor bemerkt, aber wenn überhaupt so macht sie mich nur noch nervöser. Was bitte schön sollte ich tun, wenn ich jemanden dabei beobachten würde, der einzubrechen versucht? Der Handyempfang hier ist ziemlich dürftig, und ich habe keinen Festnetzanschluss gesehen.

»Liebling«, sagt Jamie, »wenn du es wirklich nicht schaffst, hier zur Ruhe zu kommen – und immerhin ist das einer der Gründe, warum wir überhaupt hergekommen sind –, dann sollten wir vielleicht nach Hause zurückkehren.«

»Aber die Heywoods …«

»Scheiß auf die Heywoods. Dann müssen sie eben was anderes finden, wo sie unterkommen können. Du bist mir wichtiger, Libs.«

Ich denke an Philip und Tara und ihre schwer kranke Tochter. Das kann ich ihnen nicht antun. Und mit welcher Begründung? Weil ein Mann unbefugterweise Vögel auf ihrem Grundstück beobachtet hat? Es ist ziemlich unwahrscheinlich, dass es der Mann vom Vortag auf Lizard Point war. Sie hatten einfach nur ähnliche Mützen auf, das ist alles. Ich verhalte mich albern. Ich kann diesen Urlaub nicht ruinieren. Mir gefällt es hier und Jamie ebenso.

»Ist schon in Ordnung. Vielleicht suche ich einen Arzt auf, wenn wir wieder zu Hause sind. Lasse mich beraten oder so.« Ich lächle unverbindlich, doch insgeheim weiß ich, dass das nie passieren wird. In meiner Familie wäscht man seine schmutzige Wäsche nicht in aller Öffentlichkeit. Meine Mum gehörte der alten Schule an; ihr Mantra lautete: »Machen, nicht reden.« Es war ihre Art, die Dinge anzugehen. Sie beschwerte sich nie über ihr Schicksal oder den pochenden Schmerz, der sie zunächst in ihrem Bein und dann, nachdem die Thrombose in ihre Lunge gewandert war, in ihrer Brust plagte und sie schließlich tötete. Jamies Mutter hingegen ist der Meinung, es sei wesentlich gesünder, jegliches Gefühl auszudrücken und nach außen zu tragen – was sie auch mit schöner Regelmäßigkeit tut.

»Ich werde nicht zulassen, dass dir irgendwas passiert, das verspreche ich«, sagt Jamie mit ernster Miene. Ich mustere seine hoch aufgeschossene, schlanke Gestalt, seine dünnen, aber straffen Arme unter dem dicken Mantelstoff. Er sieht nicht gerade aus wie ein harter Kerl.

Er folgt meinem Blick. »Schon gut, schon gut.« Er spannt lachend seinen Bizeps an. »Ich weiß, ich bin nicht gerade gebaut wie Arnie.«

»Ich mag dich, so wie du bist«, sage ich und zitiere damit seinen Lieblingsfilm, *Blade Runner*. Das ist eines unserer Rituale: unser Sortiment an Lieblingssprüchen aus Filmen, die wir beide mögen und die uns etwas bedeuten. Er schleifte mich ins Kino, um den Director's Cut zu sehen, nachdem ich es gewagt hatte zu sagen, dass ich Science-Fiction nicht mag. Er war fest entschlossen, meine Meinung zu ändern. Und das hat er auch geschafft.

»Ganz genau!« Seine Stimmung scheint sich nach unserer kleinen Unterhaltung wieder aufzuhellen. »Ich hole meinen Laptop und arbeite ein bisschen. Sieht nach Regen aus. Sollen wir heute Abend zu Hause bleiben?«

Ich werfe einen Blick durch die Glastüren – der Himmel ist grau, und die Wolken ballen sich zu einem Sturm zusammen. Wir haben bisher alle drei Abende zu Hause verbracht. Eigentlich genieße ich es, mich in der luxuriösen

Umgebung zu entspannen, am makellosen Esstisch, der leicht zehn Personen Platz bietet, zu Abend zu essen und Wein aus dem Temperierschrank zu schlürfen, während die Nacht hereinbricht und die Fenster mit ihrer Dunkelheit überzieht, sodass ich das Gefühl habe, wir wären ganz allein auf der Welt. Doch heute habe ich ausnahmsweise Lust auszugehen. »Wir könnten nach Portscatho fahren? Wir kennen die Gegend noch gar nicht, und es ist das nächstgelegene Dorf.«

Er verzieht das Gesicht. »Um ehrlich zu sein, ich bin todmüde. Außerdem muss ich, während wir hier sind, auch ein wenig Arbeit nachholen. Lass uns doch einfach das Zeug aus dem Kühlschrank essen. Immerhin ist es gratis.« Er grinst. »Ich könnte uns diese Gourmetwürste machen, wenn du magst?«

»Wenn du so müde bist, kann ich das doch machen …«

Er schüttelt den Kopf. »Du lässt mich nie kochen. Ich war mal ziemlich gut darin … früher …« Er zieht seinen Mantel aus, hebt meinen auf, den ich achtlos auf der Stuhllehne abgelegt habe, und wirft mir einen tadelnden Blick zu. »Ich dachte, wir wollten versuchen, ordentlich zu sein? Ich hänge die mal lieber auf.« Er schlendert aus der Küche.

Als Jamie mit seinem Laptop zurückkommt, bin ich gerade dabei, die dicken Würste auf der schicken herausfahrbaren Herdplatte der Kücheninsel zu braten. Er wirkt zerstreut, als er sich mir gegenüber auf einen Barhocker setzt.

»Was ist los?«, frage ich über das Zischen und Brutzeln der Würste hinweg.

»Nichts.« Er hackt mit dem Finger auf eine der Tasten ein, wobei der schlichte goldene Reif an seinem Ringfinger im Deckenlicht aufblitzt. Ich bin immer noch ganz aufgeregt, wenn ich ihn sehe – das Symbol unserer Ehe. Jamie hat die Augenbrauen zusammengezogen.

»Sieht aber nicht aus wie nichts …« Ich versuche, meiner Stimme nichts anmerken zu lassen.

»Mein Laptop war aus. Dabei war ich mir sicher, dass ich ihn vorhin angelassen habe. Vielleicht ist der Akku leer geworden …« Er verstummt, als er die Anschalttaste drückt und in dem Moment der Bildschirm aufleuchtet.

Mein Magen verkrampft sich. Ich stupse die Würste an, woraufhin ein paar Öltropfen aufspritzen und mich im Gesicht treffen. »Autsch!« Ich reibe über die brennende Stelle an der Wange.

Sein Kopf zuckt hoch. »Alles okay?«

Ich nicke. Ich will es nicht sagen. Ich will es nicht denken. Aber ich tue es dennoch. »Glaubst … glaubst du, dass sich jemand am Laptop zu schaffen gemacht hat?«

Ich sehe sofort, dass ich ihn verärgert habe. Seine Miene verdüstert sich. »Scheiße, Libby, wir haben doch erst vorhin darüber gesprochen. Du machst Witze, oder?«

Ich will lachen und sagen: »Natürlich war das nur ein Witz.« Aber ich tue es nicht. Ich kann nicht.

Offensichtlich wirke ich betreten, denn er klingt genervt, als er hinzufügt: »Bitte, sag mir nicht, dass du glaubst, der Mann wäre ins Haus eingebrochen.«

»Aber sollten wir nicht wenigstens nachschauen?« Ich spüre die Hysterie in mir anschwellen wie eine Sturmflut, die Gefahr läuft, die Dämme zu durchbrechen. Ich schlucke schwer, um mich zu fassen, und füge etwas ruhiger hinzu: »Du hast selbst gesagt, dass er einfach so verschwunden ist. Vielleicht ist er ins Haus eingedrungen?«

Er klappt seinen Laptop zu. »Aber wie? Es sind keine zerbrochenen Fenster zu sehen. Keine eingetretenen Türen.«

»Du musst nicht so gereizt klingen, Jay. Ich kann nichts für meine Befürchtungen.«

Er holt tief Luft. »Na schön. Dann lass uns nachschauen, um dich zu beruhigen.« Ich kann ihm ansehen, dass er sich wirklich bemüht, geduldig zu bleiben, mir einen Gefallen zu tun. Ich schalte die Herdplatte aus und lasse mich dann, mit Ziggy im Schlepptau, von Jamie nach oben führen. Ich folge ihm durchs Haus und komme mir dabei etwas dämlich vor, als er mit Nachdruck jedes Fenster und jede Tür überprüft.

»Siehst du, alles ist zu«, sagt er, als wir wieder unten angekommen sind und in der Diele stehen. »Können wir jetzt die Würstchen essen?«

Mein Blick huscht zu der Tür neben der Küche. »Führt die in den Keller?«

»Ich glaube schon …«

Ich hebe eine Augenbraue.

»Du willst, dass ich im Keller nachschaue?«, fragt er ungläubig.

»Wenn wir schon dabei sind.«

Er lacht. »Bist du jetzt einfach nur neugierig, Libs? Oder denkst du wirklich, dass sich unten im Keller ein Einbrecher befindet?«

Ich zucke schweigend die Achseln. Plötzlich habe ich diesen überwältigenden Drang, einen Blick in den Keller von Tara und Philip zu werfen. Es ist der einzige Teil des Hauses, den wir noch nicht gesehen haben.

Mit einem theatralischen Seufzer dreht Jamie sich um und drückt die Klinke. Er rüttelt unnötig daran herum. »Ist abgeschlossen.«

»Jetzt bin ich nur noch neugieriger. Warum sollten sie den Keller abschließen?«, frage ich herausfordernd. Mir fällt eine Reihe von Schlüsseln ein, die ich an einem Metallhalter an der Küchenwand neben dem Kühlschrank gesehen habe, und ich gehe in die Küche. »Ich denke, das müsste er sein«, verkünde ich, als ich mit einem einzelnen kleinen Schlüssel zurückkehre.

Jamie nimmt ihn mir ab und dreht ihn im Schloss – die Tür schwingt anstandslos auf.

»Nach dir«, sage ich, als er über die Schwelle tritt.

Ein überwältigender Geruch nach Schimmel und Moder schlägt uns entgegen, und mir wird klar, dass das Haus, obwohl es bis zum letzten Zentimeter modernisiert wurde, vermutlich sehr alt ist. Doch da hängt noch etwas anderes in der Luft, stechend, wie der leicht metallische Geruch von Blut. Ich kann ihn förmlich in der Kehle schmecken. Ich bedecke Mund und Nase mit meinem Ärmel. Abschüssige Steinstufen führen in den Keller hinab. Zu Jamies Linken befindet sich ein Lichtschalter, den er betätigt. Der Raum wird von einem hellen Deckenlicht erleuchtet, wie es in Operationssälen verwendet wird. Ziggy stößt mit dem Kopf gegen meine

Beine, aber ich halte sein Halsband fest, damit er nicht nach unten prescht.

Ich blinzle in die plötzliche Helligkeit, während kleine Pünktchen vor meinen Augen tanzen, dann keuche ich auf. Der Keller sieht aus wie der Schauplatz eines Verbrechens.

Er besteht aus einem niedrigen, quadratischen Raum ohne Fenster. In der Mitte steht eine Art Miniaturoperationstisch auf dem Steinboden. Darauf liegen querbeet verstreut Latexhandschuhe, ein Skalpell, ein großes gezahntes Messer und ein undefinierbares Tierfell. Direkt daneben hängt eine Gummischürze.

Jamie rümpft die Nase, während ich versuche, nicht zu würgen. »Gott, hier stinkt es übel.« Sein Blick fällt auf einen Eimer in der Ecke. Als ich den Inhalt sehe, dreht sich mir der Magen um. »Sind das …«, er schluckt schwer, »… die Innereien?«

Ich atme in meinen Ärmel hinein, wobei ich versuche, den Duft meines Kirschblütenweichspülers einzusaugen statt des Gestanks nach Blut und Gedärmen. Mir fallen die ausgestopften Tiere oben im Haus wieder ein. Ich war davon ausgegangen, Philip hätte diese scheußlichen Kreaturen gekauft.

»Igitt. Der Typ ist Tierpräparator. Man sollte meinen, er würde sich die Mühe machen, die Sauerei wegzuräumen, wo er doch wusste, dass wir kommen. Das ist echt widerlich.« Trotzdem steigt er die restlichen Stufen hinab – offenbar ist seine Faszination für das Makabre stärker als sein Ekel. Er schleicht zu der Tierhaut auf dem Tisch, als fürchte er, sie zu erschrecken.

»Jay, das Ding ist tot, es wird schon nicht beißen.«

Er wendet sich um und streckt mir die Zunge heraus. Ziggy drängt sich an mir vorbei und trottet zum Eimer in der Ecke, doch Jamie packt ihn am Halsband. »Oh nein, das lässt du schön bleiben«, sagt er streng. Dann dreht er sich wieder um und beäugt das Fell auf dem Operationstisch. »Ich kann es nicht so recht erkennen. Ist das eine Katze? Gott, Libs, ich hoffe, die armen Tiere mussten nicht leiden.«

Ich bleibe zitternd auf der Treppe stehen. »Die waren schon tot. Außer dieser Philip Heywood ist eine Art Tierserienkiller …«

»Ich will keine Witze darüber hören«, bittet Jamie.

»Lass uns verschwinden. Das Zeug macht mir Angst.«

Er zeigt zu einem großen Gefrierschrank in der Ecke. »Glaubst du, die Tiere sind da drin? Bereit, um bearbeitet zu werden?« Er zieht die Tür auf, woraufhin eine große Plastiktüte herausfällt und dumpf auf dem steinernen Boden landet. Ziggy zerrt gegen Jamies Griff an, um sie mit der Schnauze anzustupsen. Es ist ein Dachs, die Plastiktüte um seinen Hals geknotet, als sei er damit erstickt worden. Mir entfährt ein Schrei, und Ziggy legt alarmiert die Ohren an.

»Jay, bitte, räum das wieder zurück.« Ich werde panisch und bekomme Platzangst, obwohl ich nur auf halber Höhe der Treppe stehe. Vor meinem geistigen Auge sehe ich schon weitere Tierkadaver aus dem Kühlschrank fallen. Jamie hebt das Tier an der Tüte auf und schiebt es schaudernd zurück. Dann eilt er mit Ziggy zu mir. »Tut mir leid, Liebling, aber auf seltsame Weise ist es wirklich faszinierend, findest du nicht auch?«

»Nein, eigentlich nicht.«

Bevor Jamie die Stufen erreicht, stolpert er und stößt mit dem Schienbein gegen eine Kiste, die durch den Aufprall verschoben wird. Sie sieht aus wie ein großer Metallkoffer. Jamie hält inne, um sein schmerzendes Bein zu reiben, wobei sein Blick zu dem Koffer huscht. Das Herz rutscht mir in die Hose, als ich sehe, dass er sein Interesse geweckt hat.

»Jay, komm schon«, dränge ich.

»Warte kurz.« Er lässt die Verschlüsse des Koffers aufschnappen.

»Jetzt bist du es, der neugierig ist«, necke ich ihn in dem Versuch, mir nichts anmerken zu lassen. Doch mein Körper ist starr vor Angst. Was wird er jetzt wohl finden?

Der Deckel geht auf, und Jamie zieht scharf die Luft ein.

»Ach du Scheiße, Libs. Du errätst nie, was die hier alles haben. Ein komplettes Überwachungssystem. Kameras und der ganze Kram. Sieht mir nach einem verflucht teuren Equipment aus. Wow. Wozu haben die das ganze Zeug? *Wer sind die?*«

8

»Glaubst du, die beiden sind Spione oder so was?«, fragt Jamie, als er die Kellertür abschließt. Meine Beine fühlen sich an wie Gummi.

»Wir befinden uns doch nicht in einem Agententhriller«, entgegne ich und mache mich daran, die Würste aufzuwärmen, auch wenn sich mir nach dem Anblick der Tierkadaver der Magen beinahe umdreht. In meinem Kopf brodelt es. Wozu sollten die Heywoods so eine professionelle Ausrüstung haben? Und warum bewahren sie sie hier auf? Sie muss Tausende wert sein. Während ich die Würste auf der Platte wende, blicke ich mich gehetzt um. Sind etwa Kameras in den Räumen versteckt? Oder um das Haus? Werden wir beobachtet? Man hört doch ständig von solchen Sachen: winzige Überwachungskameras, damit besorgte Eltern die Kindermädchen ausspionieren können, deren Obhut sie ihre Babys anvertrauen; einmal habe ich in einer dieser Klatschzeitschriften von einer Frau gelesen, deren Vermieter eine Kamera in ihrem Schlafzimmer installiert und sie und ihren Freund beim Sex gefilmt hatte.

Nein, so etwas würde Tara nie tun. Sie hat Klasse. Sie ist wunderschön. Kein bisschen schmierig oder abgeschmackt.

Aber was ist mit Philip? Vielleicht hat er ja einen Fetisch, von dem sie nichts weiß? Vielleicht geilt er sich daran auf, nichtsahnende Leute in der Dusche oder auf dem Klo zu filmen?

Später am Abend, als wir uns bettfertig machen, verbringe ich im Schlafzimmer eine Ewigkeit damit, die diversen Ziergegenstände, die ausgestopfte Eule sowie das gerahmte Foto an der Wand nach versteckten Kameras abzusuchen.

»Glaubst du, sie könnten in den Lampen installiert sein?«, frage ich und blicke zu den kleinen, in der Decke eingelassenen Scheinwerfern hinauf.

Jamie seufzt. »Ich bin sicher, dass sie keine heimlichen Perverslinge sind.«

»Aber es ist doch trotzdem ein bisschen schräg, oder nicht? All dieses Zeug im Keller aufzubewahren?«

Jamie steigt aus seiner Jeans und wirft sie über den Stuhl am Fenster. »Wenigstens ist es im Keller. Das beweist doch, dass es nicht verwendet wird.«

»Aber warum haben sie es überhaupt?« Ich gehe aufs Klo. Während ich dasitze und zum Regal mit den teuren Duftkerzen hochschaue, sticht mir etwas anderes ins Auge. Etwas Langes, Dünnes mit einem Loch an einem Ende. Ich habe es vorhin für einen Dekogegenstand gehalten. Aber was, wenn es etwas anderes ist? Was, wenn es eine Kamera ist und Philip mich auf dem Klo filmt?

»Jamie!«, schreie ich, und er stürzt zu mir ins Bad.

»Was? Was ist los?«

Ich deute auf das seltsame Ding. »Das da. Da oben auf dem Regal bei den Kerzen. Was ist das?«

»Warum stehst du nicht auf und siehst selbst nach?«, fragt er mürrisch. »So wie du geschrien hast, dachte ich schon, etwas Schlimmes wäre passiert.«

»Ich habe Angst, dass es eine Kamera ist. Ich kann nicht vom Klo aufstehen.« Ich ziehe meine flauschige Pyjamahose höher, um mich vor dem neugierigen Blick der Kamera zu schützen.

»Himmelherrgott …« Doch er greift danach. »Meinst du das?«

Ich nicke. »O Gott, es ist eine Kamera, nicht wahr? Wahrscheinlich filmt er uns dabei, wie wir Sex haben, und in der Dusche und alles. Das ist echt ekelhaft …« Mein Gesicht brennt vor Scham.

»Das ist ein Lufterfrischer«, stellt Jamie fest.

»Wie bitte? *Was?*«

»Ein Lufterfrischer. Hier.« Er schiebt ihn mir unter die Nase. Er riecht nach Lavendel. Jamie verdreht die Augen, aber seine Mundwinkel zucken verdächtig.

»Ich habe noch nie so einen noblen Lufterfrischer gesehen«, bemerke ich kichernd, als Jamie das Ding zurückstellt. Er verlässt das Bad, seine Schultern beben vor Lachen. Als ich wenig später ins Bett komme und mich an ihn kuschle, lässt er es nicht auf sich beruhen.

»Du Dummerchen«, sagt er kichernd. »Ganz im Ernst. Philip Heywood ist doch kein heimlicher Perversling. Wirst du wohl damit aufhören?«

»Ja«, antworte ich und schmiege meine Nase an seine Brust.

»Gut.« Jamie klatscht zweimal in die Hände, und das Zimmer versinkt in vollkommener Finsternis.

Am nächsten Morgen lasse ich Jamie und Ziggy friedlich weiterschlafen und gehe leise in die Küche, um mir eine Tasse Tee zu machen. Ich stehe im Pyjama vor den Terrassentüren, nippe an meinem Tee und fühle mich wieder frohen Mutes. Es gibt nichts, worüber ich mir Sorgen machen müsste. Jamie hat recht. Ich sollte mich entspannen.

In der Ferne glitzert das Meer, und ich schaue einem Vogelschwarm hinterher, der in einer eleganten Formation der Sonne entgegenfliegt. Es liegen Welten zwischen hier und dem Ort, von dem ich komme. Wir werden womöglich nie wieder die Möglichkeit haben, in einem solch herrlichen Haus zu wohnen. *O Tara, du kannst dich glücklich schätzen, all das zu haben.*

Ich mache Toasts, wobei ich mich der kleinen Fantasie hingebe, dass es mein Haus wäre, unser Lebensstil. Wie soll ich nach dem hier je wieder in meine kleine Bude in Bath zurückkehren? Es ist schon Mittwoch. Wir haben nur noch drei Tage hier. Ich betrachte die weißen Wände, die gläsernen Regale, die maßgefertigten Schränke. Alles ist an seinem Platz. Es könnte wirklich ein Bild in einem Hochglanzmagazin sein. Wenn Jamie aufsteht, werde ich ihn überreden, ins Dorf zu fahren, um ein paar Blumen für die Kücheninsel zu kaufen; mir schwebt etwas Weißes, Reines vor … Lilien oder Rosen. Das Haus verdient eine kleine verspielte Note. Auf dem Kaminsims stand eine Glasvase. Ich überlege mir, ob ich eine von Taras teuren Kerzen anzünden soll. Würde es sie stören? Vielleicht erwartet sie es nicht anders? Schließlich hat sie alle draußen stehen lassen. Ich gehe ins Wohnzimmer und nehme eine vom Kaminsims. Dann kehre ich in die Küche zurück und stöbere in den Schubladen nach einem Feuerzeug. Neben dem Besteckkasten liegt eine kleine Streichholzschachtel. Die Kerze wurde noch nicht benutzt, aber ich zünde sie dennoch an, und sofort füllt sich der Raum mit einem exquisiten Duft.

Ich schiebe die Terrassentüren auf. Über Nacht hat es geregnet, und die Luft riecht so sauber und rein wie frisch gewaschene Wäsche. Ich hole meinen Becher Tee und setze mich an den Gartentisch. Der Stuhl ist nicht ganz trocken, und ich spüre, wie die Feuchtigkeit durch meine Schlafanzughose dringt, doch ich bin fest entschlossen, hier draußen sitzen zu bleiben, um das ganze Urlaubsgefühl auszukosten. Ich höre das Scharren von Ziggys Pfoten auf dem Fliesenboden, und als ich mich umdrehe, sehe ich ihn durch die Küche trotten. Er setzt sich neben mich und legt den Kopf in meinen Schoß. Von Jamie keine Spur.

»Daddy kann doch unmöglich immer noch schlafen?«, frage ich Ziggy, während ich seine samtigen Ohren kraule.

Es ist Viertel vor elf, und ich nehme an, dass Jamie im Schneidersitz auf dem Himmelbett sitzt und auf seinen Laptop einhackt, in dem Versuch, die unbeantworteten E-Mails abzuarbeiten. Er wird nervös, wenn er mit der Arbeit hinterher ist, zumal er keinen Chef mehr hat, der ihn antreiben könnte.

Da ich ihn nicht stören will, bleibe ich im Garten sitzen und lausche mit geschlossenen Augen dem Rauschen der Brandung, während mir die Sonne das Gesicht wärmt.

Ich kann von hier oben das Meer riechen, das sich mit dem Duft der Kerze vermengt, und eine schwache Spur von etwas anderem … einen moschusartigen Geruch, gemischt mit Schweiß …

Dann passieren zwei Dinge gleichzeitig: Ein Zweig knackt am Boden, und Ziggy kläfft los. Ich schlage gerade noch rechtzeitig die Augen auf, um den Rücken von jemandem zu sehen, der die Stufen zum Strand hinab verschwindet. Ich stehe so schnell auf, dass mein Stuhl nach hinten kippt.

»He!«, schreie ich. Wurde ich von jemandem beobachtet? Ich renne über den Rasen, wobei das feuchte Gras den Saum meiner Schlafanzughose und meine Pantoffeln durchweicht; Ziggy folgt mir und bellt wie verrückt. Die Wut lässt mich jede Sorge um meine Sicherheit vergessen. Ich spähe über das Tor … ein Mann steigt die Stufen hinab. Er sieht anders aus als der Kerl von gestern – älter, weniger stämmig, mit dürren O-Beinen. Er hat eine flache Kappe in die Stirn gezogen und trägt eine Öljacke und Jeans. Er hält einen Spazierstab in der Hand, obwohl er fit und beweglich wirkt. Ich starre ihm hinterher, schockiert von seiner Dreistigkeit, und kann nur zusehen, wie er über den Sand davonschlendert. Ich frage mich, was er hier gesucht hat und wo er nun hingeht. Benutzt er den Garten als Abkürzung zum Strand, anstatt den weiteren Weg über die Straße zu nehmen? Ist er ein Nachbar? Warum glauben die Fremden hier in der Gegend eigentlich, dass sie einfach so über anderer Leute Grundstück spazieren könnten? Ich frage mich, ob es daran liegt, dass das Haus die Hälfte des Jahres leer steht.

Ich kehre ins Gebäude zurück, mein gesamter Körper zittert vor Adrenalin und Schock. Ich stürme durch die Küche ins Wohnzimmer und die Glastreppe hinauf. Jamie schläft noch immer tief und fest.

»Jamie!« Ich rüttle ihn wach. Es ist jetzt beinahe elf Uhr, und es ist vollkommen untypisch für ihn, um diese Uhrzeit noch im Bett zu liegen.

Er setzt sich mit weit aufgerissenen Augen auf und blickt erschrocken um sich. »Was … was ist los?«

Atemlos berichte ich ihm, was soeben passiert ist.

»Wahrscheinlich ein Nachbar … das nächste Haus ist eine Viertelmeile entfernt. Ruf Philip an …« Erschöpft sinkt er in die Kissen zurück.

»Alles in Ordnung mit dir?« Jamie ist normalerweise ein Frühaufsteher; selbst an den Wochenenden ist er lange vor mir auf, bastelt an seinem Laptop herum oder ist mit Ziggy joggen. Er ist unordentlich und unorganisiert, aber er mag es nicht, tagsüber im Bett zu faulenzen. Er hat dunkle Ringe unter den Augen, seine Haut ist bleich, und auf der Stirn glänzen kleine Schweißperlen, die seinen Pony durchnässen.

»Ich fühle mich krank und irgendwie angeschlagen. Als ob ich einen Kater hätte. Mein Mund schmeckt wie der Boden eines Papageienkäfigs.«

»Lecker«, erwidere ich lachend, runzle dann aber die Stirn. »Du hast gestern Abend nicht viel getrunken.« Ich berühre seine Stirn; sie fühlt sich heiß und klamm an.

»Mein Kopf bringt mich um. Ich bleibe noch ein Weilchen im Bett, wenn es dir recht ist.« Er zieht die Bettdecke bis zum Kinn hoch und dreht sich mit einem Stöhnen auf die Seite.

»Soll ich dir irgendetwas bringen? Schmerzmittel? Wasser?«, frage ich besorgt.

Er brummt ein Nein unter der Decke hervor, also lasse ich ihn in Frieden und gebe mir Mühe, das bange Gefühl in meiner Magengrube zu ignorieren. Ich habe gestern Abend nur ein bisschen im Essen herumgestochert, wobei ich weder die Würste noch das Bier angerührt habe, die er sich genehmigte. Die Würste kamen frisch aus dem Kühlschrank, die Packung war noch zu. Ich frage mich, ob sie vielleicht abgelaufen waren. Womöglich hat er sich einen Virus eingefangen. Ich kenne Jamie nun schon fünf Jahre, und in der ganzen Zeit ging es ihm nur ein einziges Mal schlecht, nachdem er zu viel getrunken hatte.

Ich kehre in die Küche zurück, kippe mir etwas Müsli in eine Schüssel und setze mich zum Essen auf einen der Barhocker. Ich versuche, Philip zu erreichen, erwarte jedoch nicht, dass er den Anruf annimmt, da er vermutlich bei seiner Tochter im Krankenhaus ist. Wie vermutet, meldet sich sofort die Mailbox. Ich hinterlasse keine Nachricht; stattdessen starre ich das Telefon in meiner Hand an und überlege, ob es richtig war, ihn zu stören,

Die Stille in der Küche macht mich nervös, also drehe ich wieder an den Radioknöpfen. Ich habe schon versucht, herauszufinden, wie das Ding funktioniert, aber ich schaffe es nie, einen Sender einzustellen; stattdessen gibt es nur ein krächzendes Rauschen von sich, und ich schalte es genervt wieder aus.

Vom Spülbecken aus hat man einen Blick über den gesamten Garten, und als ich beim Auswaschen meiner Tasse aufsehe, macht mein Magen einen Satz. Der Mann von vorhin läuft über den Rasen. Ich klopfe gegen das Fenster, doch er ignoriert mich und streunt weiter am Haus entlang. Ich eile zur Eingangstür und sehe gerade noch, wie er um die Ecke in unsere Einfahrt biegt und Richtung Straße steuert. Ich rufe ihm hinterher, doch es ist zu spät; er ist schon fort.

Ich koche vor Wut, als ich in die Küche zurückeile und noch einmal versuche, Philip auf seinem Handy zu erreichen. Diesmal meldet er sich.

»Hallo?«, bellt er. Er klingt verärgert, als hätte ich ihn mit meinem Anruf bei etwas Wichtigem unterbrochen, ganz anders als die sanfte Stimme, mit der er sich neulich mit mir unterhalten hat.

»Philip Heywood? Ich bin's, Libby Elliot … Ich meine, Libby Hall. Sie wissen schon, von dem Haustausch.«

»Libby.« Seine Stimme wird sofort sanfter, doch er klingt zerstreut, während er sich erkundigt, ob unser Urlaub gut verläuft.

»Großartig …« Ein Bild von den toten Tieren und der Überwachungsausrüstung blitzt vor meinem inneren Auge auf. Ich habe das seltsame Gefühl, zu viel über ihn zu wissen, als hätte ich ein Privatgespräch zwischen ihm und seiner Frau belauscht. Was hat er wohl während seines Aufenthalts in unserer Wohnung über uns herausgefunden? Dass wir schlampig sein können; dass wir weder erfolgreich noch reich sind; dass unser Leben genau genommen das Gegenteil des ihrigen darstellt? Ich schlucke. »Ähm, die Sache ist die … da ist ein Mann, der immer wieder durch den Garten läuft; ich glaube, er benutzt ihn als Abkürzung zum Strand.« Ich beschreibe den Mann, den ich heute gesehen habe, obwohl ich mir nicht einmal sicher bin, ob es derselbe ist wie gestern.

»Oh, das ist nur Jim, ein Nachbar. Ignorieren Sie ihn einfach. Er ist ein etwas komischer alter Kauz, immer auf der Suche nach Fossilien oder Meeresgetier.« Er lacht. »Er passt auf das Haus auf, wenn wir nicht da sind, dafür lassen wir ihn unseren Zugang zum Strand benutzen, da er von seinem Bungalow aus nicht direkt zum Meer kommt. Er ist nicht unbedingt diskret.« Er lacht noch einmal, aber es klingt gezwungen. »Hören Sie, ich bin froh, dass Sie anrufen. Es gab eine kleine Planänderung …« Er zögert. »Meine Tochter kommt früher als erwartet aus dem Krankenhaus.« Jetzt klingt er gehetzt, und seine Stimme hat einen harschen Beiklang. »Ich weiß, ich weiß, das sind tolle Neuigkeiten, nicht? Also werden wir noch heute Abend, allerspätestens morgen nach London zurückkehren. Ich lasse den Schlüssel bei Ihrer Nachbarin, ja?«

London? Ich runzle die Stirn, den Hörer ans Ohr gepresst. Warum bitte müssen sie für eine Herzoperation in ein Krankenhaus nach Bath fahren, wenn sie in einer Großstadt wie London leben? Ich erröte bei dem Gedanken, dass er es offensichtlich nicht erwarten kann, unsere Wohnung zu verlassen.

»Das muss eine große Erleichterung sein«, sage ich. »Ich freue mich, dass es Ihrer Tochter besser geht. Ich hoffe,

Sie haben sich in der Wohnung wohlgefühlt?« Mein Unbehagen macht mich geschwätzig.

»Ja danke, ganz hervorragend. Die perfekte Lage zum Krankenhaus. Aber lassen Sie sich mit der Abreise Zeit. Ich habe die Reinigungskräfte für Samstag bestellt, also bleiben Sie ruhig noch, wenn Sie wollen. Geben Sie den Schlüssel auf dem Heimweg einfach wieder an der Tankstelle ab. Nochmals, vielen Dank … *Libby*.« Er betont meinen Namen, als würde er ihn ausprobieren. Dann ist die Leitung tot.

Verblüfft starre ich das Handy an. Ist es möglich, dass sich seine Tochter nach einer lebensrettenden Herz-OP wirklich auf derart wunderbare Weise erholt hat? Und wie bitte sollen wir in aller Seelenruhe hierbleiben, wenn sie unsere Wohnung schon verlassen? Eigentlich soll das hier ein Haustausch sein. Dann kommt mir der Gedanke, dass er mich womöglich nur angelogen und eine angenehmere Unterkunft gefunden hat. Das muss es sein … denn ansonsten gäbe es da viel zu viele Ungereimtheiten.

9

Als Jamie sagt, dass er nicht abreisen möchte, bin ich erleichtert, denn ich will es ebenso wenig. Ich werde das Haus vermissen. Ich werde es vermissen, wie Tara zu leben.

»Es ist gerade mal Mittwoch. Unsere Abmachung lautet bis Samstag. Ist mir egal, dass sie schon vorher aus der Wohnung wollen, das ist deren Entscheidung«, verkündet er aus einem Berg von Decken heraus. Er sieht seltsam feminin aus in dem Himmelbett zwischen all dem weichen weißen Musselin, wie ein New-Romantic-Fan aus den Achtzigerjahren.

»Aber findest du es nicht ein bisschen schräg?«, frage ich und lasse mich auf dem Rand der Matratze nieder. »Wenn wir hier in ihrem Haus bleiben, aber sie nicht in unserer Wohnung? Das ist nicht gerade ein konsequenter Tausch, oder?«

»Mir egal«, stöhnt er. »Ich fühle mich echt beschissen, Libs. Kannst du mich bitte in Frieden lassen?« Er zieht die Decke über den Kopf, sodass nur ein Büschel blonden Haars oben herausragt.

»Sehr charmant«, erwidere ich, stehe seufzend auf und gehe ins Ankleidezimmer. Ich habe unsere Koffer gar nicht erst ausgepackt, da mir klar war, dass meine Klamotten neben denen von Tara schäbig aussehen würden – wie arme, unwillkommene Verwandte. Ich ziehe mir ein Jeanskleid über den Kopf und schlüpfe in meine Birkenstocksandalen. Als ich das Schlafzimmer verlasse, achte ich darauf, die Tür hinter mir laut zu schließen – ich bin etwas eingeschnappt, da Jamie offenbar nicht vorhat aufzustehen und wir einen wertvollen Tag unseres gemeinsamen Urlaubs verschwenden.

Doch als ich die Küche betrete, um Ziggy sein Futter zu geben, plagt mich schon das schlechte Gewissen. Jamie ist kein Faulenzer. Es muss ihm wirklich schlecht gehen, wenn er im Bett bleiben möchte. Der vor mir liegende Tag erscheint mir mit einem Mal lang und öde. Seit Jamie sich selbstständig gemacht hat, haben wir kaum Zeit miteinander verbracht – und ich habe uns schon den gestrigen Tag mit meinen Ängsten wegen irgendwelcher Einbrecher vermiest.

Ich gehe ins Wohnzimmer und durchwühle einen Flechtkorb mit DVDs neben dem Fernseher. Eigentlich wollte ich zwei Stunden mit einem Film totschlagen, aber ich finde nichts, das mich ansprechen würde und wir nicht schon mal gesehen haben; der Rest besteht entweder aus französischer Erotika oder gnadenlosem Horror. Beides absolut nicht mein Fall.

Als ich das Klappern des Briefkastens höre, erstarre ich; Ziggy fängt wie verrückt an zu bellen und rennt zur Eingangstür. Ich erhebe mich und folge ihm. Es muss der Briefträger gewesen sein, da die Post unter dem Schlitz auf dem Boden liegt. »Alles okay, Ziggy, beruhige dich«, sage ich und dränge mich an ihm vorbei, um nach der Post zu greifen. Es ist nicht viel, nur zwei Flyer – einer für ein Restaurant, das demnächst in der Gegend eröffnet, der andere für eine Kunstmesse in der nächstgelegenen Stadt – sowie ein Hochglanzkatalog von einem skandinavischen Möbelhaus, dessen Namen ich noch nie gehört habe. Ich blättere durch die Seiten, während ich in die Küche schlendere und mich an den Esstisch setze. Ich will am liebsten alles daraus haben – die Sofas, die Tische, die Stühle –, aber die Preise sind astronomisch. Deprimiert klappe ich den Katalog wieder zu.

Ziggy dreht in der Küche seine Runden, ein Zeichen dafür, dass er mal muss. »Komm, Ziggy, lass uns einen Spaziergang machen.« Ich befestige die Leine an seinem Halsband. Ich weiß, dass Jamie es nicht mag, wenn ich allein mit Ziggy rausgehe, solange mein Arm noch eingegipst ist – Ziggy ist selbst für einen Golden Retriever riesig und definitiv kräftig genug, um mich im Zweifelsfall umzureißen, wenn er sich erschreckt. Doch die Aussicht, allein an diesem einsamen Strand spazieren zu gehen, ist mir unerträglich. Außerdem verspüre ich das intensive Bedürfnis, das Haus zu verlassen, so schön es auch ist. Es hat etwas Unentspanntes an sich, sich in einem fremden Heim aufzuhalten, mit nichts zu tun, als auf dem makellosen Sofa zu liegen und sich Sorgen zu machen, ob nicht schon die bloße Berührung des eigenen Körpers einen Fleck hinterlassen könnte. Zu Hause habe ich immer etwas zu tun: Ich arbeite, korrigiere Aufsätze, verfasse Berichte, bereite meinen Unterricht vor, versuche, unseren chaotischen

Haushalt in den Griff zu bekommen. Ich dachte, ich würde es genießen, einfach nur »zu sein« – ohne Terminvorgaben, ohne Unterbrechungen –, doch ich muss zugeben, dass es mich ein bisschen langweilt.

An den Wochenenden gehen Jamie und ich für gewöhnlich in Bath oder am Kanal spazieren. Wir durchstöbern die kleinen Boutiquen und Galerien und betrachten die Kunstwerke, die wir uns niemals werden leisten können. Zu Hause sind wir immer von Menschen umgeben, die ihren alltäglichen Geschäften nachgehen – was nicht unbedingt heißt, dass wir besonders viel mit ihnen zu tun hätten, aber sie sind da. Ich hätte nie gedacht, wie einsam es sich anfühlen würde, so isoliert zu sein. Vielleicht erinnert es mich zu sehr an meine Kindheit, als ich in diesem Dorf festsaß und mit niemandem außer meinem Vater zu tun hatte. Ich war damals von der Außenwelt abgeschnitten. Meine ehemaligen Freunde gaben sich nicht mehr mit mir ab, und die Jungs luden mich nie zu einer Verabredung ein, da alle wussten, dass ich mich ständig um meinen Vater kümmern musste. Die einzigen Leute, die ich regelmäßig sah, war die immer gleiche Gruppe Jugendlicher auf der Grünfläche gegenüber von unserem Haus, die Cider tranken und rauchten, auf den Schaukeln herumhingen und Graffiti auf die Garagen in der Nachbarschaft sprühten. Solche Teenager in Kapuzenpullis, wegen derer man die Straßenseite wechselte. »Die Assis«, wie mein Vater sie nannte. Wenn er betrunken nach Hause torkelte, überschüttete er sie mit Beleidigungen. Als Denkzettel sprühten sie uns einmal ein Graffito an die Haustür – die primitive Zeichnung eines Penis. Trotz allem waren sie ziemlich harmlos, sie hätten meinen Dad auch windelweich prügeln können, haben es aber nie getan.

Ich gehe zur Haustür, anstatt die Terrassentüren zu öffnen, da ich nicht sicher bin, wie man sie von außen abschließt. »Jetzt musst du aber brav sein«, ermahne ich Ziggy streng, als wir aufbrechen. »Es wird nicht weggerannt. Ich habe nur einen gesunden Arm, vergiss das nicht. Außerdem musst du sofort zurückkommen, wenn ich dich rufe.« Ziggy steht neben mir, den Kopf schräg gelegt, und sieht mich aus seinen braunen Hundeaugen an, als könne er jedes Wort verstehen.

Das Wetter ist unberechenbar – in der einen Minute spüre ich noch die Sonne auf meinem Rücken, in der nächsten verfinstert sich der Himmel, und die Temperatur fällt abrupt ab. Ich habe ein bisschen Angst, dass Jim irgendwo herumschleicht, und bin erleichtert, als ich ihn nirgendwo entdecke. Während ich die Stufen zum Strand hinabsteige, stelle ich mir die müßige Frage, wo dieser Jim eigentlich wohnt. Bei unserer Ankunft haben wir ein paar Häuser entlang der Landstraße gesehen, bevor wir das Hideaway erreichten; vom Strand aus sind ein paar der Rückseiten zu erkennen, aber es sind nur vereinzelte Gebäude, die durch die üppige Vegetation und die hervorstehenden Klippen voneinander getrennt werden. War es womöglich Jim, den ich gestern dabei erwischt habe, wie er uns beobachtete?

Sylvia würde zweifelsohne sagen, dass ich an stressbedingten Wahnvorstellungen leide, die durch das Feuer ausgelöst wurden. Sie hat für gewöhnlich auf alles eine Antwort.

Am Ende der Stufen angekommen, lasse ich Ziggy von der Leine und sehe ihm nach, wie er über den Strand jagt. Ich folge ihm gemächlich; der Wind pfeift in meinen Ohren, und das Meer tost. Ich war noch nie zuvor in Cornwall, ganz zu schweigen von der Roseland-Halbinsel, aber bisher ist es wunderschön. Wir können uns glücklich schätzen, solch einen Urlaub verbringen zu dürfen.

Ziggy springt mit hängender Zunge und flatternden Ohren auf das Wasser zu und wirbelt dabei den Sand auf. Vorsichtig folge ich ihm über den Strand, schreite über schleimiges, nasses Seegras und Gezeitentümpel hinweg; ich fühle mich ungeschützt, so mutterseelenallein hier. Gott sei Dank habe ich Ziggy bei mir. Eigentlich hat er mal Katie gehört. Sie kaufte ihn als Welpen, obwohl alle ihr davon abrieten – Katie ist nicht gerade bekannt für ihr ausgeprägtes Verantwortungsgefühl. Doch stur, wie sie nun mal ist, weigerte sie sich, auf die Ratschläge zu hören, und nahm den Welpen in ihre Einzimmerwohnung im Zentrum von Bath mit. Sie nannte ihn Zippy und verhätschelte ihn wie ein Baby. Doch als er zu wachsen anfing, wuchsen auch ihre Zweifel, bis sie schließlich Jamie darüber informierte, dass sie Zippy ins Tierheim geben würde; sie war es leid, nicht mehr bis frühmorgens ausgehen, geschweige denn bei ihren Freunden übernachten zu können. Jamie war fuchsteufelswild. Ich hatte ihn noch nie zuvor so wütend gesehen, wenn es um seine Schwester ging – normalerweise wickelte sie ihn spielend um ihren anmutigen, manikürten kleinen Finger.

»Wir können den Hund nicht zu uns nehmen, Jay«, sagte ich, als er an dem Abend nach Hause kam und mir die ganze Geschichte erzählte; mir war sofort klar, worauf er hinauswollte. »Wir leben doch auch nur in einer Wohnung.«

»Aber der Garten …«

»Der«, unterbrach ich ihn, »gehört Evelyn, nicht uns.«

»Vielleicht erlaubt sie uns ja, ihn zu benutzen«, erwiderte er mit hoffnungsvoller Miene.

Ich seufzte schwer. »Vielleicht, aber ich hätte ein schlechtes Gewissen, sie darum zu bitten. Es wäre nicht fair, sie in diese Lage zu bringen. Ich bin mir sicher, dass sie sich nicht sonderlich darüber freuen würde, wenn ein Hund ihr den ganzen Rasen vollkackt, aber sie wäre bestimmt zu höflich, um es zu sagen.«

»Ich wüsste nicht, was dagegen spricht«, erwiderte er mit einer Stimme, die auch einem schmollenden Teenager gut zu Gesicht gestanden hätte. »Ist ja nicht so, als ob es irgendwer bemerken würde. Ihr Garten ist nicht unbedingt eine Augenweide. Ich habe ihr schon angeboten, das Gras für sie zu mähen, aber sie will nichts davon hören.« Er stemmte die Fäuste in die Seiten und schien den Tränen nahe zu sein. Ich liebte es, dass er so ein Softie war. Selbst bei traurigen Tiersendungen im Fernsehen kämpfte er oft mit den Tränen. »Ich kann einfach nicht zulassen, dass sie den Hund weggibt«, sagte er leise und fuhr sich mit der Hand durch sein wuscheliges Haar. »Er gehört mittlerweile zur Familie.«

Ich trat auf ihn zu und schlang meine Arme um seine Taille. »Oh, Jay.« Er war einen Kopf größer als ich und musste sich darum ein ganzes Stück vorbeugen, um seine Stirn an meine Schulter zu lehnen.

Natürlich gab ich nach. Wir waren schließlich alle in den Hund vernarrt. Und so kam es, dass Zippy – oder Ziggy, wie Jamie ihn umbenannte – bei uns einzog. »Ich kann nicht zulassen, dass der arme Hund Zippy genannt wird«, meinte er lachend, aber der wahre Grund war, dass er immer schon ein Haustier nach seinem großen musikalischen Helden David Bowie benennen wollte. Das war nun schon über zwei Jahre her, und keiner von uns beiden konnte sich noch ein Leben ohne Ziggy vorstellen.

Jamie. Ich verspüre eine tiefe Sehnsucht nach ihm, während ich allein den Strand entlangspaziere. Ich vermisse es, mit seinen langen Schritten mithalten zu müssen, die Wärme seiner Hand in meiner. Ich muss wirklich versuchen, meine Schreckhaftigkeit und Paranoia in den Griff zu bekommen und den Rest des Urlaubs zu genießen. Ich weiß, dass es Jamie glücklich machen würde, wenn ich seine Mutter um Hilfe bäte – und ein Teil von mir würde sich tatsächlich gerne bei Sylvia Rat holen, sie wegen meiner Symptome fragen und danach, ob ich wirklich an einer posttraumatischen Belastungsstörung leide. Aber ich weiß, dass ich das niemals tun kann. Das Ganze würde sich in eine Therapiesitzung verwandeln, und sie könnte dabei mehr aus mir herauslocken, als ich bereit bin preiszugeben.

Ich bleibe stehen, um einen Blick zum Hideaway mit seiner durchgehenden Fensterfront und dem Erkerturm zu werfen. Jamie ist da drin, liegt im Bett und fühlt sich fürchterlich. Ich muss mich vergewissern, dass es ihm gut geht.

Ich rufe nach Ziggy, der im kalten Wasser der Brandung herumtollt, und wir machen uns auf den Rückweg.

Gerade als ich die letzten Stufen erreiche, spüre ich die Gegenwart eines anderen Menschen, und als ich aufblicke, ragt Jim mit mürrischer Miene über mir auf. Mit hämmerndem Herzen bleibe ich stehen. »Himmel!«, entfährt es mir, und instinktiv umfasse ich meinen gebrochenen Arm. »Sie haben mich zu Tode erschreckt.«

»Wer sind Sie?«, knurrt er mit starkem kornischem Akzent. Ein Fernglas hängt um seinen Hals, und sein wettergegerbtes Gesicht ist vor Ärger verkniffen. Er stützt sich auf einen Gehstock, die flache Kappe trägt er tief ins Gesicht gezogen, und ich bemerke eine kahle Stelle auf dem Filzaufschlag seiner Tweedjacke.

»Ich?« Alles in mir sträubt sich vor Wut. Was für eine Frechheit. »Ich bin Libby Hall. Ich wohne für eine Woche im Hideaway. Zusammen mit meinem Mann, Jamie Hall.«

»Ich kann mich nicht daran erinnern, dass Mr. Heywood Besucher erwähnt hat. Das Haus steht seit Monaten leer, da es renoviert wurde.« Er mustert mich mürrisch. »Das ist nicht Ihr Haus. Es gehört Philip und Tara.«

Ich verkneife mir ein entnervtes Seufzen. »Ich weiß«, beginne ich geduldig. Ich frage mich, ob er, wie meine Mum zu sagen pflegte, nicht gerade der Hellste ist.

»Was tun Sie hier?« Er schiebt die Kappe aus der Stirn und mustert mich abschätzig aus seinen wässrig-blauen Augen. Am liebsten würde ich ihm sagen, dass er sich verpissen und um seinen eigenen Kram kümmern soll, aber ich weiß, dass ich nicht so unhöflich sein kann. Ich erinnere mich an meine Lehrerausbildung, in der ich lernte, stets ruhig und professionell zu bleiben. Nicht die Kontrolle zu verlieren.

Also lächle ich freundlich und informiere ihn über den Haustausch. »Sie wollten in der Nähe des Krankenhauses sein. Wegen ihrer Tochter.«

Seine blassen Augen verengen sich. »Wie bitte? Sie haben gar keine Tochter.«

Ich straffe die Schultern und packe Ziggys Leine fester, als er daran zieht und zerrt. »Wie meinen Sie das? Natürlich haben sie eine Tochter.«

»Nein, sie haben keine Kinder.« Er verlagert das Gewicht auf seinen Stock. »Philip hat nie etwas von einem Besuch erwähnt. Er war vor ungefähr einem Monat hier, um die Renovierungsarbeiten zu überwachen. Warum hat er es mir da nicht gesagt? Er hat noch nie so etwas in der Art gemacht. Ich passe nämlich auf sein Haus auf, wenn er nicht da ist.« Er beginnt, auf und ab zu gehen, als würde er ein Selbstgespräch führen. Es macht mich nervös.

»Bitte schön, dann rufen Sie ihn eben an«, schlage ich vor. »Es ist alles mit ihm abgemacht. Wir haben es gerade erst vor einer Woche vereinbart.«

Er bleibt stehen und funkelt mich wütend an, und in dem Moment wird mir klar, dass er vermutlich noch nicht einmal Philips Nummer hat. Er ist nur ein ortsansässiger Wichtigtuer, der seine Nase nicht aus anderer Leute Angelegenheiten heraushalten kann. Er brummt leise etwas, dann dreht er mir den Rücken zu und geht davon.

»Oh«, rufe ich, als er gerade unseren Rasen betreten will, »und könnten Sie bitte damit aufhören, durch unseren Garten zu spazieren? Zumindest solange wir hier sind. Wir reisen am Samstag ab. Danke. Das wäre wirklich äußerst freundlich.«

Er dreht sich um und bedenkt mich mit einem vernichtenden Blick aus seinen kühlen Augen. »Das ist nicht Ihr Garten. Also werde ich tun, was ich will. Ich lasse mir ausschließlich von Mr. Heywood sagen, was ich hier darf und was nicht. Nicht von Ihnen.« Er schwenkt drohend seinen Stock in meine Richtung.

Angesichts seiner Wut fahre ich vor Schreck zurück. Ich öffne den Mund, um noch etwas zu entgegnen, doch er stolziert schon davon. Ich kann mich nicht beherrschen und zeige seinem Rücken beide Mittelfinger. Mein Herz hämmert vor Wut, während er gemächlich den Garten durchquert und seitlich um das Haus herum verschwindet. »Was für ein Arschloch«, presse ich hervor. Ich möchte ihm am liebsten hinterherrennen und sagen, dass ich die Polizei rufe, wenn er es noch mal wagt, unser Grundstück zu betreten, doch dann fällt mir ein, dass er recht hat und es nicht unser Grundstück ist. Es ist das Haus von Philip und Tara. Wenn sie damit einverstanden sind, dass er auf ihrem Grund und Boden herumlungert, kann ich wohl schlecht etwas dagegen tun.

Ich mache mich auf den Weg zu Jamie. »Du wirst es nicht glauben, was gerade passiert ist!«, verkünde ich lautstark, als ich ins Schlafzimmer stürme. »Ich hatte gerade eine Auseinandersetzung mit diesem Jim. Er behauptet, die Heywoods hätten gar keine Tochter. Warum sollte er so etwas …?«

Ich verstumme beim Anblick meines Mannes, der ausgestreckt auf dem Bett liegt. Er ist leichenblass, und ein glänzender Schweißfilm bedeckt sein Gesicht und seinen Körper. Im Zimmer riecht es muffig, nach kränklichem Schweiß und Erbrochenem.

»Jamie …« Plötzlich wird mir flau im Magen. Ich eile zum Bett. »Jamie!« Ich schüttle ihn, und seine Augen öffnen sich blinzelnd.

»Libs …«, krächzt er heiser. Sein Mund ist ausgedörrt, seine Lippen trocken und rissig. »Da liegt ein orangefarbenes Einkaufsnetz unter dem Bett … bitte … schmeiß es weg …« Seine Stimme verebbt, während sich seine Augen flatternd wieder schließen. Ich blicke entsetzt auf ihn hinab – die feinen blauen Adern, die seine Augenlider überziehen, seinen wächsernen Teint.

»Schon gut«, beruhige ich ihn und streiche sein Haar zurück. »Alles wird gut, mach dir keine Sorgen.« Ich konzentriere mich darauf, ruhig zu bleiben, sodass ich mir meinen Erste-Hilfe-Kurs in Erinnerung rufen kann … so wie an jenem Tag, als die kleine Maya Price mit Verdacht auf Meningitis in der Klasse kollabierte … oder als Finlay Ward mit dem Kopf voran in einen Baum rannte und das Bewusstsein verlor. Mir ist klar, dass mein Mann dringend medizinische Hilfe benötigt, aber ich weiß nicht, wo sich das nächstgelegene Krankenhaus befindet, und – schlimmer noch – selbst wenn ich es wüsste, könnte ich ihn nicht fahren. Ich haste nach unten, um mein Handy zu holen, das noch auf der Kücheninsel liegt. Ohne nachzudenken, wähle ich den Notruf. Ich habe keine andere Wahl. Jamies klamme Haut in Verbindung mit seinem Fieberwahn bedeutet, dass er infolge des Magen-Darm-Infekts wahrscheinlich schon gefährlich stark dehydriert ist.

Ich bin überrascht, dass der Krankenwagen nur fünfzehn Minuten braucht. Jamie wird auf einer Liege hineingeschoben, und ich folge ihm. Als die Türen zufallen, bemerke ich Jim, der sich in den Büschen neben der Einfahrt herumdrückt und uns aus diesen blassen, feindseligen Augen hinterherschaut.

10

Den gesamten Weg zum Krankenhaus halte ich Jamies Hand und murmle tröstende Worte in sein Ohr, während die Sanitäter ihn an einen Tropf hängen und er sich in eine Pappschüssel übergibt. Die Fahrt dauert etwa zwanzig Minuten, und mir wird selbst übel, als der Krankenwagen die Kurven der schmalen Landstraßen hinabschlingert. Als wir schließlich ankommen, wird Jamie weggerollt, und ich bleibe verstört im Warteraum sitzen, während das bange Gefühl in meiner Magengegend von Minute zu Minute größer wird.

Rein rational betrachtet, ist mir klar, dass Jamie sich erholen wird, dass es sich lediglich um einen Magen-Darm-Infekt oder vielleicht eine Lebensmittelvergiftung handelt; aber ich habe auch schon Horrorgeschichten von Fällen gehört, in denen die Dehydration zu Nierenversagen und, ganz selten, sogar zum Tod führte. Bevor ich etwas dagegen tun kann, blitzt in mir die Vision eines Lebens ohne Jamie auf. Sowohl meine Mutter als auch mein Vater starben noch vor meinem zwanzigsten Lebensjahr. Ich habe keine Großeltern und auch keine Tanten oder Onkel. Jamie ist meine einzige Familie, mein Ein und Alles. Ich könnte es nicht ertragen, wenn er mir auch noch genommen würde.

Schwarzmalerei, so nennt Jamies Mum solche Gedanken. Sie ertappte mich einmal dabei, als ich meine »Was wäre wenn?«-Bedenken bezüglich der Hochzeit durchexerzierte: »Was, wenn es regnet?«, »Was, wenn ich vor dem Altar ohnmächtig werde?«, »Was, wenn ich an dem Tag krank werde?«. Sie maßregelte mich vor Jamie und ihren Töchtern, als spräche sie mit einem Kind, und ich reagierte dementsprechend aufsässig. Ich fühlte mich wie einer meiner Schüler, der getadelt wurde. Dann jedoch, als ihr mein vor Verlegenheit gerötetes Gesicht auffiel, erklärte sie mir behutsam, das liege an meiner Erziehung und sei ein Symptom des frühen Verlusts meiner beiden Elternteile. Dann versuchte sie, mich zu analysieren, aber ich machte alle Schotten dicht, um nichts mehr an mich heranzulassen.

Ich sitze auf einem harten Plastikstuhl und knülle ein Tempotaschentuch in meiner gesunden Hand, während ich versuche, die Panik und die Tränen zurückzuhalten. Der Wartesaal ist berstend voll, und eine Atmosphäre latenter Anspannung hängt über den Köpfen der Anwesenden, die sich in den besorgten Mienen, dem unruhigen Händewringen und den nervös zuckenden Beinen äußert. Krankenschwestern mit an die Brust gepressten Patientenakten eilen hin und her. Jamie wird gesund, rede ich mir gut zu. Doch ich bekomme das Bild seines bleichen, schweißbedeckten Gesichts nicht aus dem Kopf, sein fiebriges Gerede von einem unter dem Bett versteckten Einkaufsnetz.

Endlich kommt eine junge Frau mit leicht gehetztem Gesichtsausdruck auf mich zu, deren zierliche Absätze über den Fliesenboden klappern. Ihre Stirn ist gerunzelt, und mein Herz schlägt schneller, je näher sie kommt. Ich bemerke einen Kinderanstecker an ihrer Strickjacke, mit einem Löwen, unter dem die Worte *Ich bin tapfer* prangen.

»Mrs. Hall?« Ich bringe lediglich ein Nicken zustande und stehe auf, um ihre Hand zu schütteln, die sie mir entgegenstreckt. »Ich bin Doktor Carter. Ihr Ehemann wird sich erholen. Wir haben ein paar Tests durchgeführt und festgestellt, dass er E. coli hat, was zu der starken Dehydration führte …«

»Eine Lebensmittelvergiftung?« Mir fallen die Würste von gestern Abend ein. Ich selbst konnte keinen Bissen davon essen, nachdem wir die toten Tiere im Keller entdeckt hatten. »Er hat gestern zum Abendbrot ein paar Würste gegessen. Glauben Sie, die waren die Ursache?«

Doktor Carter hat ein attraktives Gesicht und nussbraunes Haar, das sie zu einem wirren Dutt aufgetürmt hat. Sie trägt eine dünne Drahtbrille, die ihr ein autoritäres Äußeres verleiht, obwohl sie kaum älter scheint als ich.

»Gut möglich«, erwidert sie. »Verdorbenes Fleisch oder …«

»Kann ich zu ihm?«

Ein Lächeln erhellt Doktor Carters Gesicht. Sie sieht aus, als könne man außerhalb des Krankenhauses viel Spaß mit ihr haben, jemand, mit dem man gerne mal ein Bier trinken würde. »Aber natürlich.« Sie berührt sanft meine Schulter, und ich folge ihr in ein Einzelzimmer.

Jamie sitzt aufrecht im Bett; ein dünner Schlauch schlängelt sich von seinem Arm zu dem Infusionsbeutel, der neben ihm hängt. Er sieht zwar immer noch blass aus, aber schon wieder viel mehr wie sein altes Ich – vergessen ist das orangefarbene Einkaufsnetz.

»Du hast mir einen ganz schönen Schreck eingejagt«, sage ich und versuche, ihn zu umarmen, was sich angesichts meines Gipses und seiner Kanüle ziemlich kompliziert gestaltet.

Er küsst mich auf den Kopf. »Tut mir echt leid«, murmelt er in mein Haar hinein. »Aber ich habe mich in meinem ganzen Leben nicht so verdammt krank gefühlt.«

Doktor Carter steht neben mir. »Wir werden ihn sicherheitshalber über Nacht hierbehalten, aber ich denke, morgen früh sollte er fit genug sein, um nach Hause gehen zu können.«

Ich schaue sie mit offenem Mund an. »Ähm … über Nacht?« Ich fröstle am ganzen Körper bei der Vorstellung, die Nacht ganz allein in diesem großen, abgeschiedenen Haus zu verbringen. Ich begegne Jamies Blick. Er wirkt besorgt.

»Schon okay, Doktor.« Er setzt sich noch aufrechter hin und versucht sein Bestes, um weniger krank auszusehen. »Mir geht's schon viel besser. Ich hatte schon immer die gesundheitliche Konstitution eines Fuchses. Oder war es ein Pferd?« Er grinst mich über ihre Schulter hinweg an, bevor er sich wieder an sie wendet. »Ich war ja selbst schuld, dass ich nicht genügend Wasser getrunken habe. Ich kann doch bestimmt auch schon heute heim, oder?«

Sie schüttelt den Kopf, nimmt die Tafel vom Fußende des Bettes und notiert etwas darauf. »Tut mir leid, Mr. Hall, aber das geht nicht. Wir müssen für eine ausreichende Flüssigkeitszufuhr sorgen. Stellt das irgendein Problem für Sie dar?« Sie blickt mich aus ihren hellen, klaren Augen an. Sie wirkt so ruhig, so gefasst. Genauso professionell, wie ich es vor zwei Monaten auch noch war. Ich kann mich mit ihren Augen sehen – eine schreckhafte, nervöse Frau Ende zwanzig, die derart anhänglich und hysterisch ist, dass sie keine Nacht allein ohne ihren Ehemann verbringen kann.

Ich schlucke und setze ein Lächeln auf. »Nein, kein Problem.«

»Sehr schön.« Sie schiebt ihre Brille ein Stück die Nase hoch und befestigt die Tafel wieder an Jamies Bett, bevor sie – in Gedanken bereits beim nächsten Patienten – davoneilt.

Jamie drückt meine Hand. »Bist du dir sicher, Libs?«

»Es bleibt mir wohl nichts anderes übrig.« Ich bemerke einen Anflug von Sorge in seinem Gesicht und füge eilig hinzu: »Ich bin ein großes Mädchen, Jay. Ich habe durchaus schon allein gelebt, bevor ich dich getroffen habe. Es macht mir ja auch nichts aus, allein in unserer Wohnung zu sein, wenn du geschäftlich unterwegs bist. Außerdem habe ich Ziggy bei mir. Und ich kann ihn nicht die ganze Nacht allein lassen, er muss gefüttert werden …« Ich hole tief Luft. »Alles wird gut.«

Er wirkt noch immer skeptisch. »Unser Wagen steht noch beim Hideaway. Du wirst dir ein Taxi nehmen müssen. Bist du auch wirklich sicher, dass du zurechtkommst?«

»Mach dir keine Sorgen, Jay. Ich komme klar.«

11

Es ist schon nach halb acht Uhr abends, als das Taxi mich vor dem Hideaway absetzt. Ich bezahle den Fahrer und steige aus, doch mein Mut verlässt mich, als ich das dunkle, abweisende Haus vor mir aufragen sehe. Ich muss unwillkürlich an den Keller mit den Tierhäuten und chirurgischen Gerätschaften denken, und ein Schaudern überläuft mich. Ich tue mir selbst keinen Gefallen mit diesen gruseligen Gedanken. Das Haus ist nicht gefährlich. Es ist sicher. Ansonsten würde Tara hier doch nicht leben, rede ich mir gut zu. Es ist offensichtlich, dass sie nur das Beste vom Leben will, all die kleinen luxuriösen Freuden und Annehmlichkeiten.

Sobald ich die Einfahrt betrete, geht die Sicherheitsbeleuchtung an und taucht die Umgebung in ein fahles Licht. Aus den Augenwinkeln bemerke ich etwas, das vom nächststehenden Baum hängt. Knochenbleich und unheimlich. Mir entfährt ein Schrei.

»Alles in Ordnung, Miss?«, ruft der Fahrer, als ich wie angewurzelt stehen bleibe. Er hat das Fenster heruntergekurbelt und den Arm mit dem hochgekrempelten Ärmel auf den Rahmen gelegt, sodass ich die langen dunklen Haare erkennen kann, die aus dem weißen Fleisch sprießen.

Ich renne zum Taxi zurück und deute mit zitterndem Finger zum Baum.

»Sehen Sie das? Was ist das?« Es sieht aus wie ein entstellter Schädel, der Kiefer auf monströse Weise aufgerissen, als sei das Wesen unter qualvollen Schreien verendet.

Der Fahrer späht blinzelnd hinauf. Er hat ein freundliches Gesicht – so eins, wie mein Großvater es womöglich gehabt hätte, wenn ich ihn denn jemals kennengelernt hätte. Mit tiefen Lachfalten und einem grauen stoppeligen Bart. »Sieht mir ganz nach einem Schafschädel aus, Miss.« Er klingt gelassen, als hätte er es regelmäßig mit von Bäumen baumelnden Tierschädeln zu tun.

»Ich bin mir sicher, dass er vorhin noch nicht da war«, entgegne ich heiser. So einen Schädel hätte ich doch gewiss bemerkt, oder?

Er zuckt mit den Schultern. »Sieht ganz so aus, als würde der schon eine Weile da hängen. Ziemlich verwittert, oder nicht?« Er grinst und kurbelt das Fenster wieder hoch. Ich möchte ihn am liebsten anflehen, mich nicht allein zu lassen, doch stattdessen stähle ich mich innerlich. Ich bin schon wieder paranoid. Der Schädel hängt wahrscheinlich schon seit Jahren an dieser Stelle. Es hat nichts zu bedeuten. Ich sehe dem Taxi nach, dessen Rücklichter mir in der Dunkelheit ein letztes Mal zuzwinkern, bevor es um die Ecke biegt und aus meiner Sicht verschwindet. Ich schaudere, als mir bewusst wird, dass ich nun vollkommen allein bin – nur die rauschenden Wellen und der verlassene Strand leisten mir Gesellschaft. Und natürlich Ziggy. Wenigstens habe ich den Hund.

Ich kann gar nicht schnell genug ins Haus gelangen. Hektisch schiebe ich den Schlüssel ins Schloss, stoße die Tür auf, und sofort springt Ziggy mir entgegen und reißt mich beinahe um. Ich klatsche zweimal, um das Licht einzuschalten; ich komme mir albern dabei vor, aber ich kann mich nicht daran erinnern, wo Jamie die Fernbedienung hingelegt hat. Die Lichter erhellen den Raum und verleihen mir ein Gefühl von Sicherheit, dennoch haftet dem Haus immer noch diese einsame, verlassene Aura an. Werde ich es wirklich schaffen, ganz allein hier die Nacht zu verbringen? Ich beuge mich zu Ziggy hinab, um ihn zu umarmen, während meine Gedanken durcheinanderwirbeln. Was, wenn ich mir ein Hotelzimmer nehme? Aber dürfte Ziggy da überhaupt mit? Ich kann ihn nicht allein lassen. Er stupst mich mit der Nase an, seine Art, mir zu sagen, dass er Hunger hat.

Im Haus ist es kühl und viel zu still, und so schalte ich den Fernseher an, nur um irgendein Hintergrundgeräusch zu haben. Dann konzentriere ich mich darauf, Ziggy sein Abendessen zu geben. Ich habe zu viel Angst, um zu dieser späten Uhrzeit noch mit ihm Gassi zu gehen – das ist normalerweise Jamies Aufgabe –, daher lasse ich ihn in den Garten und trinke einen Becher Tee, während er über den Rasen trabt und damit die Sicherheitsbeleuchtung auslöst, deren Helligkeit nur die Finsternis um das Haus herum verstärkt – all die Büsche und Hecken, in deren Schatten sich jemand verstecken könnte.

Als Ziggy ins Haus zurückkehrt, schließe ich alle Türen gewissenhaft zweimal ab. Nicht zum ersten Mal wünsche ich mir, die Heywoods hätten Vorhänge. Mir behagt der Gedanke nicht, dass ich selbst nicht durch diese großen Fenster hinausschauen kann, wohingegen jeder hereinschauen und mich beobachten kann – womöglich der Kerl von Lizard Point oder dieser Spinner Jim, der ständig draußen herumschleicht. Mir fällt wieder das Gespräch mit Jim von heute Vormittag ein, seine Behauptung, die Heywoods hätten keine Tochter. Warum sollte er so etwas sagen? Bei all dem Trubel und der Sorge um Jamie hatte ich keine Gelegenheit, mit ihm darüber zu reden.

Um mich davon abzulenken, dass ich ganz allein in dem großen Haus bin, wähle ich Jamies Nummer, doch dann fällt mir ein, dass wir in der Eile sein Handy hier vergessen haben. Ich renne nach oben, um es zu holen und nachzuschauen, ob es aufgeladen werden muss. Ich habe einen Kloß im Hals, als mein Blick auf das Bett fällt – auf die zerknitterten Laken und die Kuhle in der Matratze, wo Jamie lag. Ich setze mich auf die Bettkante und berühre die Laken, die noch immer feucht sind von seinem Schweiß. Meine Augen füllen sich mit Tränen, doch ich wische sie beiseite. Ich habe keine Zeit für Selbstmitleid. Jamie wird bald wieder gesund sein. Es ist nur eine einzige Nacht ohne ihn, und in Bath würde ich mir keinerlei Gedanken deswegen machen. Ich muss, wie Jamie sagen würde, Rückgrat zeigen.

Ich nehme sein Handy vom Nachtschränkchen. Er hat eine SMS bekommen. Von Hannah.

Ich habe nachgedacht. Ich weiß, dass du es niemandem erzählen wirst, aber könnten wir trotzdem reden …

Ich bin versucht, sie anzutippen, um den Rest der Nachricht zu sehen. Mein Finger schwebt unentschlossen über dem Display. Ich vertraue Jamie. Ich muss ihm vertrauen. Zu meinem großen Bedauern ist Hannah nun mal Teil unseres Lebens. Ich mag sie nicht besonders, aber sie hat sich in der Familie Hall eingenistet und wird auch nicht so schnell verschwinden, also muss ich mich wohl oder übel damit arrangieren. Außerdem wird Jamie es merken, wenn ich die SMS öffne, und dann wird er mich für noch paranoider und hysterischer halten als ohnehin schon. Ich will keine dieser Frauen sein, die ständig ihrem Ehemann hinterherschnüffeln und immerzu misstrauisch sind. Meine Mum war meinem Dad gegenüber so; sie vertraute ihm nie, da sie immer Angst hatte, dass er statt bei der Arbeit beim Saufen war, weshalb sie ständig seine Taschen nach Quittungen durchsuchte. Ich konnte sehen, wie unglücklich sie das machte, wie permanente Zweifel und Argwohn sie zermürbten und vorzeitig altern ließen.

Und jetzt bin ich diejenige, die zweifelt und argwöhnt. Die nagende Unruhe wegen des Mannes von Lizard Point ist plötzlich zurück. War er es, den wir gestern im Garten gesehen haben? Ist er uns gefolgt? Seine Kamera war auf Jamie gerichtet, dessen bin ich mir sicher. Könnte es sein, dass jemand ihn dafür bezahlt hat, Bilder von uns zu machen? Aber wozu? Wieder frage ich mich, ob der Kerl wohl ein Privatdetektiv war. Doch er schien nicht an mir interessiert, er konzentrierte sich definitiv auf Jamie. Aber was, wenn es trotzdem um mich geht?

Die Tränen kommen wie aus dem Nichts; ich werde von Schluchzern geschüttelt, meine Schultern beben. Ich weiß noch nicht einmal, weswegen ich weine. Wegen Jamie, der Fehlgeburt oder dieser anderen Schwangerschaft, die schon eine Ewigkeit zurückzuliegen scheint? Ich umfasse meinen Bauch mit meinen Händen – das Gefühl von Verlust ist so akut, dass es schmerzt. Ziggy springt aufs Bett und macht es sich still neben mir gemütlich.

Ich wische die Tränen weg und starre auf das Telefon in meiner Hand, wobei mein Blick auf den Worten *Ich weiß, dass du es niemandem erzählen wirst* verweilt. Was meint sie damit? Was ist es, das Jamie vor mir verheimlichen soll?

Es ist wahr, dass Hannahs Gegenwart in unserem Leben mich manchmal verunsichert – die Art, wie sie Jamie anschaut, wenn sie glaubt, dass niemand es bemerkt, so voller Sehnsucht. Es ärgert mich, wie sie ihn als Sprachrohr für ihre Interessen benutzt; wie sie sich als Schwiegertochter aufspielt, obwohl das eigentlich meine Rolle ist. Wenn ich sie betrachte – ihr blondes Haar und ihre große, breitschultrige Gestalt, die so anders ist als mein zierlicher Körper –, frage ich mich manchmal, wie wohl ihr Sexleben aussah und ob er ihre Figur, ihre großen Brüste und langen Beine, bevorzugt. Ich will diese Gedanken nicht haben, und meistens gelingt es mir auch, sie von mir fernzuhalten.

Ich weiß, dass du es niemandem erzählen wirst.

Was verheimlichen sie vor mir? Vielleicht hat es etwas mit meinem dreißigsten Geburtstag im Juni zu tun, oder es geht um eine Überraschung für Sylvia? Es muss schließlich nichts Hinterhältiges bedeuten, oder? Es muss nicht heißen, dass sie eine Affäre haben. Ich verdränge die SMS aus meinem Kopf. Ich werde versuchen, es morgen aus Jamie selbst herauszubekommen. Wenn er nichts zu verbergen hat, wird er es mir schon verraten, richtig?

Es sei denn, er hat etwas zu verbergen.

Ich schlage mir mit der Handfläche gegen die Stirn. *Hör auf damit, hör auf,* ermahne ich mich stumm. Ich darf nur das Beste von Jamie denken. Sicher, er mag Frauen, das ist wahr. Er fühlt sich in ihrer Gegenwart wohl und ist ihren Umgang dank seiner zwei Schwestern gewohnt. Aber all das bedeutet noch lange nicht, dass er mich betrügen würde. Vor allem nicht mit seiner Ex. Immerhin war er derjenige, der vor all den Jahren Schluss gemacht hat, nicht umgekehrt.

Ich überlege, Sylvia anzurufen, um sie wissen zu lassen, dass Jamie im Krankenhaus ist. Ich scrolle schon zu ihrem Namen, doch etwas lässt mich innehalten. Sie ist, wenn es um Jamie geht, eine so überbehütende Mutter, dass sie sich nur unnötig Sorgen machen würde. Jamie wird es schon bald wieder besser gehen.

Ich streife rastlos im Haus umher, unfähig, mich in Ruhe hinzusetzen; meine Gedanken springen unablässig von den gehäuteten Tieren im Keller zu dem unheimlichen Schädel in der Baumkrone, nur um gleich wieder zu Hannahs SMS zurückzukehren. All die Sorgen und Ängste bereiten mir Kopfschmerzen.

Ziggy folgt mir, als könne er mein Unbehagen spüren. Ich spiele mit dem Gedanken, alle Lichter auszuschalten. Das Haus wäre zwar vollkommen dunkel, aber wenigstens könnte ich so hinausschauen. Wenn ich sie dagegen anlasse, bin ich vollkommen sichtbar für alle, die von draußen hereinschauen. Keine der beiden Optionen erscheint mir besonders verlockend, doch letztendlich lasse ich die Lichter an – vor allem, damit ich mich nicht irgendwo stoße.

Warum habe ich nur solche Angst, hier allein zu sein? Ich kann Sylvias Stimme in meinem Kopf hören – laut und deutlich, als stünde sie neben mir –, die mir erklärt, dass dies lediglich der Schock nach dem Brand sei, in Verbindung mit meinem durch die Fehlgeburt durcheinandergeratenen Hormonhaushalt. Andererseits wären wohl die meisten Menschen etwas nervös angesichts eines Kellers mit Tierüberresten und einem Schafschädel in einem Baum, oder nicht?

Ich muss meine Perspektive geraderücken. Anstatt meine Energie mit negativen Gedanken zu vergeuden, kann ich die Zeit auch konstruktiv nutzen. Da Jamie im Krankenhaus ist, habe ich freie Hand herumzuschnüffeln, ohne Kritik von ihm befürchten zu müssen. Ich schaue mich um, und auf einmal packt mich wieder die Panik, dass irgendwo Kameras versteckt sein könnten. Warum sonst sollte Philip dieses Überwachungsequipment im Keller haben?

Ich mustere den Raum und versuche, Gegenstände auszumachen, die eine Kamera enthalten könnten. Aber abgesehen von dem traurig dreinschauenden ausgestopften Papageientaucher, ein paar Fotografien von Tara und einer leeren Vase ist da nichts. Bevor ich es mir ausreden kann, krabble ich auf Händen und Knien herum und durchstöbere das elegante Sideboard unter dem Fernseher. Ein Schlüssel steckt in der Tür, und als ich ihn drehe, lässt sie sich widerstandslos öffnen. Im Inneren befindet sich enttäuschend wenig, aber ich entdecke eines dieser Fotobücher, die man selbst online erstellen kann. Gespannt blättere ich die Seiten durch und betrachte die Fotos von Tara und Philip bei diversen Urlauben und Ausflügen. Ich bin überrascht, als ich keinerlei Aufnahme von ihrer Tochter finde.

Jims Worte hallen in meinem Kopf nach. *Sie haben gar keine Tochter.* Aber das ergibt doch keinen Sinn. Ich schiebe das Album an seinen Platz zurück und greife nach dem nächsten. Es ist weniger interessant – zahllose Schnappschüsse des Hauses in verschiedenen Stadien des Verfalls. Wow, denke ich, während mein Blick von einem zum nächsten schweift. Dieses Haus war eine Ruine, bevor sie es kauften.

Ich will gerade nach oben gehen, um die übrigen Schlafzimmer zu durchsuchen, als ich aus dem Obergeschoss ein lautes Krachen höre. Ich erstarre, und das Album rutscht mir vom Schoß. Was war das?

Ziggy stellt die Ohren auf, und er macht einen erschrockenen Satz.

Oben ist jemand.

Mein Mund ist wie ausgedörrt, und mein Herz hämmert wie wild gegen meinen Brustkorb, während ich mich ganz langsam erhebe. Ich bin panisch und planlos. Was soll ich bloß tun? Verzweifelt suche ich nach irgendwas, das ich als Waffe benutzen könnte, und mein Blick fällt auf den

Schürhaken neben dem Kamin. Er glänzt unbenutzt und ist nicht allzu schwer – eher als Ziergegenstand gedacht –, aber ich packe ihn trotzdem fest mit beiden Händen und fühle mich allein dadurch ein wenig geschützt. Ich schleiche mit Ziggy lautlos die Treppe hinauf, voller Angst, was ich wohl oben vorfinden werde.

Ein kreischendes Geräusch dringt aus dem kleinsten der Zimmer, dem Kinderzimmer.

Ich bleibe vor der Tür stehen und schiebe sie vorsichtig ein Stück auf. »Ziggy«, raune ich. Er schaut zu mir und winselt leise. Mein Herz schlägt so heftig, dass meine Brust schmerzt. Ich neige den Kopf Richtung Zimmer, und Ziggy geht als Erster hinein. Zögernd spähe ich um den Türrahmen. In der Mitte des Raumes, gleich neben dem Sofa, rollt ein altmodischer Spielzeugclown über den Dielenboden und gibt gackernde Geräusche von sich, als wäre er lebendig. Es ist eines der hässlichsten Dinge, die ich je gesehen habe – mit starren, irren Augen, einem grotesk großen Mund und einer hakenförmigen Hexennase. Er muss vom Regal gefallen sein und sich dadurch selbst ausgelöst haben. Der Lärm geht mir durch Mark und Bein. Ich finde Clowns abstoßend und habe mich schon als Kind geweigert, ins Kasperletheater zu gehen.

Ich lasse den Schürhaken fallen, überwinde meine Abneigung und hebe das Spielzeug auf, wobei ich versuche, mich von seinem anhaltenden Gackern nicht irritieren zu lassen. Ich suche hektisch nach dem Ausschaltknopf und entdecke ihn an seinem Nacken. Erleichterung durchströmt mich, als der Krach endlich verstummt – wie ein

Baby, das nach einem Schreianfall selig einschläft. Ich bemerke, dass eines seiner spitzen Ohren beim Sturz gesprungen ist, und es tut mir leid für das kleine Mädchen, dass sein scheußliches Spielzeug beschädigt ist. Ich stelle den Clown ins Regal zurück und wende mich gerade zum Gehen, als ich erschrocken etwas aus den Augenwinkeln bemerke. Zusammengerollt neben einem flauschigen rosa Einhorn liegt eine schokoladenbraune Perserkatze, die Augen trotz der Aufregung fest geschlossen.

Auf Zehenspitzen und mit ausgestreckter Hand gehe ich zu ihr. »Hallo, Miezi«, sage ich sanft. Was macht sie hier? Philip hat keine Katze erwähnt. Wir sind jetzt seit beinahe fünf Tagen hier und haben sie noch nie zuvor bemerkt.

Die Katze zuckt nicht zusammen. Ich gehe neben ihr in die Hocke, um sie zu streicheln. Doch dann schrecke ich zurück. Sie fühlt sich kalt und hart an. Natürlich … das Ding ist ausgestopft. Dabei sieht sie so echt aus. War es ihre alte Katze? Warum habe ich sie am ersten Tag nicht bemerkt?

Ich nehme den Schürhaken mit ins Bett, Jamies Abwesenheit lastet auf mir wie ein echtes Gewicht. Ich fühle mich so einsam, so verletzlich. Erst der Clown, dann die Katze, das war einfach zu viel der Aufregung – danach musste ich erst mal auf die Toilette rennen, um mich zu übergeben. Jetzt im Bett ist mir elend, und ich mache mir Sorgen, ob ich mir ebenfalls eine Lebensmittelvergiftung eingefangen habe, auch wenn ich die Würste nicht gegessen habe. Ich wälze mich hin und her, und mein Herz fängt jedes Mal an zu rasen, wenn draußen die Sicherheitsbeleuchtung angeht. Ich male mir unwillkürlich aus, wie jemand im Garten herumschleicht und nur auf die Gelegenheit wartet einzubrechen, um mich in meinem Bett zu ermorden. Ich höre etwas im Wind schlagen und muss sofort an Jamies gruselige Geschichte von dem Leuchtturm denken, an den Leichnam, der gegen die Fensterscheiben schlug. Ich ziehe die Decke noch weiter über meinen Kopf, wie ein Kind, das sich vor dem Monster unter dem Bett versteckt.

Ich schaudere, sobald ich an den Clown und all das andere hässliche Spielzeug in dem Kinderzimmer denke. Was für eine seltsame Wahl für ein kleines Mädchen.

Aber zumindest bedeutet das doch, dass sie eine Tochter haben, oder etwa nicht?

12

Schließlich schlafe ich in den frühen Morgenstunden doch ein. Es ist halb elf, als ich zerschlagen und mit Kopfschmerzen aufwache.

Auch ohne den gebrochenen Arm würde ich nicht mit dem Auto fahren wollen, also bestelle ich mir ein Taxi für Viertel nach elf und springe schnell unter die Dusche, in der Hoffnung, dass mich das Wasser munter machen wird. Während ich mich abtrockne, fällt mir der Schrank unter dem Waschbecken wieder ein sowie der Kulturbeutel darin, den ich wegen Jamies Unterbrechung nicht habe durchwühlen können. Ich klemme das Handtuch unter meine Achseln, bücke mich und öffne die Tür. Ich verspüre einen winzigen Gewissensbiss, dass ich hier so herumschnüffle, doch dann sage ich mir, dass das jeder tun würde. Ich versuche einfach nur, mehr über die Heywoods herauszufinden. Schließlich haben sie ebenfalls bei uns gewohnt. Es ist doch nur vernünftig, mehr über die Leute erfahren zu wollen, die bei einem daheim gewohnt haben, oder?

Ich hole den Kulturbeutel aus der hinteren Ecke, wobei er mir herunterfällt und sein Inhalt sich über den Fliesenboden verstreut. Ich bin enttäuscht, als ich lediglich ein paar alte Chanel-Lippenstifte, Tempos und einen zerbrochenen Puderpinsel erblicke. Verdammt. Ich bin gerade dabei, die restlichen Sachen durchzusehen und sie wieder in dem Beutel zu verstauen, als mir ein Streifen kleiner weißer Pillen ins Auge fällt, der zwischen einem Lidschattenetui und einem Make-up-Schwämmchen steckt. Ich mustere die Verpackung genauer und traue meinen Augen nicht, als ich den Namen auf der Rückseite entziffere. Antidepressiva. Sie müssen Tara gehören. Ich lege sie zurück und verspüre eine nagende Mischung aus Schuld und Kummer, als ich die Tasche wieder hinten im Schrank verstaue. Tara ist depressiv. Die Erkenntnis trifft mich schwer. Ihr Leben scheint aus meiner Perspektive so wundervoll, so privilegiert – auch wenn ich mittlerweile wissen sollte, dass nichts perfekt ist, egal, wie es von außen betrachtet aussieht.

Ich zwänge mich hastig in eine Jeans und ziehe mir eine weite Strickjacke über, als auch schon das Taxi eintrifft. Ich packe ein paar saubere Klamotten für Jamie ein, schlüpfe mit noch feuchten Füßen in meine Ballerinas und renne durch den prasselnden Regen zu dem wartenden Wagen. Gerade als ich einsteigen will, sehe ich Jim, der am Gartentor steht, die verschränkten Arme auf den Gehstock gestützt und mit einem störrischen Ausdruck auf dem wettergegerbten Gesicht. Wut steigt brodelnd in mir auf. Ich bedeute dem Taxifahrer mit erhobener Hand, einen Moment zu warten, und stürme zu Jim.

»Was wollen Sie hier?«, zische ich giftig. »Was habe ich Ihnen gestern gesagt?«

Doch er bleibt ungerührt. »Ich nehme von Ihnen keine Befehle entgegen«, erwidert er trotzig.

»Philip hat mir das Haus überlassen, und ich will, dass Sie hier abhauen. Sollten Sie noch hier sein, wenn ich zurückkomme, rufe ich die Polizei.«

Er richtet sich auf, schiebt seine Schultern zurück und reckt sein Kinn. »Ich habe keine Angst vor Ihnen. Sie haben hier nichts verloren.«

Ich weiß nicht, was es ist – der mangelnde Schlaf oder das hormonelle Chaos, vielleicht auch die Anspannung, da ich die ganze Nacht in höchster Alarmbereitschaft verbracht habe –, jedenfalls verpasse ich ihm, angetrieben von einem Adrenalinschub, einen kräftigen Stoß gegen die Brust, woraufhin er das Gleichgewicht verliert und rückwärts gegen das Tor fällt. »Wagen Sie es ja nicht, sich mit mir anzulegen!«, schleudere ich ihm erbost entgegen. »Ich habe genug von dem Mist, kapiert?« Dann drehe ich mich um und haste zu dem wartenden Taxi.

Meine Schuhe geben schmatzende Geräusche von sich, während ich auf der Suche nach Jamies Zimmer die endlosen Flure entlangeile. Als ich eintrete, sitzt er aufrecht im Bett und plaudert mit einer hübschen Krankenschwester. Er trägt noch immer den hässlichen Krankenhauskittel, doch sein Gesicht leuchtet auf, als er nicht nur mich, sondern auch die Plastiktüte voller Klamotten sieht, die ich bei mir habe. Ich bemerke erleichtert, dass er nicht mehr am Tropf hängt.

Die Krankenschwester lächelt mich über das Bett hinweg an. Sie ist jung und hat eins dieser zeitlos schönen

Gesichter, die mich an Schauspielerinnen in alten Hollywoodfilmen erinnern, Ingrid Bergman vielleicht. »Ich hole nur kurz die Papiere, damit Sie offiziell entlassen werden können«, sagt sie und eilt davon. Jamie schaut ihr nach, als sie das Zimmer verlässt, und wendet sich dann mir zu, wobei sein Strahlen verblasst. »Meine Güte, Libs, ist alles in Ordnung mit dir? Du siehst aus, als hättest du die ganze Nacht nicht geschlafen.«

»Als ich heute Morgen das Haus verließ, lungerte schon wieder dieser Jim am Tor herum. Ich habe ihm gesagt, dass er sich verpissen soll. Ich bin so wütend, Jay. Was hat der Kerl bloß für ein Problem?«

Seine Augenbrauen verschwinden beinahe unter seinem Pony, und er grinst. »Das ist die Libby, die ich kenne und liebe.« Er lacht. »Ich bin froh, dass du ihm die Meinung gegeigt hast.«

Jetzt muss ich auch lachen. »Du hättest sein Gesicht sehen sollen.«

»Vielleicht sollten wir die Polizei rufen?«

Ich schüttle energisch den Kopf. »Nein, nein. Ich glaube nicht, dass das nötig ist. Wir müssen ihm einfach nur klarmachen, dass er nicht gewinnen wird. Er ist offenbar nicht ganz richtig da oben.« Ich tippe an meine Schläfe. »Er hat behauptet, die Heywoods hätten überhaupt keine Tochter.«

»Wirklich? Wie merkwürdig von ihm.«

»Ja, das dachte ich auch. Doch dann war ich in dem Kinderzimmer, und ja, es befinden sich ein paar Spielsachen und so Kram darin, aber … da sind nirgends Bilder von einem Kind, geschweige denn von einem jungen

Mädchen. Könnte es sein, dass sie nur ohne ihre Tochter hierherkommen? Vielleicht benutzen sie es als eine Art Rückzugsort, einen kinderfreien Ort nur für sie beide?«

Jamie zuckt mit den Achseln, als ob es ihn nicht weniger interessieren könnte, und ich lasse mich auf den Stuhl neben seinem Bett sinken, während mich die Erschöpfung übermannt.

»Sicher, dass es dir gut geht?«, fragt er. »Du bist ein wenig blass um die Nase.«

»Ich musste mich heute Nacht übergeben«, erwidere ich elend und fühle mich plötzlich jämmerlich und unattraktiv, nachdem ich gerade neben der schönen Krankenschwester stand. Ein Pickel wächst an meinem Kinn heran, und ich drücke verlegen daran herum.

»Ach, Liebling.« Er klettert aus dem Bett, und ich stehe auf, sodass wir uns umarmen können. Er weiß, wie sehr ich es hasse, krank zu sein. Es gehört für mich zu den schwierigsten Dingen am Lehrerdasein – nicht in Panik zu verfallen, wenn an der Schule ein Magen-Darm-Virus umgeht wie die Pest selbst.

Ich weiche ein Stück zurück. »Wahrscheinlich habe ich mich bei dir angesteckt …«

Sein Mund zuckt. »Kann man sich mit Kolibakterien anstecken?«

Ich ziehe eine Grimasse. »Natürlich kann man das. Außerdem brauche ich jemanden, dem ich die Schuld geben kann.«

Er lacht und zieht mich fester an sich. Der Nylonkittel an meiner Wange ist warm, und ich kann sein flauschiges

Brusthaar darunter spüren. Ich lasse mich erleichtert gegen ihn sinken, froh, dass ich nicht noch eine Nacht allein in diesem Haus verbringen muss.

»Ich ziehe mich schnell an, und dann können wir von hier verschwinden«, sagt Jamie. Er dreht mir den Rücken zu und wackelt mit dem nackten Hintern durch den Schlitz seines Krankenhauskittels. Ich pruste los.

»Du bist echt ein Blödmann«, meine ich lachend. Aber er ist mein Blödmann. Und er kommt mit mir nach Hause.

Auf dem Weg zurück zum Hideaway erzähle ich Jamie leise, damit der Taxifahrer uns nicht hört, von dem Schafschädel.

»Ich bin ein bisschen ausgeflippt, als ich ihn dort habe hängen sehen«, gestehe ich. »Es war echt schräg. So als sollte ich ihn sehen.«

»Wie meinst du das?«, erwidert er etwas ungehalten.

Ich zögere. Ich habe immer wieder darüber nachgedacht, aber wenn ich es laut ausspreche, werde ich doch nur hysterisch klingen. »Na ja, er ist mir nie zuvor aufgefallen. Erst gestern Abend, als ich die Nacht allein verbringen sollte.«

»Das ist reiner Zufall«, sagt er entschieden und lehnt den Kopf gegen die Nackenstütze. Er sieht noch immer etwas kränklich aus.

Ich will nicht noch mehr sagen, also schweige ich den Rest der Fahrt. Es regnet in Strömen, und der Himmel ist düster und grau. Selbst die Bäume sehen bedrohlich aus mit ihren knorrigen Ästen, die sich wie knochige Finger Richtung Wagen strecken.

Die Straße ist wie ausgestorben, als das Taxi in die Einfahrt biegt. Von Jim keine Spur. Vielleicht habe ich ihn mit meinen Worten verjagt, oder – was wahrscheinlicher ist – er hat nur einfach keine Lust, im strömenden Regen hier herumzustehen. Als wir zur Haustür rennen, die Mäntel über die Köpfe gezogen, können wir das tosende Meer hören, das wütend gegen die Küste peitscht.

Der kurze Sprint vom Auto zur Tür reicht, um uns bis auf die Knochen zu durchnässen, und ich eile sofort ins Obergeschoss, um in meinen Pyjama zu schlüpfen, obwohl es noch nicht einmal Zeit fürs Mittagessen ist; dann wickle ich mich zusätzlich in meinen flauschigen Morgenmantel, und wir machen es uns auf dem Sofa gemütlich.

»Es ist schön, wieder hier zu sein«, sagt Jamie und schaltet den Fernseher ein. »Macht echt keinen Spaß, die Ferien im Krankenhaus zu verbringen.« Ohne Sonnenlicht, das durch die Fenster hereinströmt, ist es finster im Wohnzimmer, und ich kuschle mich an ihn, dankbar darüber, dass er wieder bei mir ist. »Eigentlich freue ich mich schon ziemlich darauf, wieder nach Hause zu fahren, du nicht auch, Libs? Es war nett, eine Weile das Leben anderer Menschen zu leben, aber ich freue mich auch darauf, in die Realität zurückzukehren.«

Ich lächle verhalten und ziehe die Kaschmirdecke über uns. Es ist kalt hier drin. Als könne er meine Gedanken lesen, steht Jamie auf, um den Kamin anzufeuern. Was unsere Rückkehr nach Hause angeht, empfinde ich genauso. Seit Lizard Point habe ich mich hier nicht mehr wohlgefühlt. Und nun, da ich von Taras Antidepressiva weiß, hat sich mein Blick auf ihr Leben schlagartig verändert. Natürlich war mir schon davor klar, dass ihr Leben mit einer schwer kranken Tochter auch nicht vollkommen perfekt ist. Es macht sie irgendwie normaler, menschlicher; und mir wird klar, dass sie trotz ihres Reichtums und ihrer Schönheit nicht immun ist gegen all jene Dinge, die uns Normalsterbliche plagen. Sie ist einfach nur wie der Rest von uns auch.

»Oh, ich habe dein Handy«, fällt mir plötzlich ein, als Jamie sich wieder hinsetzt. Ich hole es aus der Tasche meines Morgenmantels und reiche es ihm. Sein Blick huscht gespannt über Hannahs SMS, sein Daumen wischt schnell über das Display, damit er den Rest der Nachricht lesen kann. Seine feinen Augenbrauen ziehen sich zusammen, und dann treffen sich unsere Blicke. Ich kann etwas in seinen Augen sehen, etwas Dunkles. Wut vielleicht. Oder Furcht.

»Alles in Ordnung?«, erkundige ich mich.

Er nickt und wirft mir ein Lächeln zu, doch es reicht nicht bis ganz zu seinen Augen. »Alles bestens.«

Ich bin so begierig darauf zu erfahren, was in der Nachricht steht und warum sie ihn so zu verstören scheint, dass es mir nicht gelingt, mich auf den Fernseher zu konzentrieren. Auf einem der Programme läuft *Über den Dächern von Nizza*, ein Film, den wir schon etliche Male gesehen haben und der für gewöhnlich so vertraut und tröstlich ist wie eine Tasse Tee. Doch nicht heute. Die Worte *Ich weiß, dass du es niemandem erzählen wirst* wirbeln mir unablässig durch den Kopf. Ist Hannahs SMS eine Art Drohung? Das würde die Furcht – und ich bin mir jetzt sicher, dass es

Furcht in seinen Augen war – erklären. Aber wie kann ich das Thema zur Sprache bringen, ohne dass es allzu offensichtlich wird, dass ich von der SMS weiß?

Jamie zieht mich näher an sich; er hat die Beine auf dem Sofatisch abgelegt, die Knöchel überkreuzt. Seine dicken Socken hängen schlaff über seine Zehen und sehen viel zu groß aus für seine Füße. Das Feuer im Kamin flackert und wärmt den Raum, und schon bald werden meine Augenlider schwer; mein Körper entspannt sich, nun da ich weiß, dass Jamie wieder da ist, gesund und in Sicherheit.

Als ich die Augen wieder öffne, ist Jamie nicht da. Der Film läuft noch immer, und Grace Kellys wunderschönes Gesicht füllt den Bildschirm mit ihrem Strahlen. Ich setze mich auf, und blanke Panik überzieht meinen gesamten Körper wie ein brennender Ausschlag. Wo ist er? Ich strample die Kaschmirdecke von meinen Beinen und gehe in die Küche. Jamie lehnt an der Terrassentür und blickt in das stürmische Wetter hinaus, während Ziggy über den Rasen tollt.

»Was tust du da?« Ich zittere. Die Türen sind einen Spaltbreit geöffnet, damit Ziggy wieder hereinschlüpfen kann, und ich ziehe den Morgenmantel fester um mich.

»Ziggy musste mal. Wir sollten wirklich mit ihm Gassi gehen, aber ich bin immer noch ein bisschen schwach auf den Beinen.« Sein Gesicht wirkt verschlossen, und ich bemerke das leuchtende Handydisplay in seiner Hand. Hat er etwa mit Hannah telefoniert?

»Oh, stimmt …«, erwidere ich etwas verblüfft. »Nun, wir sollten uns sowieso was zu essen besorgen. Ich traue dem Zeug im Kühlschrank nicht, seit du vergiftet wurdest.«

Jamie schiebt das Handy in die Gesäßtasche seiner Jeans. »Ich wurde nicht mit Absicht vergiftet. Es sei denn, du hast es getan. Schließlich hast du die Würste zubereitet.«

Ich boxe ihn in den Oberarm. »Du hättest sie ja auch selbst machen können.«

»Aber du machst es doch immer für mich. Wahrscheinlich glaubst du, ich kann das nicht selbst.« Er lächelt nicht, und seine spitze Bemerkung schwebt zwischen uns und erfüllt die Küche mit einer unguten Spannung.

»Natürlich glaube ich, dass du das kannst. Du bist ein guter Koch.« Einmal verriet Florrie mir, dass Jamie eine Zeit lang Ambitionen hegte, Koch zu werden … bis seine Mum es ihm ausredete. Sylvia wollte, dass er Arzt wurde so wie sein Vater. Informatik war der Kompromiss, auf den sie sich schließlich einigten. »Vielleicht waren sie abgelaufen. Wir hätten das Haltbarkeitsdatum überprüfen sollen.« Ich reiße die Kühlschranktür auf. »All das Essen …«, sage ich bekümmert. »Pâté, Stilton, Milch … wir können nichts davon mit gutem Gewissen essen.«

Jamie seufzt. »Du bist echt paranoid, Libs.«

»Ich wünschte, du würdest endlich aufhören, das ständig zu wiederholen! Es ist wirklich herablassend«, blaffe ich ihn an. »Schau dir diese Pâté an … die ist schon eine Ewigkeit abgelaufen.« Ich hebe sie hoch, um sie zu inspizieren. Die Verpackung ist teilweise geöffnet. »Hast du nicht selbst gesagt, dass du dir neulich was davon auf deinen Toast geschmiert hast?«

Er antwortet nicht, also schlage ich genervt die Kühlschranktür zu und wirble herum. Doch seine Aufmerksamkeit gilt nicht länger mir, sondern Ziggy, der mit nass glänzendem Fell und dreckverspritzten Pfoten auf ihn zutrottet und dabei schlammige Abdrücke auf dem Parkett hinterlässt. In seinem Maul trägt er irgendeinen Lumpen, den er im Garten ausgegraben haben muss. Er lässt den Fetzen zu Jamies Füßen auf den Boden fallen, und wir starren ihn fassungslos an. Ich erkenne das Kleidungsstück sofort wieder, und der Schock verschlägt mir die Sprache. Es ist eine von Taras teuren Corsagen, zerrissen und blutverschmiert.

13

Trotz meiner Bitten besteht Jamie darauf, die Polizei zu rufen.

»Es muss überhaupt nichts zu bedeuten haben«, protestiere ich, doch noch als ich es sage, weiß ich, dass ich mir etwas vormache. Natürlich bedeutet es etwas. Die Corsage sieht aus, als sei sie mit Gewalt von einem Körper gerissen worden. Und dann all das Blut … stammt es von Tara?

Während wir auf die Polizei warten, wird mir speiübel. Jamie läuft im Wohnzimmer auf und ab. »Das stinkt doch zum Himmel, Libs«, murmelt er immer wieder. Ziggy blickt ratlos zu ihm auf, nicht ahnend, was für ein Drama sein Fund ausgelöst hat.

»Ich weiß«, erwidere ich leise. »Aber ich will da nicht hineingezogen werden.«

Er dreht sich mit loderndem Blick um. »Was schlägst du denn vor, was wir stattdessen tun sollen? Nach Bath zurückkehren und so tun, als hätten wir es nicht gefunden? Und was verdammt noch mal erwartet uns in unserer Wohnung? Nach allem, was wir bisher wissen, könnte Philip Heywood so eine Art perverser Psycho sein, der seine Frau gekillt hat.«

Ein lautes Klopfen lässt uns zusammenschrecken. Jamie geht zur Tür, während ich mit zitternden Knien auf dem Sofa sitzen bleibe und mir wünsche, ich hätte etwas Vernünftiges angezogen, bevor die Polizei eintrifft. Grace Kellys Gesicht flackert immer noch über den Bildschirm. Ich stehe auf und mache den Fernseher aus.

Zwei uniformierte Beamte betreten das Zimmer und bringen den Geruch von Regen mit sich herein. Der eine Officer sieht so jung aus, als sollte er noch die Schulbank drücken. Sie stellen sich vor, doch ich vergesse die Namen sofort wieder. Ich kann mich kaum konzentrieren.

Der Ältere von beiden, mit glattem braunem Haar und unauffälligem Gesicht, bittet uns, ihm die Unterwäsche zu zeigen. Wir folgen Jamie in die Küche. Die zerfetzte Corsage liegt immer noch neben der Terrassentür, wo Ziggy sie fallen gelassen hat. Es scheint ein heller Spitzenstoff zu sein, cremefarben oder vielleicht zartrosa, doch das lässt sich kaum noch mit Sicherheit sagen, da er über und über mit Dreck und Blut beschmutzt ist.

»Hat einer von Ihnen es berührt?«, fragt der ältere Polizist, während der jüngere die Corsage mit einer Zange aufhebt und in einer Plastiktüte verstaut.

Ich schüttle den Kopf, und Jamie antwortet: »Nein. Wie ich schon am Telefon sagte, unser Hund hat es im Garten ausgegraben …« Sein Gesicht ist tiefrot angelaufen vor Aufregung.

Der ältere Officer zieht ein Notizbuch aus seiner Jackentasche und klappt es auf. »Ich werde Ihre Aussage aufnehmen müssen.«

»Natürlich«, erwidert Jamie.

»Das ist nicht Ihr Haus?«

»Nein, wir machen einen Haustausch. Mit Philip und Tara Heywood«, erklärt Jamie.

»Kennen Sie sie?«

»Nein, wir haben die Besitzer niemals getroffen. Meine Frau hat das Ganze organisiert, nachdem sie einen Zettel mit dem Wohnungsgesuch in unserem Briefkasten fand.«

Der Polizist blickt mit skeptischer Miene zu uns auf. »Das ist aber eine eher ungewöhnliche Art der Urlaubsplanung, oder nicht?«

Ich spüre, wie ich rot anlaufe. »Na ja, ich … wir haben dringend eine Auszeit gebraucht …«, erwidere ich lahm.

Während der Polizist sich Notizen macht, wendet Jamie sich mit gerunzelter Stirn zu mir, doch ich gestikuliere mit meiner gesunden Hand, wie um zu sagen: *Ich hatte Panik.*

»Sie sagen also, das Haus gehört Philip und Tara Heywood?«, fährt der Polizist fort und schaut dabei zu Jamie.

»Ja.«

»Dann nehme ich mal an, dass Sie Kontaktdaten von ihnen haben?«

»Ja, die habe ich«, antworte ich an Jamies Stelle. Ich eile ins Wohnzimmer, um mein Handy zu holen, und kehre dann in die Küche zurück, wo ich Philips Nummer vorlese, damit der Beamte sie notieren kann. Ich kann förmlich die Anspannung spüren, die von Jamie ausgeht, und muss mich selbst darauf konzentrieren, meine Hände und Füße ruhig zu halten. Am liebsten würde ich davonrennen. Weit weg von diesem Haus.

»Haben Sie überhaupt jemals mit Tara Heywood gesprochen?«, fragt er und sieht nun zu mir.

»Nein … nur mit Philip. Am Handy«, antworte ich.

»Das heißt, Sie haben Tara nie gesehen?«

»Ich habe keinen von beiden gesehen. Wir haben alles telefonisch besprochen, nachdem ich das Tauschangebot im Briefkasten fand.«

»Ja natürlich.« Er reibt sich mit der Hand übers Kinn. »Wir werden die Heywoods selbstverständlich kontaktieren, aber leider können Sie unter den gegebenen Umständen nicht länger hierbleiben. Befinden die beiden sich denn noch in Ihrer Wohnung?«

»Nein«, erwidert Jamie. »Philip hat gestern meine Frau angerufen, um ihr mitzuteilen, dass sie abreisen.«

»Das heißt also, Sie können in Ihre Wohnung zurückkehren?« Er mustert Jamie eindringlich.

»Nun … ja. Sieht so aus«, antwortet Jamie.

»Das wird wohl das Beste sein. Wir werden uns trotzdem noch einmal mit Ihnen unterhalten müssen. Ich muss Sie darum bitten, uns Ihre Anschrift in Bath sowie den Hausschlüssel für das Haus hier zu geben.«

Jamie gibt dem Beamten unsere Adresse. Der jüngere Polizist hat die Terrassentüren aufgeschoben und steht im Garten, wo er das Loch im Boden begutachtet, in dem Ziggy die Corsage gefunden haben muss. Es regnet so stark, dass ein dichter grauer Dunstschleier in der Luft liegt und ich nicht mal mehr die Treppe sehen kann, die zum Strand hinabführt. Was wird die Polizei nun tun? Werden sie ein Ermittlerteam herbeordern und den Garten nach weiteren

Beweisen durchkämmen? Ich denke an die Gerätschaften im Keller, die Skalpelle und Messer. Philip ist geübt darin, Tiere zu enthäuten. Er ist ein Chirurg. Hat er Tara etwas angetan? Haben wir ahnungslos in diesem Haus gewohnt, während sie die ganze Zeit über irgendwo im Garten vergraben lag?

Auf der Heimfahrt ist Jamie ungewöhnlich still. Der Regen fällt so schwer, dass die quietschenden Scheibenwischer auf Hochtouren arbeiten. Wir stehen beide unter Schock, zutiefst erschüttert von dem, was wir auf dem Anwesen der Heywoods gefunden haben. Die anderen Sachen – die Tierkadaver im Keller, die Überwachungsausrüstung, der Schädel am Baum, die Fußspuren, selbst Jim – waren schlimm genug. Aber die Unterwäsche … das Blut. Jedes Mal, wenn ich daran denke, durchfährt mich ein eiskalter Schauder.

Ich mache mir Sorgen, weil Jamie die dreistündige Fahrt auf sich nimmt, obwohl er noch immer gesundheitlich angeschlagen ist. Er hat schon früher versucht, mich dazu zu überreden, mich hinters Steuer zu setzen, um zu üben und neues Selbstbewusstsein aufzubauen, doch ich habe mich stets geweigert und ihm erklärt, dass es die Verantwortung ist, die mir Angst macht. Ich kann unmöglich eine Maschine bedienen, die potenziell jemanden töten könnte.

Als wir in unsere Straße biegen, ist es draußen schon dunkel. Jamie findet einen Parkplatz direkt vor unserem Haus. Ich bin zwar erleichtert, wieder daheim zu sein, doch mein Magen verkrampft sich jedes Mal, wenn ich daran denke, unsere Wohnung zu betreten. Was haben die Heywoods uns dort zurückgelassen?

Der Bürgersteig glänzt im Regen. Ich steige aus dem Auto und blicke zu der für Bath so typischen Fassade auf – cremefarbener Stein mit einem schwarzen Streifen auf halber Höhe, sodass es aussieht, als ob das Haus einen Gürtel tragen würde. Evelyns Lampe leuchtet hinter ihren Spitzenvorhängen. Ich kann gerade so die Silhouette unserer alten Nachbarin erkennen, die im Sessel am Fenster sitzt, während ihre Stricknadeln zweifelsohne eifrig klappern. Ihr Anblick beruhigt mich. Sie schläft so gut wie nie, hat sie mir mal erzählt. Ich spähe über das schmiedeeiserne Geländer zu unserer Souterrainwohnung hinunter. Erleichtert stelle ich fest, dass die Fenster dunkel sind. Die Heywoods müssen schon abgereist sein … das heißt, falls Tara überhaupt je da war. Ich hatte eigentlich überlegt, Philip anzurufen und ihm Bescheid zu geben, doch als ich das Jamie gegenüber äußerte, meinte er, wir sollten die Sache der Polizei überlassen.

Während ich mit meinem schweren Gipsarm im Regen stehe, sitzt Ziggy auf dem nassen Bürgersteig unter der Straßenlaterne und wedelt lustlos mit dem Schwanz. Die Regentropfen glitzern unter dem Licht. Jamie schleift unseren Koffer zum Haus. »Jippie, endlich wieder daheim, daheim!«, verkündet er fröhlich. Ein alberner Spruch, den wir immer aufsagen, wenn wir länger als einen Tag fort waren. Wie eine Art Glückszauber. Ich weiß, dass er hofft, dass er uns wirklich Glück bringt, als er hinzufügt: »Bist du sicher, dass sie abgereist sind?«

»Ich hoffe es. Oh, Jay, was für ein Albtraum.«

Er beugt sich mit müden Augen zu mir und küsst mich zärtlich. Dann holt er tief Luft, als müsse er sich innerlich wappnen. Ich drücke beruhigend seine Hand, während ich ihm vorsichtig die Stufen zu unserer Wohnung hinabfolge und jeden Moment erwarte, dass Philip Heywood aus der Tür stürzt … vielleicht sogar mit einem Skalpell in der Hand.

Jamie lächelt mir matt zu, dann dreht er den Schlüssel um. Das Herz schlägt mir bis zum Hals, solche Angst habe ich, was wir vorfinden könnten. Er stößt die Tür auf, und ich folge ihm furchtsam. Ich bin überrascht, wie schmal unsere Diele ist, wie beengt das Wohnzimmer und die Küche, obwohl ich in der Vergangenheit immer dachte, unsere Wohnung sei mit ihren zwei Schlafzimmern recht großzügig geschnitten. Doch nach fünf Tagen im Hideaway habe ich mich schon an die Geräumigkeit gewöhnt.

Ich lasse Ziggy von der Leine, der sofort von Raum zu Raum trabt, offensichtlich überglücklich, wieder daheim zu sein.

»Scheint alles in Ordnung zu sein«, stellt Jamie erleichtert fest, als er in der Mitte der Küche steht und die IKEA-Schränke mit Holzfurnier mustert. Nach der hochglanzpolierten Designerküche der Heywoods wirkt sie schäbig. Mein Blick wandert zu der Schramme in der schwarzen Laminatarbeitsfläche und von dort zu der fehlenden Fliese über dem Herd und den weißen Wänden, die dringend einen Neuanstrich benötigen. Alles ist so, wie wir es zurückgelassen haben.

»Es riecht anders«, sage ich. Ein seltsamer Geruch liegt in der Luft, der mir zuvor nie aufgefallen ist. Nicht richtig wie Parfüm, mehr wie Räucherstäbchen. Und da steht ein leeres Glas auf der Arbeitsfläche. Ich hebe es hoch und inspiziere es, wobei ich den Lippenstift am Rand bemerke. Ein dunkellila Fleck. Also war doch eine Frau hier. Tara? Ich bin nicht sicher, was ich davon halten soll, also stelle ich das Glas in der Spüle ab.

Jamie verlässt den Raum, während ich die Küche durchsuche. Ich öffne und schließe sämtliche Schränke und Schubladen, werfe sogar einen Blick in die Spülmaschine – alles ist so, wie wir es hinterlassen haben. Abgesehen von dem Glas ist alles an seinem Platz. Schließlich folge ich Jamie, der ausgestreckt auf unserer schäbigen, mit Hundehaaren bedeckten Couch liegt, wobei er um einiges entspannter wirkt als auf der noblen Sofalandschaft der Heywoods. Doch sein blasser Teint ist nun grau vor Erschöpfung. Besorgt setze ich mich neben ihn.

»Geht es dir gut?«

»Bin einfach nur müde.«

»Ich mache uns gleich einen Tee.« Ich lasse ihn auf der Couch liegen, während er die Wiederholung einer alten Quizsendung im Fernsehen einschaltet, und werfe einen Blick in unser Schlafzimmer. Ich stehe im Türrahmen, mustere den Raum und zerbreche mir den Kopf über das Ehepaar, das in unserem Bett geschlafen hat. Das Wissen, dass sie hier waren, hat etwas Verstörendes an sich – als wäre unser hübsches, kleines Heim, unser Heiligtum und Rückzugsort, von etwas Unsichtbarem entweiht worden; einem widerwärtigen Geist, der sich in unserer Wohnung breitgemacht und dadurch ihre gesamte Energie verändert hat. Ich streiche über die grünlichblau bezogene Daunendecke. Sie ist zerwühlt, als wäre sie gerade erst benutzt worden.

In einem plötzlichen Anfall ziehe ich den Bezug von der Bettdecke, zerre das Laken von der Matratze und stopfe alles in einem großen Bündel in die Waschmaschine. Ich beziehe das Bett frisch, bevor ich erschöpft auf den Boden sinke; mein gebrochener Arm schmerzt.

Unsere Gäste haben zweifelsohne auf die Wohnung achtgegeben. Es ist beinahe, als wären sie nie hier gewesen. Wären da nicht das Glas, das zerwühlte Bett und der seltsame Geruch in der Luft, könnte man meinen, die Wohnung habe die ganze Zeit über leer gestanden. Dann fällt mir ein, dass die Heywoods vermutlich tatsächlich nicht oft hier waren, da sie die meiste Zeit im Krankenhaus bei ihrer Tochter verbracht haben.

Ich überlege gerade, ob ich den Staubsauger anwerfen soll oder ob das Evelyn über uns um die späte Uhrzeit stören könnte, als mir einfällt, dass ich Jamie eine Tasse Tee machen wollte. Doch plötzlich dringt ein Schrei aus dem Arbeitszimmer, und ich stürme hin.

»Was ist los? Hast du etwas gefunden?«

Jamie steht, über seinen Schreibtisch gebeugt, und schüttelt verwirrt den Kopf. »Ich glaube, die haben meinen Arbeitsordner gestohlen. Er ist weg … meine Kundenliste, die ich gerade im Begriff war aufzubauen … ihre Namen, Kontaktdaten, die Rechnungsbeträge, die sie mir schuldeten …«

»Hast du keine Aufzeichnungen auf deinem Computer?«

»Natürlich habe ich die.« Er klingt verärgert. »Aber ich habe sie auch ausgedruckt. Tara und Philip waren offenbar hier in meinem Büro und haben herumgeschnüffelt ...« Er beugt sich nach unten und fängt an, die Schubladen aufzuziehen und die endlosen Stapel an Papierkram zu durchwühlen, die er nie schafft zu sortieren.

»Warum hast du die Schubladen denn nicht abgeschlossen?«, frage ich bestürzt.

Er richtet sich auf und fährt sich frustriert durchs Haar. »Ich habe nicht daran gedacht. Was um Himmels willen wollen sie denn mit meinen Unterlagen?«

Ich versuche, mir meine Panik nicht anmerken zu lassen, um Jamie nicht aus der Fassung zu bringen. Er verliert nicht oft die Nerven, aber die Lebensmittelvergiftung in Verbindung mit der langen Autofahrt und dem Schock vor unserer Abreise fordert ihren Tribut. Wir hätten den Schreibtisch abschließen oder unseren Papierkram verstecken sollen. Alle wichtigen Unterlagen befinden sich in diesem Arbeitszimmer: unsere Kontoauszüge, die Informationen zu unserer Hypothek, alle notariellen Urkunden und Kaufverträge zu unserer Wohnung.

Die Schubladen des Aktenschranks sind schwer, als ich sie herausziehe; das Herz schlägt mir bis zum Hals. *Bitte, mach, dass alles in Ordnung ist*, flehe ich, während ich hektisch durch die Papiere blättere. Ich hatte den Haustausch ursprünglich vorgeschlagen, da ich Jamie eine Auszeit ermöglichen wollte, doch das Ganze hat ihn nur noch mehr gestresst als zuvor. »Jamie!«, rufe ich erleichtert, als ich den Ordner finde, nach dem er sucht. »Er ist hier!«

Er eilt an meine Seite. Ich reiche ihm den Ordner und kann regelrecht zusehen, wie die Spannung von ihm abfällt. »Oh, Gott sei Dank«, sagt er. »Ich war mir so sicher, dass ich ihn in die Schreibtischschublade gelegt hatte.«

»Mach dir keine Sorgen, Jay. Es sieht nicht so aus, als ob irgendwas weggekommen wäre.«

Doch als wir später gemeinsam im Bett liegen und dem beruhigenden Rauschen des Verkehrs vor unserem Fenster sowie der gelegentlichen Sirene eines Krankenwagens lauschen, wird mir klar, dass meine Ängste im Hideaway nicht ausschließlich auf eine posttraumatische Störung zurückzuführen waren. Es gab berechtigten Grund zur Sorge. Die seltsamen Vorfälle dort – der Mann auf Lizard Point, die blutige Unterwäsche im Garten, vielleicht sogar Jamies Lebensmittelvergiftung –, das alles hängt irgendwie zusammen.

Und trotz Jamies gegenteiliger Beteuerungen weiß ich, spätestens seit seiner Überreaktion im Arbeitszimmer vorhin, dass er das tief in seinem Inneren ebenfalls glaubt.

14

Am nächsten Morgen lasse ich Jamie schlafen, damit er sich erholen kann, und klopfe bei Evelyn. Letzte Nacht, als ich schweißgebadet aufwachte, fiel mir ein, dass sie Philip und Tara bei der Schlüsselübergabe kennengelernt haben muss.

Evelyns faltiges Gesicht verzieht sich zu einem breiten Grinsen, als sie mich auf ihrer Türschwelle stehen sieht. Sie scheint in der Woche, seit ich sie das letzte Mal gesehen habe, gealtert zu sein. Evelyn ist zierlich, nicht einmal ganz einen Meter fünfzig groß, und hat zudem einen gebeugten Gang. Ihr silbernes Haar ist stets ordentlich zu einem Dutt im Nacken geschlungen. »Libby, meine Liebe, komm herein«, sagt sie und winkt mich zu sich. Ich trete in den Flur. Ich liebe Evelyns Wohnung, die die beiden Stockwerke über uns umfasst – mit dem original viktorianischen Stuck, den hohen Decken und den altmodisch gemusterten Bodenfliesen im Flur, braun und cremefarben mit jeweils einer blauen Blume in der Mitte. Gar nicht zu reden von dem riesigen Garten, der geradezu perfekt für Ziggy wäre. Jamie verriet mir einmal, er hoffte, dass wir genug Geld hätten, um die Wohnung zu kaufen, wenn Evelyn eines Tages »weiterziehen« würde. Mir ist klar, dass »weiterziehen« nur eine beschönigende Umschreibung war, doch allein der Gedanke, dass Evelyn sterben könnte, ist zu verstörend, um mich damit zu befassen.

Ich folge ihr in das elegante Wohnzimmer, das sie ihren »Salon« nennt, und setze mich auf einen der gepolsterten Stühle im Louis-XVI-Stil. »Ich dachte schon, ich hätte euch gestern Abend heimkommen gehört«, sagt sie, nachdem sie mir einen Tee angeboten hat, den ich jedoch ablehne, da mir von der Aufregung immer noch schlecht ist.

»Ich hoffe, wir haben dich nicht geweckt …«

Ihre Augen funkeln belustigt. »Nein, überhaupt nicht. Du kennst mich doch, ich schlafe nie. Hattet ihr einen schönen Urlaub?« Sie beugt sich auf ihrem Sessel vor und mustert mein Gesicht. Sie hat diese Eigenart, einen derart intensiv anzuschauen, dass es sich anfühlt, als könne sie jeden einzelnen Gedanken lesen.

Und schon erwische ich mich dabei, wie ich ihr alles erzähle; die Worte strömen nur so heraus bei meinem verzweifelten Versuch, mir alles von der Seele zu reden. Als ich beschreibe, wie wir das zerrissene, blutbesudelte Kleidungsstück fanden, zuckt sie erschrocken zusammen. Als ich fertig bin, sieht sie mir fest in die Augen. »Ach du meine Güte«, sagt sie schließlich. »Das nennt man wohl einen aufregenden Urlaub.«

Ich pruste unwillkürlich los. Es fühlt sich so befreiend an.

Sie lacht ebenfalls, doch dann wird ihr Gesicht wieder ernst. »Das klingt alles ziemlich merkwürdig, Libby, vor allem die Sache mit dem Kleidungsstück. Glaubt die Polizei, dass es sich dabei um Mrs. Heywoods Blut handelt?«

Ich rutsche unbehaglich auf dem Stuhl zurück. »Bisher

haben sie sich noch nicht dazu geäußert. Aber vom Stil her sieht es aus wie etwas, das sie tragen würde. Ich …« Ich versuche, mir meine Verlegenheit nicht anmerken zu lassen, während sie mir unverwandt in die Augen sieht. »Ich habe einige ähnliche Stücke in ihrer Kommode gesehen.« Ich habe mich bisher nicht explizit dazu geäußert, welche Art von Kleidung wir gefunden haben. Es ist mir unangenehm, mit meiner achtzigjährigen Nachbarin über Reizwäsche zu sprechen.

»Die Sache ist doch die, Libby, Liebes: Du wusstest rein gar nichts über diese Leute, als du sie in dein Heim gelassen hast, stimmt's?«

Ich ziehe eine Grimasse, was ihr nicht entgeht.

»Oh, ich weiß schon, dass ihr jungen Leute das heutzutage so macht. Mit all diesem Air-Bienie-Blödsinn …«

Ich nehme an, sie meint Airbnb, doch ich berichtige sie nicht.

»Also, ich weiß ja nicht …«, fährt sie fort. »Ich meine, du gewährst wildfremden Leuten Einlass in dein Leben, nicht wahr? Mit all ihren Marotten. Mit all ihrem Ballast … und damit meine ich bei Weitem nicht nur ihr Gepäck.«

»Trotzdem mache ich mir Sorgen, Evelyn. Um Tara. Ich muss doch davon ausgehen, dass ihr etwas Schlimmes zugestoßen ist. Würdest du das an meiner Stelle nicht auch tun?«

»Nun ja, sicher …«

»Hast du sie gesehen? Ich meine, alle beide? Sind sie am Samstag zu zweit vorbeigekommen, um den Schlüssel abzuholen?«

»Da war ein Mann da. Ziemlich jung. Aber älter als du. Vielleicht Mitte dreißig. Ich kann es nicht so genau sagen. Wenn du erst mal so alt bist wie ich, sieht jeder jung aus.« Sie lehnt sich kichernd in ihrem Sessel zurück und faltet die blassen Hände im Schoß. Die Adern, die ihre Handrücken wie Wurzelwerk überziehen, sind bläulich grün und wulstig. Bei der Vorstellung, wie sie Tag für Tag hier in diesem Zimmer sitzt, mit nichts weiter als ihren Erinnerungen und den Fotografien, die den Kaminsims zieren, als Gesellschaft, bekomme ich Mitleid. Ich nehme mir fest vor, wieder öfter bei ihr vorbeizuschauen. Soweit ich weiß, hat sie nie Besuch. Sie hat ein einziges Mal einen Neffen erwähnt. Ich erinnere mich daran, weil sie ihn als ihren einzigen lebenden Verwandten beschrieb, bei dem aber »keine Aussicht auf Nachwuchs besteht, weil er ein *Homosexueller* ist«. Sie flüsterte das Wort »Homosexueller«, als wäre das etwas, was nicht laut ausgesprochen werden sollte; was mich wiederum daran erinnerte, dass wir, auch wenn sie eine meiner engsten Freundinnen ist, verschiedenen Generationen angehören.

»War er in Begleitung einer Frau? Ich meine, seiner Ehefrau?« Erst als ich die Frage stelle, wird mir klar, wie sehr ich mir ein Ja als Antwort wünsche. Die Vorstellung, Philip könnte seine Frau Tara tatsächlich im Hideaway getötet und im Garten verscharrt haben, um dort von meinem Hund aufgefunden zu werden, ist einfach zu grauenvoll.

Sie schüttelt den Kopf, wobei feine silberne Haarsträhnen um ihr Kinn herumfliegen. »Nein, er ist allein gekommen, um den Schlüssel abzuholen. Obwohl … ein paar Tage später, ich glaube, es war Mittwoch …« Sie blinzelt, während sie versucht, sich daran zu erinnern. »Ja, doch … es war definitiv Mittwoch, denn da kam auch die Müllabfuhr. Jedenfalls habe ich draußen eine Frau gesehen. Bei den Mülltonnen. Es war ziemlich dunkel.«

»Oh, Gott sei Dank!« Ich atme erleichtert auf. Also war Tara mit ihm hier, was bedeutet, dass sie noch am Leben ist. Aber wenn es nicht Taras Unterwäsche war, die wir im Garten gefunden haben, wessen dann?

Evelyns Miene verdüstert sich. »Bevor ich's vergesse, er hat den Schlüssel nicht zurückgebracht. Tatsächlich hatte ich den Eindruck, dass er kaum in eurer Wohnung war. Nie waren die Lichter an, sieht man mal von besagtem ersten Abend ab.«

»Vielleicht waren sie im Krankenhaus. Es könnte doch sein, dass sie ausnahmsweise bei ihrer Tochter im Krankenhaus übernachten durften?«

»Vielleicht, aber ich habe auch etwas Lärm gehört. Ich bin mir sicher, dass es gestern war, aber es kann auch am Mittwoch gewesen sein …« Sie runzelt die Stirn. »Für mich ist ein Tag wie der andere.«

»Was für Lärm?«

»Es klang nach Geschrei. Eine Art Gerangel. Gepolter. Ich glaube ja, dass sie sich gestritten haben. Ich habe auch die Stimme einer Frau gehört.«

»Vielleicht wegen ihrer Tochter. Ich kann mir vorstellen, dass es eine äußerst nervenaufreibende Zeit für die beiden sein muss.«

»Vielleicht …«, erwidert sie, aber ich kann ihr ansehen, dass es da noch etwas gibt.

Ich beuge mich ein Stück zu ihr vor. »Was ist los, Evelyn?«

Sie schüttelt abermals den Kopf, als wolle sie jegliche unangenehmen Gedanken an Philip Heywood verscheuchen. »Eigentlich nichts. Er schien mir nur etwas merkwürdig, das ist alles. Ein bisschen fahrig, nervös. Aber vermutlich war es nur die Sorge um seine Tochter.«

Ich erzähle ihr von Philips Anruf und dass er früher abreisen wollte, als ursprünglich geplant. »Vielleicht hat er in der Eile ja vergessen, den Schlüssel abzugeben«, mutmaße ich, während ich versuche, die Erkenntnis zu verdauen, dass er noch immer Zugang zu unserer Wohnung hat. Vielleicht hätte ich vor dem Haustausch einen Vertrag aufsetzen sollen. Ich war zu vertrauensselig in meiner Annahme, dass es keinerlei Probleme geben würde, wenn beide Parteien ihr Zuhause zur Verfügung stellten.

Sie nickt zustimmend, doch ihre gütigen Augen blicken beunruhigt … oder vielleicht auch verwirrt, das ist schwer zu bestimmen. Es scheint, als versuche sie, einen Gedanken zu fassen zu bekommen, der ihr immer wieder knapp entwischt. Aber ich möchte nicht nachbohren, nur für den Fall, dass es gar nichts mit Philip Heywood zu tun hat.

Als ich mich verabschiede und ihre papiernen Wangen küsse, legt sie ihre faltige Hand auf meinen Arm und sagt ernst: »Libby, Liebes, ich an deiner Stelle würde die Schlösser austauschen lassen. Einfach nur, um auf Nummer sicher zu gehen.«

Der Herr vom Schlüsseldienst trifft nur wenige Stunden später ein, und ich fühle mich sofort entspannter mit der Gewissheit, dass Philip Heywood nicht mehr in unsere Wohnung kann. Ich versuche ein paarmal, ihn auf dem Handy zu erreichen, doch niemand geht ran. Ich kann nicht widerstehen und durchforste im Internet die Zeitungen von Cornwall, um zu sehen, ob es irgendwelche Entwicklungen gab und ob schon jemand verhaftet oder eine Leiche gefunden wurde, doch nirgends ein Wort über Philip Heywood, Tara oder das Hideaway. Ich spiele mit dem Gedanken, Philips Geschäftsnummer zu googeln, fürchte jedoch, es könnte so aussehen, als würde ich ihn stalken. Außerdem hat er bestimmt schon genug Sorgen wegen seiner Tochter und ist rund um die Uhr damit beschäftigt, sich um sie zu kümmern. Und zu guter Letzt hat er, soweit mir bekannt ist, nichts verbrochen.

Wie auch immer, das ist jetzt Sache der Polizei.

15

»Es gibt keine Zufälle«, sagt Sylvia, als wir sie am Sonntag nach unserer Rückkehr besuchen. »Ich bin froh, dass ihr dort weg seid.«

Wir sitzen an ihrem großen ovalen Esstisch, und es gibt Brathähnchen. Jamie fing natürlich sofort an, von unserem Urlaub zu berichten, aber er erzählte es auf eine witzige, lockere Art, die nicht verriet, wie nervös und ängstlich wir uns seit unserer Rückkehr vor drei Tagen fühlen. Er erwähnte auch nicht die Lebensmittelvergiftung, um seine Mutter nicht unnötig aufzuregen. Ich kann ihm ansehen, dass er davon ausgegangen war, dass es eine unterhaltsame Anekdote für seine Familie wäre und dass er keinesfalls mit Sylvias entsetzter Reaktion gerechnet hatte. Dabei hätte er es wissen müssen – so überbehütend, wie sie sein kann.

»Ich kann nicht glauben, dass ihr tote Tiere im Keller gefunden habt«, wirft Florries Ehemann Richard mit einem Mund voller Bratkartoffeln ein.

Jamie kommt eigentlich ganz gut mit Richard klar – aber andererseits kommt Jamie mit jedem gut klar. Ich finde Richard etwas unreif. Er ist so ein Mensch, der sich totlacht, wenn jemand in einen Hundehaufen tritt. Außerdem habe ich auch schon gehört, wie Florrie sich bei ihrer

Mutter darüber beschwerte, dass er die halbe Nacht aufblieb, um Xbox zu spielen, und am nächsten Morgen Mühe hatte, rechtzeitig zur Arbeit zu kommen. Er hat etwas leicht Schmieriges an sich, wenn sein Blick wieder mal zu lange auf meinen Brüsten ruht oder er es nicht schafft, einem direkt in die Augen zu blicken. Wenn Katie knappe Shorts trägt – was eher die Regel denn die Ausnahme ist –, schweift sein Blick über ihre Beine.

Florrie stößt ihn in die Rippen und sieht ihn finster an. Er schaut zu mir und zieht eine komische Grimasse.

»Außerdem kann ich nicht glauben«, sagt Sylvia mit ihrem geschliffenen Akzent, wobei sie mich mit ihren kieselsteingrauen Augen fixiert, »dass du meinen Sohn im Krankenhaus versauern lässt, ohne mir etwas davon zu erzählen.«

Der gesamte Tisch hält den Atem an. Florrie legt klirrend ihr Besteck auf dem Teller ab, Katies Weinglas gefriert regelrecht an ihren Lippen, und Richard sieht mich mit einem feixenden Grinsen an wie ein Schuljunge, der sich freut, dass jemand anders vom Lehrer getadelt wird. Hannah sitzt schweigend am anderen Ende des Tisches, gegenüber von Jamie, und beobachtet mich aus ihren großen Augen; ihr kleiner Sohn Felix und Florries Sohn Jacob sind die Einzigen, die sich nicht von Sylvias Worten beirren lassen.

Das Stück Hähnchen, an dem ich kaue, fühlt sich auf einmal wie Gummi in meinem Mund an. Ich schlucke es schmerzhaft hinunter. »Ich … ich wollte nicht, dass du dir Sorgen machst.«

Ihre geschwungenen Augenbrauen, die denen ihres Sohnes so ähneln, ziehen sich missbilligend zusammen. »Es ist die Aufgabe einer Mutter, sich Sorgen zu machen. Zum Glück hat Hannah es mir erzählt.«

Hannah? Ich begegne ihrem kühlen, herausfordernden Blick. Woher wusste Hannah davon? Und da fällt mir die SMS ein, die sie an Jamie geschickt hat. In der ganzen Aufregung während unserer überstürzten Abreise aus Cornwall und unserer Rückkehr nach Bath habe ich völlig vergessen, ihn danach zu fragen. Ich kann mir seine Nachricht nur zu gut vorstellen – seine Entschuldigung, dass er nicht früher antworten konnte, weil er im Krankenhaus war, während er diese mysteriöse Angelegenheit mit ihr besprach, die er vor mir geheim hielt. Bei der Vorstellung verspüre ich eine leidenschaftliche Abneigung gegen sie.

»Mum, lass sie in Frieden«, sagt Jamie. »Ich bin dreißig Jahre alt. Du musst nicht über alles in meinem Leben Bescheid wissen.«

Sylvias Miene entspannt sich. Sie hat ein attraktives Gesicht, wenn sie einen nicht gerade abstraft, mit markanten grauen Augen, die durch ihren blonden Pony hervorgehoben werden. Sie kleidet sich stets geschmackvoll, da es ihrer Meinung nach wichtig ist, sich herauszuputzen; sie mag dicke Klunker und ist nie ohne ihr Sortiment an Armreifen anzutreffen, die nun eifrig klirren, als sie Bratensoße über ihr Hähnchen gießt. »Aber du warst im Krankenhaus, Jamie, mein Schatz. Was, wenn dir etwas passiert wäre?«

»Ich hatte nur eine kleine Lebensmittelvergiftung, das war schon alles. Und das war noch nicht mal das Schlimmste.

Wir haben …«, er senkt die Stimme, um die Kinder nicht zu erschrecken, »… Klamotten im Garten gefunden. Unterwäsche. Zerrissen und blutverschmiert. Ziggy hat sie ausgegraben. Wir haben natürlich sofort die Polizei verständigt. Die nehmen die ganze Sache sehr ernst.«

Fassungsloses Schweigen senkt sich über den Tisch.

»Aber hallo, das nenne ich mal einen Urlaub, der sich gewaschen hat«, verkündet Richard schließlich und lehnt sich auf seinem Stuhl zurück. »Erst findet ihr sexy Dessous im Garten, und dann gibt's Dünnpfiff hinterher.«

»Das würde ich wohl kaum sexy nennen«, murmle ich, angewidert von seiner Ausdrucksweise.

»Richard!« Florrie stößt ihn wieder in die Rippen. Sie scheint ihr ganzes Leben damit zu verbringen, sich wegen ihres Ehemannes in Grund und Boden zu schämen.

»Mummy, was bedeutet ›Dünnpfiff‹?«, will Felix wissen und blickt mit denselben großen Augen zu seiner Mutter auf.

Hannah funkelt mich wütend an, als wäre es meine Schuld. »Onkel Richard hat ein schlimmes Wort gesagt«, erklärt sie an ihren Sohn gerichtet.

Onkel Richard. Die Anrede irritiert mich, aber ich ignoriere es und lenke Felix ab, indem ich ihn bitte, mir seine neue Plüschrobbe zu zeigen, die er mitgebracht hat. Schon bald erzählt er mir alles über Snowy, und Richards Worte sind vergessen. Ich werde mit einem dankbaren – und seltenen – Lächeln von Hannah belohnt.

Den Rest des Nachmittags beobachte ich Jamie und Hannah aufmerksam und prüfe ihr Verhalten auf irgendwelche

Hinweise darauf, dass sie etwas vor mir verbergen. Einmal verschwinden beide, und ich finde sie in der Küche. Ich kann ihrer Körpersprache entnehmen, dass sie in ein vertrauliches Gespräch vertieft sind. Sie lehnt mit dem Rücken an der Arbeitsplatte, und er steht so nahe bei ihr, dass sich ihre Schultern berühren. Sie sieht gut aus in ihrem knielangen geblümten Kleid, den hohen Stiefeln und der Jeansjacke. Er hat seine Arme locker über seinen Bauch gelegt und seine Beine an den Knöcheln überkreuzt, während sie sich im Flüsterton unterhalten. Sobald ich hereinkomme, zucken sie auseinander; Hannah greift in den Hängeschrank, um sich ein Glas zu nehmen, und Jamie öffnet aus mir unerfindlichen Gründen die Mikrowelle.

»Was ist hier los?«, frage ich kühl.

Hannah sieht mich an, als könne sie kein Wässerchen trüben. »Wie meinst du das?«

»Warum habt ihr euch hier verkrochen?«

»Wir führen nur ein Gespräch unter vier Augen«, erwidert sie, und ich will ihr am liebsten in ihr arrogantes Gesicht schlagen. »Das ist doch noch erlaubt, oder? Jetzt, wo er verheiratet ist?« Sie lächelt süßlich und rauscht dann an mir vorbei aus der Küche. Vermutlich rennt sie zu Katie, um es ihr brühwarm zu erzählen, damit sie wie zwei Teenagergören in der Ecke lästern können, anstatt sich wie die erwachsenen Frauen zu benehmen, die sie mit ihren achtundzwanzig Jahren ja eigentlich sind.

Jamie schafft es nicht, mir in die Augen zu schauen, als er die Mikrowelle schließt. Jetzt hat er nichts mehr in der Hand.

»Was für ein Spiel treibt sie da?«, zische ich.

Jamie schüttelt den Kopf. »Ach, Libs, ich kenne sie schon ewig …«

»Das ist mir egal. Sie will dich für sich.«

»Sie sieht mich nicht mehr als …«

Ich stöhne. »Bist du denn wirklich so naiv?«

»Und selbst wenn, spielt es keine Rolle. Sie ist nur eine Freundin, Libs. Nicht mehr. Das solltest du mittlerweile wissen.« Er tritt auf mich zu. »Sie hat einfach nur ein Problem und mich gebeten, ihr dabei zu helfen, das ist alles. Du vertraust mir doch, oder?«

Ich höre unterschwelligen Ärger aus seinem sonst so heiteren Tonfall heraus. Ich bin mir seiner Liebe zu mir immer sicher gewesen, auch wenn ich spürte, dass seine Familie mich nicht besonders mochte – abgesehen von Florrie vielleicht. Warum also habe ich jetzt dieses ungute Gefühl? Diese Angst, dass ich im Begriff bin, ihn zu verlieren? Dass alles dabei ist zu zerfallen? Ist das eine Folge der verstörenden Geschehnisse in Cornwall? Oder des Feuers und der Fehlgeburt? Ich weiß es nicht.

»Du hast mir selbst erzählt, dass Hannah dich wirklich geliebt hat, Jay. Sie dachte, du wärst ihr Mann fürs Leben.«

Er blickt zu Boden und verlagert betreten das Gewicht. »Wir waren Kinder …«

»Du hast ihr das Herz gebrochen …«

»Das zwischen uns ist alles viel zu schnell viel zu ernst geworden. Dann sind wir an verschiedene Unis gegangen, und ich … na ja … du weißt ja, wie es ist.«

»Du hast sie betrogen!« Die Erkenntnis trifft mich wie ein Schlag. Er hat es mir noch nie gestanden, aber die gesenkten Augenlider und das betretene Lächeln sprechen Bände. Seine Schuld steht ihm ins Gesicht geschrieben.

»Ich …« Er windet sich unter meinem Blick und fixiert weiterhin seine Chucks. »Ich bin nicht stolz darauf.«

»Warum hast du es mir nie erzählt?«

»Wie ich schon sagte, ich bin nicht besonders stolz drauf.« Er hebt den Kopf, doch er lächelt nicht und macht auch keine Scherze. Ich bin froh, dass er nicht versucht, es leichtfertig abzutun.

Ich blicke ihn eindringlich an. Er ist also in der Lage fremdzugehen. Jamie Hall, der Mann, von dem ich immer dachte, es gäbe nur Schwarz oder Weiß für ihn und nichts dazwischen. Der ach so moralische und integre Jamie. So wohlerzogen. Er war keinen Deut besser als mein Vater. Oder Harry.

»Libs, schau mich nicht so an. Als ob du nicht wüsstest, wer ich bin. Mein Gott, das Ganze ist eine Ewigkeit her. Ich war jung und dumm. Ich war nicht verliebt. Nicht so, wie ich dich liebe.« Er tritt näher auf mich zu. »Bitte, mach kein größeres Drama aus der Sache, als es ist.«

Ich schlucke und versuche, mich zu fassen. »Ich mache kein … Ich will nur … Ach, ich weiß auch nicht.« Wie konnte mir das entgangen sein? Wir waren seit fast fünf Jahren zusammen. Hatte er es absichtlich vor mir geheim gehalten? Ich muss an unsere zahllosen Gespräche ganz am Anfang denken, als wir ineinander verschlungen auf meinem viel zu schmalen Bett in meiner winzigen Bude lagen, einander kennenlernten, einander alles erzählten. Auch unsere vergangenen Beziehungen.

Er zieht mich an sich und schlingt seine Arme um meine Taille. »Das damals war eine ganz andere Geschichte. *Ich* war anders. Ich würde dir so etwas niemals antun. Ich hoffe, das weißt du. Es ist mir egal, was für Gefühle Hannah für mich hegt. Du bist es, die ich liebe. Die ich geheiratet habe. Und du bist es, mit der ich den Rest meines Lebens verbringen möchte.«

»Ich bin froh, das zu hören«, erwidere ich.

Dann sehe ich durch die Türöffnung hindurch etwas Geblümtes aufblitzen, ein Vorbeihuschen blonden Haars. Stand Hannah etwa die ganze Zeit dort und hat gelauscht? Ich lasse mich gegen Jamie sinken und lege meinen Kopf an seine Brust, um das Gefühl von Unbehagen zu verscheuchen.

Es ist ein kühler Tag; der Himmel ist von einem klaren Blau, und die Sonne steht tief. Nach dem Mittagessen setze ich mich in den Wintergarten, genieße die Wärme, die durch das Glas dringt, und beobachte Felix und Jacob, die dick eingepackt über den weitläufigen Rasen rennen, während Jamie und Richard ihnen hinterherjagen. Hannah und Florrie stehen mit verschränkten Armen da und schauen ihren Jungs entzückt zu. Hier, bei Jamies Familie, fällt es mir leichter, die Ereignisse der vergangenen Woche zu vergessen – fast so, als wären wir nie in Cornwall gewesen.

Auch nach all den Jahren, die wir jetzt zusammen sind, kann ich immer noch nicht fassen, wie groß dieses Haus ist; dass es der Ort ist, an dem er seine Kindheit verbringen durfte. Es ist so anders als das bescheidene Reihenhäuschen, in dem ich aufwuchs. Sie haben sogar ein altes Kutscherhaus am anderen Ende des Gartens, in dem die Gäste übernachten. Sylvia hat ständig Freunde zu Besuch. Ich habe das Gefühl, dass sie es am liebsten hat, wenn ihr Haus voller Menschen ist, erfüllt von fröhlichem Gelächter und Geplauder; und trotz der Tatsache, dass sie mich manchmal schrecklich aufregt, tut es mir leid, dass ihr Mann nicht mehr bei ihr ist.

Ich schaue zu, wie Jamie mit einem Fußball über den Rasen dribbelt und Felix ihm lachend und mit ausgebreiteten Armen hinterherrennt. Jamie hat Hannah betrogen. Ich kann es immer noch nicht ganz glauben. Es ist, als hätte sich mein Bild von ihm ein wenig verzogen, so als würde ich ihn in einem dieser Zerrspiegel erblicken, die es immer auf den Jahrmärkten gibt.

»Willst du nicht zu ihnen raus und mitmachen?«, ertönt eine Stimme, und ich schrecke auf.

Als ich mich umdrehe, sehe ich Katie, die mit ihrer typisch überheblichen Miene im Türrahmen lehnt. Sie hat dasselbe aschblonde Haar wie ihre Mum und Jamie, wohingegen Florries dunkel ist wie das ihres Vaters. Katie ist eine hübsche junge Frau mit schlanken Armen und langen Beinen, aber sie hat etwas Rastloses an sich, als ob sie nicht so recht wüsste, wo sie hingehört, während sie von Job zu Job, Freund zu Freund und Wohnung zu Wohnung schweift. Sie ist vor Kurzem erst wieder bei Sylvia eingezogen und steht wieder mal ohne Job da, obwohl sie nur zwei Jahre jünger ist als ich. Sylvia würde es nie sagen – sie ist allen ihren Kindern gegenüber absolut loyal –, aber mir ist klar, dass Katies Orientierungslosigkeit ihr Kopfzerbrechen bereitet. Ich hätte alles gegeben für die Privilegien und die teure Ausbildung, die sie genießen durfte und offenbar für selbstverständlich erachtet. Obgleich Florrie die typische rechthaberische ältere Schwester ist, ist sie mir lieber als Katie. Florrie ist bodenständiger, grundsolide, auch wenn wir nicht den gleichen Geschmack haben, was Männer angeht. Es ist nicht einmal so, dass Richard ein schlechter Kerl wäre, er benimmt sich nur manchmal wie ein verzogenes Kleinkind. Katie hingegen ist manipulativ und spielt ihre Rolle als Nesthäkchen der Familie entsprechend ihren Bedürfnissen aus. Aber bei mir zieht diese Masche nicht. Mir kann sie nichts vormachen.

Ich bedenke sie mit meinem »Leg dich ja nicht mit mir an«-Blick, den ich auch aufsetze, wenn einer meiner Schüler Ärger macht. Sie ignoriert mich und lässt sich mir gegenüber auf das Rattansofa fallen, wobei sie ihre Beine seitlich über die Armlehne schwingt. Über ihrem Kopf hängt ein Hochzeitsfoto von mir und Jamie, flankiert von Florrie und Katie in prächtigen hellblauen Brautjungfernkleidern. Ich erinnere mich noch, wie divenhaft sich Katie bei den Hochzeitsvorbereitungen aufgeführt hat, wie sie sich weigerte, Blau zu tragen, da es »ihren Teint verwässern würde«, wie sie mich beschuldigte, ich würde versuchen, sie schlecht aussehen zu lassen. Als ob es bei all dem um sie ginge. Ich verkniff es mir natürlich, darauf einzugehen, doch ich weigerte mich, die Farbe der

Brautjungfernkleider zu ändern. Jamie machte ihr daraufhin unmissverständlich klar, dass sie entweder die von mir ausgewählte Farbe tragen oder als Brautjungfer abtreten müsste. An jenem Tag wünschte ich mir nicht zum ersten Mal, ich hätte eine eigene Schwester, die mir zur Seite stehen und sich für mich einsetzen könnte. Manchmal ist es wirklich hart, den Frauen der Familie Hall die Stirn zu bieten.

Katie mustert mich schweigend mit ihrem kühlen Blick. »Du bist oft so still, Libby. Wer weiß, was in deinem Kopf vor sich geht? Du solltest da draußen bei deinem Mann sein, statt ihn für Hannahs Sohn den Daddy spielen zu lassen.«

Ich zwinge mich zu einem Lächeln, da ich keine Lust habe, den Köder zu schlucken. »Es tut ihm gut, ein bisschen Zeit mit seiner Familie zu verbringen, und ich fühle mich immer noch ein bisschen angeschlagen.« Ich berühre meinen Bauch, um meinen Worten Nachdruck zu verleihen. »Und mit dem Arm … du weißt schon …« Ich hebe meinen Gips hoch und mache ein enttäuschtes Gesicht. »Ich will wirklich nicht stürzen, wo doch der Gips nächste Woche endlich abgenommen wird.«

Sie kaut nachdenklich auf ihrer Lippe. »Hm, ich schätze mal, du willst in deiner Freizeit nicht auch noch die ganze Zeit mit Kindern spielen, wenn du sowieso schon den ganzen Tag auf sie aufpassen musst.«

»Das ist es nicht. Ich liebe Kinder …« Ich muss daran denken, wie sehr ich mich zum ungefähr jetzigen Zeitpunkt auf meine erste große Ultraschalluntersuchung gefreut hätte.

»Aber es muss doch seltsam sein …«, fährt sie unbarmherzig fort, wobei sie ihre Knöchel überkreuzt und mit den dunkellila lackierten Zehen wackelt, »… deinen Mann ständig mit seiner Ex-Freundin zusammen zu sehen. Ich erinnere mich noch, wie verliebt sie damals waren. Die erste Liebe. Das ist schon eine große Sache, oder? Wir hatten alle geglaubt, dass die beiden heiraten würden. Schon lustig, wie das Leben manchmal so spielt. Findest du nicht auch?«

Ich frage mich, ob sie sich nur deshalb noch mit Hannah trifft, um mich auf die Palme zu bringen. Es stimmt schon, dass die beiden über Jahre hinweg beste Freundinnen waren, doch Hannah, die jetzt Mutter ist, hat Katie in ihrer Entwicklung längst abgehängt. Ich fand es immer schon befremdlich, wie Katie Hannah im Haus ihrer Mutter herumführt – als wäre sie eine Art preisgekröntes Schwein.

»Nun, ich sehe sie jetzt schon seit fünf Jahren zusammen. Ich bin es gewohnt«, erwidere ich, wobei mein heiterer Tonfall über meinen Ärger hinwegtäuscht. Ich bin schon so eine Art Tennis-Profi, so gekonnt, wie ich ihre Schläge abschmettere, aber immerhin habe ich jahrelange Übung darin. Es scheint, als wisse sie genau, was sie sagen muss, um mich zu verletzen, doch ich weigere mich, sie sehen zu lassen, wie sehr ihre Worte schmerzen.

Anfangs fand ich es befremdlich, dass Jamies Ex-Freundin noch immer bei seiner Familie ein und aus ging. Hannah war hochschwanger – und noch verheiratet –, als ich sie das erste Mal traf, doch ich begriff schnell, dass ich niemals die Art von Beziehung mit Sylvia haben würde, die sie teilten und auf die ich sehnsüchtig gehofft hatte. Bevor ich Jamies Mum kennenlernte, glaubte ich, dass sie die Leere füllen würde, die der Tod meiner Mutter in meinem Leben hinterlassen hatte – dass Sylvia eine Art Ersatzmutter für mich würde. Doch natürlich war es nicht so einfach. Sylvia war denkbar anders als meine Mutter. Ich habe den Eindruck, sie findet, ich sei nicht gut genug für Jamie, dass ich nicht die Schwiegertochter bin, auf die sie gehofft hat – ich, mit meinem nordenglischen Akzent, dem abblätternden Nagellack, den zusammengewürfelten Klamotten voller Filzstiftflecken und dass ich ein frisch gezapftes Bier immer einem Glas Wein vorziehen würde. Ich bin nicht unbedingt das, was sie als ein »wohlgeratenes Mädchen« bezeichnen würde. Einmal bemerkte ich ihren abschätzigen Blick auf das Tattoo auf meinem Oberarm – ein kleiner Vogel mit gespreizten Schwingen. Sie mag es nicht, dass ich bei Brettspielen um jeden Preis gewinnen möchte, dass ich Jamies Kleidung nicht bügle (ich bügle noch nicht einmal meine eigene), dass ich drei Piercings in meinem linken Ohr habe, dass ich nicht konstant auf Diät bin oder über Ernährungstipps und Backkünste rede. Das Einzige, was mich rettet, ist mein Beruf als Grundschullehrerin. Ich kann sie förmlich hören, wie sie ihren Freundinnen aus dem Women's Institute erzählt, dass ich gottlob wenigstens studiert habe. Hannah hingegen füllt mit ihrer Privatschul-Erziehung für höhere Töchter und dem Familienvermögen genau diese Lücke – auch wenn sie jetzt geschieden und alleinerziehende Mutter ist. Jamie verriet mir einmal, dass Hannahs Eltern »Snobs der schlimmsten

Sorte« seien und dass er sie noch nie wirklich leiden konnte, dass sie kaum Interesse an Hannah zeigten und stattdessen all ihren Ehrgeiz und ihre Bemühungen in ihren Sohn steckten, der in Oxford promoviert hatte. Vor ein paar Jahren zogen sie auf die Insel Jersey, und Hannah hat sie, wie ich von Jamie weiß, seitdem kaum mehr gesehen.

Katie hat die Stirn in Falten gelegt und wickelt eine Haarsträhne um ihren Zeigefinger. »Also ich würde es ja nicht unbedingt toll finden, wenn mein Mann so ein enges Verhältnis zu seiner Ex hätte. Aber andererseits sind wir ja von Grund auf verschieden, nicht wahr?« Sie lächelt betont süßlich und springt vom Sofa auf. Offenbar ist sie gelangweilt, weil sie es nicht schafft, mich zu provozieren. Am liebsten hätte ich ihr gesagt, dass sie erwachsen werden und mich mit ihren albernen Kindereien verschonen soll, doch stattdessen angle ich mir eine Zeitschrift vom Sofatisch und beginne, darin zu blättern. Ich spüre, dass sie mich von der Tür aus beobachtet, doch ich löse den Blick nicht von der aufgeschlagenen Seite und gebe vor, ganz und gar in das Privatleben eines Soap-Stars vertieft zu sein.

»Ich weiß, dass du mich für dumm hältst.« Ihre Worte durchschneiden die Stille.

Ich bin derart überrumpelt, dass mir die Zeitschrift vom Schoß rutscht und auf die steinernen Fliesen fällt. »Nein, das tue ich nicht. Eigentlich glaube ich sogar, dass du sehr clever bist.« Und das ist die Wahrheit – Katie ist wirklich clever. Sie benutzt ihre Intelligenz nur auf die falsche Art, für ihre hinterlistigen Manipulationsversuche.

»Ich habe vielleicht keinen Uniabschluss, so wie du, aber ich weiß, wie die Leute ticken. Und ich weiß auch, wie du tickst. Ich weiß, dass du dir gerne einbildest, dass du ach so stark bist und alles im Griff hast, dabei bist du in Wirklichkeit wie ein Schwan – auf der Oberfläche elegant und beherrscht, doch darunter strampelst du verzweifelt, um dich über Wasser zu halten.«

»Katie …«

»Es ist kein Zeichen von Schwäche zu zeigen, dass man nicht perfekt ist, weißt du?«

»Ja, das weiß ich. Und ich glaube auch nicht, dass ich perfekt bin. Ich bin weit davon entfernt.« Woher weiß sie nur, dass ich mich die meiste Zeit wie eine Hochstaplerin fühle?

Sie verengt die Augen zu Schlitzen, als wolle sie noch etwas sagen, überlegt es sich dann aber anders, wirft ihr Haar zurück und stolziert durch die Tür.

Draußen, hinter der Glasfront des Wintergartens, verteilt Sylvia Tee von einem runden Tablett, und der heiße Dampf steigt aus der Auswahl gemusterter Porzellanbecher empor. Jamie und Hannah stehen am Rand der Gruppe und sind in ein Gespräch vertieft. Er macht offenbar einen Scherz, denn sie lehnt sich an ihn und lacht herzhaft; es ärgert mich, dass er sie selbst nach unserem Gespräch von vorhin so hofiert. Sie sieht, wie ich sie beobachte, und grinst schadenfroh. Heißer Zorn lodert in mir auf. Sie sollte aufpassen, mit wem sie sich anlegt. Ich habe alles gegeben, um mir dieses Leben zusammen mit Jamie aufzubauen, und ich werde ganz sicher nicht zulassen, dass sie, oder sonst irgendwer, mir das nimmt.

16

Zwei Tage vor Karfreitag wird endlich der Gips abgenommen. Ich hüpfe förmlich nach Hause vor lauter Freude, dass ich endlich die dämliche Schlinge nicht mehr tragen muss und wieder mit Ziggy Gassi gehen kann oder joggen oder Badminton spielen – all die Dinge, die ich vor dem Unfall so gerne getan habe.

Als ich die Stufen zu unserer Souterrainwohnung erreiche, sehe ich Evelyn am Fenster sitzen und winke ihr zu. Sie winkt zurück, und ich nehme mir fest vor, später bei ihr vorbeizuschauen. Ich hantiere eine Weile mit dem Schlüssel; das neue Schloss ist noch etwas starr, und die Tür lässt sich nur widerwillig öffnen, als ich sie aufschiebe. Doch sogleich merke ich, woran das liegt. Die Post ist gekommen und verstopft den Flur. Ich bücke mich, um den Haufen Werbebroschüren aufzuheben – mindestens zehnmal mehr, als wir normalerweise erhalten. Verwirrt blättere ich sie durch. Sie sind allesamt an mich adressiert und scheinen von Unternehmen zu kommen, die so ziemlich alles verkaufen – von total banalen und etwas obskuren Sachen bis hin zu regelrecht primitivem Kram. Ich werfe sie auf die Arbeitsfläche, und eine obszöne Werbung für eine Penispumpe kommt zum Vorschein. Ich zerreiße sie, stopfe sie in den Mülleimer und bin überrascht, als ich sehe, was sich darunter befindet: derselbe Katalog mit den exklusiven skandinavischen Möbeln, der auch im Hideaway herumlag. Den habe ich doch ganz sicher nicht bestellt? Oder etwa doch? Ich werfe ihn auf das Sideboard, wo er schlitternd gegen eine Figur stößt.

Der Buddha. Was macht der denn hier? Ich habe seit Jahren keinen Blick mehr drauf geworfen, und dennoch brachte ich es nicht übers Herz, mich von ihm zu trennen, sondern bewahrte ihn gut versteckt im Kleiderschrank auf. Hat Jamie ihn gefunden und aufgestellt? Ich betrachte das friedliche Antlitz des Buddhas, seine entspannte Haltung, und drehe die Figur in meinen Händen. Ich kann ihn nicht anschauen, ohne mich an all das Vergangene zu erinnern. Er muss wieder weg. Die Tür zum Arbeitszimmer ist zu, und ich kann Jamie am Telefon irgendwas über Infrastrukturen und Datenbanken reden hören. Ich verstehe noch immer nicht so recht, was er eigentlich tut, auch wenn er immerzu versucht, es mir zu erklären. Ich trage den Buddha ins Schlafzimmer und schiebe ihn in den hintersten Winkel meines Schrankes unter einen Stapel Sommerkleidung.

Als ich in die Küche zurückkehre, schalte ich den Wasserkocher an, da ich dringend eine Tasse Tee benötige; ich vermisse immer noch den Heißwasserhahn aus dem Hideaway.

Ziggy springt von seinem Schlafkorb auf. »Tut mir leid, mein Junge, ich habe dich noch gar nicht begrüßt«, sage ich und genieße die Freiheit, ihn endlich wieder ungehindert umarmen zu können. Ich vergrabe mein Gesicht in seinem Fell. Er braucht ein Bad. Tatsächlich müffelt die ganze Wohnung nach Hund, stelle ich fest, als ich mich erhebe. Ich zünde die Kerze auf der Kiefernholzanrichte im Essbereich der Küche an und inhaliere den Mandarinenduft. Mit ihrem Flackern und Knistern macht sie den Raum gleich viel gemütlicher. Es ist nicht ganz derselbe Effekt wie im Hideaway, aber der Geruch erinnert mich dennoch an das Haus in Cornwall: teuer und exotisch.

Jamie kommt in die Küche. Er hat sich seit Tagen nicht mehr rasiert, und die gestresste Aura, die ihn vor Cornwall wie schlechtes Aftershave umgab, ist wieder zurück; nicht zum ersten Mal mache ich mir Sorgen, ob die Selbstständigkeit nicht zu viel Druck für ihn ist. Er trägt ein flaches Paket zwischen seinen Fingerspitzen, als wolle er es nicht berühren. Es schlägt beim Gehen mehrmals gegen sein Bein.

Ich strecke ihm meinen linken Arm entgegen und wedle damit. »Der Gips ist weg!«, verkünde ich euphorisch.

»Das ist doch mal eine gute Nachricht«, erwidert er und strahlt mich an.

»Was hast du da?«

Sofort verdunkelt sich seine Miene wieder. »Das ist für dich. Was hast du bestellt? Ich habe meine erste Million noch nicht gemacht«, witzelt er. Dann bemerkt er die Kerze. »Und wo kommt die her?«

»Ich, ähm … die habe ich billig im Wohltätigkeitsladen erstanden«, lüge ich. »Muss ein unbenutztes Geschenk gewesen sein oder so …« Er würde es nicht gutheißen, wenn er die Wahrheit erführe, nämlich dass ich sie aus dem Hideaway habe mitgehen lassen. Ich habe es vor mir damit gerechtfertigt, dass Tara bestimmt nicht erwartet hätte, dass wir eine benutzte Kerze dalassen. Doch Jamie würde das womöglich anders sehen.

»Ich habe gar nichts bestellt.« Ich nehme ihm das Paket aus der Hand. Es ist lang und schwer; der Name eines bekannten Versandhausunternehmens prangt auf der unteren Seite des orangefarbenen Plastikumschlags. »Ich habe doch noch nicht einmal irgendwelche Kataloge.« Ich reiße das Paket auf.

»Was ist es?«, fragt er, während er zum Wasserkocher geht und das kochende Wasser in zwei Becher gießt.

Ich runzle verwirrt die Stirn. »Sieht aus wie ein Rucksack«, antworte ich, als ich ihn aus der Verpackung ziehe. Er ist groß und hässlich, so ein Trekkingrucksack, wie ihn ein Student auf Reisen verwenden würde. »Den habe ich ganz sicher nicht bestellt.« Ich überprüfe noch einmal den Namen auf der Vorderseite, in der Hoffnung, dass es einen Fehler bei der Zustellung gab und das Paket eigentlich für einen unserer Nachbarn bestimmt war, doch es ist definitiv an mich adressiert.

Jamie stellt einen Becher Tee auf dem Eichenholztisch vor mir ab. »Na, hat dich das Reisefieber gepackt, Libs?« Er lacht, doch ich finde es ganz und gar nicht lustig. Ein eiskalter Schauder läuft mir über den Rücken. Warum hat mir jemand einen Rucksack zugeschickt? Ich werfe ihn auf den Tisch und durchsuche dann das Innere des Pakets nach dem Bestellschein.

»Das ist echt seltsam, Jay. Es sieht ganz so aus, als hätte ich tatsächlich ein Kundenkonto bei ihnen. Schau …« Ich wedle mit dem Papier vor seiner Nase herum. Er kneift angestrengt die Augen zusammen und nimmt es mir aus der Hand. »Aber ich habe gar kein Konto eingerichtet.«

»Das muss eine Verwechslung sein.« Er tut es mit einem Schulterzucken ab und reicht mir den Bestellschein wieder. »Ruf einfach dort an und schick ihnen das Ding zurück.«

Ich seufze. »Was für ein unnötiger Stress.«

»Ich weiß, Libs, aber so was kann passieren.« Er umfasst seinen Becher mit beiden Händen und geht aus der Küche. Ich stopfe den Rucksack in seine Verpackung zurück und verschließe sie wieder.

Als ich mich auf den Weg zum Postamt mache, zieht der Himmel zu, und es fängt an zu regnen. Die Sache mit dem Rucksack lässt mir keine Ruhe. Hat es womöglich mehr zu bedeuten? Ist es persönlich gemeint? Ich erinnere mich daran, wie ich mit einem ähnlichen, schwer bepackten Rucksack auf den staubigen, sonnenverbrannten Straßen Thailands unterwegs war. Ich bin so in Gedanken versunken, dass ich beinahe mit einer Frau mit Babytrage vor der Brust zusammenstoße. Ich entschuldige mich stammelnd, doch sie lächelt nur müde, wenn auch glückselig, wie es nur frischgebackene Mütter tun, und mein Herz krampft sich schmerzhaft zusammen. Ich wäre jetzt schon beinahe im vierten Monat gewesen. Hätte ich schon einen kleinen Kugelbauch gehabt? Dieses Strahlen im Gesicht, das nur Schwangere haben? Und dann ist da noch das andere. Das Erste.

Die Straßen sind voller Familien, die ihre letzte Osterferienwoche genießen, alle gut eingepackt in Regenmäntel, die Bürgersteige ein wahres Meer aus Regenschirmen. Der Verkehr wird dichter, je näher ich der Hauptstraße komme, und in den Fenstern werden schon die Lichter eingeschaltet, obwohl es gerade mal sechzehn Uhr ist.

Der Berg Kataloge von heute Vormittag beschäftigt mich noch immer, während ich auf dem Postamt anstehe. All diese Ringverteilerwerbung mit ihren Rabattversprechen von irgendwelchen Unternehmen, bei denen ich noch nie etwas gekauft habe – warum sollten sie mir plötzlich all das Zeug schicken?

Schon allein den Rucksack loszuwerden, erleichtert mich ungemein. Als ich in meine Straße biege, spüre ich plötzlich jemanden dicht hinter mir. Ich bleibe stehen und drehe mich abrupt um. Eine Frau klebt mir an den Fersen. Ihr Gesicht wird von einem Regenschirm verdeckt, doch ich erhasche einen Blick auf ihr langes, strähniges Haar und ihre schweren Bikerboots. Ich gehe langsamer weiter, doch sie macht keine Anstalten, mich zu überholen, sondern verlangsamt ebenfalls ihren Schritt. Verfolgt sie mich etwa? Ich bleibe genervt stehen und trete zur Seite, um sie an mir vorbeizulassen; ich kann es nicht ausstehen, wenn man mir so auf die Pelle rückt. Die Frau schreitet an mir vorbei, ohne mich eines Blickes zu würdigen.

Als ich zu Hause ankomme, ist Jamie mit Ziggy draußen, also hole ich meinen Laptop aus dem Wohnzimmer, um mich meinem mittlerweile täglichen Ritual zu widmen, nämlich die Websites von kornischen Zeitungen nach

Neuigkeiten zu durchforsten. Doch wie üblich gibt es nichts zu entdecken.

Als ich fertig bin, dämmert es bereits, und Jamie ist noch immer mit Ziggy unterwegs, also setze ich einen Topf Pasta auf. Ich bin fahrig und nervös; das Paket und die Broschüren schwirren mir immer noch im Kopf herum. Ich kann Evelyns Radio über mir hören. Sie dreht es immer viel zu laut auf, doch ich finde, es hat etwas Beruhigendes. Gegen Abend wird das Radio durch den Fernseher ersetzt, und dann dauert es nicht lange, bis die Titelmelodie einer ihrer zahlreichen geliebten Seifenopern ertönt.

Ich gieße die Nudeln über dem Spülbecken ab, und mein Blick wandert durch das Fenster zum Gehsteig über uns. Ziggy sitzt unter der Straßenlaterne, neben ihm sehe ich ein Paar Beine. Ich beuge mich über das Spülbecken, um besser sehen zu können. Jamie unterhält sich mit einem Mann in einem Nadelstreifenanzug und dunklem Wollmantel. Ich kenne ihn vage; ein Nachbar aus einem der Häuser die Straße runter, ein dreistöckiges Gebäude mit eigener Einfahrt. Ich habe ihn schon öfter in einem schicken Sportwagen gesehen. Seine Frau ist äußerst attraktiv, jünger als er und sehr glamourös, nie ohne Lippenstift und einer dicken Schichten Mascara auf ihren langen Wimpern unterwegs, das seidig glänzende dunkle Haar stets zu weichen Wellen frisiert. Das Licht der Laterne beleuchtet den Sprühregen, der sanft auf Ziggys Fell nieselt. Warum steht Jamie dort draußen im Regen und unterhält sich mit einem Unbekannten? Der Mann wirkt wütend und wedelt mit einem Papier vor Jamies Gesicht herum.

Ich haste zur Eingangstür und öffne sie gerade noch rechtzeitig, um den Mann davonstapfen zu sehen. Jamies Miene ist finster, als er mit Ziggy im Schlepptau die Treppe herunterkommt. Der Regen hat Ziggys goldenes Fell in ein nasses Braun verwandelt, und das Fell zwischen seinen Augen ist so zerfurcht, dass es aussieht, als würde er missbilligend die Stirn runzeln.

»War das der Kerl, der ein paar Häuser weiter wohnt? Was wollte er?«, überfalle ich Jamie, kaum dass er durch die Tür getreten ist. Er entledigt sich seines Mantels und hängt ihn an den Garderobenhaken, während ich Ziggy mit einem alten Handtuch abreibe.

»Ja. Das war Martin. Was für ein Trottel.«

»Was wollte er denn?«, wiederhole ich meine Frage, da Jamie keine Anstalten macht, mit der Sprache herauszurücken.

»Ach nichts.«

Ich spüre, wie sich mir die Nackenhaare aufstellen. »Sah aber nicht nach nichts aus.«

Er marschiert in die Küche, und ich folge ihm. Die abgegossenen Nudeln stehen neben dem Herd und werden langsam kalt. Ich gebe sie in den Kochtopf zurück und füge die Tomatensoße hinzu, die ich vorhin aufgetaut habe. Dann beginne ich so heftig darin zu rühren, dass die Soße über den Rand spritzt und mit einem Zischen auf dem Herd landet.

Jamie tritt hinter mich und schlingt seine Arme um meine Taille. »Sei nicht sauer, Libs.«

»Warum kannst du mir nicht einfach sagen, worum es ging?«

Er seufzt, und ich spüre seinen warmen Atem in meinem Nacken. »Ehrlich gesagt, ist es mir ein bisschen peinlich. Es muss sich um ein Missverständnis handeln.«

Ich drehe mich abrupt zu ihm um. »Was für ein Missverständnis?«

»Martin hat mich angesprochen, als ich gerade mit Ziggy auf dem Heimweg war. Meinte, ich würde seiner Frau Liebesbriefe schicken …« Er hat den Anstand, dabei rot zu werden.

»Wie bitte?« Vor lauter Entsetzen fällt mir der Holzlöffel aus der Hand, und wir sehen beide zu, wie er klappernd auf dem Boden landet und dabei Tomatensoße über die Schranktüren verspritzt. Ich schnaube laut und greife nach einem Lappen im Spülbecken, um alles aufzuwischen.

Jamie tritt an mir vorbei und dreht den Herd runter. »Ich weiß. Es ist echt albern. Und eigentlich sollen es auch keine richtigen Briefe gewesen sein, sondern Grußkarten. Romantische Grußkarten.« Er stößt ein ungläubiges Lachen aus. »Ich meine, ich kenne seine Frau doch überhaupt nicht. Bis heute wusste ich noch nicht einmal ihren Namen. Anscheinend lautet er Anya.«

»Aber du hast sie doch gesehen, diese Anya? Selbst dir dürfte nicht entgangen sein, wie attraktiv sie ist.«

»Nun ja … ja«, erwidert er hilflos. »Klar ist sie attraktiv. Aber ich habe nur mal ab und an Hallo gesagt. Wir laufen uns manchmal über den Weg, wenn sie joggen ist und ich mit Ziggy Gassi gehe.«

Ich spüre, wie mir die Hitze in den Kopf steigt. Ich muss daran denken, wie Jamie auf Lizard Point mit dieser Ruth geschäkert hat, wie vertraut er mit Hannah gesprochen hat, während ihre Körper sich dabei berührten. Er war schon immer gern für einen kleinen Flirt zu haben, das ist mir durchaus klar. »Hat er dir eine dieser Karten gezeigt?«, frage ich, immer noch den Boden schrubbend.

»Ja, er hat sie mir praktisch ins Gesicht geklatscht.«

Ich stehe auf, um den Lappen unter dem Wasserhahn auszuspülen, während ich versuche, ruhig zu bleiben. Ich muss an Katies Vergleich mit dem Schwan denken. Sie hat recht. So bin ich. Unter der Oberfläche strample ich wie verrückt, in dem verzweifelten Versuch, nicht unterzugehen. »Und? War es deine Handschrift?«

»Natürlich nicht. Libs …« Er packt meinen Arm und wirbelt mich zu sich herum. »Du glaubst doch nicht etwa, dass ich so etwas tun würde?«

»Nein … nein, natürlich nicht …« Mein Blick schweift über seine Schulter hinweg.

»Du klingst nicht besonders überzeugt.«

»Doch, das bin ich. Es ist nur …«

»Es ist nur *was*?«

Ich sehe ihm in die Augen. Wir sind jetzt seit neun Monaten verheiratet. Das ist alles. Und davor waren wir vier Jahre zusammen. Das sollte doch eigentlich reichen, oder? Aber wie gut kennt man einen anderen Menschen je wirklich? Und hat er nicht auch schon Hannah betrogen?

Ich kann die Worte nicht mehr zurückhalten, sie rutschen mir einfach so heraus. »Ich habe die SMS gesehen, die Hannah dir geschickt hat.«

»Die SMS, die Hannah mir geschickt hat?«

»Als du im Krankenhaus warst. Ich habe sie nicht ganz gelesen. Sie ploppte nur auf deinem Handydisplay auf.«

»Ich dachte, wir hätten die Sache mit Hannah geklärt. Ich dachte, du hättest es verstanden. Sie ist einfach nur eine alte Freundin …«

Mein Gesicht glüht vor Wut. »Du weißt ganz genau, was sie für dich empfindet. Und weißt du, was? Ich glaube, es gefällt dir.«

Er reißt die Augen auf. »Was gefällt mir?«

»Du liebst Aufmerksamkeit. Wärst du eigentlich so voller Verständnis, wenn mein Ex zu jedem beschissenen Familienessen kommen würde? Wenn ich mit ihm im Garten stünde, um lauschige Pläuschchen zu halten? Wenn er mir eine SMS schicken würde, in der er mich bittet, ein Geheimnis für mich zu behalten?« Ich bin so wütend, dass mir der Speichel aus dem Mund spritzt. Normalerweise achte ich darauf, in Gegenwart von Jamie nie die Beherrschung zu verlieren – eigentlich in Gegenwart von allen, immer –, doch all die Furcht und der Groll, die sich so lange in mir aufgestaut haben, brechen plötzlich aus mir hervor. Fassungslosigkeit zeichnet sich in seinem Gesicht ab, aber ich bin schon in voller Fahrt. »Und sag jetzt ja nicht, ich wäre paranoid oder hysterisch. Ich hasse es, wenn du das sagst. Es ist dermaßen herablassend. Und ja, ich bin eifersüchtig. Ich bin eifersüchtig, weil dir ihre Gefühle wichtiger sind als meine. Und ich bin eifersüchtig, weil deine Familie sie ganz offenbar mehr mag als mich. Weil ich mich, wenn wir bei deiner Mutter zu Besuch sind, so verdammt überflüssig und unwillkommen fühle …«

»Meine Familie hat dich *immer* willkommen geheißen.«

»Nein, das hat sie nicht. Die Einzige, die je nett zu mir war, ist Florrie.«

Jamie schweigt verblüfft. Ich habe mein Pulver verschossen, also werfe ich den nassen Lappen ins Spülbecken.

Endlich spricht Jamie. »Hör zu, Libs, es tut mir leid. Aber du musst mir vertrauen. Ich vertraue dir ja auch.«

Ich verspüre einen Stich schlechten Gewissens. »Ich habe dir keinen Grund gegeben, es nicht zu tun«, murmle ich.

»Es gibt so vieles, was ich nicht über dich weiß. Du sprichst nie über deine Kindheit. Du willst nie nach Yorkshire fahren. Du erzählst mir nie auch nur die kleinste Kleinigkeit über deine Eltern. Du behältst alles für dich, frisst alles in dich hinein, selbst das, was damals in Thailand passiert ist. Ich weiß, dass du mir nicht die ganze Geschichte erzählt hast.«

Ich stemme die Hände in die Hüften und funkle ihn an. »Was willst du wissen?«

»Ich glaube, dass dich jemand sehr verletzt hat. Jemand, den du geliebt hast.« Er blickt mich aus sanften Augen an und tritt auf mich zu. »Ich glaube, dass der Tod deiner Freundin dich wirklich tief getroffen hat und dass du deswegen solche Angst davor hast, Risiken einzugehen oder etwas Neues auszuprobieren. Du versuchst, dich vor allem zu drücken, was dir irgendwie gefährlich erscheint … Fliegen, Autofahren. Aber das kannst du nicht … Schau nur, was in der Schule passiert ist. Ein Unfall, den du nicht verhindern konntest, obwohl du dein ganzes Leben damit verbringst, Risiken abzuwägen.«

»Bitte, versuch jetzt nicht, mich zu analysieren. Du klingst schon wie deine Mutter. Ich möchte nur wissen, ob du Anya diese Briefe geschickt hast.«

Er weicht vor mir zurück. Sein gesamter Körper scheint unter der Last der Enttäuschung zusammenzusacken, und auch der sanfte Ausdruck ist aus seinen Augen verschwunden. Ich betrachte aufmerksam sein Gesicht, um zu sehen, ob er lügt.

»Nein, das habe ich nicht. Aber es kränkt mich, dass du überhaupt fragen musst.«

Er wirkt aufrichtig. Ich trete auf ihn zu und strecke die Hände aus – eine Entschuldigung auf meinen Lippen –, doch er verlässt wortlos den Raum.

In dieser Nacht bekomme ich kein Auge zu. Ich wälze mich in den zerwühlten Laken hin und her; mein gesamter Körper ist fiebrig vor Unruhe. Alles, woran ich denken kann, sind Martins Anschuldigungen gegenüber Jamie. Nach unserem Streit habe ich mich über einen Topf angebrannter Pasta hinweg entschuldigt, und Jamie hat mir ein weiteres Mal versichert, dass es sich um eine Verwechslung handeln muss und dass er mich niemals betrügen oder mir wehtun würde. Doch Martin muss einen Grund dafür haben zu glauben, dass es Jamie war. Und auch wenn ich meinem Mann glaube, wenn er sagt, er habe die Briefe nicht geschrieben, so beunruhigt mich doch der Gedanke, dass jemand möchte, dass Martin – und möglicherweise auch ich – glauben, dass es Jamie war.

17

Am nächsten Tag steckt ein weiteres Päckchen in unserem Briefkasten – von demselben Versandhaus. Ich erkenne die auffällige orangefarbene Verpackung sofort wieder.

»Mach es nicht auf«, warnt mich Jamie, als ich mit dem Paket vor mir am Küchentisch sitze. Er steht neben dem Wasserkocher. Sein Blick ist müde, er hat bis ein Uhr nachts gearbeitet. »Du weißt, dass du es nicht bestellt hast, also schick es einfach zurück.«

»Ich muss wissen, was drin ist. Ich habe das Gefühl, dass eine persönliche Sache dahintersteckt.«

Er reicht mir einen Becher Tee. »Warum?«

»Ich bin mir nicht ganz sicher. Aber die Heywoods … waren hier. Sie hatten Zugang zu unseren Unterlagen, zu unseren Daten. Woher soll ich wissen, dass sie nicht von ihnen kommen?«

Er öffnet schon den Mund, um mir mitzuteilen, dass ich paranoid bin, doch als er meinen Gesichtsausdruck sieht, klappt er ihn wieder zu. Behutsam reiße ich die Plastikhülle auf. Der Inhalt sieht aus wie eine Art Perücke mit langen goldbraunen Haaren. Was könnte das zu bedeuten haben?

»Was ist es denn?«, fragt Jamie und späht über meine Schulter.

»Eine Perücke. Warum um Himmels willen sollte mir jemand eine Perücke schicken?« Verlegen berühre ich mein Haar, wie um sicherzugehen, dass es mir nicht langsam ausfällt.

Er antwortet nicht, und als ich mich auf dem Stuhl umdrehe, bemerke ich, dass er sich einige Schritte entfernt hat und aus dem Fenster schaut. Er steht mit dem Rücken zu mir, doch an seiner steifen Körperhaltung erkenne ich, dass er angespannt ist. »Jamie? Alles okay?« Dann erst bemerke ich das Handy, das er an sein Ohr gepresst hält. Ich habe es nicht klingeln gehört. Er verlässt die Küche und geht in sein Arbeitszimmer. Es muss etwas Geschäftliches sein, denke ich und greife dann nach meinem eigenen Handy, um die Nummer des Versandhauses zu wählen. Oder war es doch Hannah? Ich verdränge den Gedanken.

Die Frau am anderen Ende der Leitung ist äußerst hilfsbereit und informiert mich darüber, dass ich das Kundenkonto letzten Donnerstag – dem Tag unserer Rückkehr aus Cornwall – um zehn Uhr eröffnet und zwanzig Minuten später den Rucksack und die Perücke online bestellt hätte. Ich gebe mir Mühe, nicht aufgebracht zu klingen, als ich ihr erkläre, dass hier ein Missverständnis vorliegen müsse und ich weder ein Konto eröffnet noch irgendwas bestellt habe. »Könnten Sie es bitte löschen?«, frage ich. »Und falls irgendjemand versuchen sollte, ein weiteres Konto unter meinem Namen zu eröffnen, könnten Sie mir bitte Bescheid geben? Es ist sehr wichtig.« Sie versichert mir, dass sie meiner Bitte nachkommen werde, aber als ich auflege, fühle ich mich dennoch verunsichert. Warum sollte mir jemand so etwas antun?

Als ich von der Post zurückkomme – komplett durchnässt von dem Wolkenbruch, weil ich meinen Regenschirm vergessen habe –, sitzt ein fremder Mann mit Jamie am Küchentisch und nippt an einem Becher Tee. Er trägt einen Trenchcoat im *Columbo*-Stil mit dunklen Flecken auf Schultern und Rücken, wo ihn der Regen erwischt hat. Er ist etwa Ende fünfzig und hat ein ernstes Gesicht mit einer dicken Zweistärkenbrille auf der Nase.

»Libby.« Jamie springt auf und schiebt seinen Stuhl zurück. Alle Farbe ist aus seinem Gesicht gewichen, wodurch seine Bartstoppeln noch stärker hervortreten. Er wirkt angespannt. »Das ist Detective Sergeant Byrnes. Er hat Neuigkeiten. Bezüglich der Heywoods.«

Wortlos setze ich mich auf einen Stuhl. Mein Blick huscht zu Jamie, doch sein Gesicht ist verschlossen, und seine Lippen sind so fest zusammengepresst, dass sie weiß anlaufen. Ich bereite mich innerlich darauf vor zu erfahren, dass Tara ermordet wurde. Aufgrund der Tatsache, dass ich in ihrem Haus gewohnt habe – umgeben von der Einrichtung, die sie ausgewählt hatte, mit ihren Fotografien an den Wänden, mit ihren wunderschönen Kleidern, die in ihrem Schrank hingen –, spüre ich ihren Verlust, obwohl ich sie niemals kennenlernen durfte.

Ich ertrage die Spannung nicht länger. »Ist sie tot?«

»Wer?«, fragt DS Byrnes stirnrunzelnd.

»Tara Heywood?«

»Warum sollte sie tot sein, Mrs. Hall?« Seine Stimme

ist ruhig, aber ich kann eine Spur von Argwohn heraushören. Richtet sich sein Misstrauen gegen uns? Glaubt er, wir könnten etwas mit Taras Tod zu tun haben?

»Wegen … wegen des Kleidungsstücks, das wir im Garten gefunden haben … Wegen des Bluts …«

Er taxiert mich auf eine Art und Weise, die mich schrecklich nervös macht, so als hätte ich etwas Unrechtes getan.

»Nein, sie ist nicht tot. Es wird Sie sicherlich freuen zu erfahren, dass sowohl Mrs. als auch Mr. Heywood sich bester Gesundheit erfreuen. Es ist uns endlich gelungen, sie ausfindig zu machen. Sie waren nicht in Cornwall …«

»Nun ja …« Ich runzle die Stirn. *Natürlich waren sie nicht in Cornwall*, will ich schreien. Sie waren schließlich hier, in unserer Wohnung.

Er fährt fort, als hätte ich nichts gesagt. »Sie leben in London. Wo sie sich schon seit Monaten aufhalten.« Er beäugt mich über den Rand seiner dicken Brille hinweg. »Sie haben noch nie von Ihnen oder …«, er nickt Richtung Jamie, »… Mr. Hall gehört. Tatsächlich wissen sie nichts von einem Haustausch und gingen davon aus, dass ihr Haus in Cornwall leer steht.«

Ich kann Jamies Körpersprache entnehmen, dass er dies bereits weiß. Der Schock macht mich für ein paar Sekunden sprachlos. DS Byrnes mustert mich kühl.

»Aber … aber ich verstehe nicht ganz.«

»Tja, uns geht es genauso«, erwidert er mit derselben ernsten Stimme. »Können Sie mir von Anfang an erzählen, wie es zu diesem sogenannten Haustausch kam?« Vor ihm liegen ein Notizblock und ein Kuli. Er nimmt den Stift und sieht mich erwartungsvoll an.

Jamie beugt sich über den Tisch und drückt beruhigend meine Hand. »Geh und hol den Zettel mit dem Wohnungsgesuch, Libs.«

Ich springe von meinem Stuhl auf und eile in den Flur. Ich weiß, dass ich den Zettel in die oberste Schublade des Garderobenschranks gelegt habe, nur für den Fall, dass ich Philips Nummer verloren oder es sonst irgendwelche Probleme gegeben hätte. Nicht dass ich auch nur ansatzweise mit irgendetwas in der Art gerechnet habe. Ich wühle die Schublade durch, nehme dann alle Papiere heraus und gehe sie einzeln durch, aber das Flugblatt ist unauffindbar.

Mit einem flauen Gefühl im Magen kehre ich in die Küche zurück. »Es ist weg. Ich kann es nicht finden«, gestehe ich. Die Bestürzung steht Jamie ins Gesicht geschrieben. »Auf dem Flugblatt stand, dass sie auf der Suche nach einer Möglichkeit für einen Haustausch seien und dass sie gern in der Nähe des Krankenhauses unterkommen würden, da sich ihre Tochter einer lebensrettenden Operation unterziehen müsse. Seine Handynummer stand auch darauf. Ich habe mit ihm gesprochen. Wir haben einen ähnlichen Akzent. Er kommt aus dem Norden, so wie ich …«

DS Byrnes schmunzelt in sich hinein, als würde er sich an einem kleinen Scherz erfreuen, den niemand außer ihm selbst versteht. In diesem Moment trifft mich die Erkenntnis: Es gibt keinerlei Beweis dafür, dass die Person, mit der ich gesprochen habe, Philip Heywood war.

Ich sinke seufzend auf den Stuhl. »Hören Sie«, beginne ich und versuche, ruhig zu bleiben, während ich die Fakten wiederhole, »ich habe mit einem Mann telefoniert. Er sagte, sein Name sei Philip Heywood. Ich habe ihn gegoogelt. Er machte einen seriösen Eindruck. Er kam hier vorbei, um den Schlüssel von unserer Nachbarin über uns abzuholen. Sie können das gerne bei ihr überprüfen. Ihr Name ist Evelyn Goodwin. Außerdem wurde hier auch eine Frau gesehen. Ich habe ein Glas mit dem Abdruck eines Lippenstifts darauf gefunden.« Ich verfluche mich selbst, dass ich es abgespült und nicht als Beweis aufgehoben habe; aber ich hatte ja keinen Grund zu der Annahme, dass das nötig wäre. »Die beiden sind hier gewesen.« Ich höre, wie meine Stimme vor Verzweiflung lauter wird. »Und das Hideaway gehört ihnen. Ich habe es vor unserer Abfahrt noch recherchiert, nur um sicherzugehen.«

Er räuspert sich. »Es stimmt wohl, dass das Anwesen ihnen gehört, aber sie befanden sich seit Ende Februar in ihrer Wohnung in London. Nachbarn haben ihre Version der Geschichte bestätigt. Die Heywoods haben keine Tochter. Sie haben überhaupt keine Kinder.« Er setzt seine Brille ab und lehnt sich zu mir. »Ich weiß nicht, wer letzte Woche in Ihrer Wohnung war, Mrs. Hall, aber die Heywoods waren es ganz gewiss nicht.«

18

Ich erwarte beinahe, dass DS Byrnes uns festnimmt, doch stattdessen steht er auf, verstaut den Notizblock in seinem Aktenkoffer und teilt uns mit, er werde sich wieder bei uns melden, gerade so, als wäre er ein Vertreter und kein Kriminalbeamter. »Ich komme in den nächsten Tagen vorbei, um Ihre Nachbarin zu befragen«, erklärt er.

Als er fort ist, sitzen wir in fassungslosem Schweigen am Küchentisch und haben Mühe zu begreifen, was wir da gerade gehört haben. Ich komme einfach nicht darüber hinweg, dass man uns hereingelegt hat … dass irgendjemand das Haus der Heywoods benutzt hat, um es mit unserer Wohnung zu tauschen. Aber wozu?

Jamie legt den Kopf in die Hände und stöhnt. »Was haben wir nur getan?« Sein Kopf schnellt wieder hoch, seine Augen verengen sich zu Schlitzen. »Wir lassen wildfremde Leute in unsere Wohnung, ohne auch nur ihren Namen zu kennen. Sie hätten alles Mögliche anstellen können, während sie hier waren. Unsere persönlichen Sachen durchwühlen. Sie könnten unsere Kontodaten haben, unsere Kreditkartennummern … Sie waren ganz offensichtlich in meinem Büro. Ich wusste doch, dass ich meinen Arbeitsordner woanders abgelegt hatte.«

Er wirft theatralisch die Arme in die Luft. »Wir sind am Arsch!«

»Nein, das sind wir nicht. Wir müssen nur alle unsere Karten blockieren und sämtliche Konten überprüfen, die auf unseren Namen eröffnet wurden«, entgegne ich ruhig. »Wir hatten Pech, das ist alles. Eine Menge Leute tauschen ihre Häuser. Vielleicht haben die Heywoods die Polizei ja auch angelogen. Hast du schon mal daran gedacht? Vielleicht *hat* er seine Frau getötet und versucht nun, es uns anzuhängen.«

Er seufzt. »Warum sollte er das denn tun?«

»Ich weiß es nicht«, gebe ich zu. »Vielleicht braucht er einfach jemanden, dem er die Schuld in die Schuhe schieben kann?«

Er holt tief Luft, und ich sehe ihm an, wie sehr er sich darum bemüht, seine Verzweiflung in Schach zu halten. Er legt seine Hände vor sich auf den Tisch. »Okay, fassen wir zusammen, was wir wissen: Irgendwer – entweder die Heywoods oder jemand anders – hat ein Flugblatt bei uns eingeworfen mit der Bitte, unsere Wohnungen zu tauschen. Wurden wir gezielt ausgesucht? Oder haben diese Leute jedem hier in der Straße einen solchen Zettel eingeworfen, und wir waren nur die Einzigen, die angebissen haben?«

Ich runzle die Stirn. »Keine Ahnung. Macht das einen Unterschied?«

»Natürlich macht es einen Unterschied. Verstehst du denn nicht, Libs? Wenn wir die Einzigen waren, die ein Flugblatt erhielten, dann hatten sie es explizit auf unsere

Wohnung abgesehen. Und wenn das der Fall ist, dann ist es offensichtlich persönlich an uns gerichtet.«

Der Gedanke erschreckt mich. »Ich kapiere das alles einfach nicht. Es ergibt keinen Sinn. Warum sollte überhaupt jemand unsere Wohnung benutzen wollen? Glaubst du, sie haben das Haus der Heywoods als Lockmittel verwendet, um uns aus dem Weg zu schaffen? Und wenn es nicht Philip und Tara waren, muss es jemand gewesen sein, den sie kennen … jemand, der einen Schlüssel hat!«

Seine Augen leuchten auf. »Oder jemand, der wusste, dass sie oft abwesend sind. Vielleicht hatte derjenige einen Ersatzschlüssel anfertigen lassen, von dem Philip und Tara nichts wussten.«

»So wie dieser Jim? Es war wirklich seltsam, wie er uns ständig hinterherschlich. Und was ist mit diesem anderen Kerl auf Lizard Point? Der hat sich definitiv auch merkwürdig benommen.«

»Oder vielleicht sind Philip und Tara gar nicht so unschuldig, wie sie tun? Vielleicht liefern ihre Nachbarn ihnen ein Alibi, und Philip hat seine Frau getötet. Oder sie haben beide zusammen jemand anders getötet?«

Trotz der verfahrenen Situation, in der wir uns befinden, lächle ich Jamie an; ich fühle mich ihm viel näher, als wir es seit unserer Rückkehr aus Cornwall waren. Und das liegt daran, dass er endlich zugibt, dass etwas nicht stimmt. Er tut mich nicht mehr als paranoide Spinnerin ab. Das hier passiert wirklich.

Er lächelt etwas zögerlich zurück. Dann steht er abrupt auf und stößt in einem plötzlichen Anfall von Frustration den Stuhl von sich. »Wir bewegen uns im Kreis, nicht wahr?«

Das stimmt. Und darum habe ich das Gefühl, etwas Konstruktives tun zu müssen. Ich kann nicht länger hier herumsitzen und Däumchen drehen. »Ich gehe hoch zu Evelyn«, sage ich und erhebe mich ebenfalls. Es ist gerade einmal halb sechs Uhr abends, also noch lange nicht zu spät für einen kleinen Besuch.

Jamie schaut mich fragend an. »Warum denn jetzt?«

»Weil sie unseren Wohnungsschlüssel dem Mann übergeben hat, der sich als Philip Heywood ausgab. Und weil ich wissen will, ob sie ebenfalls ein Flugblatt erhalten hat. Mir ist davor überhaupt nicht in den Sinn gekommen zu fragen.«

Er zieht mich in seine Arme. »Alles wird sich aufklären. Bitte, mach dir keine Sorgen, Libs. Ich weiß doch, wie es dir geht. Nach allem, was …« Er verstummt. Er muss auch nicht weiterreden. Ich weiß, was er mir sagen möchte. Die letzten Monate waren belastend für mich – und nun auch noch das. Er streicht mir das Haar aus dem Gesicht, und ich lehne mich gegen seine Brust. Bisher habe ich mich in Jamies Armen immer sicher und geborgen gefühlt – er ist so groß, dass mein Kopf gerade mal bis zu seinem Schlüsselbein reicht, sodass er sein Kinn auf meinem Scheitel ablegen kann –, doch dieses Mal bin ich nicht sicher, ob selbst Jamie es schaffen kann, das Unbehagen von mir zu nehmen, das sich wie eine feine Staubschicht über mein gesamtes Wesen gelegt hat. Ich habe die Befürchtung, dass ich mich nie wieder vollkommen sicher fühlen werde.

Evelyn öffnet zögerlich die Eingangstür und späht mit runden, verängstigten Augen durch den Spalt. Als sie mich erkennt, entspannt sie sich merklich. Doch selbst als sie mich aus dem strömenden Regen in den Flur winkt, hat sie immer noch diesen besorgten Ausdruck im Gesicht.

»Ist alles in Ordnung mit dir?«, erkundige ich mich.

Sie nickt und macht eine wegwerfende Handbewegung. »Mir geht's gut, mach dir wegen mir keine Sorgen. Nur eine kleine Magenverstimmung.« Sie reibt sich mit der Faust über die geblümte Bluse, wie um ihrer Aussage Nachdruck zu verleihen. Trotzdem erklärt das nicht ihre furchtsame Miene von gerade eben.

Ich folge ihr in den Salon und warte, bis sie es sich an ihrem üblichen Platz am Fenster bequem gemacht hat. Ich setze mich ihr gegenüber. Ich will sie nicht beunruhigen, trotzdem informiere ich sie darüber, was uns der Detective erzählt hat.

»Kannst du mir irgendwas über den Mann sagen, der den Schlüssel abgeholt hat? Wie sah er aus?«, frage ich behutsam.

Neben ihr steht eine Tasse Tee, die sie mit zittriger Hand an ihre Lippen führt. »Wie ich schon sagte, er war Mitte dreißig. Er sah etwas älter aus als dein Jamie, aber nicht viel.«

Ich rufe mir das Foto von Philip Heywood auf Google in Erinnerung: das dunkle, von grauen Strähnen durchzogene Haar mit dem säuberlichen Seitenscheitel; der gepflegte Oberlippenbart; die Schulterpartie in einem Nadelstreifenanzug. Er sah aus wie mindestens Ende vierzig.

»Hatte er dunkles Haar und einen Schnauzbart?« Ich kann vor Aufregung kaum noch still sitzen; mein gesamter Körper ist in Aufruhr.

Sie legt die Stirn in Falten und stellt behutsam ihre Tasse auf dem Beistelltisch ab. »Nein … nein, er hatte definitiv keinen Schnauzbart.« Sie nimmt ihr Strickzeug zur Hand – es sieht aus, als sollten es kleine Babyschühchen aus weicher zitronengelber Wolle werden, und der Anblick erfüllt mich mit schmerzhafter Sehnsucht.

Ich hatte gerade erst damit begonnen, den Leuten von meiner Schwangerschaft zu erzählen, als es zu der Fehlgeburt kam. Ich war nur noch wenige Tage von der Ultraschalluntersuchung zur zwölften Woche entfernt. Jamie und ich waren furchtbar aufgeregt; wir freuten uns so sehr darauf, Eltern zu werden. Wir hatten so große Pläne. Und die Schwangerschaft hatte gut angefangen. Ich litt an keinerlei Begleiterscheinungen, keiner Übelkeit, nichts. Gedankenverloren fasse ich mir an meinen Bauch. Da ist immer noch eine kleine Wölbung spürbar; sie hat sich offenbar noch nicht ganz zurückgebildet. Mein Zyklus hat sich ebenfalls noch nicht eingependelt, und mein Körper befindet sich in einem ständigen hormonellen Auf und Ab. Es ist eben doch nur fünf Wochen her. Evelyn war danach so nett und hilfsbereit. Sie habe früher als Hebamme gearbeitet und das alles schon zuvor mit angesehen, erzählte sie mir. Ich frage mich, für wen sie die winzigen Schühchen strickt, doch da kehren meine Gedanken schon wieder zu Philip zurück.

Evelyn lässt die Nadeln einen Moment ruhen und

mustert mich mit gehobenen Augenbrauen. »Es war schwer zu erkennen, er hatte eine Mütze auf.«

»Eine Mütze?«

»Ja, eines dieser hässlichen, unförmigen Dinger, die ihr jungen Leute heutzutage tragt.« Sie stößt ein kurzes verschmitztes Lachen aus. »Sieht aus wie ein Teewärmer.«

»Meinst du eine Strickmütze?«, mutmaße ich.

»Ja genau, eine Strickmütze hatte er auf dem Kopf. Und er trug so einen wolligen Fleecepullover.«

Es ist der Mann von Lizard Point – er muss es sein. Der Mann, der uns am Strand vom Hideaway aus beobachtet hat. Wer war er? Und was wollte er?

Evelyn nimmt die Nadeln wieder auf. Das Radio läuft im Hintergrund, und Simon Mayo interviewt wie jeden Tag einen seiner Gäste.

Ich unterdrücke eine Welle von Übelkeit. »Hast … hast du eigentlich ein Flugblatt im Briefkasten gehabt? Eines, in dem du gefragt wurdest, ob du einen Haustausch machen möchtest?«

Sie blickt mich über ihre Nadeln hinweg an, die sich in Windeseile bewegen. »Nein, ich habe nichts dergleichen erhalten.« Sie hält inne und macht ein ernstes Gesicht. »Glaubst du, dieser Mann ist verantwortlich für all die seltsamen Dinge, die euch im Urlaub passiert sind?«

»Ich weiß es nicht. Ich glaube nicht. Ich meine, er ist ganz offenbar nicht Philip Heywood. Eigentlich habe ich keine Ahnung, wer er ist.«

»Wie ich schon sagte, ich hatte nicht das Gefühl, dass er sich sehr lang in eurer Wohnung aufgehalten hat.«

Das stimmt wahrscheinlich. Immerhin konnte er nicht sonderlich lang in Bath gewesen sein, wenn er uns gleichzeitig in Cornwall verfolgte.

»Lang genug, um etwas anzustellen«, gebe ich mit einem bedauernden Seufzen zu. »Ich wünschte nur, ich wüsste, was.« Ich stehe auf. »Ich gehe mal lieber wieder nach unten. Aber, Evelyn, bitte versprich mir, dass du mir Bescheid gibst, wenn dir irgendwas Merkwürdiges auffällt … irgendjemand, der sich in der Nähe unserer Wohnung herumdrückt, ja?«

Sie erhebt sich ebenfalls. Ich bin ja schon klein, aber Evelyn reicht mir nur bis zur Schulter. »Es gibt da etwas …«

»Was? Was ist es?«

»Ich … ich habe Männer gesehen … es waren immer verschiedene Männer, die draußen herumlungerten. Sie standen nur da, fast so, als würden sie warten …«

»Warten?«

»Ja, ich habe keinen blassen Schimmer, worauf. Aber es hat mir ein bisschen Angst gemacht.«

War das der Grund, warum sie vorhin so zögernd die Tür aufgemacht hat?

»Weißt du«, fährt sie fort und legt ihre Stricksachen auf dem Beistelltisch ab, »ich sehe manchmal wirklich seltsame Dinge, wenn ich hier den ganzen Tag am Fenster sitze.« Sie greift nach meiner Hand; ihre Haut fühlt sich an wie Seidenpapier, dünn und fragil. »Bitte sei vorsichtig, Libby, Liebes. Du warst immer so gut zu mir.«

»Evelyn, jetzt machst du mir aber wirklich Angst. Was für seltsame Sachen siehst du denn?«

Sie blinzelt, als würde sie mit sich ringen, ob sie es mir sagen sollte oder nicht. Schließlich räuspert sie sich. »Ich habe auch eine Frau gesehen, die sich vor dem Haus herumtrieb.«

»Eine Frau?«

»Es muss nichts bedeuten. Es ist vermutlich nur ein Zufall …« Sie seufzt. »Sei einfach vorsichtig, sei wachsam. Das ist alles, was ich damit sagen will. Wenn du in mein Alter kommst, dann wird dir klar, dass es da draußen eine Menge seltsamer Menschen gibt – Menschen, denen es egal ist, ob sie anderen wehtun. Und manchmal können es diejenigen sein, die uns am nächsten stehen.« Sie lächelt traurig. »Mein Mann hat mir nicht immer die Wahrheit gesagt. Ich habe so viele Jahre mit ihm vergeudet. Pass einfach auf, dass du auch stets die Wahrheit bekommst, Libby, Liebes.«

Als ich in meine Wohnung zurückkehre – wobei ich mich verstohlen nach den unbekannten Männern und der geheimnisvollen Frau umschaue, die Evelyn erwähnt hat –, habe ich das deutliche, wenn auch ungute Gefühl, dass sie versucht hat, mich vor Jamie zu warnen.

19

Als ich an diesem Abend vor dem Schlafengehen die Fensterläden schließe, sehe ich eine Gestalt auf der anderen Straßenseite stehen. Sie ist zu weit weg, und es ist zu dunkel, um mit Genauigkeit zu sagen, ob es sich um Mann oder Frau handelt, doch rein von der Größe her tippe ich auf eine Frau. Ihre Gesichtszüge sind im schummrigen Licht nicht zu erkennen, doch ich kann zumindest sehen, dass sie an der Gartenmauer des gegenüberliegenden Hauses lehnt und eine Zigarette raucht. Wer würde wohl so spätabends noch draußen herumlungern? Ist das die Frau, von der Evelyn sprach?

Als ich zehn Minuten später noch einmal nachschaue, ist die Gestalt verschwunden.

Ich schlafe kaum. Evelyns Worte wirbeln in meinem Kopf herum und lassen sich ebenso wenig entfernen wie eine widerspenstige Socke in der Waschmaschine. Jedes Mal, wenn ein Schatten über unseren Raffvorhang huscht oder eine Mülltonne auf der Straße klappert, schrecke ich verschwitzt und mit hämmerndem Herzen aus dem Schlaf. Was hat Evelyn versucht, mir zu sagen? Wollte sie andeuten, dass Jamie nicht zu trauen ist?

Der Argwohn in meiner Brust schwillt an. Ich möchte

so unbedingt nur das Beste von Jamie denken. Aber ich schaffe es nicht, die nagende Stimme in meinem Kopf zu vertreiben, die mir sagt, dass Anya eine wunderschöne Frau ist, dass Jamie den ganzen Tag über allein zu Hause herumsitzt und zahllose Gelegenheiten für eine Affäre hätte … dass er schon einmal fremdgegangen ist. Wie hat es wohl angefangen? Sind sie einander zufällig über den Weg gelaufen, als er mit Ziggy draußen war? Die meisten Leute bleiben gerne mal stehen, um unseren Hund zu streicheln; und Jamie ist gut aussehend und sympathisch. Außerdem hatten wir die letzten Monate einige Probleme. Hat Anya Jamie den Kopf verdreht? Haben sie ein Gespräch angefangen und dabei festgestellt, dass sie sich voneinander angezogen fühlen? Sind sie zusammen im Bett gelandet, unfähig, gegen ihre Leidenschaft anzukommen?

Meine Gedanken gehen mit mir durch. Tief in meinem Inneren weiß ich, dass Jamie mich liebt. Außerdem ist er viel zu unorganisiert und zu moralisch, um ein Doppelleben führen zu können. Doch dann kommt mir Hannahs SMS wieder in den Sinn und mit ihr die leise Stimme, die mich daran erinnert, dass er etwas vor mir geheim hält – etwas, von dem Hannah nicht will, dass ich es erfahre.

Steckt Hannah hinter dem Haustausch? Hat sie mir den Rucksack und die Perücke geschickt? Aber das ergibt keinen Sinn. Warum sollte sie das tun? Und was ist mit der blutverschmierten Corsage, die wir im Garten der Heywoods gefunden haben? Wenn sie nicht Tara gehört, wem dann?

Am Samstag biete ich an, den Morgenspaziergang mit Ziggy zu übernehmen. Jamie, der sich gerade die

Turnschuhe bindet, hält inne und blickt zu mir auf. »Aber das ist das einzige bisschen Bewegung, das ich tagsüber bekomme«, erwidert er enttäuscht. »So kann ich wenigstens ein wenig mit ihm im Park herumrennen. Ich klebe sonst den ganzen Tag hinter dem Schreibtisch.« Ist das wirklich der einzige Grund, warum er so unbedingt mit Ziggy rauswill? Oder hofft er darauf, Anya zu begegnen?

»Dann lass uns doch einfach zusammen gehen«, schlage ich vor. Er scheint überrascht, doch er protestiert nicht, und so schlendern wir gemütlich zusammen die Straße entlang.

Tatsächlich scheint er sich zu freuen, meine Hand zu halten. Es ist ein sonniger Tag, außergewöhnlich warm für April, und ich trage nur eine dünne Jacke über einem T-Shirt und eine Jeans. Ich führe ihn absichtlich an Anyas Haus vorbei, in der Hoffnung, sie zu sehen. Ich weiß nicht, warum. Vielleicht will ich sehen, wie er reagiert, wenn wir ihr begegnen. Ob er ihr wirklich Liebesbriefe geschickt hat, ob er wirklich wie ein kleiner Schuljunge in sie verknallt ist – das werde ich wissen, wenn ich sehe, wie er sich in ihrer Gegenwart verhält. Martins Auto steht in der Einfahrt, ein schwarz glänzender BMW, doch zu meiner Enttäuschung ist von beiden nichts zu sehen. Während wir Richtung Park weiterspazieren, frage ich mich, ob Martin tatsächlich glaubt, dass seine Frau ihm untreu war. Vielleicht hat sie ja wirklich eine Affäre. Vielleicht gibt es einen anderen Jamie, und er hat die falschen Schlüsse gezogen?

Wir verbringen den Ostersonntag mit Jamies Familie, so wie immer. In Momenten wie diesen vermisse ich es, eine eigene Familie zu haben, mit der ich die Feiertage verbringen könnte. Ich beobachte Hannah und bemerke, wie oft sie versucht, Jamie in ein vertrauliches Gespräch zu verwickeln. Ist es möglich, dass sie einen Mann angeheuert hat, sich als Philip Heywood auszugeben, nur um einen Keil zwischen mich und Jamie zu treiben? Doch das wäre einfach zu absurd. Sie ist unmöglich zu einem solch perfiden Spiel in der Lage, oder?

Ich beobachte, wie sie emsig Sylvia hilft, den Tisch zu decken und hübsche, wenn auch alberne Servietten auf den Tellern zu platzieren. Meine Angebote mitzuhelfen, wurden zuvor von einer latent gestressten Sylvia ausgeschlagen.

Ich beobachte auch Katie aufmerksam, die in ihrem viel zu knappen Outfit herumscharwenzelt und sich dabei wie die Teenagergöre aufführt, für die sie sich offenbar immer noch hält – ihr Haar zu schulterlangen Zöpfen geflochten, eine Strähne kokett um den Finger gewickelt. Sie hat ihren neuen Freund mitgebracht – ein zusätzlicher Gast, der von einer aufgeregten Sylvia am ohnehin schon beengten Esstisch untergebracht werden muss. Er ist älter als sie und sehr attraktiv, wenn auch auf die etwas zu offensichtliche Art und Weise, mit seinen strahlend weißen Zähnen, dem vollen dunklen Haar und dem kernigen Kinn. Er heißt Gerard, und anscheinend haben sie sich »über gemeinsame Freunde« kennengelernt.

»Er ist in Sheffield zur Uni gegangen. Nicht wahr, Gerard?«, sagt Katie über die gebratene Ente hinweg. »Wie du, Libby.«

Gerard, der gegenüber von Florrie, Jamie und mir zwischen Katie und Hannah platziert wurde, grinst dümmlich. »Ja und ob.«

Irgendwas an ihm gefällt mir nicht. Er scheint zu sehr von sich selbst eingenommen mit seinem protzigen Auto und seinem »Job im Eventmanagementbereich«. Er mustert mich unter seinen schweren Lidern und erinnert mich dabei an eine Krähe. »Wann hast du deinen Abschluss gemacht?«

»Hm …« Ich spieße eine Backkartoffel mit meiner Gabel auf. »2008.«

»Ah, ich war 2000 dran. Ein ganzes Stück vor dir.« Damit ist er also zehn Jahre älter als Katie. Er sieht aus wie die Sorte Mann, die glaubt, eine jüngere Frau an ihrer Seite sei so eine Art Statussymbol, als wäre Katie ein Turbolader, mit dem er angeben könnte. »Und was hast du studiert?«

»Englische Literatur«, erwidere ich knapp. Gerard ist viel zu neugierig für meinen Geschmack.

»Ich auch. Erinnerst du dich noch an Professor Peterson? Das war ein komischer Kauz, was? Ich bin mir sicher, dass er Narkolepsie hatte. Ich meine, er schlief beim Reden praktisch ein. Entweder das, oder seine Vorlesungen waren so dermaßen langweilig, dass er sich selbst damit einschläferte.« Er lacht über seinen eigenen Scherz, während ich stumm lächelnd auf meiner Kartoffel herumkaue. Katie scheint überhaupt nicht mehr aufhören zu können, seinen Arm zu streicheln und ihn bewundernd anzuschmachten. Richard, der am Kopfende des Tisches gegenüber von Sylvia sitzt, beobachtet die beiden interessiert über sein Glas

Rotwein hinweg, als hoffe er, sie würden hier und jetzt übereinander herfallen.

Jamie und ich haben uns vor dem Besuch darauf geeinigt, weder die verstörenden Ereignisse der letzten Tage noch unsere Befürchtungen bezüglich der Heywoods zu erwähnen. Wir hegen immer noch die Hoffnung, dass es für all das eine einfache Erklärung gibt. Obwohl ich zunehmend ratlos bin, wie die aussehen könnte. Gerard glotzt mich erwartungsvoll an und scheint schon zur nächsten Frage bezüglich unserer universitären Vergangenheit ansetzen zu wollen. Er öffnet den Mund. »Und erinnerst du dich …?«

Ich muss schnell das Thema wechseln; ich will mich nicht länger mit Gerard unterhalten. »Florrie!«, unterbreche ich ihn mit meiner besten Lehrerinnenstimme, klar und bestimmt. »Die Bluse, die du anhast, sieht wirklich toll aus. Wo hast du sie her?«

Am Dienstag nach Ostern geht endlich die Schule los, und ich begrüße es, wieder ein Stückchen Normalität und Routine in meinem Leben zu haben. Ich freue mich, wieder unterrichten und mit meinen Schülern arbeiten zu dürfen, mit Cara zu plaudern. Im Verlauf der nächsten Tage bin ich so beschäftigt, dass ich alles andere ganz weit nach hinten in meinen Kopf schieben kann, wo es kauert und an mir nagt wie ein dumpfer Schmerz.

Als ich mich am Freitagabend von der Arbeit nach Hause schleppe, bin ich hundemüde. Es war ein stressiger Tag. Ein Erstklässler hat sich vor dem Sekretariat übergeben, und eine Mutter kam vorbei, um sich darüber zu beschweren, dass das Leseniveau ihres Sohnes sich nicht schnell genug steigerte; außerdem musste ich herausfinden, warum einer der Zweitklässler in einem Wutanfall ein Buch aus der Schulbibliothek zerrissen hatte. Nach so vielen ruhelosen Nächten kann ich kaum noch einen klaren Gedanken fassen. Als ich in unsere Straße biege, fängt es an zu regnen, was meine Laune nicht bessert. Ich sehe Evelyn in ihrem Sessel am Fenster sitzen. Aufgrund des schlechten Wetters ist es noch früher dunkel geworden, doch es brennt trotzdem kein Licht. Ich winke, aber sie winkt nicht zurück. Vielleicht ist sie beim Stricken eingenickt. Mein Kopf ist vor Müdigkeit ganz benebelt. Gerade möchte ich nur noch Jamie überreden, uns was zu essen zu bestellen, um uns dann vor den Fernseher zu setzen und *The Affair* zu schauen.

Doch meine Hoffnungen verpuffen, als ich Detective Sergeant Byrnes an unserem Küchentisch sitzen sehe. Als ich eintrete, steht er auf, um mich zu begrüßen. Er trägt wieder den beigefarbenen Trenchcoat, und ich kann einen Fleck auf seiner Brust erkennen, der verdächtig nach Senf aussieht. Vor ihm steht ein Becher Tee – der mit dem kleinen Sprung am Rand, den wir schon vor Jahren hätten rauswerfen sollen. Ich kann nicht glauben, dass Jamie ihm ausgerechnet den gegeben hat.

Jamie schiebt mit sichtlicher Erleichterung seinen Stuhl zurück. »Ich habe Detective Byrnes alles erzählt, was wir wissen«, sagt er, noch bevor ich überhaupt eine Gelegenheit habe, mich hinzusetzen. Ich lasse meine Tasche neben den Stuhl fallen und schäle mich aus meiner Jacke. In der

Küche ist es drückend warm, und es liegt ein leichter Geruch nach Asia-Fertignudeln in der Luft, die Jamie sich zum Mittagessen gekocht haben muss.

»Okay.« Ich schaue zu Byrnes. »Jamie hat Ihnen also schon gesagt, dass wir glauben, dass der Mann von Lizard Point derselbe ist, der sich als Philip Heywood ausgegeben hat?«

»Ja. Er hat mir alles erzählt. Wir versuchen herauszufinden, wer einen Schlüssel zum Haus der Heywoods haben könnte.«

»Glauben Sie …?« Ich muss schlucken. »Glauben Sie, dass dort ein Mord begangen wurde?«

»Ich fürchte, dazu darf ich Ihnen zum jetzigen Zeitpunkt nichts sagen, Mrs. Hall. Ich kann Ihnen nur so viel verraten, dass das von Ihnen gefundene Kleidungsstück mittlerweile untersucht wurde und nicht Mrs. Heywood gehört. Außerdem stammt das Blut nicht von einem Menschen.«

»Nicht von einem Menschen? Sie meinen … es ist von einem Tier?«

»Ja. Wir gehen davon aus, dass es im Garten deponiert wurde, um Ihnen Angst einzujagen. Wir versuchen auch herauszufinden, ob das Ganze persönlich gegen Sie und Ihren Mann gerichtet ist oder ob es sich um eine Betrugsmasche handelt.« Er räuspert sich. »Ist Ihnen aufgefallen, ob irgendwas aus Ihrer Wohnung fehlt? Schmuck oder andere Wertsachen?«

Ich runzle die Stirn. »Nein, nichts.« Das war mit das Erste, was ich nach unserer Rückkehr aus Cornwall überprüft habe – nicht dass wir allzu viele wertvolle Dinge besitzen würden.

»Und Sie haben das Schloss austauschen lassen?«

Ich nicke. »Ja, gleich nachdem unsere Nachbarin mir erzählte, dass Philip Heywood – beziehungsweise der Mann, den wir für Philip Heywood hielten – den Schlüssel nicht zurückgebracht hat.«

»Das ist sehr gut. Ich werde mich melden, sobald wir mehr wissen.« Er wendet sich an Jamie und neigt leicht den Kopf. »Vielen Dank, Mr. Hall, für die neuen Erkenntnisse. Das ist wirklich äußerst hilfreich.« Ich erwarte fast, dass er seinen Hut zieht – wenn er denn einen tragen würde. Er hat etwas Altmodisches an sich, das ich als beruhigend empfinde.

Jamie begleitet ihn zur Tür, während ich den Wasserkocher aufsetze. Ich muss schmunzeln, als ich Jamie in die Küche zurückhüpfen höre. »Das sind doch tolle Neuigkeiten, oder?«, fragt er.

»Es gab doch gar keine Neuigkeiten. Er wollte nur noch mehr Informationen von dir, oder?«

»Ja, aber ich habe den Eindruck, dass er uns glaubt. Er meinte, er wolle sich noch mit Evelyn unterhalten. Sie wird bestätigen, dass ein Mann vorbeigekommen ist, um den Schlüssel bei ihr abzuholen, außerdem wird sie ihn beschreiben können. Wenn ich ehrlich sein soll, Libs, hatte ich einen Moment Angst, wir könnten wegen Mordes festgenommen werden oder so.«

Ich lache, doch es bleibt mir beinahe im Hals stecken. Ich kann nur daran denken, dass jemand die Unterwäsche einer Frau mit Tierblut getränkt hat, um uns Angst einzujagen.

Keine zwanzig Minuten später – Jamie bestellt gerade Essen, und ich räume in der Küche auf – ist ein hektisches Klopfen an unserer Tür zu hören. Durch das Küchenfenster kann ich DS Byrnes beigefarbenen Mantel erkennen, während der Regen schwer auf seinen Kopf und seine Schultern niederprasselt. Ich stoße einen leisen Fluch aus und frage mich, was er jetzt schon wieder will. Vielleicht hat Evelyn ihm irgendwas erzählt, wozu er uns noch einmal befragen muss? Ich schlurfe in meinen viel zu großen Pantoffeln zur Tür, den Morgenmantel fest um mich gewickelt. Ich habe mich, sofort nachdem Byrnes gegangen war, umgezogen und fühle mich nun unwohl in meiner unförmigen Aufmachung.

Ich öffne die Tür und lasse ihn ins Trockene, wobei er einen Schwall kalter Luft hereinbringt. Er kneift die Augen zusammen, sodass sie hinter seinen dicken Gläsern noch kleiner wirken. »Es tut mir leid, Sie noch einmal stören zu müssen, Mrs. Hall, aber Ihre Nachbarin antwortet nicht. Ich habe eine ganze Weile geklopft und kann sie auch durch ihr Fenster im Sessel sitzen sehen, aber sie scheint offenbar zu verängstigt, um an die Tür zu gehen. Ich habe mich gefragt, ob Sie mich begleiten könnten. Vielleicht macht sie ja auf, wenn Sie dabei sind. Ich weiß, dass manche älteren Leute abends nur ungern die Tür öffnen.«

Ich unterdrücke ein Seufzen und nehme meinen Regenmantel vom Garderobenhaken; dann schleudere ich die Pantoffeln von den Füßen und steige in meine Gummistiefel. Ich schaffe es nicht mehr, Jamie Bescheid zu geben, da ich Mühe habe, DS Byrnes zu folgen.

In den meisten Fenstern brennt Licht, doch Evelyns Wohnung ist in Dunkelheit getaucht. Ich kann sie am Fenster sitzen sehen. Ich lehne mich über den Zaun, um gegen die Scheibe zu klopfen, wobei ich achtgebe, nicht das Gleichgewicht zu verlieren und auf die scharfen schmiedeeisernen Spitzen zu fallen. Ich stelle mir schon vor, wie ich, begleitet von einem grässlichen, dumpfen Geräusch, vor unserem Küchenfenster aufschlage und Jamie mich mit dem Gesicht nach unten vor unserer Wohnung findet.

»Evelyn, ich bin's nur!«, rufe ich, aber meine Stimme geht im abendlichen Berufsverkehr unter.

»Wer wohnt denn über Mrs. Goodwin?«, erkundigt sich DS Byrnes.

»Niemand.« Ich klopfe abermals gegen die Scheibe, wobei ich mir Mühe gebe, nicht den Halt unter den Füßen zu verlieren. »Es ist eine zweistöckige Wohnung. Der Keller, in dem wir wohnen, wurde ausgebaut und separat verkauft.«

Warum antwortet Evelyn nicht? Und warum lehnt ihr Kopf so schlaff an der Kopfstütze ihres Lieblingssessels? »Sie ist alt und schafft kaum mehr die Treppen, doch sie lebt jetzt schon seit über vierzig Jahren in dem Haus.« Ich drehe mich zu ihm um und versuche, das bange Gefühl in meiner Magengrube zu unterdrücken. »Ich glaube, da stimmt etwas nicht. Ich kann zwar über den Zaun hinweg nicht viel sehen, aber sie scheint sich nicht zu bewegen. Möglicherweise schläft sie nur? Aber sie ist schon achtzig und …«

»Schon kapiert. Ich werde wohl die Tür aufbrechen müssen.«

»Was zum Teufel ist hier los?« Plötzlich steht auch Jamie auf dem Bürgersteig im Regen. »Du warst einfach verschwunden. Ich habe mir Sorgen gemacht.«

Ich versuche, die Tränen zurückzuhalten. »Jay, Evelyn geht nicht an die Tür. Kannst du bitte den Ersatzschlüssel holen?«

DS Byrnes scheint erleichtert, dass er nicht die Tür eintreten muss. »Sie haben einen Schlüssel? Warum haben Sie das nicht gleich gesagt?«

»Sie haben nicht gefragt.« Wir haben die Schlüssel mit Evelyn getauscht, nur für den Fall, dass einer von uns sich mal aussperren sollte. Auch wenn sie sich heutzutage kaum noch aus dem Haus bewegt. Ich zittere und ziehe den Mantel fester um mich.

Jamie ist innerhalb weniger Sekunden zurück. Er hastet die Stufen hoch, dreht den Schlüssel im Schloss und stößt Evelyns Tür auf. Ich dränge mich an den beiden Männern vorbei.

Noch bevor ich den Raum betrete, weiß ich, dass sie tot ist. Trotzdem eile ich auf sie zu, während sich mein Innerstes vor Kummer zusammenzieht, als ich sie dort in ihrem Lieblingssessel sitzen sehe – die gelben Babyschühchen, an denen sie strickte, neben ihren Füßen auf dem Boden verstreut, ihre wunderschönen blauen Augen ins Leere gerichtet, eine Hand gegen die Brust gepresst, als habe sie, noch während der Tod sich ihr näherte, ihr Herz zwingen wollen weiterzuschlagen.

20

Ich verbringe den Samstagmorgen weinend im Bett; Jamie versteht nicht, warum mich Evelyns Tod so mitnimmt. Wie könnte er auch, wo er doch ständig von seiner ihn abgöttisch verehrenden Familie umgeben ist? Er kennt nur ihre bedingungslose Liebe, wohingegen ich diese Art mütterlicher Zuneigung seit langer Zeit nicht mehr erfahren habe. Dabei war es nicht einmal so, dass Evelyn mich geliebt hätte – wir kannten einander gerade mal seit zwei Jahren –, trotzdem konnte ich spüren, dass ich ihr nicht gleichgültig war, dass sie sich Gedanken um mich machte und stets auf meiner Seite war. Sie war für mich so etwas wie die Großmutter, die ich nie kennenlernen durfte. Und jetzt ist sie für immer fort.

Ihre letzten Worte klingen in mir nach. Sie hat angedeutet, dass ich meinem Ehemann nicht trauen konnte. Warum sollte sie so etwas sagen? Ich muss wieder an Martin denken, der Jamie beschuldigte, romantische Karten an seine Frau Anya geschickt zu haben. An Hannah und das Geheimnis, das er mit ihr teilt. Worauf spielte Evelyn wohl an? Ich verwerfe diese Zweifel sofort wieder – allein darüber nachzudenken, fühlt sich Jamie gegenüber illoyal an. Doch sie schleichen sich immer wieder in meinen Kopf zurück, wo sie weiter an mir nagen. Ich war mir immer so sicher, dass Jamie mich niemals betrügen würde, dass er unser Ehegelübde ernst nahm. Er ist ein Mensch, für den es nur Schwarz und Weiß gibt, Grautöne kennt er nicht. Manchmal kann das nervtötend sein, doch andererseits ist es genau der Grund, warum ich ihn liebe. Aber was, wenn ich falschliege? Was, wenn ich eine dieser Frauen bin, die, blind vor Liebe, nicht in der Lage sind zu erkennen, was sich direkt vor ihrer Nase abspielt?

Passiert das alles hier gerade wegen Jamie? Wie heißt es doch so schön? *Die Hölle selbst kann nicht wüten wie eine verschmähte Frau*. Wen hat Jamie verschmäht?

Allein die Vorstellung, ihn zu verlieren, schmerzt so, dass mir regelrecht übel wird. Er ist der einzige Mensch, der mir noch bleibt.

Jamie kommt mit einem Tablett Tee und Toast ins Schlafzimmer. Wäre er wirklich so nett zu mir, wenn er eine Affäre hätte? *Es ist das schlechte Gewissen*, beharrt die Stimme in meinem Kopf. *Er fühlt sich schuldig und bringt dir deshalb das Frühstück ans Bett*. Erst vor ein paar Wochen habe ich einen Roman gelesen, in dem es um eine Ehe ging und in dem die Frau herausfindet, dass ihr Mann ein Doppelleben führt und nicht der ist, der er zu sein scheint. Eigentlich ist es eine banale Geschichte, wie sie ständig in irgendwelchen Skandalblättchen und Klatschzeitschriften zu lesen ist, mit reißerischen Überschriften wie »Notorischer Fremdgänger überführt« oder »Liebe, Lust und Lügen«.

Außerdem wäre dies nicht das erste Mal, dass Jamie mir etwas verheimlicht.

Zum Beispiel den Kredit, den seine Mutter ihm gegeben hat. Er glaubt, ich wüsste nichts davon, aber ich habe die beiden zufällig gehört, als sie sich leise darüber unterhielten. Ohne ihre Hilfe wäre er überhaupt nicht in der Lage gewesen, sein Geschäft aufzubauen. Ich verstehe noch immer nicht, warum er es mir nicht einfach gesagt hat. Ich nehme an, es war sein Stolz. Abgesehen davon weiß er ganz genau, dass ich seiner Mutter nur ungern etwas schuldig wäre.

»Alles in Ordnung mit dir, Libs?«, fragt er nun, während er das Tablett auf meinem Schoß abstellt, als wäre ich eine Krankenhauspatientin. Er setzt sich auf die Bettkante. »Es tut mir wirklich leid wegen Evelyn.«

Sofort stiehlt sich eine Träne aus meinem Augenwinkel, und ich ziehe ein zerknülltes Tempo aus meinem Pyjamaärmel. Da ich als Kind aufgrund meines Heuschnupfens ständig schniefte, sorgte meine Mum dafür, dass ich immer ein Taschentuch bei mir hatte. Es ist eine alte Gewohnheit, die ich nicht ablegen kann, und irgendwie hält sie auch mein Andenken an sie wach – das Wissen, dass sie sich auf ihre Art um mich gekümmert hat.

»Danke«, sage ich und deute auf das Tablett vor mir. Das Tempo zwischen meinen Fingern ist bereits vollkommen durchweicht und zerfleddert.

Er öffnet den Mund, als wolle er etwas sagen, klappt ihn dann jedoch wieder zu. Ich weiß, was er denkt – dass es hierbei nicht nur um Evelyn geht, sondern auch um den Verlust meiner Mutter. Ich kann förmlich spüren, wie er damit ringt, ob er das Thema Therapie noch einmal ansprechen soll.

Ich nehme einen Schluck von meinem Tee und mustere ihn über den Tassenrand hinweg. Er reibt sich die Augen. Sein blondes Haar ist feucht vom Regen, und er sieht auf verlotterte Art gut aus in seinem alten Primal-Scream-T-Shirt und der abgewetzten Jeans. Ich sehne mich danach, mich vorzubeugen und ihn zu küssen, aber etwas hält mich zurück. Er bedenkt mich mit einem Lächeln, aber es ist zu aufgesetzt, zu künstlich.

Ich stelle die Tasse ab. »Was ist los? Was ist mit dir?«

Sein Lächeln verblasst. »Wir haben einige stressige Wochen hinter uns, deswegen wollte ich dich eigentlich nicht damit belasten«, sagt er und blickt dabei auf seinen Schoß. In diesem Moment bemerke ich den Kontoauszug in seiner Hand. »Aber ich habe mit Detective Byrnes telefoniert, und wir müssen leider davon ausgehen, dass es sich um dieselbe Person handelt, die für die Eröffnung der Kundenkonten bei den Versandhäusern unter deinem Namen verantwortlich ist. Genauso wie für diese ganzen nervigen Broschüren und Werbebriefe, die du immer noch geschickt bekommst.«

Ich bin wütend, dass er damit direkt zu Byrnes gegangen ist, ohne zuvor mit mir zu reden. In spüre ein Kribbeln in meinen Fingern und widerstehe nur mühsam dem Drang, ihm den Auszug aus der Hand zu reißen. »Was steht da?«

»Unser Bankkonto wurde leer geräumt«, erwidert er angespannt. »Außerdem hat irgendwer eine Kreditkarte über viertausend Pfund unter deinem Namen eingerichtet und das ganze Geld ausgegeben.«

Ich sinke in die Kissen zurück, und erneut schießen mir Tränen in die Augen. »Oh Gott …«

»Ich weiß. Zum Glück war zu diesem Zeitpunkt nicht besonders viel auf unserem Konto. Sie konnten nur siebenhundert Pfund abheben.«

»Nur?«

»Es hätte schlimmer kommen können.«

»Und die Kreditkarte?«

»Das ist schon ein bisschen kniffliger. Wir werden beweisen müssen, dass du sie nicht selbst beantragt hast. Sie hatten alle erforderlichen Daten von dir. Die Sozialversicherungsnummer. Die Kontodaten deiner Bank.«

Ich stelle das Tablett beiseite – der Hunger ist mir vergangen –, springe aus dem Bett und schlüpfe in meinen Bademantel. »Wer würde uns so etwas antun, Jamie? Weshalb macht sich jemand all die Mühe?«

»Jemand, der wirklich krank im Kopf ist«, erwidert Jamie finster. »Kennst du so jemanden, Libby? Irgendjemand aus deiner Vergangenheit?«

»Und du?«, gebe ich mit glühenden Wangen zurück. »Kennst du so jemanden?«

»Libby, denk doch mal an das Paket mit dem Rucksack. Könnte das etwas zu bedeuten haben?«

»Warum ich? Warum muss das etwas mit mir zu tun haben? Es könnte doch auch um dich gehen? Vielleicht eine Frau, der du den Laufpass gegeben hast? Davon scheint es ja einige zu geben.«

»Nicht schon wieder«, murmelt er niedergeschlagen. »Warum glaubst du mir bloß nicht?«

Meine Wut verraucht so schnell, wie sie gekommen ist. »Es tut mir leid«, sage ich und mache einen Schritt auf ihn zu. »Das ergibt nur einfach keinen Sinn, Jay. Nichts davon ergibt Sinn.«

Hat wirklich jemand diese ganze Sache mit dem Haustausch organisiert, um sich Zugang zu unserer Wohnung zu verschaffen, unsere Unterlagen zu durchwühlen und an genug Informationen zu gelangen, nur um eine Kreditkarte zu eröffnen? Ich habe schon einige Artikel über die ausgeklügelten Strategien gelesen, zu denen manche Gauner greifen. Aber warum wir? Warum nicht eines der größeren, reicheren Häuser in dieser Straße? Es gibt in Bath so viele lohnenswertere Adressen – die von Martin und Anya beispielsweise. Warum sollte sich jemand für unsere kleine Kellerwohnung entscheiden?

Außer es handelt sich doch um eine *persönliche* Angelegenheit.

Jamie drückt mir einen Kuss auf die Lippen. Es fühlt sich eher routinemäßig denn liebevoll an. Warum habe ich das ungute Gefühl, dass uns diese Ereignisse auseinandertreiben, anstatt uns zusammenzuschweißen? Er erhebt sich und streckt seine langen Beine. »Evelyns Tod war ein Schock für dich. Ich werde mich um die Angelegenheit kümmern. Das alles wird sich wieder einrenken.«

Sein Optimismus rührt mich. Es ist, als wäre der alte Jamie zurück. Jener Jamie, der sich damals, als wir uns das erste Mal trafen, eines gebrochenen, trotzigen Mädchens annahm, das genug Altlasten mit sich herumschleppte, dass es für eine ganze Weltreise gereicht hätte, und der ihr wieder Leben einhauchte, als wäre er ein Rettungssanitäter.

Das wollte einfach nicht zu dem Jamie passen, vor dem Evelyn mich gewarnt hat – dem Jamie, der Geheimnisse hütet, Lügen erzählt und womöglich eine Affäre mit einer Nachbarin hat. Doch unsere Persönlichkeiten können so vielschichtig und unberechenbar sein, nicht wahr? Vielleicht sind diese Charakterzüge ja ein Teil von ihm, und ich bin gerade erst dabei, das zu erkennen.

Ich höre ihn in der Küche hantieren, während er die Spülmaschine ausräumt und Teller und Gläser in den Schränken verstaut. Normalerweise muss ich ihn daran erinnern, das Geschirr auszuräumen. Er will sich bestimmt nur etwas ablenken, sage ich mir, und schiebe sämtliche illoyalen Zweifel beiseite, dass es nur sein schlechtes Gewissen ist, das ihn antreibt.

»Ich gehe mal raus, Libs«, ruft er mir aus der Küche zu. »Ich bin in ein paar Stunden zurück. Bis später.«

Noch bevor ich etwas erwidern kann, höre ich die Eingangstür zufallen. Wohin geht er wohl? Ich eile zum Küchenfenster und schiebe die Jalousien beiseite, doch ich kann nur noch den leeren Bürgersteig sehen, der nass im Regen glänzt. Ich höre ein Winseln und drehe mich zu Ziggy um; er liegt bedrückt auf den Holzdielen, den Kopf zwischen den Pfoten, und blickt aus seinen großen braunen Hundeaugen zu mir auf. Normalerweise nimmt Jamie ihn immer mit, wenn er rausgeht. Ich hocke mich neben ihn, um ihn zu trösten. »Ich gehe gleich mit dir Gassi«, verspreche ich. »Lass mich nur kurz duschen.« Dann küsse ich ihn auf den Kopf und atme den vertrauten, tröstlichen Hundegeruch ein.

Ich will gerade ins Bad gehen, als ich Jamies Laptop auf dem Küchentisch bemerke. Normalerweise steht er immer in seinem Büro. Jetzt arbeitet er also auch schon am Wochenende. Er ist immer noch dabei, sein Geschäft aufzubauen, daher hat er nicht besonders viele Kunden. Tatsächlich hat er sich neulich erst beschwert, dass er momentan nicht genug zu tun hätte, da zwei potenzielle Kunden abgesprungen seien, weil sie sich für einen »anderen Weg« entschlossen hätten. Es bereitete ihm Kopfzerbrechen, das konnte ich an den Falten auf seiner Stirn sehen, auch wenn er sich Mühe gab, gelassen zu klingen – die Beine von sich gestreckt, den Laptop auf seinem Schoß abgelegt. Doch seine Stimme verriet ihn. Ich hörte eine Spur Panik heraus. Die große Frage, wie wir finanziell über die Runden kommen sollten, blieb unausgesprochen.

Ich weiß nicht genau, was mich dazu bringt, es zu tun – in der Vergangenheit hätte ich so etwas niemals auch nur in Betracht gezogen. Vielleicht sind es Evelyns Worte, die mir nach wie vor nicht aus dem Kopf wollen. Ich klappe den Laptop auf. Jamie hat ein Foto von uns beiden als Bildschirmschoner eingerichtet – Ziggy zwischen uns gequetscht, unsere Arme um seinen Hals geschlungen. Das Bild wurde letzten Sommer im Garten seiner Mum aufgenommen, nur ein paar Wochen vor unserer Hochzeit. Es ist das gleiche Foto, das ich auch auf meinem Handy habe. Wir sind beide sonnengebräunt; mein dunkler, zur Seite gestrichener Pony bildet einen Kontrast zu seinem wuscheligen blonden Haarschopf. Unsere Augen strahlen vor Freude, während wir breit und liebestrunken in die

Kamera grinsen; Ziggys Kopf reicht uns gerade bis unters Kinn. Ich spüre einen Kloß in der Kehle und klappe den Laptop wieder zu. Was denke ich mir nur? Ich kann nicht meinen eigenen Ehemann ausspionieren.

Die Stille wird von einem forschen Klopfen an der Tür zerrissen, und Ziggy springt mit einem lauten Bellen auf. Ich gehe zur Tür, öffne sie jedoch nur einen Spaltbreit, da ich noch meinen Morgenmantel trage. Ein Mann steht vor mir, gut aussehend, Anfang zwanzig.

»Ja?«

»Ich suche Jamie Hall«, sagt er mit einem ausländischen Akzent, den ich nicht ganz verorten kann.

»Er ist gerade nicht da. Kann ich Ihnen weiterhelfen?«

Der Mann hat etwas an sich, das mich ärgert: schnippisch, arrogant, die gesamte Körpersprache viel zu vertraulich. »Er meinte, wir würden uns hier treffen, aber von einem Dreier hat er nichts gesagt.« Seine Augen schweifen zu meinen nackten Beinen hinab, als würden sie einer unsichtbaren Linie folgen, und bleiben dort hängen, wo der flauschige Stoff auf meine Waden trifft.

»Wovon reden Sie?«

»Na, von der Anzeige ...« Plötzlich runzelt er die Stirn und scheint verunsichert. Er senkt die Stimme. »Wegen dem Sex?«

Ich schlage ihm die Tür vor der Nase zu. Mein Herz klopft wie verrückt. Sex? Was für Sex? Wie kommt er nur darauf?

»Blöde Schlampe!«, höre ich seine Stimme durch die Tür, dann seinen Stiefel, der gegen das Holz tritt. Ziggy fängt wie wild zu bellen an.

»Wenn Sie nicht sofort verschwinden, rufe ich die Polizei!«, schreie ich und flüchte in die Küche, sodass ich sehen kann, wie er die Stufen zum Bürgersteig hochstapft. Als er oben ankommt, hält er einen Moment inne und schlendert dann weiter, als wäre gar nichts passiert.

Evelyns Worte kommen mir in den Sinn. *Ich … ich habe Männer gesehen … es waren immer verschiedene Männer, die draußen herumlungerten. Sie standen nur da, fast so, als würden sie warten …*

Ich öffne Jamies Laptop und google seinen Namen, da ich bereits eine vage Ahnung habe, was ich finden könnte. Ich muss durch einige Jamie Halls scrollen, bis ich finde, wonach ich suche, und trotz meines Verdachts ist mein Mund wie ausgedörrt, als ich die reißerische Pornowebsite anklicke, die Jamies Dienste bewirbt.

21

Ich gehe in der Wohnung auf und ab, unfähig still zu sitzen. Ich rufe auf Jamies Handy an, doch er geht nicht ran. Wo zum Teufel steckt er?

Ich versuche, mich abzulenken, um meine Unruhe zu vertreiben. Ich dusche, ziehe mich an und gehe dann mit Ziggy los, wobei ich das Haus von Anya und Martin ansteuere. Es ist Samstag, und doch ist Jamie heute früh übereilt aufgebrochen. Ich kann nichts gegen das Misstrauen tun, das in mir aufflackert. Enthalten Martins Anschuldigungen doch einen Funken Wahrheit? Wo Rauch ist, da ist auch Feuer, so heißt es doch, nicht wahr? Ist Jamie gerade mit Anya zusammen? Als ich mich dem Haus nähere, erblicke ich in der Einfahrt Anya, die damit beschäftigt ist, Löwenzahn aus dem Vorgarten zu rupfen. Martins Wagen steht nicht da. Selbst beim Unkrautjäten sieht sie glamourös aus mit dem Seidenschal, den sie sich um den Kopf gebunden hat, und der hautengen Skinny-Jeans, die ihrer Figur schmeichelt. Ich bleibe zögernd am Tor stehen. Soll ich es wagen? Als könne sie meine Gegenwart spüren, richtet Anya sich auf und dreht sich um; ihre Augen weiten sich überrascht.

»Kann ich Ihnen helfen?«, fragt sie und kommt auf mich zu. Ihre Stimme ist sanft und beherrscht, doch ihre Augen blicken argwöhnisch. Sie trägt Gartenhandschuhe mit einem hübschen Blumenmuster. Ich versuche, ihr Alter zu schätzen. Sie kann nicht älter als dreißig sein. Doch ihre selbstbewusste Haltung erinnert mich eher an einige der älteren Mütter meiner Schüler.

Ich spüre, wie ich rot werde. »Ähm … ich bin Libby. Jamie Halls Ehefrau.«

Erkenntnis dämmert auf ihrem Gesicht. »Ah. Ich verstehe.«

»Ich … Eigentlich glaube ich nicht, dass Sie es verstehen. Könnten wir einen Moment reden?«

Sie bedenkt Ziggy mit einem skeptischen Blick, als fürchte sie, er könne ihren Rasen ruinieren. Ich bemerke ihren roten Lippenstift, der ihren olivfarbenen Teint unterstreicht. Sie erinnert mich an Nicole Scherzinger.

»Ich denke nicht, dass es etwas zu reden gibt. Sie etwa?«

»Mein Mann hat Ihnen diese Karten nicht geschickt!«, rufe ich aus. Ich weiß nicht, warum es mir so wichtig ist, das zu sagen – vielleicht ist es mein verletzter Stolz. Ich will nicht, dass sie glaubt, mein Mann wäre heimlich verknallt in sie. »Ich weiß überhaupt nicht, wie Sie auf die Idee kommen, dass er Ihnen …«

Ein Lächeln umspielt ihre Lippen. »Vielleicht weil er sie unterschrieben hat?«

»Mit was denn? Jamie Hall? Finden Sie das nicht etwas seltsam? Und dann auch noch mit dem Nachnamen?«

Sie scheint nicht überzeugt – als wäre sie es gewohnt, ständig romantische Botschaften von liebeskranken Verehrern zu bekommen.

»Kennen Sie Jamie überhaupt?«, platzt es aus mir heraus. Ich warte mit trockener Kehle auf ihre Antwort. Ziggy zerrt an seiner Leine, und ich tätschle beruhigend seinen Kopf.

Anya taxiert mich aus ihren kajalumrandeten Augen, dann schüttelt sie den Kopf. »Wir haben uns bis auf ein kurzes Guten Morgen nie unterhalten«, räumt sie ein. Erleichterung durchströmt mich. Gott sei Dank. »Aber«, schiebt sie hinterher, »ich habe ihn öfter mal vorbeigehen gesehen. Er ist echt süß.«

Sie wartet auf eine Reaktion von mir, doch ich lasse mich nicht beirren. »Wir glauben, dass wir Opfer einer Betrugsmasche geworden sind. Die Polizei ermittelt bereits. Wir haben einen Haustausch gemacht, und jetzt fehlen uns einige Sachen, und es passieren seltsame Dinge. Jamie hat Ihnen die Karten nicht geschickt, aber wir können Ihnen auch nicht sagen, wer es getan hat. Ich habe nur …« Ich halte inne, mein Herz rast. »Ich wollte nur, dass Sie es wissen.«

Sie zuckt die Achseln. »Schön, jetzt weiß ich es.« Sie wechselt ihre Gartenschere von einer Hand in die andere. »Ist das dann alles?« Sie hebt eine ihrer perfekt geschwungenen Augenbrauen. Tatsächlich sind sie so perfekt, dass sie aussehen, als wären sie tätowiert.

»Ja … danke …«, murmle ich betreten.

»Gut. Hat mich gefreut, Sie kennenzulernen«, sagt sie. Dann dreht sie sich auf dem Absatz um – sie trägt wirklich Absätze bei der Gartenarbeit – und stolziert über die Einfahrt zurück.

Ich bin keine halbe Stunde zurück, als auch Jamie nach Hause kommt. Er hat einen Streifen Dreck auf der Wange und dunkle Flecken auf seiner Jeans. Was hat er getan, als er weg war?

»Wo warst du? Ich habe dich ein paarmal angerufen, aber du bist nicht rangegangen.«

Er schafft es nicht, mir in die Augen zu schauen. Er schaltet den Wasserkocher an, lehnt sich gegen die Arbeitsfläche und tippt auf seinem Handy herum. »Ich habe einem Freund geholfen, warum?«

»Weil ein Mann geklingelt hat, während du weg warst. Er hat nach dir gefragt. Er wollte Sex!«

Sein Kopf schnellt so abrupt hoch, dass es beinahe komisch ist. »Wie bitte, was?«

»Ja, du hast richtig gehört. Er wollte Sex mit dir. Und dann wurde mir klar, warum.« Ich klappe seinen Laptop auf. Die Pornowebsite ist immer noch aufgerufen. Jamie eilt zu mir, sein Gesicht ist kreidebleich. Die Website ist eindeutig und preist den »bisexuellen Jamie Hall« an, der »für alles offen ist, mit Mann oder Frau, aber vor allem für Hardcore-Bondage«. Auf dem Foto sieht er so jung und hübsch aus, in Jeans und weißem T-Shirt … neunzehn vielleicht. *Hannah.* Das Foto muss etwa um die Zeit aufgenommen worden sein, als sie zusammen waren. Hat sie das getan? Ich verwerfe den Gedanken sofort. Hannah liebt Jamie. Warum sollte sie ihm etwas so Abscheuliches antun?

»Ich habe diese Website noch nie in meinem Leben gesehen, das weißt du doch, oder?« Er krallt sich an der Tischkante fest, wie um sich daran zu verankern.

»Natürlich weiß ich das«, erwidere ich und bin schockiert, dass er überhaupt daran zweifeln kann.

»Wo haben sie mein Foto her?« Er schüttelt schockiert den Kopf. »Ich kann nicht glauben, dass ein wildfremder Kerl hier an unserer Tür aufgetaucht ist. Meine Güte, Libs, wenn ich daran denke, was dir hätte passieren können.« Er dreht sich zu mir um, in seinem Blick liegt die blanke Angst. Es erschreckt mich, ihn so zu sehen. Normalerweise bin ich es, die Angst hat. »Ich glaube, wir sollten momentan nicht in unserer Wohnung bleiben.«

Ich seufze. Seit der Mann hier war, ist mir das Gleiche durch den Kopf gegangen. Ich habe meinen Namen gegoogelt, aber glücklicherweise gab es keine Treffer. Trotzdem heißt das nicht, dass nicht irgendwo im Netz irgendwas über mich kursiert und meine Dienste anbietet. »Aber wo sollen wir denn hin? Wir können uns kein Hotel leisten. Vor allem jetzt nicht.«

»Ich denke, wir sollten zu meiner Mutter ziehen. Zumindest für eine Weile …«

Mir wird noch elender zumute. »Oder wir ziehen in das Kutscherhaus hinten im Garten?«, schlage ich vor. Der Gedanke behagt mir viel mehr, als ein Haus mit Sylvia und Katie zu teilen, egal, über wie viel Platz sie verfügen.

Seine Wangen röten sich. »Oh, na ja, momentan wohnen Hannah und Felix im Kutscherhaus. Sie konnte sich die Miete nicht mehr leisten und … Bitte, Libby, schau mich nicht so an.«

Ich würge meinen Zorn hinunter. »Wie bitte?«

»Sie hat finanzielle Probleme. Das ist die Sache, von der

sie nicht wollte, dass du sie erfährst. Es ist ihr peinlich. Ihr Ex zahlt den Unterhalt für ihren Sohn nicht, und sie hat nur den Teilzeitjob beim Immobilienmakler, der nicht gerade gut bezahlt ist. Sie konnte die Kosten für ihre Wohnung nicht mehr tragen. Und … na ja, ich habe versucht, ihr zu helfen.«

»Finanziell? Jamie, wir haben doch selbst kaum Geld.«

Er seufzt. »Das weiß ich. Aber ich habe ihr gesagt, ich würde mit Mum sprechen, die daraufhin anbot, Hannah könne mietfrei im Kutscherhaus wohnen.«

»Das ist wirklich unglaublich großzügig von Sylvia, aber warum hast du es mir nicht gesagt?«

»Weil ich wusste, dass es dir nicht gefallen würde.«

»Ist das deine Philosophie bezüglich unserer Ehe? Dinge vor mir zu verheimlichen, von denen du meinst, dass sie mir nicht gefallen würden? Was sonst hältst du vor mir geheim?«

Er streicht sich mit der Hand übers Gesicht und stöhnt. »Wir können das doch nicht immer wieder durchkauen … Wir haben Wichtigeres, um das wir uns Sorgen machen müssen. Diese verdammte Website beispielsweise mit meinem Namen und meiner Adresse.«

»Dann lass sie einfach aus dem Netz nehmen«, zische ich. »Du bist doch der IT-Experte hier. Ich bin sicher, du findest einen Weg.« Ich stehe so abrupt auf, dass der Stuhl hinter mir umstürzt. Wir starren ihn fassungslos an. Ich will schon davonmarschieren, doch Jamie springt auf und packt meinen Arm.

»Bitte, Libs, nicht …«

Ich breche in Tränen aus. »Das ist ein Albtraum, Jamie. Ich habe das Gefühl, wir stecken in einem furchtbaren Albtraum fest.«

Er schließt mich in seine Arme. »Ich weiß.«

»Und Evelyn ist auch tot«, schluchze ich in sein T-Shirt. »Ich kann nicht glauben, dass sie für immer fort ist.« Dann kommt mir ein Gedanke. Ich weiche zurück, sein T-Shirt ist nass von meinen Tränen. »Warst du deswegen heute früh weg? Du warst bei Hannah, um ihr beim Umzug zu helfen?«

Er nickt betreten.

»Also hast du mich hier heulend allein gelassen, nachdem Evelyn gestorben ist, um Hannah beim Kistenschleppen zu helfen?«

»Es tut mir leid. Ich hatte es schon versprochen, und ich konnte ja nicht ahnen, dass Evelyn sterben würde. Ich war doch nur ein paar Stunden fort. Sie brauchte jemanden, der ihr mit dem schwereren Zeug hilft.«

»Und sie konnte sich keinen Umzugswagen besorgen?«

»Sie konnte sich keinen leisten.«

»Du hättest es mir sagen sollen, Jay. Ich hätte mithelfen können. Aber das hätte Hannah nicht gewollt, nicht wahr? Sie will dich für sich allein.«

Er blickt beschämt drein. »Ich bin so ein Trottel, Libby. Es tut mir wirklich leid. Ich hätte es dir erzählen sollen. Ich weiß nicht, warum ich es nicht getan habe. Ich wollte, aber dann starb Evelyn, und du hattest so schon genug am Hals. Ich dachte nur …«

Ich hebe den Stuhl vom Boden auf und setze mich

schwerfällig hin. Ich will ihm alles Mögliche an den Kopf werfen, aber ich fühle mich so schrecklich müde, dass ich nur noch tiefer auf dem Stuhl zusammensinke. Was bringt es schon zu streiten? Er hat recht, wir haben wichtigere Sorgen. Die Website zum Beispiel. »Was willst du dagegen unternehmen?«, frage ich und deute auf die abscheuliche Seite, die immer noch auf dem Bildschirm geöffnet ist.

Er setzt sich neben mich. »Jemand da draußen muss uns wirklich hassen, Libs, sonst würde er sich die Mühe nicht machen. Das ist es, was mir solche Angst macht.«

Wir beschließen, gleich am nächsten Tag bei Sylvia einzuziehen. Ich finde die Aussicht nicht sonderlich verlockend, bin mir mit Jamie jedoch einig, dass es so besser ist. Nur bis dieser ganze Albtraum vorbei ist.

Mein Herz ist schwer vor Kummer, als ich einige unserer Klamotten und Habseligkeiten in einen Koffer packe. Der gestrige Sonnenschein ist vergessen – der Regen prasselt unerbittlich gegen die Scheiben. Ziggy rennt verzweifelt im Kreis herum, da er dringend mal muss.

»Ich habe wirklich keine große Lust, bei dem Wetter mit ihm Gassi zu gehen«, sagt Jamie mit einem Blick auf den strömenden Regen. »Noch so ein nerviger Aprilschauer.«

»Bring ihn doch einfach in Evelyns Garten«, schlage ich vor. Er ist von unserem Fenster aus zu sehen. Sie hat uns in der Vergangenheit öfter angeboten, Ziggy dort rauszulassen, aber wir wollten nicht. Es fühlte sich irgendwie nicht richtig an, obwohl der mit Unkraut und Büschen zugewucherte Garten wahrlich keine Augenweide ist.

»Glaubst du nicht, Evelyn hätte etwas dagegen?«, fragt Jamie.

Die Tränen schießen mir in die Augen. Ich kann mich einfach nicht daran gewöhnen, dass sie nicht länger da oben ist, in ihrem Lieblingssessel sitzt und strickt. Ich ziehe ein Tempo aus meinem Ärmel und schüttle den Kopf, da ich vor Tränen kein Wort herausbekomme.

»Ich bringe ihn schnell raus, bevor er uns den Teppich vollpinkelt«, sagt Jamie mit einem reumütigen Lächeln.

Er ruft den Hund, und mit einem Klicken befestigt er die Leine an Ziggys Halsband. Dann höre ich die Tür, die sich öffnet und wieder schließt. Ich falte weiter Kleidung und frage mich, wie lange wir wohl fort sein werden, als ein aufgeregtes Bellen ertönt. Ich blicke auf. Ich kann die beiden draußen im Garten sehen, also klopfe ich gegen die Fensterscheibe und winke. Der Garten befindet sich auf unserer Höhe, weswegen Evelyn ihn nur über eine erhöhte Terrasse von ihrer Küche aus erreichen konnte oder von einem Gartentor im Erdgeschoss. Es wäre sinnvoller gewesen, den Garten zusammen mit der Souterrainwohnung zu verkaufen, aber das hätte den Preis natürlich in die Höhe geschraubt, und dann hätten wir sie uns nicht leisten können.

Was wird nun mit Evelyns Wohnung passieren? Wer wird sie kaufen? Mit neuen Nachbarn wird es nicht dasselbe sein, denke ich betrübt, während ich Ziggy beim Herumtollen auf der nassen Wiese zusehe. Jamie steht mit dem Rücken zu mir, die Kapuze über den Kopf gezogen. Er trägt seinen grünen Parka, in dem er wie ein Student aussieht. Wir brauchen einen Garten. Ich berühre meinen Bauch. Meine Periode ist so unregelmäßig, dass ich nicht zu hoffen wage, schwanger zu sein. Doch angesichts der ständigen Übelkeit und meines übersensiblen Geruchssinns nehme ich mir vor, einen Test zu machen, um ganz sicherzugehen. Sollten wir die Wohnung womöglich verkaufen? Jetzt, da Evelyns Wohnung zum Verkauf steht, würde vielleicht jemand das gesamte Haus nehmen. Wenn wir ein Stück weiter aus Bath rausziehen, könnten wir uns für das Geld, das wir für die Wohnung bekommen, vielleicht ein kleines Haus mit Garten leisten. Das würde natürlich einen längeren Arbeitsweg für mich bedeuten – außer ich wechselte auch die Schule. Wie auch immer, es wäre ein Neubeginn mit einem Garten für Ziggy und vielleicht einem Baby. Es ist auf jeden Fall etwas, das wir in Betracht ziehen sollten.

Ich zucke zusammen, als ein Schrei von draußen ertönt. Es ist Jamie, und ich höre die Panik in seiner Stimme. Ich eile zum Fenster. Er steht jetzt am anderen Ende des Gartens, eine einsame Gestalt, das hohe Gras reicht ihm bis zu den Knien. Er beugt sich vornüber, als müsse er um Luft ringen. Ziggy steht neben ihm und mustert etwas auf dem Boden. Was ist mit Jamie? Geht es ihm wieder schlecht? Ich renne in den Flur, schlüpfe in meine Gummistiefel und stürme um das Haus herum in den Garten; der Regen durchnässt mein T-Shirt augenblicklich, sodass es unangenehm an meiner Haut klebt.

»Jamie!«

Er richtet sich auf und wedelt hektisch mit den Armen. »Komm nicht her! Bleib, wo du bist!«, brüllt er. Natürlich höre ich nicht auf ihn. Gott, wie ich wünschte, ich hätte es getan.

Ich stapfe durch das hohe, nasse Grün auf ihn zu, und da, zwischen dem Gras und Unkraut, liegt eine Leiche. Sie wird beinahe von den langen, dichten Halmen verdeckt, aber ich kann erkennen, dass es ein Mann ist; sein fleckiges Gesicht ist zum farblosen Himmel emporgerichtet, die Augen geöffnet und starr. Sein Kopf ist unbedeckt und entblößt eine Wunde an seiner Schläfe, das kurze dunkle Haar ist verfilzt. Auch wenn sein Pullover schlammbedeckt ist, kann ich erkennen, dass er aus Fleece ist. Ich schlage die Hand vor den Mund und greife nach Jamies Arm, als meine Beine auch schon unter mir nachgeben.

22

Jamie und ich sitzen auf Sylvias dick gepolstertem Sofa, ohne ein Wort herauszubekommen, und umklammern die Teebecher, die sie uns in die Hand drückte, sobald wir durch die Tür traten. Die einzigen Geräusche im Raum sind das Ticken der großen Standuhr und der Wind, der an den bleigefassten Fenstern rüttelt. Hannah sitzt auf dem anderen Sofa neben Sylvia und Katie. In ihren Augen spiegelt sich das blanke Grauen. Es ist beinahe komisch, ihre identischen Mienen zu sehen: die offenen Münder, die gehobenen Augenbrauen, die blutleeren Gesichter.

Die grünlich blauen Tapeten haben eine seltsam beruhigende Wirkung auf mich, genauso wie das hypnotische Ticken der Uhr. Ich habe endlich aufgehört zu zittern und fühle mich nur noch taub und ausgehöhlt. Ziggy liegt über meinen Füßen wie ein pelziges Paar Pantoffeln.

»Wissen sie denn schon, wer der Mann ist?«, fragt Sylvia schließlich, während sie aufsteht, um die schweren Vorhänge zuzuziehen.

»Noch nicht«, erwidert Jamie.

Ihre Stimmen klingen weit weg, als kämen sie aus einem anderen Zimmer.

»Und ich nehme an, sie wissen auch nicht, wie lange er schon dort lag?«

Ich spüre, wie Jamie neben mir die Achseln zuckt.

Ich lehne mich vor, um meinen Becher auf dem gläsernen Sofatisch abzustellen; meine Glieder fühlen sich so furchtbar schwer an, dass selbst dieser kleine Akt mich große Mühe kostet. »Ich glaube, ich gehe ins Bett«, sage ich und erhebe mich auf wackligen Beinen. Ziggy springt auf und folgt mir, als wäre er erleichtert, der bedrückenden Stimmung im Raum zu entkommen.

Ich spüre ihre Blicke auf mir, als ich das Zimmer verlasse. Sylvias Stimme schwebt mir mit einem hörbaren Flüstern hinterher. »Die Ärmste, sie hat immer noch einen Schock. Zwei Leichen in zwei Tagen. Das wird eine Weile dauern, um darüber hinwegzukommen.«

Das Gästezimmer riecht muffig und unbenutzt, auch wenn es ordentlich und sauber ist, mit seinem weißen Frisiertisch in der Ecke und den zartgrünen geblümten Vorhängen an den Fenstern. Ohne mich auszuziehen, krieche ich unter die frischen weißen Laken. Ich friere und habe das Gefühl, eine Grippe zu bekommen. Es ist noch nicht einmal einundzwanzig Uhr, aber ich kann jetzt niemanden sehen. Ich will einfach nur die Augen schließen und in einen tiefen, traumlosen Schlaf fallen, in dem ich nicht ständig Evelyns friedliches totes Gesicht oder die hervorquellenden Augen des Mannes und die klaffende Wunde an seinem Schädel sehen muss.

Jamie und ich standen die ersten Minuten wie festgefroren da, unfähig, irgendwas anderes zu tun, als den toten Mann anzustarren, ohne uns um den Regen zu kümmern, der unsere Kleidung durchtränkte, oder Ziggy, der still neben uns verharrte. Ich erwartete beinahe schon, dass der Mann aufspringen und uns sagen würde, dass das alles nur ein Scherz war. Aber natürlich tat er das nicht. Die Luft um uns herum war seltsam ruhig und still. Selbst der Regen fiel lautlos, als hielte die Welt den Atem an, während sie darauf wartete, was wir als Nächstes tun würden.

Jamie war der Erste, der sich rührte; er zog sein Handy aus der Tasche und rief die Polizei. Innerhalb weniger Minuten trafen zwei Detectives ein. Danach dauerte es eine Ewigkeit, um ihnen zu erklären, was bisher passiert war. Wir mussten immer wieder jedes Detail wiederholen: vom Flugblatt und vom Haustausch; dass wir glaubten, der Tote sei der Mann vom Lizard Point und Hideaway; und auch sonst alles, was seit unserer Rückkehr aus Cornwall passiert war. Jamie sagte ihnen immer wieder, sie sollten mit DS Byrnes von der Polizei in Cornwall reden. »Er weiß alles«, beteuerte er.

»Ich werde ihn anrufen«, erwiderte einer der Polizisten, Detective Constable Gardener, der jung, anmaßend und ziemlich unkonstruktiv war. Er hatte einen Blick auf den Koffer auf unserem Bett geworfen und beschlossen, wir wären so eine Art moderne Inkarnation von Bonnie und Clyde, die sich bei Nacht und Nebel davonmachen wollten. Nachdem sie mit Byrnes telefoniert hatten, erlaubten sie uns schließlich, zu Sylvia zu fahren – doch nicht ohne zuvor sicherzustellen, dass sie ganz genau wussten, wo sie uns finden konnten.

Ich war erleichtert, die Wohnung verlassen zu können. Als wir in unserem Mini davonfuhren, warf ich einen Blick zurück auf das Haus, in dem wir so glücklich gewesen waren, in dem Evelyn über vierzig Jahre ihres Lebens verbracht hatte und das nun dunkel und verlassen dastand, mit dem Absperrband, das im Wind flatterte.

Die Tage vergehen. Jamie arbeitet in Sylvias Wintergarten, und ich bin erleichtert, zur Schule gehen zu können, obwohl Sylvia darauf besteht, ich solle mir ein paar Tage freinehmen, da ich mich immer noch vom Schock erholen müsse. Aber ich will – ich *muss* – mich in die Arbeit stürzen, um mich von all dem abzulenken, was passiert ist. Ich spüre Sylvias missbilligenden Blick, jedes Mal, wenn ich aufbreche, und ich weiß, sie ist enttäuscht, dass ich meine Trauer und meine Ängste nicht »verarbeite«. Dass ich sie stattdessen einfach nur tief in meinem Inneren vergrabe.

Am Mittwoch werde ich ins Büro der Rektorin gerufen. Felicity Ryder ist eine ernste, strenge Frau, zwanzig Jahre älter als ich, mit kleinen blauen Augen und einem Respekt einflößenden Gesicht. Sie hat dunkelrotes Haar, das so starr ist, dass es sich beim Gehen nicht bewegt. Ich frage mich oft, wie viel Haarspray sie benutzt, um ihre Frisur so in Form zu halten. Wenn sie lächelt, verwandelt sie sich in den warmen, witzigen Menschen, der sie unter ihrer strengen Fassade ist.

»Setz dich doch, Libby«, begrüßt sie mich von der anderen Seite des Schreibtischs. Ihre Brille trägt sie immer an einer Kette um den Hals, da sie sie sonst verlegt. Sie setzt sie auf, damit sie das Papier vor ihr lesen kann. Ich nehme gegenüber von ihr Platz. Sie blickt auf und schaut mich ein paar Sekunden prüfend an, als versuche sie, sich über mich klar zu werden. Dann schließt sie die Augen und fährt sich mit der Hand über die Stirn. Ich habe sie das zahllose Male tun sehen, wenn sie mit Lehrern oder Eltern sprach, und normalerweise hat es nichts Gutes zu bedeuten. Ich halte die Luft an und warte.

»Ich habe einen besorgten Elternanruf wegen dir bekommen. Und«, fügt sie hinzu, als ich den Mund schon öffne, um nach dem Namen zu fragen, »ich kann dir, wie du selbst weißt, leider nicht verraten, wer es war. Sie meinten, gegen dich wären Ermittlungen im Gange und sie würden sich nicht damit wohlfühlen, wenn du weiterhin an der Schule unterrichtest.«

Es ist wie ein Schlag in den Magen. *»Sie?«*

»Ja, es waren mehrere. Sie haben sich untereinander abgesprochen. Du weißt ja, wie es ist.«

Und ob ich das weiß. Es gibt da eine Clique Mütter, die sich oft in ihren glänzenden Leggins am Spielplatz versammelt, um den neuesten Klatsch und Tratsch auszutauschen. Ich könnte wetten, das waren sie.

»Es laufen keine Ermittlungen gegen mich. In meinem Garten wurde eine Leiche gefunden. Wir haben vor Kurzem einen Haustausch gemacht und …« Ich werfe verzweifelt die Hände in die Luft. »Es ist eine wirklich lange Geschichte. Ich weiß gar nicht, wo ich anfangen soll.«

Sie verschränkt die Arme vor der Brust und beäugt mich über den Brillenrand hinweg. »Nun, ich schlage vor, dass du es versuchst, Libby. Denn ich fürchte, es sieht gar nicht gut aus. Und diese Schule hat einen Ruf zu verlieren.«

»Suspendiert! Sie hat mich ernsthaft suspendiert«, rufe ich, als ich den Wintergarten stürme, wo Jamie auf seinen Laptop eintippt. Ich bemerke die drei leeren Kaffeebecher, die vor ihm stehen. Jemand hat offenbar für Koffeinnachschub gesorgt.

Er schaut auf. »Was? Wer?«

»Elternbeschwerden. Sie haben von der Leiche gehört, die wir gefunden haben. Sie wollen nicht länger, dass ich ihre Kinder unterrichte, bis alles aufgeklärt ist und sich herausgestellt hat, dass ich nichts damit zu tun habe.« Ich sinke ungläubig auf einem der Korbsessel zusammen. »Scheiße, Jamie. Das könnte meine gesamte Karriere ruinieren.« Mein Mund ist so trocken, dass ich kaum schlucken kann.

Jamie springt auf und setzt sich neben mich. Er packt meine Hände. »Mach dir keine Sorgen, sie werden schon bald herausfinden, dass du nichts damit zu tun hast, und dann kannst du wieder zurück an die Schule und unterrichten. Alles wird gut.«

»Oder mein Ruf wird vollends ruiniert sein. Wir haben eine gottverdammte Leiche in unserem Garten gefunden! Sie werden ganz sicher nicht glauben, dass es Evelyn war, oder? Selbst wenn sie noch am Leben wäre … sie war achtzig. Ich … oh Gott …« Ich greife mir mit der Hand an die Brust. Ich bekomme kaum noch Luft. Nicht unterrichten zu dürfen, fühlt sich an, als hätte man mir die Seele aus dem Leib gerissen. Ich habe mein ganzes Leben auf den Kopf gestellt, um dieses Ziel zu erreichen. Ich definiere mich über meinen Beruf. Und ich würde alles für diese Schule geben. Ich habe mich, ohne eine Sekunde zu zögern, selbst in Lebensgefahr begeben, um ein Kind vor dem sicheren Flammentod zu retten. Sie sagten, ich sei eine Heldin. Sie wollten mir einen gottverfluchten Preis überreichen, doch ich hatte abgelehnt, da ich nicht noch mehr Aufmerksamkeit auf mich ziehen wollte. Und jetzt das. Wenn ich nicht länger unterrichten darf, weiß ich überhaupt nicht mehr, wer ich bin.

Ich frage mich, ob es sich so anfühlt, einen Herzinfarkt zu bekommen – es ist das, was auch Evelyn umgebracht hat. DS Byrnes rief an, um es uns mitzuteilen, nachdem er extra bei der Polizei in Bath um Auskunft gebeten hatte. Hat es sich für Evelyn genauso angefühlt? Diese Enge in der Brust, als würde man in einen Schraubstock gezwängt … dieser Schmerz? Mein Herz rast so schnell, dass ich sicher bin, tot umzufallen. »Ich bekomme keine Luft …«, keuche ich und umklammere Jamies Arm. »Meine Brust … es tut so weh …«

»Mum!«, brüllt Jamie. »Mum! Libby geht es nicht gut!«

Sylvia stürzt ins Zimmer und stößt Jamie beiseite. »Leg den Kopf zwischen die Knie. Nein … die Knie!«, drängt sie und drückt meinen Kopf nach unten. »Atmen. Durch die Nase ein, durch den Mund aus … durch die Nase ein … durch den Mund aus … Nase … Mund … So ist es gut. Braves Mädchen.« Ihre Stimme wirkt besänftigend, während ich mich darauf konzentriere, was sie sagt; mein Herzschlag verlangsamt sich allmählich, und meine Extremitäten hören auf zu kribbeln.

»Es tut mir leid«, sage ich und lasse mich gegen das Polster sinken. »Ich weiß nicht, was passiert ist.«

Jamie sieht mich über die Schulter seiner Mutter hinweg an, sein Gesicht ist blass und sorgengezeichnet.

Sylvia tätschelt meine Hand, redet jedoch mit strenger Stimme auf mich ein. »Du hattest eine Panikattacke. Du musst auf dich achtgeben, dich schonen.« Sie dreht sich zu Jamie. »Ihr beide übrigens. Der Stress, den ihr die letzten Wochen durchlebt habt, wird seinen Tribut fordern.« Sie reibt liebevoll meinen Arm. »Ich mache euch beiden einen Tee.« Sie steht auf und glättet ihren Rock. Ich sehe ihr nach, als sie davongeht, und wünsche mir, eine Tasse Tee könnte wirklich alles in Ordnung bringen.

Zehn Tage sind seit dem Fund der Leiche vergangen, als die Polizei auftaucht.

An diesem Morgen dringt das Brummen eines Rasenmähers durch das Fenster, und der frische Wind trägt den Duft von Blumen und frisch geschnittenem Gras herein. Zum ersten Mal in diesem Jahr habe ich das Gefühl, als wäre der Sommer in Reichweite.

Ich will gerade mit Ziggy in den Garten gehen, als es an der Tür klopft. Zwei Polizeibeamte stehen auf der Schwelle, während die Sonne auf die Hügel von Lansdown hinter ihnen scheint. DS Byrnes verlagert betreten das Gewicht; er scheint in seinem Trenchcoat zu schwitzen und stellt den Mann neben sich als Detective Inspector Hartley vor. Der zückt mit autoritärer Geste seine Polizeimarke. Ich trete zurück, um sie hereinzulassen, wobei ich Ziggy am Halsband festhalten muss, damit er nicht in den Garten stürmt. Byrnes blickt grimmig drein, als er sich auf die Armlehne des Sofas hockt. Hartley ist jünger, wirkt aber ernster mit seinem hageren Gesicht, dem kurz geschorenen Haar und Augen, die schon alles gesehen haben.

Sylvia, die sonst nicht für ihr Fingerspitzengefühl bekannt ist, ist nirgends zu sehen. Glücklicherweise ist Katie ausgegangen, und Hannah und Felix haben sich ins Kutscherhaus zurückgezogen. Jamie kommt mit verstörter Miene aus dem Wintergarten, sein Pony klebt an der schweißglänzenden Stirn.

»DS Byrnes. Schön, Sie zu sehen, haben Sie Neuigkeiten?«, fragt er, und seine Augen leuchten auf. Er streckt DI Hartley die Hand hin und stellt sich vor. Hartley schüttelt sie verhalten. »Wollen Sie etwas trinken? Wasser? Kaffee?«

Beide verneinen. Byrnes weicht unserem Blick aus, was mich stutzig macht. Mein Herz beginnt zu hämmern.

»Ich fürchte, wir bringen keine guten Neuigkeiten«, sagt Hartley. Er hat sich nicht zu Byrnes aufs Sofa gesetzt, sondern steht steif neben Sylvias Barschrank. Er trägt eine viel zu schwere Jacke für den heutigen Tag. Sie verleiht ihm eine einschüchternde Aura, was wahrscheinlich der Grund ist, warum er sie ausgewählt hat. »Wir haben die Identität des in Ihrem Garten aufgefundenen Mannes festgestellt.« Sein Blick begegnet meinem. Er ist kühl. »Sein Name war Sean Elliot. Er war einer der Bauarbeiter, die auf Philip Heywoods Anwesen in Cornwall beschäftigt waren. Er wurde ermordet. Er wurde mit einem stumpfen Gegenstand am Kopf getroffen und war auf der Stelle tot.« Er hält inne. Seine Augen verengen sich zu kleinen Schlitzen, und ich meine, den Anflug eines höhnischen Grinsens auf seinen Lippen zu erkennen, als würde er die Situation genießen. »Sagt Ihnen der Name etwas?«

»Nein, ich habe nie von ihm gehört«, antwortet Jamie verdutzt. »Du kennst ihn auch nicht, oder, Libby?«

Ich schüttle den Kopf und wende mich an Byrnes, der weiterhin schweigt. »Mein Mädchenname ist Elliot, aber ich kenne keinen Sean Elliot.«

Hartleys Mundwinkel zucken spöttisch, als habe er diese Antwort erwartet. Ich beschließe in diesem Moment, dass ich ihn nicht ausstehen kann. »Ich glaube, Sie lügen, Mrs. Hall«, sagt er.

Ich spüre, wie ich rot anlaufe vor Empörung. »Jetzt hören Sie mal …«

Jamie ist ungewöhnlich still. Ich spüre seinen Blick auf mir.

Hartley sieht auf einen Zettel in seinen Händen. »So wie es aussieht, Mrs. Hall, kannten Sie Sean Elliot schon vor zwölf Jahren …«

»Vor zwölf Jahren?« Ich überschlage die Zeit in meinem Kopf – 2005 war ich gerade mal achtzehn.

Ich bemerke Jamies Stirnrunzeln.

»Ja. Dieser Urkunde zufolge« – er hält etwas hoch, das wie ein Trauschein ausschaut – »haben Sie Sean Elliot im Jahr 2005 geheiratet.«

Ich drehe mich zu Jamie. Alle Farbe ist ihm aus dem Gesicht gewichen. Ich schüttle den Kopf. »Nein … ich, nein, das ist nicht …«

»Elizabeth Hall, ich verhafte Sie wegen des Mordes an Sean Elliot«, sagt er. »Sie haben das Recht, die Aussage zu verweigern, aber es kann Ihre Verteidigung schwächen, wenn Sie bei der Befragung etwas verschweigen, worauf Sie sich im späteren Gerichtsverfahren beziehen. Alles, was Sie sagen, kann gegen Sie verwendet werden.«

»Nein, Sie haben da etwas missverstanden!«, rufe ich, als Hartley meinen Arm packt. »Bitte, Jamie, du musst mir glauben.«

Sylvia stürzt ins Wohnzimmer. »Was ist hier los? Nehmen Sie gefälligst Ihre Finger von meiner Schwiegertochter!«, protestiert sie mit gerötetem Gesicht. Sie richtet sich zu ihren vollen einen Meter fünfundsechzig auf und stellt sich in die Tür, die zum Flur führt. Ich bin gerührt und ermutigt, dass sie bereit ist, für mich einzustehen.

»Bitte, gehen Sie aus dem Weg«, befiehlt DI Hartley kühl, und Sylvia bleibt nichts anderes übrig, als beiseitezutreten.

»Es ist schon okay«, versuche ich, die beiden zu beruhigen, als Hartley mich wegführt. »Ich erkläre euch alles, wenn ich zurück bin. Bitte, das ist ein Fehler, sonst nichts …«

»Ich fahre zum Revier und warte dort auf dich«, sagt Jamie. Die Farbe kehrt wieder in seine Wangen zurück, und er tritt in Aktion. »Alles wird gut. Sag einfach die Wahrheit.« Doch ich kann die Enttäuschung in seinen Augen sehen, als er mich anschaut, kann förmlich seine Gedanken hören: *Meine Frau ist eine Bigamistin. Eine Lügnerin.*

Das Letzte, was ich sehe, als der Polizeiwagen davonrast, sind die schockierten Gesichter meines Mannes und meiner Schwiegermutter, die eng aneinandergeklammert auf der Eingangstreppe stehen. Und trotz Jamies Worten weiß ich, dass nichts je wieder sein wird, wie es war.

Ich sitze allein in einem kleinen, stickigen Raum und warte. Warte und warte. Und das am heißesten Tag des Jahres. Man hat mir nicht einmal ein Glas Wasser angeboten.

Was wird jetzt bloß aus mir? Wie soll ich das alles erklären? So oder so, ich werde bestraft werden, dessen bin ich mir sicher. Ich habe es versucht, habe wirklich versucht, ein guter Mensch zu sein und alles wiedergutzumachen, was in Thailand passiert ist. Ein gutes Leben zu führen. Mich neu zu erfinden. Doch jetzt wird die ganze Geschichte herauskommen, und ich werde alles verlieren.

Dieser Rucksack. Ich habe versucht dahinterzukommen, indem ich all die Leute googelte, mit denen ich damals unterwegs war: Lars, Harry, Emma und die anderen. Mir war der Gedanke gekommen, dass sie sich vielleicht einen üblen Scherz mit mir erlaubten. Dass sie womöglich mein Geheimnis herausgefunden hatten und nun versuchten, mich zu erpressen.

Es gibt noch so viele Dinge an dieser Geschichte, die keinerlei Sinn ergeben, aber eines ist klar: Hier geht es definitiv nicht um Jamie, kein bisschen. Hier geht es um Thailand. Um mich. Und um Karen Fisher.

TEIL ZWEI
Thailand

23

Karen Fisher war tot. Das war es, was ich immer geglaubt hatte. Vor neun Jahren das letzte Mal lebend in Thailand gesehen.

Es war im Mai 2008, als ich aus dem grauen, verregneten England flüchtete und in der farbenfrohen Hauptstadt Bangkok eintraf. Es war heißer, als ich es mir je hätte träumen können, die Art Hitze, die hervorquillt, wenn man die Backofentür öffnet. Feuchtwarm und allumfassend schlug sie mir entgegen, sobald ich aus dem Flugzeug stieg. Und dann die Gerüche: das Essen, das in den Garküchen köchelte, süßlich und beißend scharf; der Fluss mit seinem brackigen Wasser und einem unterschwelligen Geruch nach Fisch; der Gestank von Tierkot und Autoabgasen. Es war eine andere Welt. Ich war mein Leben in North Yorkshire gewohnt, mit seinen kühlen Mooren, Wäldern und dem idyllischen Städtchen York vor meiner Haustür, auch wenn ich ein paar Jahre in einem tristen, von Graffiti und Verzweiflung gezeichneten Hochhausblock verbracht hatte. Bevor Sean mich aus alldem rausholte. Ich war in Sheffield zur Uni gegangen und hielt das Leben dort schon für hektisch. Aber Bangkok war eine ganz andere Liga.

Ich erinnere mich noch an die ersten Tage nach meiner Ankunft; ich spazierte wie in einem Nebel herum, bestaunte ehrfürchtig den Großen Palast und den gewaltigen, goldenen Liegenden Buddha, die geschäftigen Flussfähren voller Menschen, die Tuk-Tuks, die sich zwischen den Autos und Lkws hindurchschlängelten, als hätten die Fahrer mit dem Leben abgeschlossen. Ich sah sogar einen Elefanten den Gehweg entlangtrotten, geführt von einem zahnlosen alten Mann, der den Leuten im Vorbeigehen zuwinkte. Ich nahm all das begierig in mich auf, in einem Taumel aus Glück und Erleichterung. Ich war entkommen.

Nach einer Woche in Bangkok beschloss ich, mein Glück im Süden Thailands zu versuchen. Ich hatte Lust, am Strand herumzuhängen, mich im warmen jadegrünen Wasser treiben zu lassen, zwischen den bunten Korallen zu schnorcheln oder mit einem Boot aufs offene Meer hinauszufahren und tauchen zu gehen. Ich konnte jetzt alles tun, was ich wollte, und allein dieser Gedanke trieb mich voran. Ich wollte alle Erfahrungen machen, die nur möglich waren. Ich wollte leben.

Der Nachtzug war stickig und verfügte über beengte Sitzgelegenheiten, die sich zu Betten ausklappen ließen. Auf einem der Sitze lümmelte ein Typ herum, die Ohrstöpsel eingesteckt, und wippte mit dem Fuß zum Rhythmus irgendeines blechernen Dance-Hits. Er hatte blonde Dreadlocks und trug ein T-Shirt mit Schweißflecken unter den Achseln. Die Fahrt in den Süden nach Trang würde die ganze Nacht dauern, und ich freute mich nicht sonderlich auf die Reise, aber es war um einiges billiger als ein

Flug, und ich wollte so lange wie möglich mit meinem Geld auskommen. Die Vorstellung jedoch, neben einem Kerl zu sitzen, der aussah, als hätte er sich wochenlang nicht gewaschen, schien mir trotzdem nicht verlockend. Hinter ihm saß ein Pärchen Mitte dreißig und verspeiste schmatzend seine mitgebrachten Frühlingsrollen.

Die Luft im Waggon war zum Schneiden, und das trotz der kleinen geöffneten Schiebefenster. Ich sah Grüppchen von Passagieren, die sich draußen auf dem Bahnsteig drängten, die meisten mit Rucksäcken, Stadtplänen und einem überforderten Ausdruck im Gesicht. Als ich mich den Gang vorwärtsschob, blieb ich einen Moment stehen, damit ein Teenagermädchen vor mir seinen Rucksack ins obere Gepäckfach hieven konnte. Jemand drängelte von hinten und stieß mir dabei meinen Rucksack in die Nierengegend, woraufhin ich mich gereizt umdrehte. Ein blonder Schnösel mit arroganter Miene erwiderte meinen Blick, und hinter seiner Schulter schoss der Kopf seines Kumpels empor wie ein Springteufel. »Na los, wird's bald«, sagte der Typ mit einem versnobten Akzent, während sein Freund mir eine Grimasse schnitt. Ich konterte, indem ich sie als »miese kleine Schwanzlutscher« beschimpfte, und genoss es, als sie erschrocken zurückwichen. So eine derbe Ausdrucksweise hatten sie von einem Mädchen meiner Größe bestimmt nicht erwartet, dachte ich, als ich weiterging. Sie wussten nicht, dass ich früher in einer dieser Sozialsiedlungen gehaust hatte, die Typen wie sie nur aus düsteren Fernsehdramen kannten. Ich war es gewohnt, auf mich selbst aufzupassen. Mach einen auf knallhart, und die

Leute werden dich in Ruhe lassen – das war Seans Motto. Ich hatte viel von ihm gelernt.

Ich entdeckte einen freien Platz ganz hinten im Waggon. Ein Mädchen, etwa in meinem Alter, saß in Fahrtrichtung am Fenster und blätterte in einer Zeitschrift. Gegenüber von ihr war ein Sitz frei. Ich überlegte, ob ich ihn nehmen sollte, aber das hieße, gegen die Fahrtrichtung zu fahren. Lieber hätte ich ihren Platz gehabt. Als ich näher kam, blickte sie aus klaren haselnussbraunen Augen von ihrer Zeitschrift auf. Sie sah aus, als wäre sie gerade erst in Thailand angekommen; ihre Baumwollbluse und die Jeansshorts verströmten noch diese gewisse Frische. Ihre Haut war blass mit ein paar Sommersprossen auf dem Nasenrücken, und sie hatte mausbraunes Haar, das ihr knapp bis über die Schultern reichte. Die perfekte Gefährtin für diese Reise.

»Dürfte ich mich zu dir setzen?« Ich zeigte auf den braunen, mit Kunstleder bezogenen Sitz gegenüber, aus dessen Armlehne die eitriggelbe Füllung quoll. Nicht gerade komfortabel für eine so lange Fahrt.

Ihr Gesicht leuchtete auf, und neben ihren Mundwinkeln erschienen zwei Grübchen. »Klar. Du kommst aus England, oder? Yorkshire?« Sie hatte einen ähnlichen Akzent wie ich, wenn auch etwas harscher. Ich nickte. Wir hatten immerhin schon was gemeinsam, auch wenn ich keine Lust auf Small Talk hatte. Mein Plan war es, den Großteil der Reise schlafend hinter mich zu bringen.

Ich wuchtete meinen Rucksack auf die Gepäckablage über unseren Köpfen. Das Ding wog eine Tonne, und mein Rückgrat fühlte sich an, als wäre es die letzten zwei Wochen darunter zerquetscht worden.

»Ich bin Karen«, stellte sie sich vor und streckte mir förmlich eine schlanke, blasse Hand entgegen. Ich schüttelte sie, bevor ich mich ihr gegenüber hinsetzte.

»Elizabeth«, erwiderte ich. »Aber alle nennen mich Beth.« Zumindest zu Hause war ich immer Beth gewesen, und Sean hatte mich auch so genannt. Ich griff in meine Hosentasche, zog ein Haarband hervor und schob alles, was von meinem dunklen Haar geblieben war, aus meinem verschwitzten Nacken. Das Fenster neben uns war geöffnet, doch ich merkte nichts davon.

Karen lösten den Blick von ihrer Zeitschrift und hob den Kopf. »Es wird kühler, sobald der Zug sich in Bewegung setzt«, sagte sie, als könne sie meine Gedanken lesen. Sie musste die Schweißperlen bemerkt haben, die sich an meinem Haaransatz gebildet hatten und mir in die Augen rannen. Es war bereits achtzehn Uhr, doch die Hitze blieb unerbittlich. Karen widmete sich wieder ihrer Zeitschrift, und ich musterte sie – den schlanken Hals, die hervorstehenden Schlüsselbeine. Was war wohl ihre Geschichte?, fragte ich mich. Vielleicht würde ich mich doch noch mit ihr unterhalten. Doch zuerst musste ich sie dazu bringen, den Platz mit mir zu tauschen.

Ich räusperte mich, um ihre Aufmerksamkeit auf mich zu lenken, während ich an meinem T-Shirt-Saum herumzupfte und hoffte, dass es schüchtern, aber auch sympathisch rüberkam. Sie blickte auf. »Ich leide an schlimmer Reiseübelkeit«, sagte ich. »Ich habe zwar eine Tablette genommen, aber es wäre trotzdem total nett, wenn ich in Fahrtrichtung sitzen könnte. Natürlich nur, wenn es dir nichts ausmacht.« Ich lächelte liebenswürdig.

Ich bemerkte einen Anflug von Überraschung in ihrem Gesicht, den sie sogleich überspielte. »Natürlich, kein Problem.« Sie presste ihre Zeitschrift an die Brust und stand hastig auf. Wie überaus zuvorkommend. Ein gutes Zeichen. Ich stand ebenfalls auf; sie war winzig, noch kleiner als ich. Wir schoben uns seitlich aneinander vorbei. Ich merkte ihr an, dass sie nicht allzu glücklich war über unseren Tausch, aber sie war entweder zu wohlerzogen oder zu feige, um es zu sagen. Sie hatte etwas Zurückhaltendes an sich, als wäre sie es gewohnt, allein zu sein. Sie machte es sich auf ihrem neuen Sitz bequem. Ich stieß mit dem Bein gegen etwas und stellte gereizt fest, dass ihr Rucksack am Fenster stand. Den würde sie woanders abstellen müssen. »Autsch«, sagte ich und rieb mir theatralisch das Bein.

»Oh Gott, tut mir echt leid. Ich verstaue ihn gleich in der Gepäckablage.«

Ich lächelte dankbar und sah zu, als einer der Typen, die ich vorhin beschimpft hatte, ihr seine Hilfe anbot. Sie war die Verkörperung einer Jungfrau in Nöten mit den großen, runden Rehaugen und der zierlichen Figur. Ich musterte sie kritisch. Sie war hübsch, das musste ich zugeben, aber ihr Mund war ein bisschen zu groß und ihre Nase zu lang, um als schön durchzugehen. Und natürlich hatte sie diese niedlichen Grübchen. Das half. Mit geröteten Wangen, aber ohne zu lächeln, schlängelte sie sich auf ihren Platz zurück. Wenn überhaupt, schien sie peinlich berührt und ein wenig verärgert wegen der Aufmerksamkeit. Interessant. Ich unterzog sie erneut einer Musterung. Ich hatte dieses untrügliche Gefühl, dass sie vor etwas davonlief. So wie ich.

Ich musste mehr über sie herausfinden. Womöglich waren wir Gleichgesinnte, sie und ich. Ich war froh, alleine in Thailand unterwegs zu sein, aber mit einer Reisegefährtin wäre es bestimmt lustiger.

»Karen also …«, begann ich. »Und wie heißt du mit Nachnamen?«

Sie löste verdutzt den Blick von ihrer Zeitschrift. »Fisher. Warum?«

»Ach, nur so.« Ich gab vor, über ihren Namen nachzudenken. »Fisher? Hm, ich kenne keine Fishers. Bist du auf der anderen Seite des Landes mit jemandem verabredet, Karen Fisher?«

Sie lächelte, aber es lag ein Hauch Reserviertheit darin. »Nein. Ich reise alleine.«

»Ich auch.«

»Und wie heißt du weiter? Beth …?«

»Elliot.« Ich betete, dass sie Sean nicht kannte – in meinem Teil der Stadt war seine Familie berühmt-berüchtigt.

Sie runzelte die Stirn und schien sich nach ihrer Zeitschrift zurückzusehnen, aber ich spürte auch, dass sie nicht unhöflich erscheinen wollte. Sie setzte ein Lächeln auf und versuchte, die Anstrengung zu verbergen, die es sie kostete. »Wo aus Yorkshire kommst du her?«

»Aus der Nähe von York«, erwiderte ich. »Nur ohne die idyllischen Seiten …« Ich zögerte. Ich wollte ihr nicht zu viel verraten.

Es stellte sich heraus, dass wir nur zwanzig Meilen voneinander entfernt aufgewachsen waren, und so plauderten wir eine Weile über unsere Heimatstädte. Ich konnte ihr förmlich dabei zusehen, wie sie sich einer Frühlingsblume gleich öffnete, und als der Zug den Bahnhof verließ, spürte ich die Anspannung von mir abfallen. Die Hitze war nun, da der Zug in Bewegung war, weniger drückend, und ich konnte wenigstens die warme Brise spüren, die durch das Fenster hereinströmte. Ich schloss die Augen und genoss das Gefühl der flatternden Luft in meinem Gesicht.

Nur wenige Stunden und mehrere Dosen Bier später erzählte sie mir, dass ihre Eltern tot waren.

»Meine auch«, sagte ich und dachte an Mum und Dad, gab jedoch keine Einzelheiten preis. »Ich bin ein Einzelkind. Sie waren sehr religiös und haben mich erst spät bekommen.« Sie nickte wissend, mit traurigem Blick, und ich hatte das Gefühl, dass es da etwas gab, was sie mir nicht erzählte. »Warum bist du aus England fort?«, fragte ich.

»Ich habe mein Leben gehasst«, erwiderte sie und überrumpelte mich mit der Intensität ihrer Antwort; ich bemerkte eine Härte, eine Bitterkeit in ihrem Ausdruck. »Ich steckte fest. Keine Qualifikationen. Keine Perspektiven.«

»Du warst nicht an der Uni?«

Sie schüttelte den Kopf. »Die familiären Umstände«, erwiderte sie unbestimmt. »Ich musste weg, sonst wäre ich durchgedreht.«

Ich nahm einen Schluck Bier. »Ging mir genauso. Ich habe meinen Abschluss gemacht, bevor ich hierherkam.

An der Uni in Sheffield. Aber ich steckte in einer kranken Beziehung mit einem gewalttätigen Typen fest.« Ich kreiste mit dem Finger an meiner Schläfe, um zu unterstreichen, was für ein Psycho er war. »Ich habe ihn zu einem Zeitpunkt in meinem Leben kennengelernt, als ich sehr verletzlich war. Aber so läuft es schließlich immer, oder?« Der Alkohol hatte meine Zunge gelockert, doch ich wollte nicht zu viel preisgeben. »Was ist mit dir? Hast du jemanden zurückgelassen?«

Sie schüttelte den Kopf, und das feine Haar fiel ihr ins Gesicht. »Nein. Niemand Besonderes.«

Ich merkte ihr an, dass sie nicht mit der Sprache rausrücken würde, also ließ ich das Thema fallen. Stattdessen fragte ich sie, was sie in Thailand alles sehen wollte, und wir sprachen über unseren bisherigen Aufenthalt. Ich fand heraus, dass sie nur zwei Tage in Bangkok gewesen war. Wir unterhielten uns über unseren Wunsch, ein paar Monate von einer Insel zur nächsten zu reisen. Mittlerweile war die Dämmerung hereingebrochen, die Neonröhren über unseren Köpfen gingen summend an, und im Waggon herrschte rege Betriebsamkeit, als die Sitze zu Schlafgelegenheiten ausgeklappt wurden.

»Sollen wir unsere Betten aufbauen?«, schlug sie mit strahlendem Blick vor, was mich zum Lachen brachte. Das Ganze war wie eine riesige Pyjamaparty und hatte etwas seltsam Aufregendes an sich. Mir wurde klar, dass die Gepäckablage über unseren Köpfen sich in ein Bett verwandelte, und die Sitze, auf denen wir saßen, konnten flach ausgeklappt werden, sodass sie eine Liegefläche ergaben. »Das ist ja wie ein Stockbett«, sagte Karen lachend. »Willst du oben oder unten schlafen?«

»Unten. Wenn es für dich okay ist.«

Sie nickte und schien damit zufrieden. Ein orangefarbener Nylonvorhang verbarg uns vor dem Rest des Waggons. »Das ist aber gemütlich«, sagte sie. Das Abteil über mir ächzte, als sie sich in ihre Schlafklamotten zwängte. Ich zog ein langes T-Shirt aus meinem Rucksack. Es war zerknittert und roch muffig, aber ich zog es trotzdem an, wobei ich meine Gliedmaßen in dem beengten Raum verrenken musste. Ich packte das Laken aus, das in einer Zellophantüte verpackt bereitlag. Es war weiß und frisch und fühlte sich angenehm kühl an auf meiner Haut. Ich lag da, das Laken bis zum Kinn hochgezogen, und gab mir Mühe, keine Angst vor dem ratternden Zug zu verspüren. In der Dunkelheit fühlte es sich an, als würde er viel zu schnell fahren, und ich machte mir Sorgen, wir könnten von den Gleisen abkommen. Wie sicher waren eigentlich die Züge in Thailand?

»Alles in Ordnung bei dir?«, ertönte eine körperlose Stimme von oben. Dann beugte sich Karen über die Kante, das Haar wie ein Fächer ausgebreitet. »Ich glaube nicht, dass ich ein Auge zumachen werde. Und du?«

»Ich habe Angst, dass wir entgleisen«, gab ich zu.

»Entgleisen? Echt jetzt?« Ihr Gesicht war rot angelaufen von dem Blut, das sich in ihrem Kopf sammelte. »Ich hätte ja nicht gedacht, dass du vor irgendwas Angst haben könntest, Beth Elliot. Du wirkst so knallhart.«

»Knallhart? Das ist also deine Meinung von mir?«

»Ich habe doch gesehen, wie du vorhin im Gang die zwei Typen abgefertigt hast.« In ihren Augen blitzte Bewunderung auf. »Du bist so eine, mit der man sich besser nicht anlegt.«

Da hatte sie wohl recht.

24

Als wir am nächsten Morgen hungrig und mit verschlafenem Blick aus dem Zug stiegen, blieben wir wie durch eine unausgesprochene Abmachung zusammen, beide erleichtert darüber, eine Begleiterin gefunden zu haben.

Es ist schon komisch, wie schnell Beziehungen entstehen, wenn man unterwegs ist; Menschen, die man im normalen Alltag sonst nie getroffen und an denen man auch nie ein Interesse gehabt hätte, sie kennenzulernen, werden plötzlich unverzichtbar. Man schläft gemeinsam, man isst gemeinsam, wäscht sich gemeinsam, verbringt den ganzen Tag beim gemeinsamen Sonnenbaden und Schwimmen. Eine Vertrautheit entstand zwischen uns, die ich nie zuvor mit einer Frau erlebt hatte. Ich hatte zu Hause nicht viele Freunde oder Bekannte; die meisten Mädchen an meiner Schule hatten einen weiten Bogen um mich gemacht, weil sie mich zu großkotzig und zu schräg fanden. An der Uni war es anders, aber meine Ehe mit einem besitzergreifenden, gewalttätigen Ehemann erstickte jegliche engere Freundschaft im Keim. Die meisten Leute, die ich kennenlernte, konnten nicht glauben, dass ich so jung geheiratet hatte, und ich wurde umgehend in die Schublade

»zu alt für ihr Alter« gesteckt und nie eingeladen, um mit ihnen durch die Bars und Klubs zu ziehen. Nicht dass ich es getan hätte – es war den Kummer nicht wert, der mich zu Hause erwartete.

Aber ich war Sean und meiner Vergangenheit entkommen. In Thailand war ich die lustige, aufregende Beth. Ich konnte die Bewunderung in Karens Gesicht sehen, wenn ich an der Bar ein Bier nach dem anderen kippte oder nachts nackt ins Meer hüpfte. Wir waren gleichalt, aber ich merkte, dass sie zu mir aufsah. Vielleicht war ihre Kindheit und Jugend behüteter gewesen als meine.

Wir waren wie rollende Schneebälle, Karen und ich, und sammelten auf unserem Weg andere Leute auf, sodass wir, als wir nach den Stationen Trang, Krabi und Nopparat Thara Beach wenige Wochen später auf Koh Phi Phi eintrafen, eine kleine Gruppe waren, die zusammen abhing: Emma, eine rothaarige klassische Schönheit aus Irland mit der blassesten Haut, die ich je gesehen hatte; der düstere Lars aus Finnland mit den zu eng zusammenstehenden Augen; und Harry und Dylan aus New Jersey. Dylan und Emma wollten sich ein Jahr Auszeit nehmen, bevor es an die Uni ging; Lars war ein paar Jahre älter als wir und hatte seinen »ausweglosen Job ohne Zukunft« an den Nagel gehängt, um herumzureisen; und Harry hatte kürzlich erst sein Medizinstudium abgeschlossen und sich ein paar Monate Auszeit genommen, bevor er sich nach einem Job umschauen wollte.

Wir feierten ziemlich heftig und fielen oft erst morgens gegen vier ins Bett. Tagsüber schwammen wir im klaren jadegrünen Meer oder sonnten uns auf den jungfräulich weißen Stränden. Ich hatte mich ein bisschen in Harry mit seinem frechen blonden Haarschopf und dem Grübchenlächeln verknallt. Er war um einiges größer als ich oder Karen und der charismatischste der drei Jungs. Lars war zu launisch, obgleich Emma ihn trotzdem zu mögen schien, und Dylan faselte in einem fort von der Brustgröße irgendwelcher Frauen in ihren Bikinis. Karen und ich waren uns einig, dass er attraktiv war – dunkel gelocktes Haar, braune Augen und ein durchtrainierter, braun gebrannter Körper –, doch letzten Endes war er leider zu schmierig. Dylans Zunge hing praktisch jedes Mal heraus, wenn Emma in seinem Blickfeld auftauchte, doch die zeigte sehr zu seiner Enttäuschung kein Interesse an ihm.

Ich fühlte mich sicher in der Gruppe. Obwohl ich wusste, dass Sean keine Ahnung hatte, wo ich mich befand, und dass er nie im Leben darauf gekommen wäre, dass ich nach Thailand geflogen war – er wusste, dass ich Flugzeuge hasste –, wurde ich immer noch panisch, wenn ich jemanden sah, der ihm ähnelte: eine große, stämmige Gestalt oder auffallend blaue Augen, die in der einen Minute warm und einladend sein konnten wie der Indische Ozean und in der nächsten so eisig wie das Arktische Meer.

Karen war die Stillste von uns. Sie saß oft am Lagerfeuer, ihr Blick ins Dunkel getaucht, und sah zu, während der Rest von uns trank, fluchte und manchmal herumknutschte. Ich fragte mich, was hinter ihren haselnussbraunen Augen vor sich ging. Hatte sie insgeheim ein gebrochenes Herz? Sie schien kein Interesse an Männern zu haben; wenn überhaupt schien sie sich am liebsten verkriechen zu wollen und reagierte gereizt, wenn jemand sie anmachte. Ich versuchte, ein bisschen was über sie herauszufinden, aber bis auf die Enthüllung vom Tod ihrer Eltern blieb sie verschlossen, was ihr Leben in England anging. Ich stellte nicht allzu viele Fragen, und sie fragte ebenso wenig, was mir nur recht war. Trotzdem, da wir die erste Woche in Thailand allein zusammen verbracht hatten, bevor die anderen sich uns anschlossen, verspürte ich eine besondere Verbundenheit mit ihr.

»Was willst du eigentlich nach Thailand tun?«, fragte ich sie eines Abends. Es war spät, und wir waren zu einer Strandparty dazugestoßen. Sie saß abseits der anderen, hielt sich an einer Dose Bier fest, die schlanken Beine im Schneidersitz überkreuzt. Vom Meer wehte eine Brise zu uns, und ich roch den Duft nach Kokosnussöl und Sand.

Sie zuckte mit den Schultern. »Ich will nicht nach Hause zurück. Ich würde danach eigentlich ganz gerne nach Australien gehen. Vielleicht in einer Bar jobben. Ein bisschen Geld verdienen, damit ich weiterreisen kann.« Sie wirkte bedrückt. »Was ist mit dir? Hättest du Lust auf Australien?«

Ich war gerührt, dass sie sich vorstellen konnte, mit mir zusammen weiterzuziehen. »Ich habe einen Platz an der Pädagogischen Hochschule in Middlesex, um mein Staatsexamen als Lehrerin zu machen«, sagte ich. »Ab September. Aber ich werde das Ganze aufschieben.« Diesen Entschluss hatte ich erst an diesem Nachmittag gefasst, als ich am Strand lag, die Sonne auf meiner Haut, den Sand in meinem Haar. Das hier war das Paradies. Ich wollte nicht, dass es aufhörte.

Sie kicherte. »Das kann ich dir nicht verübeln. Wer will schon ins deprimierende graue England zurück, wenn wir das hier haben können?« Sie breitete die Arme aus, wie um den Strand, das Meer und die schwankenden Palmen zu umarmen. Lars und Emma rannten mit ein paar Leuten, die ich nicht kannte, am Wasser entlang und flitzten im Zickzack kreischend ins Meer und zurück.

»Ganz genau«, erwiderte ich. »Ich habe nicht vor, nach Hause zurückzukehren. Nie wieder.« Karen war der erste Mensch überhaupt, dem ich von meinem Platz an der Hochschule erzählt hatte. Sean wusste nicht davon. Middlesex hätte mein Zufluchtsort sein sollen, nur dass die Sache früher als geplant eskaliert war, sodass ich stattdessen nach Thailand flüchtete.

Karen lachte, und ihre Zähne strahlten weiß in ihrem sonnengebräunten Gesicht. »Immer noch auf der Flucht?«

Sie wusste, dass ich aus einer ungesunden Beziehung geflüchtet war, aber mehr hatte ich nicht enthüllt. Darüber zu reden, würde es nur wieder real machen, doch hier konnte ich jemand anders sein. Ich fragte mich, ob es ihr genauso ging. In Thailand lebten wir im Augenblick; wir waren der Mensch, der wir an diesem oder jenem Tag beschlossen zu sein. Ich hegte die Vermutung, dass wir beide dabei waren, die Haut unseres alten Lebens abzustreifen, so wie die Schlangen, die wir manchmal im hohen Gras neben unserem Hotel sehen konnten.

»Hat er dich geschlagen? Dein Ex?«, fragte sie, und Sorge blitzte in ihren großen, runden Augen auf.

Plötzlich schämte ich mich für die Frau, die ich einst gewesen war. Dafür, dass ich das Ganze so lange mitgemacht hatte. Dass ich diesen Bastard geheiratet hatte. Er war charmant gewesen, älter, reicher … auch wenn ich später herausfinden musste, dass er das Geld mit zwielichtigen Geschäften verdiente und anderen Leuten abknöpfte. Doch das hatte ich am Anfang natürlich nicht gewusst. Ich hatte mich geschmeichelt gefühlt, dass er Interesse an mir zeigte, einem unglücklichen fünfzehnjährigen Mädchen, das allein bei seinem Vater lebte. Damals war er zwanzig gewesen, gepflegt und elegant und fuhr mit seiner protzigen Rolex (eine Fälschung, wie ich später herausfand) und seinen maßgeschneiderten Anzügen in einem Jaguar durch die Gegend. Er hielt sich für eine Art Gentleman-Gangster, und ich war beeindruckt gewesen. Der Lack war schnell ab.

»Ja«, gab ich mit leiser Stimme zu. »Er hat mich geschlagen.«

Sie schüttelte traurig den Kopf und nestelte am Deckel ihrer Bierdose herum. »Ich weiß ja, dass ich dich erst seit ein paar Wochen kenne, aber Scheiße, Beth, du bist die Letzte, von der ich geglaubt hätte, dass sie auf so einen Kerl hereinfällt.«

»Ist ja nicht so, als wäre es eine Typfrage, ob man an einen gewalttätigen Mann gerät«, fuhr ich sie an, während die vertraute weißglühende Flamme des Zorns in mir aufflackerte. Ich war schockiert von ihrer Naivität. Mein erster Eindruck von ihr war richtig gewesen: eine brave kleine Schnepfe. »Das kann jedem passieren.«

Selbst in der Dunkelheit konnte ich ihre Verlegenheit spüren. »Es tut mir leid. Ich meinte damit nicht … Ich finde einfach nur, dass du so ein temperamentvoller Mensch bist. Ich habe doch selbst gesehen, wie du die Leute einschüchtern kannst, wenn du erst deine spitze Zunge auf sie loslässt.«

Wenn ich meine Zunge auf sie loslasse? Bei ihr klang ich ja wie ein Monster. Und da fragte ich mich zum ersten Mal, ob sie ein bisschen Angst vor mir hatte. Vielleicht nicht unbedingt Angst, aber Respekt. Ich hoffte es.

»Ich habe mich bei ihm revanchiert, also mach dir da mal keine Sorgen«, erwiderte ich und zog meine Knie an die Brust. Ich sah dem Partytreiben zu, das langsam in die Gänge kam. Emma, die aufreizend mit Lars tanzte, Dylans hungriger Blick, der über die sich wiegenden Frauenkörper schweifte, Harry, der immer wieder verstohlen zu uns sah. Ich hoffte, er würde zu uns kommen.

»Echt? Wie das?«

Ich gab mir Mühe, lässig zu klingen. »Zuerst, indem ich es ihm mit gleicher Münze heimzahlte, bis mir klar wurde, dass zurückzuschlagen alles nur noch schlimmer machen würde. Einmal hat er mich krankenhausreif geprügelt …«

Sie zuckte zusammen.

»… also habe ich ihn dort getroffen, wo es ihn am meisten schmerzt: Ich habe unser gemeinsames Bankkonto leer geräumt und bin abgehauen.«

Sie riss die Augen auf. »Heilige Scheiße, Beth!«

Sofort war ich wütend auf mich selbst. Ich hatte mehr gesagt, als ich sollte. Dabei hatte ich auf dem schmerzhaften Weg gelernt, dass zu viel von sich preiszugeben, bedeutete, sich angreifbar zu machen. Sollte Sean mich jemals finden, würde er mich umbringen, daran hatte ich keinerlei Zweifel.

Ich wechselte das Thema. »Ich hab's!«, rief ich plötzlich, woraufhin sie aufschreckte und Bier über ihre Beine verschüttete. »Wir lassen uns ein Tattoo stechen!«

Es war eigentlich nur ein zehnminütiger Spaziergang zum anderen Ende des Dorfes Ton Sai, wo ich meinte, eine Reklametafel für ein Tattoostudio gesehen zu haben; dennoch brauchten wir viel länger, da Karen immer wieder an den Buden stehen blieb, um durch die Handtaschen und Sarongs zu stöbern. Sie schien einfach nicht in der Lage, Nein zu den Händlern zu sagen, die ihr Schmuck oder Handtücher vor die Nase hielten. Es nervte allmählich, also schnaubte und seufzte ich jedes Mal hörbar, wenn sie wieder stehen blieb. Sie warf mir hinter ihrem Haar, das ihr ins Gesicht fiel, ein entschuldigendes Lächeln zu und legte das, was sie gerade in die Hand genommen hatte, wieder hin, um mir zu folgen. Sie war immer so furchtbar darum bemüht, es allen recht zu machen. Die drückende Hitze steigerte meine Laune nicht gerade, und als wir das Tattoostudio erreichten, hatte ich große Lust, jemandem eine reinzuhauen – vorzugsweise Karen.

Das Studio war in Wirklichkeit eine Bretterbude am Dorfrand, die nur aus einem Raum bestand. Ein schmächtiger Thailänder mit einem Schal um den Hals war über einen jungen Typen mit extrem haarigem Rücken gebeugt und stach ein Herz in die Haut über seinem Schulterblatt.

Karen wurde blass. »Glaubst du, das ist sicher?«, flüsterte sie mir ins Ohr, während sie den hageren dreibeinigen Hund betrachtete, der es sich in der Hitze auf dem Boden bequem gemacht hatte, sowie das schmuddelige graue T-Shirt des Tätowierers mit einem Schweißfleck in der Form eines Nachtfalters, der sich über seinen Rücken zog. Sie warf einen furchtsamen Blick auf die Fotos diverser Tattoos, die die Bretterwände pflasterten.

»Wird schon okay sein«, beruhigte ich sie, obwohl ich selbst Bedenken hatte.

Als der Mann die Liege frei machte, trat Karen vor und strich sich das Haar aus dem Gesicht. Ich bemerkte den Schweißfilm auf ihrer Oberlippe. »Ähm … ein Tattoo bitte …«, presste sie mit heiserer Stimme zwischen ihren ausgetrockneten Lippen hervor.

Nachdem wir eine Weile gefeilscht hatten, einigten wir uns auf einen günstigen Preis. Der Mann deutete auf die Bilder an der Wand und bat uns, ein Motiv auszusuchen.

Karen studierte sie mit gerunzelter Stirn. »Ich weiß nicht … ich kann mich nicht entscheiden …«

»Ach, verdammte Scheiße«, sagte ich entnervt. »Ich gehe als Erste.«

Karen starrte mich mit kugelrunden Augen an. »Oh, okay … klar …« Sie kramte in ihrer Tasche nach der Wasserflasche und nahm einen großen Schluck.

Ich trat an ihr vorbei. Ich hatte mich schon entschieden, bevor wir überhaupt hergekommen waren. Ich wusste ganz genau, was ich wollte: einen fliegenden Vogel mit weit gespreizten Flügeln. Freiheit. Ich machte es mir auf dem harten Hocker so bequem wie möglich und zeigte auf meinen Arm. »Genau hier, bitte.«

Eine Stunde später – mit meinem nagelneuen, frisch verkrusteten und pochenden Tattoo auf dem Oberarm – stützte ich mich auf Karen, während wir zum Hotel zurückgingen, wobei unsere Flipflops über den staubigen Boden klatschten. Als wir unser Resort endlich erreichten, waren wir völlig durchgeschwitzt. Eine der Krusten hatte sich geöffnet, und kleine Blutperlen sammelten sich an den Rändern der Wunde. Ich saß in unserem Zimmer auf dem Bett und betupfte sie halbherzig mit einem angefeuchteten Taschentuch.

»Ich fühle mich wie eine Komplettversagerin«, sagte Karen und ließ sich auf das Bett gegenüber fallen. Sie hatte in letzter Minute einen Rückzieher gemacht, so wie ich es bereits geahnt hatte. Jedes Mal, wenn die Nadel meine Haut berührte, war sie bleich geworden. Einmal dachte ich sogar, sie würde in Ohnmacht fallen.

»Das solltest du auch«, schimpfte ich sie. »Ich dachte, du wärst tougher, Karen Fisher. Ein echtes Yorkshire-Mädel. Ich bin sehr enttäuscht von dir.«

Ich sagte es halb im Scherz, aber meine Worte schienen sie getroffen zu haben. In dem Moment wurde mir klar, dass sie glaubte, mich im Stich gelassen zu haben, dass sie glaubte, sie sei in meiner Achtung gesunken. Ein Feigling, eine Memme. Und das erste Mal in meinem beschissenen kleinen Leben war ich diejenige in einer Beziehung, die alle Macht innehatte, und das Gefühl war berauschend.

Am nächsten Tag verschwand Karen. Es war ungewöhnlich für sie, einfach so wegzugehen, ohne mir Bescheid zu geben. Ich spazierte mit den anderen zum Strand, in der Hoffnung, sie dort anzutreffen, aber sie war nirgends zu sehen.

»Wo ist Karen?«, fragte Harry. Er saß in Shorts über seinen Schnorchel gebeugt da, um die Riemen anzupassen, seine langen gebräunten Beine auf dem Sand ausgestreckt. Ich konnte den Blick nicht von ihnen abwenden.

Ich zuckte die Achseln und rieb mir die Arme mit Sonnencreme ein. Ich hatte gehofft, Harry würde mir anbieten, den Rücken einzucremen, aber er schien abgelenkt. »Keine Ahnung. Sie war schon weg, als ich aufgewacht bin.«

»Glaubst du, sie ist weitergezogen? Ohne uns?« Er klang besorgt, und ich wollte ihn fragen, warum es ihn so sehr kümmerte.

»Ich glaube nicht. Ihr Zeug lag immer noch in unserem Zimmer.«

»Das ist gut. Ich mag Karen«, sagte er schlicht und streifte sich den Schnorchel über den Kopf. Dann sprang er auf und sprintete ins Wasser. Ich sah ihm zu, als sein geschmeidiger Körper zwischen den Wellen untertauchte, während mein Magen sich vor Eifersucht zusammenkrampfte.

Eine Stunde später war Karen zurück. Sie lief anmutig über den Strand, einen neuen roten Sarong um die Hüften geknotet und eine Strandtasche über die Schulter geschlungen. Sie winkte mir zu. Sie strahlte. Erst als sie näher kam, bemerkte ich das Tattoo.

25

Es gefiel mir, das Tattoo. Seine Bedeutung. Ich hatte das reife Alter von einundzwanzig Jahren erreicht und nie erfahren, wie es sich anfühlte, eine beste Freundin zu haben. Wenn man zu jung einen besitzergreifenden Mann heiratet, kann so etwas passieren. Sean sagte stets, er sei mein bester Freund. Er hatte nicht gewollt, dass ich an die Uni gehe, und versucht, mich davon abzubringen – er hatte Angst, ich könnte dort jemand anderen kennenlernen –, aber ich weigerte mich, mein Studium aufzugeben. Und mit all den Dozenten und meinem Studienberater in der Nähe hatte er nicht viel dagegen machen können. Hinter seiner harten Fassade war er eben doch nur ein erbärmlicher Feigling, so wie Tyrannen es oft sind.

Harry war der erste Mann seit Sean, auf den ich stand. Er war alles, was Sean nicht war: bescheiden, klug, ruhig, mit einem warmen, freundlichen amerikanischen Akzent und dem anmutigen Körper eines Balletttänzers. Sean hingegen war ein echter Proll, ein Aufschneider, ein Bursche aus der Arbeiterklasse, der es zu etwas gebracht hatte (eine abgedroschene Phrase, die er ständig von sich gab). Ein Großkotz mit aufdringlichem Goldschmuck und maßgeschneiderten Anzügen.

Die Wochen wurden zu Monaten, und mit der Zeit war unsere kleine Gruppe – Emma, Lars, Dylan, Harry, Karen und ich – zu einer Art Familie zusammengewachsen. Ich hätte Karen natürlich sagen können, was ich für Harry empfand, aber so war unsere Freundschaft nicht. Wir teilten unsere Gefühle nicht. Was das anging, war sie wie ich – verschlossen und pragmatisch. Wir hatten womöglich ein tiefes Gefühlsleben, aber wir zeigten es nur ungern, als würde das Eingeständnis unserer Emotionen uns schwach machen. Wir beide waren es gewohnt, unsere Gefühle vor denen zu verstecken, die uns am nächsten standen – wenn auch auf verschiedene Art und Weise.

Nach dem Gespräch am Strand hielt ich die Augen offen, um zu sehen, ob sich da etwas zwischen Harry und Karen anbahnte. Auf einmal fielen mir Kleinigkeiten auf, so zum Beispiel, wie sie es immer schafften, beim Sonnenbaden am Strand nebeneinanderzuliegen oder gemeinsam an der Bar zu hocken. Wenn er ins Dorf wollte, fragte er sie immer, ob sie ihn begleiten wollte. Er lachte andauernd über ihre, ehrlich gesagt, miesen Witze und schien sie sogar unterhaltsam zu finden. Einmal, als ich in Hörweite war, sagte er ihr, sie hätte diesen trockenen Humor, den er so »liebte«. Diese Bemerkung verdarb mir tagelang die Stimmung. Karens Verhalten änderte sich ebenfalls. Sie saß immer ein wenig zu nah bei ihm, während sie an ihren Cocktails nippten, sodass sich ihre Knie berührten; sie warf ihr langes Haar über die Schultern, fuhr sich mit den Fingern hindurch und zwirbelte es schüchtern hinter ihren Ohren, während sie, den Kopf zur Seite geneigt, mit ihm sprach.

Eines Abends waren wir alle zusammen durchs Dorf spaziert und den steilen Hügel hochgewandert, um den Sonnenuntergang über den zwei Buchten von Phi Phi zu betrachten. Während wir den schmalen, gewundenen Pfaden folgten, musste ich immer wieder stehen bleiben, um einen Schluck aus meiner Wasserflasche zu nehmen. Die Luft war drückend, mein Spaghettiträgertop klebte mir am Rücken, meine Turnschuhe rieben mir die Füße wund. Ich war mit Dylan, der seine Kopfhörer trug, am Ende der Gruppe hängen geblieben. Mir fiel auf, dass alle sich paarweise zusammengetan hatten: Emma und Lars, Karen und Harry, sodass für mich nur Dylan übrig blieb. Ich war absolut nicht sein Typ – zumal meine Brüste nicht groß genug für ihn waren –, und er beachtete mich kein bisschen, was für mich völlig in Ordnung war. Ich glaube, er und Harry waren nur zusammen unterwegs, weil sie beide aus New Jersey kamen, dabei waren sie so unterschiedlich wie Tag und Nacht. Emma und Lars hielten sich an den Händen, während er ihr den abschüssigen Pfad hochhalf, und ich blickte zu Karen und Harry, die weiter vorne gingen. Sie lachten und drehten sich immer wieder zu Emma und Lars um, um etwas zu sagen, und mich überkam die schrecklich paranoide Vorstellung, dass sie zu viert etwas miteinander anfangen könnten. Weder ich noch Dylan hatten Interesse daran, einen Sechser daraus zu machen – was also blieb für uns übrig? Auf einmal zerfiel unsere Gruppe in Pärchen, und die Erkenntnis hinterließ einen bitteren Nachgeschmack. Ich spülte ihn mit Wasser runter.

Der Ausblick vom Gipfel war atemberaubend. Wir

saßen auf den flachen warmen Felsen und sahen der Sonne zu, die hinter den zwei Buchten versank, wobei mich die zwei geschwungenen Sandbänke an Schmetterlingsflügel erinnerten. Die Sonne, die aussah wie ein riesiger orangefarbener Ball, überzog den Himmel mit rosaroten Streifen und spiegelte sich im glitzernden Meer. Wir verfielen in Schweigen. Karen lehnte ihren Kopf für einen Moment an Harrys Schulter, doch dann – als fiele ihr wieder ein, dass sie sich in Gesellschaft befanden – setzte sie sich rasch wieder auf und warf ihr langes Haar zurück. Aber ich hatte die vertraute Geste schon bemerkt, den prickelnden Funken, der zwischen ihnen übergesprungen war.

»Ist das nicht unglaublich?«, sagte Harry schließlich. Karen saß zwischen uns, und mich überkam das Verlangen, sie aus dem Weg zu stoßen. Was gefiel ihm bloß an ihr? Wir waren einander nicht unähnlich: beide brünett – auch wenn ihr Haar im Vergleich eher mausbraun war –, beide klein, beide schlank. Na gut, sie hatte dieses hübsche herzförmige Gesicht, wohingegen meines eher maskuliner, kantiger war. Trotzdem konnte ich attraktiv aussehen, wenn ich mir Mühe gab. Ich zündete mir eine Zigarette an und sah, wie es in Karens Augen aufblitzte. Sie mochte es nicht, dass ich rauchte. Ich beugte mich an ihr vorbei, um Harry eine anzubieten, der sie dankbar annahm, und warf Karen einen triumphierenden Blick zu.

»Ein Arzt, der raucht«, sagte sie tadelnd, den Blick aufs Meer gerichtet. »Wie überaus inadäquat von dir.«

»Oh, inadäquat«, spottete Dylan neben mir. »Hast du etwa ein Wörterbuch verschluckt, Karen?«

Ich stieß ihn in die Rippen und genoss, wie er vor Schmerz aufstöhnte. »Werd endlich erwachsen«, zischte ich. Er war wie der nervige kleine Bruder, den ich nie haben wollte.

Wir stiegen den Hügel wieder hinab – ich schweigend und grüblerisch, die anderen kichernd und stolpernd –, wobei wir in der Dämmerung Mühe hatten, dem steinigen Pfad zu folgen. Rauchgeruch trieb uns von einem nahe gelegenen Lagerfeuer entgegen. Eine Gruppe Einheimischer saß vor einer Hütte, während bunte Wäsche an einer provisorischen Leine in der Brise flatterte.

Dylan verwickelte mich in ein Gespräch über die heutige Abendplanung, die darin bestand, sich in der Strandbar volllaufen zu lassen. »Ich kann es kaum erwarten, ein paar kühle Bier zu kippen«, sagte ich nachdrücklich; ich hatte vor, mich anständig zu betrinken.

»Du bist echt hart drauf«, meinte Emma lachend mit ihrem weichen irischen Akzent. »Du schaffst es sogar, mich unter den Tisch zu trinken, und das will was heißen.«

»Ich vertrage ja leider nicht so viel«, seufzte Karen bedauernd und griff hilfesuchend nach Harrys Arm, als sie über einen großen Stein stolperte.

Emma lachte wieder. »Stimmt. Ich habe dich noch nie besoffen gesehen, Karen.«

»Sie ist eben ein totaler Kontrollfreak«, warf ich mit Blick auf Harry ein. »Sie raucht ja nicht einmal.«

»Also, ich hatte an der Uni eine Freundin, die sich jedes Wochenende abgeschossen hat«, erwiderte Harry. Er hatte diese Stimme, bei der die Leute automatisch zuhörten, stark und selbstbewusst, als sei er bei Eltern aufgewachsen, die an allem interessiert waren, was er zu sagen hatte. »Erst kotzte sie alles voll, dann lag sie praktisch komatös in der Ecke. War letzten Endes nicht besonders attraktiv, ganz zu schweigen davon, was sie damit ihrer Leber antat …«

»Nicht besonders attraktiv?«, zog Emma ihn auf. »Aber für Männer ist es in Ordnung, wenn sie sich volllaufen lassen, oder wie?«

»Oder wenn du dir mit den Zigaretten die Lunge ruinierst?«, sagte Karen lachend und boxte ihn in die Seite. »Hauptsache, deine Leber ist porentief rein.«

»Na ja, das ist was anderes.« Er kitzelte sie, und sie fiel kichernd gegen seine Brust. »Aber es ist doch nie attraktiv, wenn sich jemand das Hirn wegsäuft«, fügte Harry versöhnlich hinzu und schlang wie beiläufig den Arm um Karens Schultern. »Zumindest nicht bis zu dem Punkt, an dem man nur noch zusammenhanglosen Mist faselt und alles vollkotzt. Und sie war jedes Wochenende so. Es war einfach nur noch peinlich.«

Es war überhaupt kein Problem, ihren Cocktail mit ein paar Tranquilizern aufzupeppen. Es brauchte nicht viel – nur die Benzodiazepine, die ich mir in Bangkok besorgt hatte. Es war unfassbar, was man in den Apotheken dort rezeptfrei bekam. Ich hatte eigentlich nur Diazepam kaufen wollen, um die Albträume loszuwerden, die mich heimsuchten und in denen ich träumte, dass Sean mich aufspürte. Aber als ich die blauen, weißen und gelben Pillen sah, die sich in Gläsern in den Regalen reihten wie Bonbons, wusste ich, dass ich die Gelegenheit nutzen musste. Also kaufte ich mehrere von jeder Sorte.

An jenem Abend mischte ich sie alle zusammen, um sie zu einem feinen Pulver zu vermahlen. Als wir später alle plaudernd mit dem Rücken an der Bar lehnten, stellte ich mich neben Karen. Ihr Cocktail stand hinter ihr, und sie drehte sich nur ab und an um, um einen Schluck zu nehmen. Normalerweise trank sie den ganzen Abend über nur ein, zwei Bier. Ich hatte sie bisher nur leicht beschwipst gesehen. Es war kein Problem, das Pulver in ihren Drink zu kippen, während sie mit Harry flirtete.

Es dauerte nicht lang, bis die Wirkung der Drogen einsetzte. Es begann damit, dass sie tanzte – etwas, das Karen nie tat; sie hatte mir einmal erzählt, sie sei total unkoordiniert. Damit hatte sie recht. Obwohl sie den Körper einer Ballerina hatte, bewegte sie sich schwerfällig und ungrazil wie ein Elefant, wobei sie immer wieder mit Leuten zusammenstieß. Ihre Tollpatschigkeit war geradezu frappierend. Tanzen war etwas, das mir von Natur aus lag, also sorgte ich dafür, dass ich dicht bei ihr und Harry stand, während ich mir einige Schritte aus dem Salsa-Kurs in Erinnerung rief, den ich mal mit Sean belegt hatte (bevor er auf den Tanzlehrer eifersüchtig wurde, der mich als Beispiel vorführte, und darauf bestand, dass wir aufhörten). Ich schwang lasziv die Hüften neben Harry, während der eine Art Seitschritt machte und verlegen zuschaute, als Karen, ihre üblichen Hemmungen vergessend, herumwirbelte und unkontrolliert mit den Armen wedelte.

»Hey, Süße, wir sind hier nicht auf Ibiza«, rief ein Typ ihr zu, als sie ihn anrempelte und auf seinen Fuß im Leder-Flipflop trat. »Scheiß Junkies«, hörte ich ihn leise fluchen.

Ich konnte den Anflug von Scham in Harrys Augen sehen. Schließlich packte er Karen am Arm und sagte ihr, dass sie genug gehabt hätte und etwas Wasser trinken sollte. Ich folgte ihnen und registrierte mit Genugtuung, wie verschwitzt und unattraktiv sie aussah, während sie sich stolpernd an ihn klammerte, als würde sie umfallen, sobald man sie sich selbst überließ. Harry führte sie zur Theke zurück, wo er sie mit besorgter Miene dazu nötigte, ein Glas Wasser zu trinken.

»Wow«, sagte ich unnötigerweise. »Ich habe Karen noch nie so betrunken gesehen.«

»Es muss wohl an der Hitze liegen. Sie sollte auf ihre Flüssigkeitszufuhr achten.«

»Ich fühle mich schrecklich«, stöhnte Karen, die immer noch schwerfällig an Harry lehnte. Dann ging ein Zucken durch ihren Körper, und sie erbrach sich an Ort und Stelle. Ich machte erschrocken einen Satz zurück, als die Kotze über den Boden spritzte, doch Harry blieb an ihrer Seite, rieb beruhigend ihren Rücken und hielt ihr das Haar aus dem Gesicht. Als wir sie zum Bungalow zurückschleiften, hing Karen schlaff und wie eine leblose Stoffpuppe zwischen uns. Wir legten sie vorsichtig auf ihr Bett. Mittlerweile war sie komplett weggetreten und murmelte zusammenhangloses Zeug; ihre Augen waren geschlossen, und ein glänzender Schweißfilm überzog ihr Gesicht wie Klarsichtfolie. Die Vorderseite ihres Kleides, das hochgerutscht war und ihren Slip entblößte, war voller Erbrochenem.

Harry kniete sich auf die kühlen Fliesen, zog ihr Kleid zurecht und wischte ihre Stirn mit einem feuchten

Handtuch ab, das er aus dem Badezimmer geholt hatte. »Du musst sie kühlen und dafür sorgen, dass sie genug Flüssigkeit zu sich nimmt. Sollte ihr wieder schlecht werden, musst du sie auf die Seite drehen.«

Ich verspürte einen Anflug von Panik, als er aufstand. »Wohin gehst du?« Ich hatte mir schon ausgemalt, wie wir die Nacht gemeinsam damit verbringen würden, Arzt und Krankenschwester für Karen zu spielen, während wir uns über ihren ausgestreckten Körper hinweg unterhielten.

Er runzelte die Stirn. »Zurück zur Bar …«, sagte er, als wäre das eine dumme Frage.

»Du lässt mich mit Karen allein?«

Er sah mich unsicher an. »Na ja, ich dachte, es ist ihr vielleicht peinlich, wenn sie weiß, dass ich sie in dem Zustand gesehen habe. Außerdem bist du doch ihre engste Freundin hier.«

Engste Freundin? Das gefiel mir. Er kam zu mir und blieb vor mir stehen. Ich saß auf meiner Bettkante, und Harry ragte über mir empor. Plötzlich verspürte ich den überwältigenden Drang, seine Shorts hinunterzuziehen und ihm jeden beschissenen Gedanken an Karen Fisher auszutreiben. Er beugte sich zu mir und drückte meine Schultern. »Du bist eine gute Freundin«, sagte er. »Gib mir Bescheid, falls ihr Zustand sich verschlechtern sollte. Hoffentlich hat sie ihren Rausch bald ausgeschlafen.«

Und ob ihr Zustand sich verschlechterte. Dafür sorgte ich schon.

26

Karen verbrachte die nächsten Tage im Bett. Zwischen meinen Strandausflügen zum Sonnen, Schnorcheln und Trinken schaute ich immer mal wieder nach ihr und wedelte mit meinen Räucherstäbchen herum, um den Gestank nach Krankheit und Schweiß zu vertreiben. Harry begleitete mich manchmal, aber er schien unbeteiligt, geradezu distanziert. Vielleicht war es der Mediziner in ihm, aber es war, als sähe er sie nicht länger als Karen, das Objekt seiner Zuneigung, sondern als irgendeine beliebige Patientin.

Karen fühlte sich immer noch zu krank, um mit uns zu Tham Morakot, der berühmten Smaragdhöhle, mitzukommen. Wir verbrachten dort einen wundervollen Tag; Harry und ich alberten herum, schubsten uns gegenseitig vom Boot und gingen abwechselnd im Meer tauchen. Ich stellte mir vor, wie all das ganz ohne Karen in unserer Nähe wäre. Ich mochte ihre Gesellschaft, aber wenn sie nicht dabei war, galt Harrys Aufmerksamkeit allein mir.

Bei unserer Rückkehr ins Resort war ich wie berauscht. Ich bestellte mir mit den anderen einen Drink an der Bar und tat so, als würde ich es nicht bemerken, als Harry sich davonschlich. Als ich in unseren Bungalow zurückkehrte, saß Karen aufrecht im Bett und sah schon viel glücklicher aus. Auf ihrem Nachttisch stand eine etwa fünfzehn Zentimeter hohe glänzende Buddhastatue. Ich hob sie hoch. Sie war aus schwarzem Onyx geschnitzt, wunderschön und schwer. »Wo hast du die Figur her?«

»Harry hat sie mir gekauft«, sagte sie. »Um mich aufzumuntern.«

Warum war ich nicht auf so eine Idee gekommen?

Ich stellte sie zurück und fühlte mich plötzlich niedergeschlagen. Sie war nicht einmal eine Woche weg gewesen, aber die Dynamik in der Gruppe hatte sich bereits etwas verschoben; ich hing nicht mehr mit Dylan fest, sondern war Harrys Begleiterin geworden. Ich war es jetzt, die er aufsuchte, wenn er ins Dorf oder eine Runde schwimmen gehen wollte. Doch nun, da es Karen besser ging, fürchtete ich, dass alles wieder werden würde wie zuvor.

Und tatsächlich, als wir etwa eine Woche später Ko Phi Phi verließen, um per Boot nach Ko Lanta überzusetzen, wo wir auf Elefanten ritten und durch die bunten Korallenriffe schnorchelten, bemerkte ich, dass Karen und Harry sich einander wieder annäherten. Jedes Mal, wenn er in ihrer Nähe auftauchte, verzog sich ihr Mund zu einem strahlenden Lächeln, das ihre Grübchen betonte. Sie wurden förmlich voneinander angezogen, hakten sich beieinander unter und schlenderten zusammen davon, die Köpfe zum Gespräch zusammengesteckt. Ich überlegte, ob sie miteinander vögelten. Ich ließ mich jedoch nie dazu herab zu fragen, und von Karen waren definitiv keine kichernden Bekenntnisse zu erwarten. Das war nicht ihr Stil.

Ich fragte mich, ob es wohl an der Zeit war, ohne die anderen weiterzuziehen und neue Freunde zu finden. Hier, in Thailand, war das einfacher. Vor allem, da meine alten Reisegefährten sich allmählich anfühlten wie toter Ballast. Ich spürte meine Macht schwinden – sowohl bei Karen, als auch bei Harry –, und dieses Gefühl gefiel mir ganz und gar nicht.

»Ich überlege mir, nach Bangkok zurückzukehren«, sagte ich einige Zeit darauf zu Karen, als wir eines Abends zusammensaßen. Das Wetter wurde allmählich stürmischer und brachte häufig heftige Regengüsse mit sich, und obwohl die Hitze angenehmer war als noch im Mai, machte das Tauchen und Sonnenbaden nicht mehr so viel Spaß.

Das Resort, in dem wir untergekommen waren, lag direkt am Strand, wenn auch die Hütte, die ich mir mit Karen teilte, ziemlich spartanisch war. Wir hatten entsetzt losgeprustet, als wir das Erdloch entdeckt hatten, das uns als Toilette dienen sollte. Jetzt lagen wir einander zugewandt in einer der Hängematten, die überall am Strand hingen, unsere Beine verschränkt, und nippten an unseren Cocktails. Die Sonne war bereits untergegangen, und Lichterketten sprenkelten den Himmel über unseren Köpfen. Es hatte zuvor geregnet, aber die Luft war lau, der Wind kräuselte das dunkle Wasser. In der Ferne konnten wir die anderen an der Strandbar sehen, und ab und an schwebte ein Chor an Gelächter zu uns herüber.

Karens Augenbrauen schossen empor, als sie ihren Cocktail durch den Strohhalm sog. Die Flüssigkeit war leuchtend pink – Beeren und Wassermelone, gemixt mit

Wodka – und färbte ihre Lippen dunkel. Sie schluckte. »Du willst Ko Lanta verlassen?«

»Ich würde ganz gerne den Norden besuchen. Danach vielleicht weiter nach Nepal. Oder Burma.«

Ich merkte ihr an, dass sie über die Idee nachdachte. Sie leckte sich über die Lippen. »Klingt eigentlich ganz spaßig.«

»Ich liebe es hier«, gab ich zu, warf einen Arm in die Luft und blickte über den langen weißen Sandstrand, das glitzernde Wasser, die Palmenwipfel, die im Wind nickten. Es war wirklich das Paradies – ein einziger langer Urlaub, eine einzige endlose Party. Ein junger Typ in der Strandhütte neben uns ließ sich eine Massage von einer zierlichen Thailänderin geben, die mehr oder weniger auf seinem Rücken saß, während sie eifrig seine Schultern knetete. »Aber jetzt sind es schon ein paar Monate. Es wird Zeit weiterzuziehen.« Das Herz hinter meinem sommerlichen Top schlug schneller. Wenn ich ehrlich war, wünschte ich mir, dass sie mit mir kam – ohne die anderen. Ich fingerte am Stiel meines Glases herum, während ich eine Reihe von Emotionen über Karens Gesicht huschen sah wie Discolichter. Sie wägte ab, ob sie Harry verlassen sollte – oder mich.

Sie nahm einen Schluck von ihrem Drink. »Wann willst du los?«

»In ein paar Tagen. Hast du Lust mitzukommen? Oder reicht es dir hierzubleiben?« Ich versuchte, gelassen zu klingen, um zu zeigen, dass es mir egal war, wofür sie sich entschied.

Sie seufzte. »Ich bin nicht sicher. Lass mich darüber nachdenken.«

»Klar«, sagte ich und lächelte süßlich. Sie schien erleichtert, aber ich machte mir keine Gedanken. Ich würde schon dafür sorgen, dass sie sich für mich entschied.

Am nächsten Abend verbrachte ich eine Ewigkeit damit, mich zurechtzumachen. Unten am Strand stieg die übliche Party – Musik, Gelächter und das Klirren von Gläsern drangen durch das offene Fenster herein. Ich musterte mich in dem kleinen fleckigen Spiegel. Ich hatte über fünf Kilo abgenommen, da ich mich seit Monaten praktisch nur von Reis und Fisch ernährte, und war schlanker und sonnengebräunter denn je. Mein dunkles Haar glänzte gesund und schön. Ich trug roten Lippenstift auf und gelte mein Haar aus dem Gesicht. Es wuchs allmählich aus seinem Pixie heraus und musste nachgeschnitten werden.

Wir hatten recht früh angefangen zu trinken, und ich war schon ziemlich beschwipst, als wir zum Strand hinunterspazierten. »Ich habe Angst, dass ich wieder zu viel trinke«, sagte Karen. »Du weißt schon, nach dem letzten Mal. Es ist mir immer noch schrecklich peinlich, wenn ich daran zurückdenke. Ich kapiere immer noch nicht, warum der Alkohol mir so zugesetzt hat.« Mittlerweile war es dunkel, und die Stufen waren mit kleinen Laternen geschmückt, damit wir den Weg fanden. Eine bunte Lichterkette war um die Bar gespannt und verlieh ihr eine festliche Atmosphäre. Ich erblickte Harry, der mit Lars und Dylan am Strand stand; er drehte sich kurz um, als wir die Bar betraten, aber er kam nicht zu uns.

»Was ist denn mit Harry los?«, fragte ich, während wir an der Theke anstanden. »Er sieht aus, als sei ihm eine gewaltige Laus über die Leber gelaufen.«

Karens Mundwinkel zuckten. »Oh, Beth. Du bist echt fies. Ich habe ihm erzählt, dass wir womöglich weiterziehen. Er will nicht mitkommen, da er schon im Norden war.« Ich erinnerte mich daran, dass er es uns beim ersten Treffen erzählt hatte, sagte aber nichts, sondern lächelte nur mitfühlend, als sie fortfuhr. »Ich glaube, er will mit Dylan und Lars weiterreisen. Sie haben sich in Vietnam getroffen und waren seitdem gemeinsam unterwegs.« Sie seufzte. »Emma will ebenfalls bei ihnen bleiben. Harry hat gefragt, ob wir mit ihnen kommen wollen. Was meinst du?«

»Was ist denn ihr nächstes Ziel?«

»Ich glaube, sie wollen nach Indien fliegen.«

»Indien? Ich glaube ja nicht, dass es dir da gefallen würde«, erwiderte ich. »Die Leute dort kacken auf die Straße, und du wirst dir nur so eine fiese Magen-Darm-Sache einfangen. Außerdem ist es ziemlich weit weg.«

Sie blickte bekümmert auf ihre Hände. »Ich weiß, dass es weit weg ist, aber ich wollte schon immer mal den Tadsch Mahal sehen.«

»Für die anderen ist es ja schön und gut«, fügte ich hinzu, »sie haben Thailand schon gesehen. Aber wir haben gerade erst angefangen, Karen. Und was ist mit Vietnam? Mit Laos? Ich bin noch nicht durch mit Südostasien. Es wäre wirklich schade, das abzukürzen. Du musst tun, was deiner Meinung nach das Beste für dich ist. Aber ich reise morgen nach Bangkok ab.«

Wir wurden von dem süßen Barkeeper unterbrochen, der fragte, was wir trinken wollten, und nachdem wir unsere Cocktails bestellt hatten, schlenderten wir in einem Pulk anderer Partygänger zum Strand. Emma hüpfte auf uns zu und zog uns mit sich zu Lars und Harry. Dylan war währenddessen damit beschäftigt, eine vollbusige Blondine in einer dunklen Ecke vollzuquatschen.

Harry sah gut aus. Die Sonne hatte seine Haarspitzen gebleicht und seine Haut mit einem Goldschimmer überzogen. Ich verzehrte mich danach, ihn zu berühren, seinen vollen Mund zu küssen. Auch Karen sah ihn sehnsüchtig an. Der einzige Unterschied war, dass er das Begehren in ihrem Blick erwiderte.

Harry. Was war eigentlich seine Geschichte? Jeder hatte eine Geschichte. Die Musik hämmerte in einem eingängigen Dance-Rhythmus, der in meinen Ohren pulsierte. Ich stieß absichtlich mit Harry zusammen, sodass er seinen Drink verschüttete. »Es tut mir so leid«, sagte ich und nahm ihm sein Glas ab, als er bestürzt auf die klebrige Flüssigkeit blickte, die an seinem Schenkel hinunterrann. »Ich besorge dir ein neues Glas.« Karen plauderte mit Emma und bemerkte kaum, wie ich zur Bar zurückeilte. Es war überhaupt kein Problem, die Drogen unbemerkt in Harrys Getränk zu kippen.

Als ich zurückkam, lächelte Harry mich an und nahm dankbar das Glas entgegen. »Prost, Beth. Hättest du echt nicht tun müssen.«

»Es war meine Schuld«, erwiderte ich und blieb an seiner Seite. Jemand drehte die Musik auf, und ein neuer Schwarm

Gäste strömte an den Strand. Karen und ich wurden voneinander getrennt, sodass ich mit Harry allein blieb. Ich sah, wie er sich nach ihr umblickte, aber da packte ich schon seine Hand und zog ihn weiter ins Gedränge. Er hielt immer noch sein Glas, doch ich registrierte mit Genugtuung, dass er den Großteil davon geleert hatte. »Komm, tanz mit mir«, sagte ich mit meiner sinnlichsten Stimme und wiegte meinen Körper aufreizend zur Musik. Er begann, sich halbherzig zu bewegen, während die Menge sich um uns schloss, sodass wir in unserer eigenen kleinen Blase gefangen waren. Seine Pupillen waren riesig. Das ist meine Chance, dachte ich. Das ist meine Chance, es ihr zu zeigen. Ich hoffte nur, dass sie zusah. Ich streckte meine Arme zu ihm hoch und zog ihn näher, rieb mich an ihm. Ich sah die Überraschung in seinen Augen, aber er legte eine Hand auf meine Hüfte, und ich griff nach seinem Kopf und drückte einen langen Kuss auf seine Lippen, während meine Hände das wundervolle blonde Haar in seinem Nacken fanden und ich seinen Duft nach Zitronen in mich aufsog. Erst spürte ich, wie er sich versteifte, schockiert von meiner Dreistigkeit, aber dann gab er nach und entspannte sich unter dem Kuss; seine Zunge fand meine, und er verlor sich in dem Augenblick, genau so, wie ich es mir gedacht hatte. Der Kuss dauerte eine Ewigkeit. Harrys Hüften rieben sich an meinen, als er meinen Hintern packte und so fest an sich zog, dass ich praktisch auf ihm saß. Er verschüttete sein Getränk über meinem Rücken, aber es war mir egal. Ich presste mich gegen ihn und spürte, wie er unter mir hart wurde. Ich war eben eine gute Verführerin – das hatte Sean schon immer gesagt.

Irgendwann, als würde er aus einer Trance erwachen, wich er vor mir zurück, und seine Augen weiteten sich entsetzt, als ihm dämmerte, was er gerade getan hatte.

»Oh Gott ... ich bin so besoffen«, sagte er, als würde das alles wieder in Ordnung bringen. Ich sah zu, wie er seinen Kopf hin und her drehte wie ein Erdmännchen, während er in der Menge nach Karen suchte. »Ich gehe mal pissen«, fügte er hinzu, bevor er davontorkelte.

Als ich mich umdrehte, begegnete ich Karens Blick, und bei dem Schmerz, der in ihrem Gesicht aufflackerte, wusste ich, dass sie alles mit angesehen hatte.

Am nächsten Morgen fuhren wir beide allein nach Bangkok.

Ich plädierte natürlich auf Unwissenheit. Behauptete, das Ganze wäre allein von ihm ausgegangen. Dass er ein schmieriger Typ war, so wie Dylan. Sie war so wütend, dass sie sich nicht einmal von ihm verabschiedete, und wir reisten ab, noch bevor er aufgestanden war. Ich bewunderte sie dafür. Sie war stärker, als sie auf den ersten Blick schien – obwohl mir auffiel, dass sie den kleinen steinernen Buddha einpackte, den er ihr geschenkt hatte.

Vielleicht hätte ich erkennen müssen, wie sehr sie ihn liebte. Jetzt, im Nachhinein betrachtet, ist mir das klar. Mir ist klar, dass ich einen schrecklichen Fehler beging, indem ich das tat. Aber ich war jung und hitzköpfig. Missgünstig und voller Groll. Ich wollte sie dafür bestrafen, dass Harry sich für sie entschieden hatte.

Woher sollte ich wissen, dass es am Ende sie wäre, die mich bestrafen würde?

27

Etwas zwischen uns hatte sich verändert. Im Zug zurück nach Bangkok spürte ich ihre verstohlenen Blicke, die sie mir hinter ihrem Buch – einer schnulzigen Liebeskomödie – zuwarf, als versuche sie herauszufinden, wer ich wirklich war. Dabei wusste sie doch, mit wem sie es zu tun hatte, nicht wahr? Sie wusste, worauf sie sich einließ, als sie damals bei unserer ersten Begegnung im Zug hörte, wie ich diese Jungs fertigmachte; als sie sich bereit erklärte, den Sitzplatz mit mir zu tauschen; als sie sich das Tattoo stechen ließ, um mir zu beweisen, dass sie kein Feigling war. Sie hatte mich beeindrucken, mir gefallen wollen. Sie musste gewusst haben, dass ich ebenfalls auf Harry stand, aber sie hatte ihn mir nicht überlassen wollen. Oh nein, sie konnte selbstsüchtig sein, wenn es ihr gerade passte.

Mittlerweile war es Ende August, und der Regen prasselte ohne Unterlass auf das Zugdach. Wir saßen einander gegenüber und redeten nicht viel – ganz anders als noch vor drei Monaten. Kein aufgeregtes Kichern oder Kennenlerngeplauder, keine Bierdosen oder Scherze. Karen las mit mürrischer Miene in ihrem Buch, während ich aus dem Fenster starrte und mit meinem Blick den Regentropfen folgte, die die Scheibe herabrannen. Als es Zeit zum Schlafengehen war, klappten wir wortlos unsere Betten aus. Karen kletterte in die obere Koje, und ich sah und hörte bis zum nächsten Morgen nichts von ihr.

Ich würde Harry doch auch vermissen, wollte ich ihr sagen. Aber es war besser so – wenn ich ihn nicht haben konnte, dann sollte sie ihn auch nicht bekommen. Und so lag ich dort im Dunkeln, während die vereinzelt vorbeizuckenden Lichter und die leisen Gespräche der anderen Passagiere mich wach hielten.

Als wir Bangkok erreichten, hatte ich genug von ihrem schmollenden Schweigen. Ich überlegte allmählich, dass ich sie womöglich loswerden musste. Ihrerseits spürte ich keine Bewunderung mehr, nur Missbilligung. Es erinnerte mich zu sehr an Sean.

Den Großteil des Tages trotteten wir lustlos durch die Stadt, besichtigten den Großen Palast und den Liegenden Buddha, obwohl wir beides schon gesehen hatten. In Wirklichkeit hatten wir beide kein Ziel, eingekapselt in unsere jeweilige kleine Welt. Wir vermissten Harry und die anderen, wollten es einander aber nicht eingestehen. Gegen Nachmittag war der Himmel wolkenverhangen, die Luft schwülwarm. Wir nahmen ein Boot und fuhren den Fluss entlang, um uns die auf Pfählen errichteten Behausungen anzusehen. Ich staunte über die Fische, die mit weit geöffneten Mäulern aus dem Wasser sprangen, um das Futter aufzufangen, das der Guide ihnen zuwarf, und dann wieder im trüben Wasser untertauchten. Karen saß da, starrte mit traurigen Augen in die Ferne und ignorierte alles um sie herum.

Nachdem wir das Boot verlassen hatten, antwortete

Karen einsilbig auf meine Fragen und tat so, als wäre sie voll in den Anblick der Architektur versunken. Ich wollte ihr sagen, sie solle sich zusammenreißen und über ihn hinwegkommen, er sei auch nur ein Kerl, aber stattdessen studierte ich meinen Reiseführer und tat so, als wäre alles in bester Ordnung zwischen uns. »Das Hostel hier klingt günstig«, sagte ich, als wir in eine staubige Seitenstraße eines weniger gepflegten Stadtteils bogen. »Sollen wir heute Nacht hierbleiben, falls sie was frei haben, und morgen früh Richtung Norden weiterziehen?«

Sie zuckte halbherzig die Achseln. »Klar.« Sie blickte zum Gebäude hoch. Das Hostel war schmal und befand sich ein Stück versetzt hinter zwei Ladenfronten mit großen Schaufenstern und einem Bonsai, der am Eingang vor sich hin welkte.

Sie folgte mir durch den Flur und blieb neben mir stehen, um den Mosaikboden zu begutachten, während ich mich nach Zimmern erkundigte.

»Heute Nacht ist nicht viel los«, sagte eine hübsche Thailänderin mit einem strahlenden Lächeln. Sie hatte dunkel glänzendes, zu einem straffen Dutt geknotetes Haar und trug korallenroten Lippenstift, der nicht ganz zu ihrem Gesicht passte. Sie führte uns zwei Stockwerke höher und dann einen Korridor entlang bis zu einem schmalen Zimmer, in dem zwei Stockbetten standen. Eine Fliege summte im geöffneten Fenster dazwischen. Es gab keine Klimaanlage. Die Luft im Raum war stickig und schwül, und die Wände schienen sich nach innen zu neigen. Ich sagte, wir würden es nehmen.

Karen klappte auf einem der unteren Betten zusammen. Sie hatte dunkle Ringe unter den Augen, und sie war blass. Sie rollte sich in ihren Klamotten auf den Laken zusammen und zog die Knie an die Brust.

Ich sagte ihr, ich wolle noch mal nach draußen, zu dem kleinen Supermarkt unten am Eck, und versprach, gleich wieder zurück zu sein. Als ich wiederkam, beladen mit Chipstüten und Coladosen, saß sie auf ihrer Matratze, die Arme um ihre Knie geschlungen, und starrte mit einem Ausdruck ins Leere, den ich nicht ganz entziffern konnte. Ich bot ihr eine Dose an, und sie nahm sie wortlos entgegen; sie zischte und sprudelte, als sie die Lasche öffnete.

Ich ging aufs Klo. Als ich zurückkam, schlief Karen tief und fest; ihre Augen zuckten im Traum hinter den flatternden Augenlidern, die Coladose stand geöffnet, aber unberührt neben ihrem Bett. Da ich nichts verschwenden wollte, nahm ich sie, setzte mich auf das untere Bett gegenüber und trank sie selbst aus. Auf dem Fenstersims zwischen uns saß ihr Buddha. Aus einem Impuls heraus nahm ich ihn und packte ihn in meinen Rucksack. Sie musste wirklich damit aufhören, ihn ständig anzuschauen und Harry hinterherzutrauern. Ich tat ihr damit einen Gefallen.

Ich musste ebenfalls eingeschlafen sein, denn als ich die Augen öffnete, lag ich ausgestreckt und vollständig bekleidet auf dem Bett. Ich hatte tief und traumlos geschlafen; mir war seltsam schwindelig, und ich fragte mich, wovon ich aufgewacht war. Es war so dunkel, als wären meine Augen immer noch geschlossen, und in der Luft lag ein seltsam schwerer, süßlicher Geruch. Ich hörte Schreie aus dem Flur und das hastige Trommeln von Füßen.

Ich setzte mich kerzengerade auf, wobei ich mir den Kopf am oberen Bett anschlug, und blinzelte, während sich meine Augen an die Dunkelheit gewöhnten. Mein gesamter Körper fühlte sich bleiern und träge an. Jemand hämmerte gegen die Zimmertür, als wolle er sie aufbrechen. Was war hier los? Dann gab die Tür nach und barst auf. Dichter schwarzer Rauch quoll in den Raum, schlängelte sich um die Bettpfosten, brannte in meinen Augen und ließ mich husten. Ein Feuerwehrmann stand im Türrahmen. Er brüllte auf Thai auf mich ein. Ich versuchte aufzustehen, aber meine Beine waren seltsam schwer und gaben unter mir nach, sodass ich zu Boden fiel. »Karen!«, schrie ich. »Karen! Steh auf!« Der Rauch war so dicht, dass ich nicht erkennen konnte, ob sie noch schlief oder aufgestanden war. Ich versuchte, mich aufzurappeln, doch der Rauch drang mir in die Kehle und drohte, mich zu ersticken. Ich bekam keine Luft mehr, und meine Sicht verschwamm an den Rändern. Plötzlich spürte ich Hände, die nach mir griffen und mich hochhoben, jemand sprach auf mich ein. Eine Männerstimme. Ruhig. Ich begriff, dass es der Feuerwehrmann war, der mich über den Korridor trug. Meine Lunge arbeitete auf Hochtouren, während ich versuchte einzuatmen, aber es war keine Luft da, nur der ätzende Rauch, der sich anfühlte, als hätte man mir eine dicke Daunendecke in die Kehle gestopft. Ich war dabei zu ersticken. Doch da näherten wir uns einer Öffnung, einem Rechteck schwarzen Himmels, der gerade so durch den

Rauch zu erkennen war, und endlich sog ich tief und verzweifelt die frische Luft ein.

Der Feuerwehrmann hatte mich über seine Schulter geworfen und polterte eine Metalltreppe nach unten. Ein paar Teenager standen vor dem Hostel und gafften mit faszinierten Grauen, als er mich auf den Gehsteig fallen ließ. Ich brach auf dem heißen Asphalt zusammen und starrte auf das Gebäude, während die Flammen das obere Stockwerk verschlangen wie eine ausgehungerte Bestie.

Karen. Karen war da drinnen.

»Meine Freundin!« Ich zeigte auf das Hostel. Er rannte wieder hinein, gerade als eines der Fenster mit einem Knall explodierte; Glas splitterte und regnete auf uns herab. Ein Schrei ertönte. Die Teenager duckten sich und bedeckten ihre Köpfe mit den Händen, während ich entsetzt zusah. Ein Polizist brüllte auf Thai auf uns ein, dann auf Englisch. *»Treten Sie zurück!«*

Danach versank alles im absoluten Chaos. Weitere grellgelbe Löschfahrzeuge rückten an und kamen kreischend vor dem Hostel zum Stehen. Ich wurde, benommen und immer noch hustend, zu einem Krankenwagen gescheucht. Als das Feuer schlimmer wurde, konnte ich nur zusehen, eingewickelt in eine kratzige kotbraune Wolldecke und trotz der Hitze am ganzen Körper zitternd. Nach einer Weile wurde ich ins Krankenhaus gefahren, wo man mich auf eine Rauchvergiftung hin untersuchte. Als der Arzt mich nach meinem Namen fragte, log ich. Ich wollte meinen echten Namen nicht verraten, für den Fall, dass er in der Zeitung landete. Ich konnte die Schlagzeile schon vor mir sehen:

Britische Backpackerin überlebt Flammeninferno in Thailand – und spätestens dann wüsste Sean, wo ich war. Ich hatte keine Dokumente bei mir, keinerlei Unterlagen – die mussten mit all meinen anderen Sachen in Rauch aufgegangen sein.

In jener Nacht konnte ich kaum ein Auge zumachen. Meine Brust fühlte sich schwer an, als hinge der Rauch immer noch in meiner Lunge fest. Ich dachte an Karen. Hatte sie es geschafft, den Flammen zu entkommen?

Am nächsten Morgen wurde ich entlassen. Ich musste ein paar Formulare ausfüllen, was ich unter einem falschen Namen tat. Ich kehrte zum Hostel zurück. Es war nicht mehr wiederzuerkennen. Das Obergeschoss war komplett ausgebrannt und rußgeschwärzt und schien in der Hitze zu flirren; die unteren Stockwerke lagen unter einer Aschedecke. Polizeibeamte bahnten sich ihren Weg durch die Ruine. Meine Habseligkeiten waren im Feuer zerstört worden. Als ich fragte, ob man eine junge Engländerin gefunden hätte, schüttelte ein Polizist mit einem Notizbuch traurig den Kopf. Er wirkte mitgenommen, nahm meine Daten auf und meinte, sie würden mich wegen der Ermittlungen befragen wollen. Aber ich hörte nie wieder was von ihnen.

Die nächsten Tage telefonierte ich sämtliche Krankenhäuser ab, um herauszufinden, ob Karen dort eingeliefert worden war, aber die Antwort war stets dieselbe: Eine Karen Fisher war bei ihnen nicht registriert worden.

In jener Nacht starben acht Menschen im Feuer – drei Hostel-Mitarbeiter und fünf Backpacker. Es gab sieben Überlebende und zwei Vermisste. Glücklicherweise war das Hostel relativ leer gewesen, sonst hätte es viel mehr

Opfer gegeben. Mein Name wurde nicht erwähnt. Auch Karens nicht. Die meisten Dinge waren vernichtet worden, keinerlei Dokumente hatten das Feuer überlebt. Es wurden nur Leichen geborgen, rußgeschwärzt und verkohlt.

In den folgenden Tagen und Wochen fühlte ich mich verloren und ging benommen die Anträge durch, nachdem ich die Britische Botschaft kontaktiert und einen neuen Pass unter meinem Mädchennamen, Elizabeth Davies, beantragt hatte – mein Weg, Sean für immer zu entkommen. Ich bin nicht besonders stolz darauf, aber ich muss zugeben, dass ich Karen vermisste. Ich vermisste ihre Gesellschaft, jemanden, mit dem ich lachen konnte – selbst ihre schlechten Witze fehlten mir.

Es ist schon komisch, wie schnell das Leben seine Richtung ändern kann – als würden alle Geschicke von einem höheren Wesen dirigiert. Mein Vater war Pfarrer gewesen, und sowohl er als auch meine Mum hatten sich alle Mühe gegeben, mir den Glauben an Jesus Christus einzutrichtern, sodass ich selbst jetzt das Gefühl nicht ganz abschütteln kann, dass etwas dran ist. Und das obwohl ich als Teenager dagegen rebelliert hatte, indem ich mit fünfzehn von zu Hause weglief und mit einer Gruppe Gleichgesinnter in ein besetztes Haus zog, wo ich lebte, bis ich Sean traf.

Ich hatte Karen erzählt, meine Eltern seien tot, aber die Wahrheit war, dass Mum uns verlassen hatte. Sie hatte meinen Vater verlassen, und sie hatte mich verlassen. Ich habe sie seit meinem zwölften Lebensjahr nicht mehr zu Gesicht bekommen. Bevor sie abhaute, saß sie stundenlang auf meiner Bettkante, laberte mich mit irgendwelchen

Bibelsprüchen voll und erzählte mir, ich müsse mich von meinen Sünden reinwaschen. Ich habe mich oft gefragt, ob sie das getan hat, nachdem sie sich mit diesem Kerl aus unserer Kirchengemeinde verpisst hatte. Aber vielleicht galten diese Regeln ja nicht für sie. Mein Dad gab mir die Schuld daran und warf mir vor, ein schwieriges, verzogenes Einzelkind zu sein. Ich sei nicht »ganz richtig«, sagte er, weil ich mich nicht in sein Leben als Stütze der Gesellschaft in unserer dörflichen Postkartenidylle fügte. Nachdem Mum abgehauen war, wurde er ständig in die Schule zitiert, weil ich mal wieder beim Schwänzen oder beim Rauchen hinter den Fahrradunterständen erwischt worden war. Als ich gesehen wurde, wie ich auf dem Jungsklo Theo Masters küsste, rastete mein Vater endgültig aus und beschimpfte mich als »Schlampe, ganz wie deine Mutter!«. Wir hatten einen üblen Streit, woraufhin ich aus dem Haus stürmte. Ich sah ihn nie wieder.

Als Kind stellte ich mir Gott wie einen Marionettenspieler vor, der über unseren Köpfen schwebte, die Fäden zog und je nach Lust und Laune entschied, welche Wendung unser Leben nehmen sollte.

Die viel zu junge Heirat mit Sean war eine Flucht für mich gewesen. Er war mir begehrenswert erschienen, da er älter war, weltmännisch, wohlhabend, im Besitz einer eigenen Wohnung. Er hatte ein eigenes Bauunternehmen. Ich war von ihm beeindruckt gewesen, aber im Grunde war ich nur von einer Hölle in die nächste gestolpert.

Als Karen damals sagte, ich sei knallhart, ahnte sie noch nicht einmal die Hälfte.

28

Ich war erst seit zwei Tagen wieder in England – das erste Mal nach neun Jahren –, als ich ihr Foto sah. Ich blätterte durch eine Ausgabe der *Mail on Sunday*, die in einem Café, einem schmierigen kleinen Laden in Huddersfield, herumlag. Sie war schon ein paar Wochen alt und auf Mitte März 2017 datiert, aber ich las sie trotzdem. Es war der Name in der Überschrift, der mir ins Auge stach. Denn es war mein Name: *Elizabeth Elliot*. Was für ein Zufall, dachte ich, als ich an meinem Kaffee nippte und mir noch einmal die Geschichte dieser Lehrerin durchlas, die eine ihrer Schülerinnen aus einem brennenden Gebäude gerettet hatte. Eine Lehrerin mit demselben Namen wie ich. Nicht dass ich Lehrerin gewesen wäre – ich trat meinen Platz an der Pädagogischen Hochschule nie an. Es war nie wirklich mein Wunsch gewesen. Stattdessen war ich mehrere Jahre in Thailand geblieben. Danach reiste ich um die Welt, jobbte in diversen Bars und Restaurants, wobei es mich nach ein, zwei Jahren immer weiterzog. Dann lernte ich einen Spanier namens Matteo kennen, verliebte mich unsterblich, und wir lebten glücklich und zufrieden in Barcelona. Bis vor drei Monaten, als alles auf tragische Weise schieflief.

Ich war nur nach England zurückgekehrt, weil mein Vater gestorben war, und auch das nur, um zu sehen, ob der Bastard mir irgendwas hinterlassen hatte. Ich war sein einziges Kind, seine nächste lebende Verwandte, und ich brauchte Geld, da ich Matteo verlassen hatte.

Es dämmerte mir nicht sofort. Erst als ich mir ihr Foto genauer anschaute und diese großen haselnussbraunen Augen bemerkte sowie den dunklen Fleck auf ihrem rechten Oberarm, der von ihrer ärmellosen Bluse nicht verdeckt wurde – das gleiche Tattoo wie meines, kaum erkennbar, wenn man nicht wusste, wonach man suchte. Ihr Haar war anders – dunkler, kurz, mit einem geschwungenen Pony. Dieselbe Frisur, wie ich sie einst hatte, dieselbe wie auf meinem alten Passfoto.

Ich konnte nicht glauben, wen ich da sah. Karen Fisher? Wie konnte sie auf dem Foto sein, wo sie doch vor Jahren bei dem Brand ums Leben gekommen war? Ich schaute mir ihr Gesicht genauer an, die Grübchen neben ihren Mundwinkeln, während sie zu den Kindern zu ihren Füßen hinablächelte. Es war ein geradezu surrealer Moment. Wenn man beinahe zehn Jahre in dem Glauben verbringt, dass jemand tot ist und dass es auf gewisse Weise die eigene Schuld war … nun ja, ich verfiel in eine Art Schockzustand. Ich saß dort, am ganzen Körper zitternd, als hätte ich zu viele Tassen Kaffee getrunken. Eine Kellnerin fragte mich, ob alles in Ordnung mit mir sei.

Warum benutzte sie meinen Namen? Was hatte das alles zu bedeuten?

Ich wollte – nein –, ich *brauchte* Antworten.

Es war nicht schwer, ihre Adresse herauszufinden. Schon erstaunlich, wie einfach man die wichtigsten Informationen aus einem Zeitungsartikel filtern kann. Lehrerin. An einer privaten Grundschule. In Bath.

Ich nahm den ersten Frühzug nach Bath. Ich war noch nie zuvor dort gewesen, aber die hübschen georgianischen Gebäude und die malerischen kleinen Parks ließen mich innerlich schaudern. Sie erinnerten mich an meine Heimatstadt York, an meine unglückliche Kindheit. Natürlich hatte es Karen hierher verschlagen – ich konnte sie mir beim besten Willen nicht in Sheffield, Birmingham oder einer anderen kosmopolitischen Großstadt vorstellen. Dafür war sie nicht cool genug. Zu brav, zu durchschnittlich. Die gesamte Fahrt über ließ ihr dreister Schwindel mir keine Ruhe. All die Jahre hatte sie mich in dem Glauben gelassen, sie sei tot. Hatte sie versucht, vor mir zu flüchten? Vielleich war sie gerettet und in ein Krankenhaus gebracht worden? Aber ich hatte alle Notaufnahmen abtelefoniert – sie war nirgends eingeliefert worden.

Und so wartete ich an jenem nasskalten Tag Ende März im Schutz meines Regenschirms vor ihrer Schule. Ich erkannte sie auf Anhieb, trotz ihrer neuen Frisur. Aus der Entfernung hätte sie durchaus als ich durchgehen können – beziehungsweise ich, wie ich früher aussah. Heute reichte mir das Haar fast bis zur Taille, mein Gesicht war braun gebrannt und wettergegerbt von der vielen Sonne, sodass ich älter aussah als meine neunundzwanzig Jahre.

Karen jedoch sah frisch und jugendlich aus und, was noch ärgerlicher war, glücklich. Sie hatte sich einen Mantel um die Schultern gelegt, ihr linker Arm steckte in einer Schlinge, und in der anderen Hand hielt sie einen gepunkteten Regenschirm. Sie hüpfte geradezu beschwingt durch das Schultor, während ihr ein herzlicher Chor aus »Auf Wiedersehen, Miss Elliot, schöne Ferien!« nachhallte – von Schülern und Eltern gleichermaßen. Ich folgte ihr auf ihrem zehnminütigen Spaziergang nach Hause. Dann sah ich, wie sie eine Souterrainwohnung in einer breiten, geschäftigen Straße betrat, und beobachtete sie vom erhöhten Bürgersteig dabei, als sie in der Küche einen großen gutaussehenden Mann mit blondem Haar küsste.

Mein eigenes Leben war ein Scherbenhaufen. Doch sie, sie hatte alles.

Ich nahm mir ein Zimmer in einer kleinen Pension ein paar Straßen weiter und stellte auf meinem Smartphone einige weitere Recherchen an. Ich fand heraus, dass sie meinen Studienplatz an der Pädagogischen Hochschule in Middlesex angenommen hatte, um ihr Staatsexamen zu machen. Sie selbst hatte keinen Universitätsabschluss, fiel mir ein, also hatte sie offenbar vortäuschen müssen, ich zu sein, um meinen zu benutzen. Mein Portemonnaie, mein Pass, meine Sozialversicherungsnummer … das alles hatte sich in meinem Trekkingrucksack befunden. Ich hatte geglaubt, sie wären den Flammen zum Opfer gefallen, doch Karen musste sie die ganze Zeit über bei sich gehabt haben.

Noch nie in meinem Leben hatte ich jemanden so sehr gehasst wie in jenem Moment. Der Zorn kam aus meinem tiefsten Inneren, er schwoll an und wuchs in mir, bis ich mich schwanger damit fühlte.

Die Schlampe hatte mein Leben gestohlen. Doch ich war fest entschlossen, es mir zurückzuholen.

29

Ich erkundigte mich bei der Schule und erfuhr, dass Osterferien waren. Ich schlich um Karens Wohnung herum, aber sie war immer dunkel, obwohl ich einmal die alte Schachtel in der Wohnung darüber bemerkte, die mich von ihrem Erkerfenster aus beobachtete. Ich fragte mich, ob Karen und der blonde Kerl in den Urlaub gefahren waren, ob meine Reise umsonst gewesen war. Dann, endlich, ein Glückstreffer: Am Mittwoch sah ich ein Licht im Souterrainfenster. Es war Vormittag, und Regen hing in der Luft; der Himmel war so grau wie die nikotingefleckte Zimmerdecke in dem besetzten Haus, in dem ich früher gewohnt hatte. Ich stieg die Stufen hinab, fest entschlossen, sie zur Rede zu stellen, und hoffte, ihr Typ möge bei der Arbeit sein. Mit hämmerndem Herzen klopfte ich an die Eingangstür und fragte mich, was ich tun würde, wenn ich sie sah … was ich sagen würde. Ich hörte Schritte im Flur, ein leises, tiefes Husten, und erstarrte. Es klang wie ein Mann. Ich wollte mich schon umdrehen und die Stufen wieder hochrennen, als die Tür aufgerissen wurde. Und da, im Türrahmen, stand er. Sean.

Wir starrten einander sprachlos an, unsere Gesichter spiegelten den Schock des anderen wider. Sean sah anders aus: älter, verbrauchter, ungepflegt. Einst war er attraktiv gewesen, mit diesem unglaublichen Charme, dem ich nicht hatte widerstehen können. Bis ich schließlich erwachsen wurde und ihn als den erbärmlichen Tyrannen erkannte, der er in Wirklichkeit war. Die teuren Anzüge und langen Wollmäntel, die er früher bevorzugt getragen hatte, waren nun durch eine schäbige Jeans und einen formlosen Fleecepulli ersetzt worden. Sein Blick war grimmiger als in meiner Erinnerung, sein Körper stämmiger und muskulöser, als hätte er sich mit Steroiden vollgepumpt.

Er fand zuerst seine Stimme wieder. »Beth?«

Ich nickte. Blanke Furcht durchzuckte mich, während ich mich fragte, was er in Karens Wohnung zu suchen hatte.

»Was zur Hölle tust du hier? Ich dachte, du wärst in Cornwall!«, knurrte er.

»Cornwall?« Ich konnte kaum atmen, geschweige denn sprechen, und das Wort entschlüpfte mir als hilfloses Piepsen. Bevor ich irgendwie reagieren konnte, hatte er mich schon an der Kehle gepackt und in den Flur gezerrt. Er stieß mich mit dem Rücken gegen die Wand, während seine Finger sich in meine Luftröhre bohrten, und trat die Tür mit dem Fuß zu.

»Ja, Cornwall!«, spie er mir entgegen. Sein säuerlicher Atem stank nach schalem Kaffee, und ich zuckte zusammen. Was hatte ich je in ihm gesehen? Er widerte mich an.

»Bitte … ich bekomme keine Luft …«, presste ich hervor. Er lockerte den Griff um meinen Hals und packte stattdessen meine Oberarme, wobei seine Finger sich in mein Fleisch krallten. Das würde blaue Flecken geben.

»Ich dachte, du wärst in Cornwall«, wiederholte er zwischen zusammengebissenen Zähnen. »Mit deinem Wichser von Ehemann.«

»Ich habe keinen Ehemann … außer dir.«

Da schüttelte er mich so heftig, dass ich mir in die Wange biss. Ich spürte den Eisengeschmack von Blut auf meiner Zunge. »Lüg mich nicht an, du dumme Schlampe! Was zur Hölle tust du hier?«

»Ich lüge nicht!«, heulte ich. »Bitte. Ich weiß nicht, wovon du redest. Ich bin hergekommen, um Karen Fisher zu sehen.«

Er hörte auf, mich zu schütteln. »Karen Fisher?«

»Sie war eine Freundin, die ich auf einer Reise kennengelernt habe«, sagte ich und versuchte, mich aus seinem Griff herauszuwinden, aber er packte meine Arme nur noch fester. »Ich habe ihr Foto in der Zeitung gesehen und …«

»Das warst du in den Zeitungen«, zischte er.

»Nein, war ich nicht. Ich … ich dachte, sie wäre gestorben, in Thailand. Aber sie hat meine Identität angenommen. Sie gibt vor, ich zu sein. Ich weiß nicht, warum … ich …«

Seine Augen blitzten auf. »Also lebst du gar nicht hier, in dieser Wohnung, mit Jamie Hall?«

»Ich habe noch nie von einem Jamie Hall gehört.«

»Was willst du dann hier?«

»Ich bin gekommen, um Karen zur Rede zu stellen.«

Er taumelte zurück, als wäre ich diejenige gewesen, die ihm einen Schlag versetzt hätte. »Verfickte Scheiße«, stöhnte er, fasste sich mit beiden Händen an den Kopf und schritt den Flur auf und ab. »Verfickte Scheiße!« Ich verstand nicht, warum er so aufgebracht war.

»Was hast du getan, Sean? Was hast du mit Karen gemacht?«

Er war immer schon ein manipulativer Bastard. Damals war ich zu jung gewesen, um es zu erkennen, aber in diesem Moment durchfuhr mich eine schreckliche Angst. Hatte er Karen etwas angetan?

Er machte einen Satz auf mich zu, packte mein Haar und schleifte mich in ein Schlafzimmer. »Ich habe dich jahrelang gesucht. Neun verfluchte Jahre. Du hast mir zehntausend Kröten geklaut. Hast du etwa geglaubt, ich würde dich damit davonkommen lassen? Und dann sah ich dieses Foto. Ich dachte, ich hätte dich gefunden. Und jetzt willst du mir weismachen, dass es gar nicht du warst, sondern eine andere bescheuerte Kuh, die vorgibt, du zu sein?« Speichel spritzte ihm aus dem Mund; sein Gesicht war so rot und wutverzerrt, dass seine Augen hervortraten. »Ich werde die Scheiße aus dir herausprügeln. Du hast alles ruiniert …« Seine Augen glühten, und ich konnte mitten in sein verkommenes Inneres hineinblicken. Mir war immer klar gewesen, dass Sean mich umbringen würde, sollte er mich jemals wiedersehen. Ich hatte ihn betrogen, ihn ausgetrickst und bestohlen und mich dann aus dem Staub gemacht. Mir war klar gewesen, dass er mir das niemals verzeihen würde. Was der Grund war, warum ich mich all die Jahre ferngehalten hatte. Er hob seine fleischige Hand, zur Faust geballt, und ich duckte mich und hob schützend die

Arme über den Kopf, während ich auf den ersten Schlag wartete. Es versetzte mich geradewegs in die Zeit unserer Ehe zurück, obwohl er damals penibel darauf geachtet hatte, mich nur dort zu schlagen, wo die blauen Flecken nicht zu sehen wären.

Ein vibrierendes Summen ertönte aus seiner Richtung; er hielt inne, senkte überrascht den Arm und zog sein Handy aus der Gesäßtasche seiner schmuddeligen Jeans. Früher mal wären es Designerjeans gewesen. Hatte er schwere Zeiten hinter sich? Er legte die Stirn in Falten, als ein Name auf dem Display aufleuchtete. Sein Mund verzog sich zu einem finsteren Lächeln. »Na, so was«, sagte er mit einem Blick zu mir. »Schau einer an, wer da anruft.«

Ich blickte starr auf seinen feisten Hals, die Tätowierung auf seinem Arm. Einst war mein Name auf diesem linken Bizeps verewigt gewesen, doch nun hatte er sich in eine geschmacklose grüne Schlange verwandelt.

Er stellte sich zwischen mich und die Tür, während er mit aufgesetzt herzlichem Tonfall ins Handy redete – irgendwas von einem Mann namens Jim, der auf der Suche nach Fossilien sei. Dann räusperte er sich. »Hören Sie, ich bin froh, dass Sie anrufen. Es gab eine kleine Planänderung …« Er zögerte und warf einen Blick in meine Richtung. »Meine Tochter kommt früher als erwartet aus dem Krankenhaus … Ich weiß, ich weiß, tolle Neuigkeiten, nicht? Also werden wir heute Abend, allerspätestens morgen, nach London zurückkehren. Ich lasse den Schlüssel bei Ihrer Nachbarin, ja?« Wovon redete er da? Welche

Tochter? Dann grinste er wieder hämisch. Was auch immer er vorhatte, er genoss es sichtlich. »Geben Sie den Schlüssel auf dem Heimweg einfach wieder an der Tankstelle ab. Danke, noch mal … *Libby*.« Libby?

»Mit wem hast du da gesprochen?«, fragte ich, als er das Handy wieder in seine Hosentasche gleiten ließ.

Er grinste, was ihn im Halbdunkel noch unheimlicher machte. »Sieht ganz so aus, als würde deine Freundin Karen Fisher sich Libby nennen. Nicht Beth.«

»Warum hast du mit Karen zu tun? Was geht hier vor sich, Sean?«

Er starrte mich an, als würde er mich zum ersten Mal sehen. »Ich gebe es ja nur ungern zu, aber ich habe mich getäuscht. Sie ähnelt dir mehr als du selbst. Was ist nur aus dir geworden, Beth? Du siehst echt scheiße aus.«

Mein Magen krampfte sich zusammen. Selbst nach all den Jahren schaffte er es, dass seine Worte mich trafen.

»Ich dachte, ich könnte ein bisschen Spaß mit dir haben, bevor ich dir dein Leben ruiniere. Aber das kann ich mir ja jetzt wohl sparen, was?« Er stieß ein zynisches Lachen aus. »Selbst diesen kleinen Spaß hast du mir versaut. Jetzt werde ich mir was anderes für dich überlegen müssen.«

Was hatte er vorgehabt? Nichts Gutes, so wie ich Sean kannte.

Ich spielte auf Zeit. Er war immer schon arrogant gewesen. Er würde es genießen, mir unter die Nase zu reiben, was er vorhatte. »Wolltest du mich etwa umbringen?«

»Scheiße noch mal, klar wollte ich dich umbringen. Oder glaubst du etwa, ich würde es dir durchgehen lassen, dass du mich zum Narren gehalten hast? Dass du mir mein Geld gestohlen hast?«

Mein Mund war wie ausgedörrt, doch ich fragte trotzdem. »Und wie?«

»Ich bin dir in Cornwall gefolgt … beziehungsweise dieser Frau, von der ich glaubte, du wärst es. Habe sie beobachtet. Sie und ihren Waschlappen von Ehemann. Ich habe ihn geschubst, als sie dort einen Leuchtturm besichtigten. Wollte ihm gar nichts antun, wollte die beiden nur erschrecken, aber sie segelte beinahe über die Klippe. Ich dachte mir schon, dass irgendwas an dir anders war. Dein Gang, dein Lachen. Aber schließlich war es fast zehn Jahre her.« Er zuckte die Achseln und grinste boshaft. »Ich bin hierhergekommen, um deine Kontodaten zu suchen und mir meine zehntausend Kröten zurückzuholen. Plus Zinsen, versteht sich. Oh, fast hätte ich's vergessen, ich habe in Cornwall einen Teil ihres Essens im Kühlschrank vergiftet. Und deine Unterwäsche mit Tierblut verschmiert und im Garten vergraben. Aber dumm gelaufen. War die falsche Person …«

»Meine Unterwäsche?«

»Diese sauteure Corsage, die ich dir damals gekauft habe, weißt du noch? Ich habe sie behalten. All die Jahre. Ich wusste, dass ich dich wiedersehen würde. Dass ich dich irgendwann finden würde. Ich habe dich gut behandelt, habe dich aus dieser ekelhaften Bruchbude geholt, in der du gehaust hast. Habe dir hübsche Dinge gekauft. Und so zahlst du es mir zurück?«

»Mich gut behandelt?« Trotz meiner Angst konnte ich

meinen Mund nicht halten. »Du hast mich windelweich geprügelt. Du hast mich missbraucht. Du hast mich ausgenutzt. Meine Jugend, meine Schutzlosigkeit …«

Der Schlag kam unerwartet, und ich fiel rückwärts aufs Bett; ich hatte das Gefühl, mein Wangenknochen müsse explodieren. Ich konnte förmlich die fast zehn Jahre aufgestauten Frust in der Wucht seiner Faust spüren. Dann setzte er sich rittlings auf mich. Ich schlug nach ihm, aber meine Schläge waren so wirkungslos wie Wasser. Er drehte mich herum, sodass ich auf dem Bauch lag, und riss meine Arme grob hinter den Rücken. Ich spürte, wie er etwas um meine Handgelenke schnürte, und die Fesseln schnitten mir ins Fleisch. Dann klebte er mir noch den Mund zu.

»Dich hole ich mir später«, sagte er und stand vom Bett auf. Dann ließ er mich dort liegen, allein im Dunkeln, während mein Auge pochte, wo er mich getroffen hatte.

Sobald ich die Eingangstür zufallen hörte, machte ich mich daran, meine Fesseln zu lösen. Ich setzte mich mit dem Rücken zum hölzernen Kopfende auf und fuhr mit den Handgelenken die scharfen Kanten auf und ab, um sie Stück für Stück durchzuscheuern. Er hatte irgendein dickes Klebeband verwendet – hatte er das immer bei sich? Bei diesem Psycho hätte mich das nicht gewundert. Ich schwitzte vor Anstrengung, und meine Handgelenke waren wund gerieben, aber schließlich schaffte ich es, das Klebeband zu durchtrennen und mir auch den Streifen vom Mund zu ziehen. Sean war zu überheblich gewesen. Er hatte vergessen, dass ich während unserer Ehe genug Gelegenheit gehabt hatte zu üben.

Ich sprang auf und blickte mich in Karens Schlafzimmer um – es war mit Kiefernholzmöbeln eingerichtet. Der Frisiertisch war mit Cremes, Tiegeln und Parfümfläschchen übersät; inmitten des ganzen Durcheinanders thronte stolz ein Foto von ihr mit ihrem Ehemann. Sean hatte ihn Jamie genannt. Jamie Hall. Ich brauchte etwas Hartes, etwas Schweres, etwas, das ich als Waffe verwenden konnte, wenn er zurückkam. Ich öffnete Karens Kleiderschrank in der Hoffnung, einen spitzen Stöckelschuh oder ein schweres Buch zu finden, das ich ihm über den Schädel ziehen konnte. Aber da waren nur Turnschuhe und Ballerinas. Keine Absätze. Doch dann entdeckte ich etwas, das zusammen mit ein paar Sommerklamotten und Handtaschen ganz hinten in der Ecke des Kleiderschranks verstaut worden war. Etwas Vertrautes. Ich beugte mich vor und griff danach – der Stein fühlte sich kühl an. Der Buddha, den Harry ihr geschenkt hatte. Warum hatte sie ihn behalten? Trauerte sie ihm etwa immer noch hinterher? Dem einen, der ihr entwischt war?

Ich hatte geglaubt, wir würden miteinander klarkommen, Karen und ich. Zwei starke Frauen, die ihrer Vergangenheit entkommen waren und keinen Mann nötig hatten. Aber sie hatte mich betrogen. Die Vorstellung, Karen eine Lektion zu erteilen, verlieh mir den nötigen Antrieb und die Kraft. Das war die Sache mit mir und Sean – wir waren uns ähnlicher, als ihm klar war. Vielleicht hatten wir damals deshalb diese Anziehung zueinander verspürt. Wir wären ein großartiges Team gewesen, wenn wir nicht ständig damit beschäftigt gewesen wären, uns mit unseren Machtkämpfen gegenseitig auszustechen und die Oberhand zu gewinnen. Dann musste ich an Matteo denken, den lieben, loyalen Matteo mit seinen sanften braunen Augen, die immer so schläfrig aussahen. Mein Herz zog sich zusammen vor Sehnsucht nach ihm. Er hatte die Dunkelheit in Schach gehalten. Er hatte in mir den Wunsch geweckt, ein besserer Mensch zu sein. Aber letzten Endes hatte er mich ebenfalls durchschaut.

Der Raum war in Finsternis getaucht. Wo war Sean? Ich wagte es nicht, das Schlafzimmer zu verlassen, für den Fall, dass er überraschend zurückkam. Ich steckte den Buddha in meine Jackentasche – er war massiv genug, um ihn im Zweifelsfall als Waffe einsetzen zu können. Die Eingangstür war mir zu riskant, also riss ich das zweite Fenster auf, das nicht zur Straße hinausging, und kletterte in den Garten hinaus. Das Tageslicht schwand und warf lange Schatten über das wild wuchernde Gras. Ich fragte mich, was wohl hinter dem Garten lag. Wäre es einfach zu entkommen? Bevor die Furcht mich lähmen konnte, sprintete ich los. Dann hörte ich ein wütendes Brüllen; ich warf einen Blick über die Schulter und strauchelte in meiner Hast. Sean war dabei, aus dem Fenster zu klettern. Ich rannte über die Wiese auf das Gebüsch zu, unterdrückte einen Angstschrei und versteckte mich. Dann griff ich in meine Lederjacke, wo sich meine Hand um den Buddha schloss. Ich kauerte mich zusammen, mein Atem ging flach, mein Herz schlug so wild, dass ich fürchtete, er könnte es hören.

»Ich weiß, wo du steckst, du dumme Schlampe!«, rief er, und Belustigung schwang in seiner Stimme mit. Er spähte um die Hecke herum.

Ich unterdrückte einen Schrei, schwang mit aller Kraft den Buddha und schmetterte ihn gegen seine Schläfe; ich spürte Erleichterung und Entsetzen zugleich, als die Statue dumpf auf seinen Schädel traf. Sean taumelte, und sein verblüffter Blick begegnete meinem, bevor er wie ein gefällter Baumstamm zu Boden stürzte.

Furcht packte mich, sodass ich für einige Sekunden wie angewurzelt dastand und die Wunde in seinem Schädel anstarrte – das Blut, das in einem Bogen aus seinem Hinterkopf gespritzt war und den Rasen rot färbte. Dann kniete ich mich neben ihn in das feuchte Gras, wobei ich darauf achtete, ihn nicht zu berühren. Ich durfte keine Spuren hinterlassen.

Ich blickte verstohlen auf. Das Haus war über fünfzig Meter entfernt, die Fenster dunkel, manche mit zurückgezogenen Vorhängen, andere mit hochgerollten Jalousien. Hatte mich jemand beobachtet? Ich dachte bereits wie eine Verbrecherin. Hatte mich jemand gesehen, hier am anderen Ende des Gartens, zwischen dem Unkraut und dem wuchernden Gras?

Hatte man mich gesehen, als ich meinen Mann tötete?

Ich war also eine Mörderin. Es war überraschend einfach gewesen, einen Menschen zu töten. In dem Moment, als meine Finger sich um die Statue schlossen, wusste ich, dass ich so viel Schaden anrichten wollte wie nur möglich. Ich wollte töten. Ich spürte keine Schuld, keine Reue. Endlich war er raus aus dem Spiel. Zum ersten Mal seit meinem sechzehnten Lebensjahr hing seine Existenz nicht mehr als drohender Schatten über mir. Er hatte mir schon genug von meinem Leben genommen, und ich würde nicht zulassen, dass er mir noch mehr nahm.

Ich blieb in jener Nacht in Karens Wohnung. Ich hatte zu viel Angst fortzugehen. Trotzdem verfolgte mich die Vorstellung von Seans Leichnam, der am anderen Ende des Gartens lag. Wie lange würde es dauern, bis man ihn entdeckte? Ich befürchtete, dass irgendwer – vielleicht die alte Schachtel aus dem Obergeschoss – mich gesehen hatte. Natürlich schnüffelte ich auch herum und fand heraus, dass alles unter meinem Namen lief: ihr Bankkonto, ihre Kreditkarten, ihr Führerschein. Es gab keinerlei Hinweis darauf, wer sie wirklich war. Also hatte sie selbst ihren Ehemann angelogen. Ich war schockiert, als ich darüber nachdachte, mit welcher Leichtigkeit Karen als Elizabeth Elliot ins Leben zurückgekehrt war. Wie clever von ihr, sich Libby statt Beth zu nennen. Vielleicht fand sie, dass es vornehmer klang – angemessener für ihre neue bürgerliche Existenz. Vielleicht glaubte sie, sie könne sich mit einem anderen Namen besser von dem distanzieren, was sie getan hatte.

Aber wie nur hatte sie das Feuer überlebt? Ich kapierte es einfach nicht. Ich war die Letzte gewesen, die man aus dem brennenden Hostel gerettet hatte, und ich hatte Glück gehabt. Nach mir war niemand mehr aus dem Gebäude geholt worden – das hatte mir der Feuerwehrmann selbst gesagt. Wie also konnte es sein, dass Karen Fisher hier war und so tat, als wäre sie ich?

Außer sie war in jener Nacht gar nicht im Hostel gewesen. Außer sie hatte es bereits verlassen.

Fragen über Fragen wirbelten in meinem Kopf umher, während ich ihre Kontoauszüge in meine Jackentasche stopfte. Es würde ein Leichtes sein, an ihr Geld zu kommen – sie hatte sich sicher genug gefühlt, ein Blatt im Aktenschrank zu hinterlegen, auf dem vier Ziffern notiert waren: ihre PIN. Ganz offensichtlich verwendete sie meine Sozialversicherungsnummer. Sie musste wirklich geglaubt haben, ich sei tot, um so etwas Dreistes zu tun.

Und da traf mich die Erkenntnis so unvermittelt, dass ich mich auf ihr Sofa setzen musste. Ich hatte stets geglaubt, ich sei diejenige, die die Kontrolle in unserer Freundschaft hatte. Aber sie war viel gerissener, viel verwegener gewesen, als ich ihr je zugetraut hätte.

Ich brauchte eine Ewigkeit, um den Buddha abzuspülen, wobei ich penibel darauf achtete, sämtliche meiner Fingerabdrücke von seiner Oberfläche mit all den Falten und Rillen abzuwischen. Beim Anblick von Seans Blut drehte sich mir der Magen um. Dann stellte ich ihn auf ihr Sideboard, wo er ihr sofort ins Auge fallen würde. All das Theater wegen Harry – dabei hatte sie den Buddha im Schrank verstaut, als bedeute er ihr gar nichts.

Ich stöberte in ihrer Wohnung herum, studierte die Fotos von ihr und Jamie bei diversen Ereignissen und Urlauben; sie sahen glücklich miteinander aus und waren meistens in Begleitung eines großen trotteligen Hundes unterwegs. Ich war froh zu sehen, dass nichts auf Kinder hindeutete.

Oh Karen. Sie hatte ja keine Ahnung, dass ich bereits verheiratet war und dass sie, als sie unter meinem Namen den Bund der Ehe mit ihrem kostbaren Jamie schloss, Bigamie beging. *Eine Bigamistin, eine Ehebrecherin.* Der Gedanke amüsierte mich. Sie war selbst schuld.

Und wenn man Seans Leichnam fand, was unvermeidlich passieren würde, würde auch diese Schuld auf Karen fallen. Und spätestens dann würde ihre ganze jämmerliche Geschichte auffliegen. Was würde Jamie nur denken, wenn er die Wahrheit über seine nicht ganz so perfekte kleine Ehefrau herausfand? Vorläufig musste ich mich nur zurückzulehnen und dabei zusehen, wie ihre Welt in sich zusammenfiel.

30

Es bereitete mir ein geradezu perverses Vergnügen, die beiden zu bespitzeln, als sie aus Cornwall zurückkehrten. Ihre Aufgelöstheit, als sie bemerkten, dass jemand ihre Kreditkarten gestohlen und ihre Konten geplündert hatte; ihre Paranoia, als sie sich fragten, wer wohl dahintersteckte; die Angst, die an ihrer Beziehung nagte und sie aufzehrte. Ich eröffnete unter meinem Namen ein Konto bei einem Versandhauskatalog und schickte Karen verschiedene Produkte, um ihre Erinnerung an unsere Zeit in Thailand aufzufrischen: eine Perücke, die ihrer Haarfarbe und Frisur von damals entsprach, einen Trekkingrucksack, wie wir ihn beide damals getragen hatten.

Und dann war da noch die alte Schachtel. Ein paarmal sah sie mich ums Haus herumschleichen, während Karen – *Libby* – bei der Arbeit war, die meine hätte sein sollen. Karen jedoch bemerkte mich nie. Sie war viel zu sehr in ihre selbstgefällige kleine Welt versunken.

Ich wusste nicht genau, worauf mein Plan hinauslaufen sollte. Mein einziger Gedanke war, dass Karen mich damals im Hostel zurückgelassen haben musste. Und dafür würde sie bezahlen.

Eines Nachmittags lauerte ich in dem schmalen

Durchgang zwischen ihrem Gebäude und dem Nachbarhaus. Ich wartete darauf, dass Karen von der Arbeit heimkam, als ich ein leises Klopfen vom Erkerfenster über mir hörte. Die alte Dame lugte über ihren Spitzenvorhang hinweg, und mit einem Wink bedeutete sie mir hereinzukommen. Ich war neugierig und ein bisschen nervös. Es hatte angefangen zu regnen, ich fror in meiner dünnen Jacke und wurde langsam ungeduldig, also ging ich zögernd zu ihrer Eingangstür. Sie öffnete sie nur einen Spaltbreit, als habe sie Angst vor mir. Sofort fragte ich mich, was sie von ihrem Fenster aus beobachtet hatte. Hatte sie gesehen, wie ich Sean umgebracht hatte? Ich verwarf die Idee sofort. Wenn sie mich dabei beobachtet hätte, würde sie mich doch bestimmt nicht in ihre Wohnung bitten, oder?

»Suchen Sie jemanden, meine Liebe?«, fragte sie freundlich. »Ich habe Sie schon mal hier gesehen. Kann ich Ihnen irgendwie behilflich sein?«

Neugierige alte Schachtel, dachte ich, aber die Lüge kam mir mit Leichtigkeit über die Lippen. »Ich bin Libbys Schwester«, erwiderte ich mit einem höflichen Lächeln. »Aber wir haben den Kontakt verloren. Ich bin nicht sicher, ob sie mich willkommen heißen würde …« Ich zuckte die Achseln und senkte schüchtern die Augen, wobei ich verlegen von einem Fuß auf den anderen trat und auf die viktorianischen Bodenfliesen blickte. Sie öffnete die Tür, wie ich es erwartet hatte, und bat mich herein. Meine Hände waren so kalt, dass sie in der überheizten Wohnung brannten wie Feuer. Sie setzte Teewasser auf, während ich in dem großen Wohnzimmer stehen blieb und mich erstaunt umschaute. Es war behaglich eingerichtet, mit allerlei Porzellanfigürchen und Häkeldeckchen, die jede freie Fläche bedeckten, sowie goldgeränderten Ziertellern an den Wänden. Altmodisch, aber heimelig, die Art Zuhause, in dem ich liebend gerne aufgewachsen wäre. Nicht in dem karg eingerichteten Pfarrhaus mit Jesusbildern über den Betten. Mein Blick wanderte zu der Reihe von Fotos auf dem Kaminsims, die sie alle in den verschiedenen Phasen eines anderen Lebens zeigten – jung, glücklich und verliebt. Sie war einst eine Schönheit gewesen, und die Schwarz-Weiß-Aufnahmen mit den Korkenzieherlocken und dunkel geschminkten Lippen erinnerten mich an die Schauspielerinnen aus alten Filmen. In einem Regal stand ein altmodisches Radio, und ein Moderator sprach in einem angenehmen Tonfall. Die Stimme hatte etwas Beruhigendes. Sie bemerkte, dass ich das Radio betrachtete, und drehte es mit einem verlegenen Lächeln leiser. »Ich stelle es immer zu laut ein, aber es leistet mir Gesellschaft.«

Ich nickte verständnisvoll. Ich fragte mich, ob sie einsam war. So wie ich.

»Ich heiße übrigens Evelyn«, stellte sie sich vor. »Bitte, setzen Sie sich doch.« Sie deutete auf einen gepolsterten Stuhl am Fenster. Ein Tablett mit einer Teekanne und zwei Porzellantassen stand auf dem Beistelltisch neben ihr. Erwartete sie jemanden? Sie bot mir einen Tee an, und ich nickte etwas überrumpelt, während sie uns eingoss und mir eine der filigranen Tassen reichte. Während ich etwas benommen dasaß, unsicher, was ich mir von diesem Besuch erhoffte, streckte sie ihren Arm aus und nahm meine Hand, wobei ihr Blick zu dem blauen Fleck auf meinem Wangenknochen huschte. »Libby hat nie eine Schwester erwähnt …«, sagte sie.

»Oh. Ein Familienstreit. Ist eine Ewigkeit her. Hat sie Ihnen viel von ihrer Familie erzählt?«

Sie schüttelte den Kopf. »Nein. Sie erzählte mir nur einmal, dass ihre Mutter verstorben sei. Libby ist sehr zurückhaltend. Aber eine wirklich reizende junge Frau. Sie würde Sie bestimmt willkommen heißen, da bin ich mir sicher. Haben Sie keine Angst, meine Liebe.«

Ich verspürte einen Stich der Eifersucht in meiner Brust. Eine reizende junge Frau? Wohl kaum. Diese Evelyn war wie eine Großmutter, und an der Art, wie sie über Libby sprach – mit vor Stolz glänzenden Augen –, wurde mir klar, wie sehr sie ihr am Herzen lag. Alles, was ich wollte – alles, was ich mir je gewünscht hatte –, war jemand, der sich auf eine solch liebevolle Weise um mich kümmerte. Vielleicht hatte meine Mutter sich einst, vor langer Zeit, um mich gekümmert, bevor der Kummer und die Freudlosigkeit sie durchdrangen, sie veränderten und zu einer verbitterten Frau machten. Mein Vater hingegen war immer schon hart und streng gewesen. Ja, er liebte Gott, aber das war es auch schon. Ich hatte nie ein glückliches Zuhause kennenlernen dürfen, ein Heim voller Liebe und Lachen. Ich stellte mir vor, dass Evelyn eine gute Mutter gewesen wäre, eine wundervolle Großmutter. Meine Abwehr schwand, und mir wurde bewusst, dass ich Angst hatte. Ich musste an mein deprimierendes Pensionszimmer mit dem kargen Einzelbett denken; daran, wie allein und verlassen ich mich fühlte, mit nichts als einigen wenigen Habseligkeiten, die ich aus meinem dreißigjährigen Leben vorzuweisen hatte. In diesem Moment verspürte ich eine schmerzhafte Sehnsucht nach meinem Baby. Nach Matteo.

Evelyn beugte sich mit freundlichem Blick zu mir vor. »Was ist geschehen?«

Und da ertappte ich mich dabei, wie ich ihr alles erzählte: von meiner Flucht vor einem brutalen Ehemann, von meiner ersten wahren Liebe und dem Baby, das ich bekam, und wie mir beides auf die grausamste Weise überhaupt wieder genommen wurde. Und nun blieb mir nichts mehr, während Libby alles hatte. Alles, was meins hätte sein sollen … hätte sein können.

In Evelyns blassblauen Augen schimmerten Tränen, und sie nahm meine Hände zwischen ihre alten knotigen Finger. »Oh, meine Liebe«, sagte sie, und ihr Gesicht war so voller Mitgefühl und Güte, dass auch ich Tränen in meinen Augen brennen spürte. »Und Libby weiß nichts davon?«

»Wir … wir haben uns schon lange davor entzweit. Als wir noch jung waren. Wegen eines Jungen. Ein alberner Streit.« Ich zuckte die Achseln. »Sie wissen ja, wie solche Geschichten ausufern können.«

Sie lehnte sich in ihrem Sessel zurück und griff nach ihrem Strickzeug. Ich beobachtete fasziniert, wie die Nadeln emsig vor und zurück flogen und die flauschige zitronengelbe Wolle in einem Knäuel auf ihrem Schoß hüpfte. Und dann bemerkte ich, was sie da strickte. Winzig kleine Schühchen.

»Erwartet jemand ein Baby?«, fragte ich und musste sofort an mein eigenes totgeborenes Kind denken. An den Schmerz in Matteos Augen, als ihm die Erkenntnis dämmerte, dass wir am Ende doch nicht die glückliche Familie würden spielen dürfen. Ich hörte die Stimme meines Vaters in meinen Ohren, die höhnte, dass dies Gottes Strafe für meine Bösartigkeit sei.

Ihre Augen leuchteten auf. »Die sind für Libby.«

»Für Libby?« Die Worte blieben mir beinahe im Hals stecken, und ich stellte mit zitternden Händen die Tasse mit dem Tellerchen auf dem Beistelltisch ab.

Sie nickte. »Sie hat es mir noch nicht offiziell gesagt, aber ich weiß es.« Sie lächelte geheimnisvoll. »Ich kann sehen, wenn eine Frau schwanger ist. Wissen Sie, ich war mal Hebamme, vor langer, langer Zeit.« Sie gab ein mädchenhaftes Kichern von sich, aber mein gesamter Körper war schockstarr, während der Zorn langsam durch meine Adern kroch. Sie musste es bemerkt haben, denn sie fügte rasch hinzu: »Oh, meine Liebe, es tut mir so leid! Das war wirklich sehr unsensibel von mir, nach allem, was Sie durchgemacht haben.«

Ich stand überstürzt auf und stieß in meiner Hast gegen den Beistelltisch. Meine Tasse fiel klirrend um, der kalte Tee ergoss sich über die Tischbeine und sammelte sich in einer Pfütze auf dem Parkettboden. Evelyn ließ ihr Strickzeug fallen, woraufhin das Wollknäuel sich entrollte.

»Oh, meine Liebe, das muss ein Schock für Sie sein … Es tut mir so leid …«

»Ich muss los. Ich … ich kann das nicht …« Blind vor Tränen stolperte ich los. Es war nicht fair. Karen verdiente nichts davon. Und doch hatte sie alles, was ich mir wünschte.

Gerade als ich den Raum verließ, hörte ich ein gepresstes Stöhnen. Ich wirbelte herum und sah, wie Evelyn sich ans Herz fasste; ihr Gesicht hatte eine seltsam teigige Farbe angenommen. »Evelyn? Evelyn!« Ich eilte zu ihr, doch da sackte sie schon vornüber zusammen, und ein gurgelndes Geräusch entrang sich ihren Lippen. Ich hob sanft ihren Kopf an, aber ihre Augen waren bereits leblos. Genauso wie Seans. Ein Gefühl von Kälte machte sich in meinem Herzen breit, und ich sank neben ihrem Sessel auf den Boden. Der einzige Mensch seit Monaten, der mir Freundlichkeit und Güte entgegengebracht hatte, war tot.

Ich saß bei ihr, bis es draußen dämmerte, dann schlich ich mich durch die Hintertür aus ihrer Wohnung.

Mein Vater hatte recht gehabt, was mich betraf. Ich war durch und durch schlecht. Ich hatte den Teufel in mir. Ich zerstörte alles, was ich berührte.

TEIL DREI
Bath

31

Hartleys Miene, als er das Foto vor mir auf den Tisch klatscht, verrät seine Selbstgefälligkeit. Es ist ein Schwarz-Weiß-Ausdruck des Mannes von Lizard Point, aber es wurde vor Jahren aufgenommen, als sein Gesicht weniger verbraucht aussah und er noch attraktiver war. Das also war Sean Elliot. Beths Ex. Die gesamte Zeit, die wir zusammen durch Thailand gereist waren, hatte sie mit keinem Wort erwähnt, dass sie mit ihm verheiratet war. Nicht einmal seinen Namen. Sie hatte mir nur tröpfchenweise Informationen zukommen lassen, sodass ich wusste, dass er ein brutaler Kerl war, der sie missbraucht und krankenhausreif geprügelt hatte, aber das war auch alles. Ich konnte durchaus verstehen, warum sie nicht mehr über ihn erzählt hatte. Thailand war ihre Zuflucht gewesen, genauso wie meine – ein Ort, an dem unsere Vergangenheit keine Rolle mehr spielte. Oder zumindest hatte ich das geglaubt.

Beth. All die Jahre hatte ich versucht, nicht mehr an sie zu denken, denn sobald ich es tat, krampfte sich mein Magen vor Schuld zusammen.

Als ich Beth das erste Mal traf, mochte ich sie wirklich; ich fand sie lebhaft, quirlig, und ich bewunderte ihren Mut. Als sie mir erzählte, dass sie einen Studienplatz an der

Pädagogischen Hochschule bekommen hatte, war ich zugegebenermaßen geschockt. Ich sah sie kein bisschen als Lehrerin. Sie schien so tough und gerissen, mit ihrer knallharten Art und ihrer schmutzigen Ausdrucksweise, aber es war offensichtlich, dass sie einen Komplex hatte und leicht zu provozieren war. Sie ließ sich nichts gefallen, und ich fühlte mich mit ihr an meiner Seite sicher. Sie konnte manipulativ sein, das hatte ich ziemlich früh kapiert, aber nach der Sache mit Harry und allem, was ich später herausfand, wurde mir klar, dass sie in Wahrheit ein teuflisches Miststück war.

Was hatte ihr Ehemann in meiner Wohnung zu suchen? Offensichtlich war er derjenige, der den Haustausch eingefädelt hatte. Detective Sergeant Byrnes meinte, er sei als Bauarbeiter im Hideaway beschäftigt gewesen, sodass er Zugriff auf den Schlüssel hatte und sich eine Kopie anfertigen lassen konnte. Aber wozu der Aufwand?

»Erkennen Sie diesen Mann?«, fragt Hartley ungeduldig und reißt mich in die Gegenwart zurück. Eine Polizeibeamtin sitzt neben ihm. Sie ist jung, Anfang dreißig, mit extrem glattem blond glänzendem Haar, das sie in einem kinnlangen Bob trägt. Sie schweigt die ganze Zeit.

Ich schüttle den Kopf, die Tränen schießen mir in die Augen, und ich murmle »Kein Kommentar«, wie mein Pflichtverteidiger es mir geraten hat. Er sitzt neben mir und wirkt beruhigend mit seinem professionellen Anzug und dem Aktenkoffer, der aufgeklappt vor ihm liegt.

Ich stecke zu tief drin. Ich habe Beths Identität angenommen, ohne auch nur einen Gedanken an ihre

Vergangenheit zu verschwenden oder die Auswirkungen, die das haben könnte.

Wie kann ich ihnen je die Wahrheit erzählen, ohne alles zu verlieren?

Mein Leben als Karen Fisher war trist und öde. Als meine Mum starb, blieb ich mit meinem Dad allein – einem leidenschaftlichen Alkoholiker. Er schlug uns nie, er war kein gewalttätiger Trinker; der Alkohol verstärkte nur seine Emotionen. Ich glaube, er liebte meine Mutter wirklich, auf seine eigene Art. Sie stritten, normalerweise wegen seiner Sauferei, und einmal wegen einer Affäre mit einer Barkeeperin aus dem Ort. Aber wenn er nüchtern war – und das konnte er für längere Zeiträume am Stück sein, bevor er wieder rückfällig wurde –, war er der liebste Mann, den man sich überhaupt vorstellen konnte. Er überraschte sie mit Blumen oder Ausflügen an die Küste, nach Scarborough oder Whitby. Meine Mum liebte das Meer. Er brachte sie zum Lachen; manchmal schlich er sich von hinten an sie heran, während sie in der Küche Gemüse schnitt, schlang seine Arme um ihre Taille und vergrub seine Nase an ihrem Nacken. Sie vertrieb ihn dann mit einem »Lass das, du Idiot«, aber ich konnte am Strahlen ihrer Augen sehen, dass sie es genoss. Sie hatten nie viel Geld, und mein Vater verlor aufgrund seines Alkoholproblems einen Job nach dem anderen. Wir lebten in einem kleinen Dorf in einem Reihenhäuschen. Es war nicht besonders geräumig, aber Mum hielt es sauber und ordentlich und schmückte es liebevoll mit kleinem Schnickschnack und selbst gehäkelten Kissen. Das ist auch der Grund, warum ich immer so gern bei Evelyn war – die Wärme und der viele Krimskrams erinnerten mich an zu Hause.

Aber dann starb meine Mutter, und alles wurde anders. Mein Vater war vollkommen verzweifelt ohne sie. Er ging die meisten Abende aus, betrank sich, wankte spätnachts heim und brach auf dem Sofa zusammen – ein großer, schwerer Haufen, der nach Alkohol und Zigaretten stank. Ich versuchte, unser Heim hübsch zu halten, so wie meine Mum es getan hatte, aber wenn Dad besoffen war, torkelte er herein und fegte alles um. Er warf nie etwas weg, und so war der Boden übersät mit leeren Bierdosen, Zigarettenstummeln und halb leeren Chipstüten. Ich verbrachte praktisch die ganze Zeit damit, hinter ihm herzuräumen, und irgendwann, als der Alkohol seinen gesundheitlichen Tribut forderte, musste ich auch noch die Schule schwänzen, um ihn zu pflegen. Ich liebte meinen Dad und wünschte mir, dass es ihm besser ging; ich hätte es nicht ertragen, ihn auch noch zu verlieren. Obwohl ich eine gute Mittlere Reife schaffte – vor allem in Anbetracht der Tatsache, wie viel Stoff ich in der Schule verpasst hatte –, wusste ich, dass ein Abitur oder gar Studium nicht infrage kam. Dad bezog Sozialhilfe, aber das Geld reichte nie sehr lange, und ich brauchte Arbeit. Also ging ich mit sechzehn von der Schule ab und nahm jeden Job an, den ich bekommen konnte. Die Bezahlung war mies, aber ich hatte keinerlei Qualifikationen. Mir blieb nichts anderes übrig, als mit anzusehen, wie alle meine Freunde nach und nach unser kleines Dorf verließen, um zum Studium in eine große Stadt wie Manchester, Leeds, Bristol oder Cardiff zu ziehen – Orte, von denen ich nur träumen konnte –, und schon bald verlor ich jeglichen Kontakt zu ihnen.

Als ich zwanzig wurde, gab Dads Leber schließlich auf. Er war erst dreiundfünfzig Jahre alt, als er starb. Ich hatte sonst keine Verwandten. Meine Eltern hatten beide den Kontakt zu ihren Familien abgebrochen – ich vermutete, dass es bei ihrer Hochzeit ein Zerwürfnis gegeben haben musste –, und so lernte ich nie irgendwelche Tanten, Onkel oder Großeltern kennen. Das Haus, in dem ich aufgewachsen war, wurde verkauft, aber mein Dad hatte durch unbezahlte Hypotheken so viele Schulden angehäuft, dass ich beim Verkauf nur ein paar Tausender herausbekam. Da ich nicht wusste, was ich mit meinem Leben anfangen sollte, beschloss ich, diesen Ort hinter mir zu lassen, wo alle mich und meine traurige Geschichte kannten. Ich hatte nichts und niemanden, der mich in Yorkshire hielt. Ich war immer eine Einzelgängerin gewesen, die sich durchs Leben schlich und hoffte, niemand möge sie bemerken oder bemitleiden.

Ich kaufte mir ein Ticket für den erstbesten Flieger, der zufälligerweise nach Thailand ging.

Am Abend des Brandes konnte ich nur starr vor Schreck zuschauen, als die Flammen am Hostel emporleckten und dicke Rauchwolken aus den Fenstern quollen, obwohl ich wusste, dass Beth darin gefangen war. Es war das reinste Chaos – die Löschfahrzeuge und Krankenwagen, die mit lautem Sirenengeheul am Schauplatz eintrafen, die Schreie der Feuerwehrmänner, die in das Gebäude rannten oder versuchten, das Feuer mit riesigen Schläuchen zu löschen.

Die Luft war sengend heiß; schwarzer, beißender Rauch drang mir in Nase und Kehle. Mir wurde übel. Wo war Beth? Sie musste immer noch im Bett liegen ... als ich vorhin das Zimmer verließ, war sie noch völlig ausgeknockt gewesen. Ich packte einen Feuerwehrmann am Arm, brüllte ihn an, dass meine Freundin noch im Gebäude sei, aber er schüttelte nur bekümmert den Kopf.

Ich ging taumelnd davon, unfähig, weiter zuzusehen, und fand ein anderes Hostel, in dem ich über Nacht blieb. Doch ich konnte nicht schlafen – ich lag nur da, zu entsetzt, um auch nur zu weinen.

Am nächsten Morgen kehrte ich zurück. Das Hostel war ein ausgebranntes Gerippe. Man sagte mir, dass acht Menschen gestorben seien. Sie konnten mir jedoch nicht sagen, ob Beth unter den Opfern war. *Noch nicht*, fügte ein Polizist in stockendem Englisch hinzu, *erst wenn die Leichname identifiziert sind*. Ich rief bei einigen Krankenhäusern an, fragte, ob eine Elizabeth Elliot eingeliefert worden sei, aber nichts. Erst als ich mich in ein Hotelzimmer ein paar Straßen weiter zurückgezogen hatte, bemerkte ich, dass ich in meiner Hast, aus dem Hostel zu fliehen, Beths Rucksack mitgenommen hatte statt meinem.

Es war ein spontaner Entschluss. Als ich sah, was sich in ihrer Tasche befand – ihr prall gefülltes Portemonnaie, ihr Reisepass und ihre Sozialversicherungskarte –, kam mir der Gedanke, ihre Papiere zu verwenden, um weiterzureisen; das war allemal besser, als in Bangkok herumzuhängen und darauf zu warten, bis die Botschaft mir einen neuen Pass ausgestellt hatte. Es bestand keinerlei

Zweifel, dass mein Gepäck den Flammen zum Opfer gefallen war.

Ich saß mit schwirrendem Kopf auf meinem Bett – Beths Habseligkeiten vor mir auf der orangefarbenen Decke verstreut – und fragte mich, was ich tun sollte, als ich ihn sah: den kleinen schwarzen Buddha, den Harry mir geschenkt hatte. Was hatte er zwischen ihren Sachen verloren?

Dann fiel mein Blick auf den Brief.

Er stammte von der Pädagogischen Hochschule in Middlesex und bestätigte Beth einen Platz für das einjährige Aufbaustudium im Fach Englisch. Sie hatten sämtliche Informationen zu den Lehrveranstaltungen beigefügt und dazu noch die Details zur Unterkunft und Finanzierung der Studiengebühren, die sich auf neuntausend Pfund beliefen. Wie schwer konnte das schon sein? Englisch war in der Schule mein bestes Fach gewesen. Aber ich hatte nicht studiert, ich hatte keinen Universitätsabschluss geschafft. Beth hatte mit einem Kuli etwas auf den Brief gekritzelt, eine Notiz, um sich daran zu erinnern, bei der Hochschule anzurufen und ihren Studienbeginn zu verschieben. Hatte sie das getan?

Ich verscheuchte den Gedanken und sagte mir, dass ich nie im Leben damit durchkommen würde. Sie hatten Beth bestimmt schon zum Bewerbungsgespräch getroffen. Aber wie lange war das her? Wir sahen uns nicht unähnlich. Und wenn ich mein Haar kurz schnitt und es dunkler färbte, könnte ich doch bestimmt als Beth durchgehen, oder nicht? Sie hatten sie wahrscheinlich nur ein Mal getroffen.

Eine vage Ähnlichkeit, mehr war nicht nötig. Wir kamen beide aus Yorkshire, hatten also einen ähnlichen Akzent.

Nein, das konnte ich nicht tun. Ich war nicht mutig genug. Ich verwarf die Idee und versuchte zu schlafen. Aber eine leise Stimme in meinem Kopf wollte einfach nicht aufhören zu bohren und zu drängen, mir zu sagen, dass ich es tun musste. Was waren denn die Alternativen? Mich an der Uni einschreiben und selbst einen Abschluss machen? Das würde Jahre dauern, und am Ende wäre ich so verschuldet, dass ich mein Leben lang damit beschäftigt wäre, die Studiengebühren abzuzahlen. Ich musste an meine Eltern denken, an das Leben, das sie geführt hatten. Ich wollte mehr.

Am nächsten Tag rief ich an der Hochschule an, um ihnen mitzuteilen, dass ich doch Interesse hätte, im September anzufangen. Dann ging ich zum nächstbesten Friseursalon, ließ mein Haar in einem satten Schokoladenbraun färben und zu einem Pixie schneiden, damit ich Beths Passfoto ähnelte. Mein neuer Kurzhaarschnitt gefiel mir – er betonte meine großen Augen und hob meine Wangenknochen hervor –, sodass ich ihn über die Jahre beibehielt.

Immer wieder packten mich Zweifel, bei denen ich mit wild klopfendem Herzen und schwirrendem Kopf wie angewurzelt stehen blieb. Was dachte ich mir nur dabei? Was, wenn ich aufflog? Was, wenn Beth das Feuer überlebt hatte und den Studienplatz selbst antrat? Doch immer wieder versicherte ich mir, dass sie tot war. Sie musste tot sein. Es war ausgeschlossen, dass sie überlebt haben könnte. Ich hatte alle Krankenhäuser abtelefoniert; es gab keinen Hinweis darauf, dass sie irgendwo eingeliefert worden wäre. Und wenn sie es auf wunderbare Weise geschafft hatte zu entkommen, dann war sie sicher nach Norden weitergereist. Sie konnte das Land nicht verlassen, bis sie einen neuen Pass bekam. Sie hatte Zweifel gehabt, was ihre Karriere als Lehrerin anging, das hatte sie mir selbst gesagt. Und das Aufbaustudium ging nur ein Jahr. Das war keine allzu lange Zeit, um vorzugeben, jemand anders zu sein.

Nun, da die Idee in meinem Kopf Gestalt angenommen hatte, wusste ich, dass ich sie nicht mehr aufgeben konnte. Ich musste das durchziehen. Die Aussicht, Lehrerin zu sein, mit Kindern zu arbeiten, reizte mich. Ich hätte endlich eine Zukunft, etwas, worauf ich mich freuen konnte.

Es war riskant, absolut. Doch gleichzeitig fühlte ich mich gezwungen, es zu tun. Als sei dies meine einzige Chance. Was ist denn das Schlimmste, was mir passieren kann?, fragte ich mich. Falls man dahinterkam, dass ich nicht Elizabeth Elliot war, würde ich eben von der Hochschule fliegen. Aber ich musste es wenigstens versuchen. Ich musste versuchen, mir so etwas wie eine Zukunft zu erschaffen, denn ich konnte es mir nicht leisten, ewig herumzureisen. Und was dann? Was erwartete mich zu Hause? Fabrikjobs und Regale einräumen, Mindestlohn und null Karriereaussichten? Ich konnte nicht einmal tippen. Was auch immer Beths Geschichte war – und sie hatte mir nicht viel von ihrem Leben oder ihrer Familie erzählt –, wenigstens hatte sie so viel Verstand oder Glück gehabt, sich berufliche Qualifikationen anzueignen. Ich würde hart arbeiten, das schwor ich mir. Ich würde die Zähne zusammenbeißen. Es war schließlich nur ein Jahr. Wenn man die Ferien in die Rechnung miteinbezog eigentlich sogar weniger.

Also tat ich es. Ich wurde Elizabeth Elliot. Libby. Dann traf ich Jamie und verliebte mich in ihn, und nach einer Weile vergaß ich, dass ich jemals Karen Fisher hieß.

32

Als ich endlich aus dem Vernehmungsraum entlassen werde, stelle ich erleichtert fest, dass Jamie auf mich gewartet hat. Sein starrer Körper verrät seine Anspannung, während er kerzengerade auf einem grauen Plastikstuhl im stickigen Wartezimmer sitzt. Er sieht aus, als hätte er eine Woche lang nicht geschlafen, unrasiert, sein Haar ein wirrer Schopf, als wäre er hektisch mit den Fingern hindurchgefahren. Er hat dunkle Ringe unter den Augen, und sein weißes T-Shirt ist fleckig. Sobald er mich sieht, springt er auf und eilt auf mich zu.

»Libby, Gott sei Dank. Geht es dir gut? Haben sie Anklage gegen dich erhoben?«

Ich schüttle den Kopf, und die Tränen schießen mir in die Augen, als ich den Ausdruck von Sorge – von *Liebe* – in seinem Gesicht sehe. *Er muss mich für eine Bigamistin halten, und dennoch ist er hier und steht an meiner Seite. Ich verdiene es nicht*. Er legt den Arm um meine Schultern und führt mich nach draußen, wo unser Wagen steht. Überrascht stelle ich fest, dass die Sonne bereits untergeht, trotzdem ist es draußen immer noch schwül. Ich muss Stunden auf dem Revier verbracht haben.

Ich lasse mich auf den Beifahrersitz gleiten, und mein

Körper fängt in einer Art verzögertem Schock unkontrolliert zu zittern an. Ich muss Jamie alles erzählen. Aber wird er es mir jemals verzeihen? Für ihn besteht die Welt nur aus Schwarz und Weiß, und ich habe ihn vom ersten Tag an belogen. Ich habe ihn unter einem falschen Namen geheiratet. Dank des Pflichtverteidigers musste ich der Polizei gegenüber noch nichts enthüllen, aber es ist nur eine Frage der Zeit.

Ich mustere Jamies Profil, während er fährt, seine gerade Nase, seinen vollen Mund, sein linkes Ohr mit dem kleinen Knick an der Spitze. Er ist ein witziger Typ, ein chaotischer Geek. Ich kann ihn nicht verlieren. Millionen Fragen müssen in seinem Kopf herumschwirren, aber er hat mir noch keine gestellt. Sein Mund ist zu einer grimmigen Linie zusammengepresst, und ich strecke den Arm aus und berühre seinen Oberschenkel, spüre den rauen Jeansstoff unter meinen Fingerspitzen. »Ich liebe dich wirklich, Jamie. Das musst du mir glauben.«

Er versteift sich, und als er spricht, ist sein Hals wie zugeschnürt. »Du machst mir Angst, Libby.«

»Es tut mir so schrecklich leid.« Ich ziehe meine Hand zurück und lege sie in meinem Schoß.

Sein Kinn zittert, und ich kann ihm ansehen, dass er sich alle Mühe gibt, nicht zusammenzubrechen. Er geht vom Schlimmsten aus, ich weiß es. Er glaubt, ich hätte einen Mann geheiratet und ihm nie davon erzählt. Glaubt er auch, ich sei eine Mörderin?

Als wir bei Sylvia ankommen, kümmert sie sich rührend um mich, sorgt dafür, dass ich es auf dem Sofa bequem habe, bietet mir an, einen Tee aufzusetzen. Ihre Armreifen klirren, während sie ein Kissen hinter meinem Rücken zurechtrückt, als wäre ich eine Patientin, keine Verdächtige in einem Mordfall. Sie brennt darauf zu erfahren, was los ist; es steht ihr ins Gesicht geschrieben. Jamie sitzt reglos am Fenster und blickt auf die Straße hinaus. Er hat kein Wort gesagt, seit wir vom Polizeirevier zurückgekehrt sind. Ziggy liegt gemütlich zu meinen Füßen, und ich strecke meine Hand aus, um ihn zu streicheln; seine Gegenwart tröstet mich.

Was wird Jamies Familie tun, wenn sie die Wahrheit erfährt? Werden sie mich rausschmeißen? Wo sollte ich hin? Die Sorge bereitet mir Übelkeit.

»Wo ist Katie?«, frage ich Sylvia, als sie schon auf dem Weg zur Tür ist.

»Oh, sie ist unterwegs. Mit Freunden.« Sylvia zuckt unbekümmert die Schultern, und ich fühle mich sofort leichter mit dem Wissen, dass Katie mit ihrer bohrenden, wertenden Art nicht hier ist. Ich warte, bis Sylvia in die Küche verschwunden ist, bevor ich mich an Jamie wende.

»Wir müssen reden.«

Er sieht mich nicht an, sondern blickt weiterhin aus dem Fenster. Die Straße ist leer, die dunklen Silhouetten der Bäume wiegen sich im Wind, und das letzte Sonnenlicht bricht hell wie die Strahlen einer Taschenlampe durch die Äste. Es ist so leise, dass ich draußen einen Vogel zwitschern höre.

»Jay …?«, beginne ich.

»Ich weiß«, sagt er kühl, und sein Kopf schnellt zu mir

herum. »Ich weiß, dass wir reden müssen. Aber ich weiß nicht, ob ich bereit dafür bin zu hören, was du zu sagen hast. Es wird alles ändern. Grundgütiger, Libby. Du bist schon verheiratet? Mit diesem … diesem Mann?« Er fährt sich verzweifelt mit der Hand übers Gesicht. »Warum hast du nichts gesagt? In Cornwall? Du musst ihn doch erkannt haben? Wie konntest du mich heiraten, wo du doch wusstest, dass du bereits mit ihm verheiratet warst? Mein Gott, ist unsere Ehe überhaupt gültig? Bist du überhaupt meine Frau?«

Ich beuge mich vor. »Hör zu. Ich kann dir ehrlich sagen, dass ich diesen Mann vor unserem Urlaub in Cornwall noch nie gesehen habe.« Er stößt ein ungläubiges Schnauben aus, und ich fahre hastig fort. »Es stimmt, er war mit Elizabeth Elliot verheiratet. Aber das bin nicht ich.«

Jamie starrt mich an.

»Elizabeth Elliot ist nicht mein echter Name. Mein Name ist Karen Fisher.«

Seine Augen weiten sich mit jedem Wort, das ich sage, und als ich mit der Geschichte zu Ende bin, sehen sie aus, als würden sie ihm gleich aus dem Kopf fallen. Es herrscht fassungsloses Schweigen.

Schließlich findet er seine Sprache wieder. »Du willst mir also sagen, dass du die Identität einer anderen Frau gestohlen hast, um Thailand zu verlassen und in England Lehrerin zu werden?«

Ich nicke.

»Und die echte Elizabeth Elliot?«

»Sie ist gestorben.«

Er sieht aus, als müsse er sich jeden Moment übergeben. »Wie?«

»Als wir in Bangkok waren, brach in unserem Hostel ein Feuer aus. Ich …« Ich zögere und zwirble nervös das Taschentuch in meiner Hand. »Ich habe es geschafft zu entkommen. Aber sie … lag noch im Bett.«

Er schaut mich entgeistert an. »Und du hast nicht versucht, sie zu retten?«

Ich schüttle den Kopf. »Nein … so war es nicht. Ich war schon draußen, als ich merkte, dass es brannte. Ich wollte …«

Ich muss ihm die Wahrheit sagen. Dass ich versucht habe, vor ihr zu fliehen.

Er runzelt die Stirn. »Du wolltest, was?«

»Ich … ich wollte vor ihr davonlaufen.«

Das habe ich noch nie irgendwem gestanden.

Seine Augenbrauen schießen in die Höhe, sodass sie beinahe unter seinem Pony verschwinden. »Wie bitte? Und warum? Ich dachte, ihr wärt Freundinnen gewesen?«

»Ich fand heraus, dass sie mir etwas Schreckliches angetan hatte. Es ist eine lange Geschichte, und heute spielt es auch keine Rolle mehr. Ich wusste nur, dass ich ihr nicht länger trauen konnte und nicht weiter mit ihr reisen wollte.«

»Also bist du mitten in der Nacht abgehauen und hast sie dem Flammentod überlassen?«

»Ich habe die Schuld jahrelang mit mir herumgetragen.« Ich senke beschämt den Kopf.

Er fährt sich mit den Fingern durchs Haar. »Grundgütiger, Libby …« Da stutzt er und stößt ein trockenes

Lachen aus. »Aber das ist überhaupt nicht dein Name, oder? Es ist *ihr* Name.«

»Sie selbst nannte sich Beth ...«

Er steht so abrupt auf, dass ich auf dem Sofa zurückweiche. »Es ist mir scheißegal, wie sie sich nannte!«, brüllt er. »Ich kann nicht glauben, was ich mir hier anhören muss. Ich ... ich kann einfach nicht ...«

Er stürmt aus dem Zimmer.

Sylvia kommt mit einem Tablett herein, die Teetassen klirren bei jedem Schritt. »Ist alles in Ordnung?«, fragt sie etwas zu heiter, und ihre Armreifen klappern, als sie das Tablett auf dem Sofatisch abstellt. Ich stehe auf und eile ohne eine Antwort an ihr vorbei.

Ich finde Jamie in unserem Schlafzimmer; er liegt auf dem Bett und starrt mit ausdrucksloser Miene an die Decke. Die Vorhänge stehen offen, doch der Raum liegt im schattigen Dunkel, das schwache Licht taucht sein Gesicht in ein fahles Weiß.

Ich stelle mich neben ihn und sehe auf ihn hinab. »Jay, du musst wissen, dass ich das getan habe, weil ich mein Leben ändern musste. Mein Leben davor war ... einfach nur beschissen ...« Tränen steigen mir in die Augen.

Er stöhnt. »Ich wünschte einfach nur, du hättest es mir erzählt. Ich habe das Gefühl, als würde ich dich überhaupt nicht kennen ... Das ist es, was am meisten schmerzt.« Er setzt sich auf und blickt mir in die Augen. »Du hast mich angelogen. Fünf ganze Jahre lang.«

»Meine Kindheit ... alles, was ich dir über meine Eltern erzählt habe, ist wahr ...«

»Aber du hast mir doch kaum etwas über sie erzählt. Du warst immer so verschlossen, was deine Vergangenheit anging. Jetzt weiß ich, warum.«

»Ich habe dir erzählt, dass meine Mum an einem Blutgerinnsel starb. Das ist die Wahrheit. Ich … ich habe nur gelogen, was die Uni anging …«

»Und deinen Namen. Herrgott noch mal.« Er schüttelt den Kopf. »Warum konntest du es mir nicht sagen? Du hast mir so ein schlechtes Gewissen gemacht, weil ich dir nicht erzählt habe, dass ich Hannah helfe, dass ich sie an der Uni betrogen habe …« Er schluckt schwer und hat Mühe fortzufahren. »Und all die Zeit hast du diese Riesensache vor mir verheimlicht. Ich wusste, dass du mir etwas vorenthältst. Ich fand es seltsam, dass du nie nach Yorkshire fahren wolltest, dass du nie wirklich über deine Eltern sprechen wolltest oder über Thailand. Aber das …?« Er wirft die Arme in die Luft. »Diese ganze große Täuschung. Mir fällt es schwer, mich mit der Tatsache abzufinden, dass du dazu in der Lage bist.«

Ich hocke mich auf die Bettkante. Ich heule Rotz und Wasser, und die Tränen strömen mir übers Gesicht; wütend wische ich mir mit dem Ärmel über die Augen und schnäuze mich in mein zerfleddertes Taschentuch. »Hättest du es denn verstanden?«, entgegne ich schniefend. »Ich konnte es keiner Menschenseele erzählen. Außerdem habe ich damit niemandem wehgetan, Jay. Ich wusste nicht, dass Beth verheiratet war. Wir waren doch erst einundzwanzig, als wir einander begegneten. So jung. Beth wollte den Studienplatz an der Hochschule nicht … und ich bin eine gute Lehrerin. Ich bin …« Ich schluchze in meine Hände, und irgendwann höre ich das Bett knarren und spüre Jamies Arme um mich herum. »Es tut mir so leid«, sage ich und vergrabe mein Gesicht an seinem T-Shirt. »Es tut mir so schrecklich leid.«

Als ich aufwache, ist es vollkommen dunkel und still im Zimmer. Zu still. Ich spüre, dass Jamie nicht bei mir ist. Meine Angst bestätigt sich, als ich mich umdrehe und sehe, dass der Platz neben mir leer ist. Ich bin vollständig bekleidet, aber es ist kühler geworden. Ich greife nach einer Strickjacke und schleiche auf Zehenspitzen nach unten, um Sylvia und Katie nicht aufzuwecken.

Jamie sitzt auf einem der Korbsessel im Wintergarten und blickt im Dunkeln hinaus in den Garten, der in ein weiches Mondlicht getaucht ist und geradezu magisch wirkt. Er trägt immer noch das fleckige T-Shirt von vorhin und die *Wallace & Gromit*-Boxershorts, die ich ihm letztes Weihnachten geschenkt habe. Ich lasse mich auf dem Sessel neben ihm nieder und nehme seine Hand in meine. Er lässt mich gewähren. Und so sitzen wir da, stundenlang, ohne zu sprechen.

33

Ein klarer Schnitt. Das ist es, was Jamie will. Keine Lügen mehr. Und der einzige Weg, das zu tun, ist die Wahrheit zu sagen – und die Konsequenzen zu tragen.

Am nächsten Morgen, als wir mit Sylvia und Katie am Frühstückstisch sitzen, kläre ich sie auf, während Jamie schweigend Butter auf sein Toastbrot schmiert. Katie starrt mich mit offenem Mund an. »Ich wusste es!«, sagt sie und lässt vor Aufregung ihr Messer fallen. Es landet klirrend auf ihrem Teller. »Ich *wusste*, dass irgendwas mit dir nicht stimmt.«

Sylvias Augen verraten ihre Enttäuschung. Es tut weh, und ich senke den Blick. »Es tut mir leid«, murmle ich. Noch eine Entschuldigung. Doch irgendwie scheint es nicht genug.

»Du hast die Identität einer toten Frau angenommen?« Katie blickt mich ungläubig an. »Wie tief kann man eigentlich sinken?« Sie wendet sich an Jamie. »Du wirst ihr das doch nicht etwa vergeben? Sie hat dich jahrelang angelogen. Bei was hat sie denn sonst noch gelogen? Wie kannst du ihr überhaupt jemals wieder vertrauen? Sie hat dich unter einem falschen Namen geheiratet. Sie ist eine gottverdammte Bigamistin.«

»Nein, Katie, das ist sie nicht.« Jamies Stimme ist eine Warnung.

»Wie auch immer«, entgegnet sie hitzig, »jedenfalls kann man ihr nicht trauen. Außerdem ist es mit Sicherheit eine Straftat vorzutäuschen, jemand anders zu sein, oder? Ich kann nicht glauben, dass du zu ihr hältst. Du bist wirklich ein Trottel.« Ihre Augen blitzen gefährlich, als sie ihre Aufmerksamkeit auf mich richtet. »Und du, du bist eine miese Hochstaplerin. Ich hoffe sehr, dass du zur Polizei gehst und ihnen alles erzählst. Denn falls du es nicht machst, werde ich es ganz bestimmt tun!«

Sylvia legt ihre manikürten Finger auf den Arm ihrer Tochter. »Katie, das ist nun wirklich nicht besonders hilfreich.«

Sie schüttelt die Hand ihrer Mutter ab und springt auf. »Warum sollte ich dieser dämlichen Kuh überhaupt helfen wollen? Ich muss hier raus.« Sie schnappt sich ihre Jeansjacke von der Stuhllehne und stürmt aus dem Esszimmer. Ein paar Sekunden später hören wir die Eingangstür zuknallen.

Ich blicke elend auf meinen Teller.

Als Sylvia spricht, ist ihre Stimme klar, aber sanft. »Es tut mir leid wegen Katie. Sie war schon immer ein Hitzkopf. Außerdem ist sie ihrem Bruder gegenüber absolut loyal. Dennoch teile ich ihre Meinung, Libby. Du musst zur Polizei gehen. Ich werde meine Rechtsanwältin anrufen, in Ordnung? Sie ist die beste in Bath.« Sie greift über den Tisch hinweg nach meiner Hand und drückt sie. »Du gehörst zur Familie. Wir lieben dich, und wir werden dich bei dieser Sache unterstützen. Nicht wahr, Jamie?« Sie wirft ihrem Sohn einen Blick zu, dann steht sie auf und entfernt sich, während ich ihr sprachlos hinterherschaue.

»Und ich dachte immer, deine Mutter würde mich hassen«, sage ich, als wir auf dem Weg zur Rechtsanwältin die Straßen von Bath entlangspazieren.

Jamie hat geduscht und sieht gut aus in seiner schicken Jeans und dem kurzärmligen Leinenhemd, viel jünger als seine dreißig Jahre. Als wir uns an diesem Morgen anzogen, quoll mein Herz vor Liebe über, als ich sah, mit wie viel Mühe er sich sein Outfit zusammensuchte. Und das meinetwegen.

Die Sonne scheint hell, der Himmel ist von einem klaren, blassen Blau mit vereinzelten zarten Schleierwolken. Es ist einer dieser wundervollen Frühlingstage, an denen man das Gefühl hat, nichts Schlimmes könnte einem passieren, und so bin ich optimistisch gestimmt, dass wir das hinter uns bringen können, damit Jamie anfangen kann, mir zu vergeben. Wir können nach vorne schauen, ehrlich miteinander sein. Ich weiß, dass ich meine Stelle verlieren werde, dass ich womöglich nie wieder als Lehrerin werde arbeiten können, und der Gedanke ist niederschmetternd. Aber Jamie zu verlieren, macht mir viel mehr Angst.

»Meine Mutter kann manchmal ein Drachen sein, aber sie ist loyal. So wie ich.« Er drückt sanft meine Hand. Plötzlich bleibt er mitten auf dem Bürgersteig stehen, woraufhin eine Frau mit gesenktem Kopf beinahe gegen ihn prallt. Sie stößt ein missbilligendes Schnauben aus und eilt an ihm vorbei.

»Was ist?«, frage ich. Seine Miene ist so ernst, dass ich schon befürchte, er könne seine Meinung geändert haben, und der sonnige Tag verfinstert sich sogleich ein wenig.

Er nimmt meine Hände in seine, und als er spricht, ist seine Stimme drängend. »Eins musst du mir aber versprechen, Libs. Keine Lügen mehr.«

Ich schlucke. »Ich verspreche es. Keine Lügen mehr.«

Wir erreichen die Anwaltskanzlei und werden sofort hineingelassen. Melanie Finch ist Anfang fünfzig, groß, schlank und glamourös mit ihrem dunklen, seidenglatten Haar und der weißen Strähne an der Stirn, die mich an Anne Bancroft aus *Die Reifeprüfung* erinnert. Sie sitzt hinter ihrem Schreibtisch und macht sich Notizen in einem ledergebundenen Block, während ich ihr den Sachverhalt so klar wie möglich schildere. Jamie hält die ganze Zeit über meine Hand. Nachdem ich geendet habe, lehnt sie sich auf ihrem Stuhl zurück und mustert mich eingehend.

»Kann sie dafür belangt werden?«, fragt Jamie.

Sie blinzelt ihn an, dann wendet sie sich mit ihrer ruhigen, höflichen Stimme an mich. »Ja, man wird Sie höchstwahrscheinlich dafür belangen, dass Sie sich die Identität einer verstorbenen Person zu Ihrem eigenen Vorteil zunutze gemacht haben.«

Mein Mund ist wie ausgedörrt. »Komme ich dafür ins Gefängnis?«

Sie runzelt die Stirn. »Bei einer erstmaligen Straftat ist das eher unwahrscheinlich. Sie werden wohl zu einer Bewährungsstrafe, vielleicht auch zu gemeinnütziger Arbeit verurteilt werden. Versprechen kann ich natürlich nichts, da es maßgeblich vom Richter abhängt. Aber da gibt es eine viel schwerwiegendere potenzielle Anklage, die Ihnen droht, Libby. Ein Mann ist ermordet in Ihrem Garten aufgefunden worden. Sie, und womöglich auch Jamie, werden mit ziemlicher Sicherheit als Hauptverdächtige gehandelt.« Sie wirft einen Blick in ihre Notizen. »Ich sehe hier, dass Sie bereits von Detective Inspector Hartley verhört wurden. Ich bin froh, dass Sie ihm bisher keine Informationen gegeben haben.« Sie legt die Stirn in Falten. »Hier heißt es auch, dass das Opfer am Mittwoch, den 5. April, das letzte Mal lebend gesehen wurde, und dass der geschätzte Todeszeitpunkt irgendwann zwischen zwölf Uhr des 5. April und achtzehn Uhr des Folgetages lag. Erinnern Sie sich noch, wo Sie in dieser Zeit waren?«

Erleichterung durchströmt mich. »Ja!«, rufe ich beinahe. »Wir waren in Cornwall. Mittwoch, der 5. April, war der Tag, als Jamie krank wurde und wir zur Notaufnahme mussten. Wir waren den ganzen Tag im Falmouth Hospital. Das können Sie überprüfen. Wir hätten Sean überhaupt nicht umbringen können. Wir sind erst am Abend des 6. April nach Bath zurückgekehrt.« Meine Stimme überschlägt sich vor Aufregung.

Melanie Finch lächelt. »Selbstverständlich werde ich das überprüfen. Aber das sind doch erfreuliche Neuigkeiten.«

Die Polizei will mich am nächsten Tag noch einmal verhören, doch diesmal begleitet mich Melanie aufs Revier. Sie rät mir, alles zu gestehen.

DI Hartley und seine Kollegin, DS Trott, sitzen schweigend da, und das Tonband surrt leise, während ich ihnen alles darlege. »Sean muss den Haustausch eingefädelt haben, um mir etwas Schreckliches anzutun – in dem Glauben, ich sei Beth. Das ist die einzige Erklärung, die ich habe.«

»Und am Ende der Geschichte ist er tot. Wie überaus praktisch«, erwidert DI Hartley schnippisch.

»Vielleicht hatte er irgendwelche Feinde? Ich kann nur sagen, dass Jamie und ich die ganze Woche in Cornwall verbracht haben, im Haus von Seans Chef. Und an dem Tag, als Sean umgebracht wurde, waren wir im Krankenhaus. Jamie hatte eine Lebensmittelvergiftung … von dem Essen, das Sean uns bereitgestellt hatte …«

Melanie schiebt ein Papier über den Schreibtisch. »Ich habe hier eine Bestätigung des Falmouth Hospital«, sagt sie, »aber es steht Ihnen natürlich frei, es selbst zu überprüfen. Das Schlimmste, was meine Klientin begangen hat, ist Identitätsdiebstahl.«

DI Hartley bedenkt mich mit einem selbstgefälligen Blick – offenbar ist er froh, dass ich nicht ungeschoren aus der Sache rauskomme. Was stimmt: Meine Karriere ist ruiniert. Die Vorstellung, nicht mehr unterrichten zu dürfen, bricht mir das Herz. Ich bin wieder dort, wo ich angefangen habe. Doch dann denke ich an Jamie, meinen Ehemann, die Liebe meines Lebens, und wie er zu mir hält, und mir wird klar, dass es nicht stimmt – ich bin nicht wieder am Nullpunkt angelangt. Es ist nur eine andere Zukunft als die, die ich mir ausgemalt habe, das ist alles.

Jamie wartet vor dem Revier, und ich falle ihm in die Arme. Ich fühle mich so viel leichter.

»Heißt das, ich muss dich jetzt Karen nennen?«

»Ich hoffe nicht. Mir gefällt Libby Hall.«

»Dir ist aber schon klar, dass wir vor dem Gesetz nicht rechtmäßig verheiratet sind?« Er hält inne, um mich zu küssen. »Das bedeutet, wir werden es noch einmal tun müssen.«

»Diesmal nur wir beide. In aller Stille.« Ich schlinge meine Arme um seinen Hals. »Nur du und ich.«

Ein Neuanfang. Ganz von vorne. Endlich können wir die Vergangenheit hinter uns lassen.

34

Der April geht in den Mai über, und das sonnige Wetter hält sich. Erst als ich einen Blick auf meinen Handykalender werfe, wird es mir klar – ich hatte schon seit Monaten nicht mehr meine Tage. Nach der Fehlgeburt hatte meine Regel ausgesetzt, aber mittlerweile hätte ich sie doch bekommen müssen? Womöglich war es der Stress der letzten Wochen. Ich wage es kaum zu hoffen, als ich mich nach draußen schleiche und zum Drogeriemarkt gehe, um einen Schwangerschaftstest zu kaufen.

Als ich wieder zurück bin, rufe ich Jamie zu mir, und er folgt mir mit fragendem Blick ins Badezimmer. Dann warten wir, über das weiße Plastikstäbchen gebeugt, bis die hellblaue Linie sich in ein Kreuzchen verwandelt. *Positiv.* Jamie Augen leuchten auf, und mit einem Freudenschrei hebt er mich hoch und wirbelt mich herum, und ich muss lachen, als mein Absatz an der Badezimmertür hängen bleibt.

Die nächsten Tage sind ein einziges Auf und Ab zwischen besinnungsloser Freude, Angst und Traurigkeit. Mir bleibt nichts anderes übrig, als meinen Job zu kündigen. Ich schreibe einen Brief an Felicity, in dem ich erkläre, dass meine persönlichen Umstände sich geändert haben und ich mich außerstande fühle, weiterhin zu unterrichten. Ich schreibe ihr auch, dass ich nun vorbestraft bin und bezüglich meiner Qualifikationen gelogen habe, um als Lehrerin zugelassen zu werden. Ich will gar nicht daran denken, was für ein Licht das auf die Schule wirft, wenn die Sache an die Öffentlichkeit dringt – was sicherlich passieren wird, wenn der Fall erst vor Gericht kommt. Ich kann mir schon vorstellen, wie die Zeitungen sich darauf stürzen werden. Ich ignoriere die Anrufe von Cara, da ich nicht in der Lage bin, mich einem Gespräch mit ihr zu stellen. Am liebsten würde ich mich vor allem und jedem verstecken, aber ich weiß, dass ich nicht davonlaufen kann. Nicht dieses Mal.

Hannah ließ nur einmal eine Anspielung auf meinen Betrug fallen, und das an dem Tag, als Jamie und ich von der Schwangerschaft erfuhren. Sie musterte mich kühl, während wir im Garten in der Nähe des Kutscherhauses standen. Felix tollte im Sonnenschein auf der Wiese herum, und ich legte die Hände auf meinen Bauch, unfähig, das Lächeln zu unterdrücken, das sich jedes Mal über mein Gesicht breitete, wenn ich an das Baby darin dachte. Wir nennen es Peanut, weil wir fest davon überzeugt sind, dass es die Größe einer Erdnuss hat, obwohl wir in Wirklichkeit keine Ahnung haben. Wir haben beschlossen, die Neuigkeit für uns zu behalten, bis wir über die kritischen drei Monate hinweg sind. Also wusste Hannah nicht Bescheid, als sie leise, aber mit einer nie da gewesenen Härte in ihrer Stimme sagte: »Du solltest ihn besser nie wieder so verletzen.«

Ich war schockiert, hielt jedoch ihrem Blick stand; er war herausfordernd, angriffslustig. Territorial. »Das werde ich nicht«, erwiderte ich mit fester Stimme, dann drehte ich mich um und ging.

Mittlerweile bin ich so rastlos wie Katie; beide ziehen wir planlos von einem Zimmer zum nächsten. Manchmal gesellen sich Hannah und Felix zu uns, meist wenn Felix von der Schule kommt und sie Feierabend bei der Immobilienagentur hat, für die sie arbeitet. Nicht dass Hannah je mit mir sprechen würde. Ich habe das Gefühl, dass sie nur kommt, weil sie eine Babysitterin für ihren Sohn braucht. Also vertreibe ich mir die Zeit mit Felix, während Hannah Katie besucht. Die beiden hängen ständig zusammen herum, die Köpfe zusammengesteckt und tief in Gespräche versunken; sie sitzen im Wintergarten, spazieren im Garten herum oder gehen zum Kutscherhaus, wobei sie Felix meist bei mir vergessen. Ich bin sicher, dass sie über mich reden.

Ab und zu habe ich sie in der Küche angetroffen, wo sie bei einer Tasse Tee mit Jamie sprach. Sobald ich eintrete, fällt ihre Miene in sich zusammen, als wäre sie ein Roboter, dessen Batterien leer sind. Offenbar können nur Jamie und seine Familie sie zum Laufen bringen. Immer wenn ich die beiden zusammen sehe, muss ich mir in Erinnerung rufen, dass ich diejenige bin, die er liebt, dass wir ein Baby zusammen erwarten. Aber ich werde das Gefühl nicht los, dass Hannah ihm eine bessere Ehefrau gewesen wäre als ich. Dass sie ihn nicht derart angelogen hätte.

Wir wohnen fast schon einen Monat bei Sylvia, als ich einen Anruf von Melanie Finch erhalte. Zuerst denke ich, dass sie sich wegen eines Gerichtstermins meldet, darum bin ich außer mir vor Freude, als sie mir mit ihrer klaren, ruhigen Stimme mitteilt, dass die Polizei jemanden verhaftet hat.

»Offenbar war Sean Elliot in einen Haufen dubioser Geschäfte verwickelt und wurde von mehreren zwielichtigen Gestalten gesucht. Ein Mann, dem Mr. Elliot Geld schuldete, wurde zum ungefähren Zeitpunkt des Mordes in der Gegend gesichtet. Sie und Ihr Mann dürfen also in Ihre Wohnung zurück.«

Ich lasse das Telefon sinken und verspüre eine unendliche Erleichterung. Wir dürfen nach Hause. Ich eile mit den guten Nachrichten sofort zu Jamie. Sosehr ich den Aufenthalt bei Sylvia genossen habe – mehr als ich gedacht hatte –, so froh bin ich, Hannahs Anfeindungen und Katies stillschweigendem Abscheu zu entkommen. Sie spricht immer noch kaum mit mir. Ich verdiene ihre Verachtung, das weiß ich, aber sowohl Jamie als auch der Rest seiner Familie haben mir vergeben. Warum also kann sie es nicht tun?

Als wir an jenem Abend im Bett liegen, dreht Jamie sich im Dunkeln zu mir und stützt sich auf seinen Ellbogen. Er streicht über die sanfte Wölbung meines Bauchs. »Libs, dir ist schon klar, dass wir die Wohnung werden verkaufen müssen, oder?«

Ich nicke, obwohl ich nicht sicher bin, ob er es im Dunkeln sehen kann.

»Nun, da du nicht länger arbeitest, können wir sie uns nicht mehr leisten. Ich verdiene noch nicht so viel, wie ich gerne hätte, aber wir haben ein bisschen Eigenkapital. Wir werden etwas weiter rausziehen müssen. In eines der

Dörfer vor Bristol vielleicht. Dort bekommen wir mehr für unser Geld.«

Die Aussicht auf ein größeres Heim, fernab von hier, erfüllt mich mit freudiger Aufregung. Vielleicht etwas mit einem Garten, für Ziggy und Peanut. »Ich finde das eine großartige Idee. Ein richtiger Neubeginn.«

Er stützt sich noch weiter auf. »Was hältst du von der Immobilienagentur, für die Hannah arbeitet? Die könnten uns ein Wertgutachten erstellen.«

Ich möchte Hannah nicht dabeihaben, aber ich stimme trotzdem zu. Wenn Jamie mich gebeten hätte, nackt im Garten herumzurennen, hätte ich es getan, nur um ihn glücklich zu machen. Um die Harmonie zu erhalten.

Am Wochenende sind wir endlich wieder in unserer Wohnung. Es riecht wie zuvor, ein Anflug von Hund, gemischt mit feuchter Wäsche, aber ich bilde mir ein, einen süßlichen Geruch in der Luft wahrzunehmen, irgendwas wie exotische Räucherstäbchen. Ziggy ist sichtlich froh, wieder zu Hause zu sein, wo er auch endlich wieder auf dem Sofa liegen kann, was er bei Sylvia nicht darf.

»Es fühlt sich komisch an, wieder hier zu sein«, sage ich, als ich mich neben Ziggy aufs Sofa fallen lasse. »Alles hat sich verändert.« *Wir haben uns verändert*.

Wir sind so übereilt aufgebrochen, dass wir keine Zeit hatten, die schmutzigen Tassen vom Beistelltisch zu räumen, und nun kleben grüne Schimmelsporen an den Teeresten. Angesichts des Chaos ist es offensichtlich, dass die Polizei gründlich herumgestöbert hat. Jamies Arbeitsschrank wurde geleert, ein Stapel Dokumente liegt auf dem Boden verstreut. Die Schubladen unseres Sideboards stehen weit offen. Melanie hat uns vorgewarnt, dass die Polizei einige Dinge für weitere Untersuchungen mitgenommen hat, und so sieht die Wohnung aus, als wäre jemand eingebrochen. Wildfremde Menschen haben in unseren Sachen herumgewühlt. Ich freue mich wirklich darauf, wenn wir sie endlich verkauft haben.

Jamie steht am Fenster und schaut zum Bürgersteig hoch. Ich weiß, dass er sich Sorgen macht, wer sich da draußen herumtreiben könnte – anonyme, namenlose Männer, die uns aufgrund der Pornowebsite beobachten. Der Polizei ist es gelungen, die Seite zu deaktivieren, aber das hat unsere Ängste nicht zerstreut; unsere Adresse war viel zu lange draußen im Netz. Er seufzt. »Es ist so viel passiert. Ich kann das alles noch nicht fassen.«

»Ich weiß, dass ich mich wiederhole, Jay, aber es tut mir leid. Trotzdem, es hätte auch viel schlimmer kommen können.«

»Wie meinst du das?« Ich bemerke den Anflug von Zweifel in seinem Blick, als erwarte er, ich könnte ein weiteres Geheimnis enthüllen, eine weitere Lüge, und das macht mich traurig. Ich habe das zu verantworten. Wird es jemals wieder so sein wie zuvor?

»Ich meine Sean. Denk dran, was er uns hätte antun können. Wer auch immer ihn umgebracht hat, hat uns einen Gefallen getan.« Ich schaudere bei dem Gedanken. Sean war hier gewesen, in unserem Heim. Was hatte er mit uns vor? Er hat Geld von unserem Konto gestohlen und unter Jamies Namen Postkarten an die Nachbarn verschickt. Er war ein durch und durch krankes Individuum. Zum ersten Mal wird mir bewusst, wie schrecklich es damals für Beth gewesen sein muss. Kein Wunder, dass sie fünftausend Meilen nach Thailand zurückgelegt hat, um ihm zu entkommen.

»Ich glaube, dass er uns töten wollte«, sagt Jamie, und sein Gesicht verrät, wie aufgewühlt er ist. »Deswegen hat er uns im Hideaway beobachtet. Die Unterwäsche muss eine Drohung gewesen sein oder so etwas in der Art.« Er runzelt die Stirn und beantwortet dann seine eigene Frage: »Wir werden es wohl nie erfahren.«

Mitten in der Nacht werde ich von etwas aus dem Schlaf gerissen – ein plötzlicher, schwerer Schlag aus der Wohnung über uns. Ich fahre kerzengerade hoch, mein Herz rast, mir ist heiß unter meinem Nachthemd. Jamie neben mir schnarcht weiter. Ich lausche aufmerksam den tröstlichen Geräuschen unserer Wohnung: dem Summen des Kühlschranks, dem Rasseln der Rohre, dem vereinzelten Rauschen vorbeifahrender Autos. Habe ich mich getäuscht? Ich spitze die Ohren. Nichts. Ich will mich gerade wieder unter die Decke kuscheln, als ich es wieder höre, als würde oben etwas auf den Boden fallen. Mein erster Gedanke ist: Evelyns Wohnung wird ausgeraubt. Ich stupse Jamie an.

»Jamie«, wispere ich. »Da oben ist jemand.«

Er stöhnt und greift nach seinem Handy; das Displaylicht erhellt den Raum. Er blinzelt heftig, bis seine Augen sich daran gewöhnt haben. »Argh … es ist vier Uhr morgens.«

»Hast du das gehört? Das Geräusch. Jemand ist in Evelyns Wohnung. Oh Gott … sollen wir die Polizei rufen?«

Auf einmal ist Jamie hellwach. Sein Haar steht auf einer Seite ab, was lustig aussieht. Normalerweise würde ich bei dem Anblick lachen, aber das Adrenalin pumpt so schnell durch meinen Körper, dass mir schwindlig wird. Er neigt den Kopf zur Seite, so wie Ziggy es tut, und lauscht. »Ich höre nichts.«

Mein Herz hämmert immer noch wie wild, und ich presse mir die Hand gegen die Brust, um mich zu beruhigen. Die Aufregung kann nicht gut sein für das Baby. »Ich habe einen Schlag gehört.«

Er fährt sich mit den Händen durch sein wirres Haar. »Aber seit Evelyn wohnt oben niemand. Wer bitte sollte da sein?«

»Ein Einbrecher?«

Ich schlage die Decke zur Seite und steige aus dem Bett. Ich stelle mich ans Fenster und spähe durch die Vorhänge nach draußen. Die Straße über uns ist dunkel, die Rosenbüsche vor dem Fenster kratzen im Wind über die Scheibe. Ich weiß nicht, was ich erwartet habe, aber da ist nichts zu sehen außer einer schwarzen Katze, die die Straße entlangspaziert, und einem Mülleimerdeckel, der auf dem Bürgersteig liegt. War es das, was ich gehört habe? Ein scheppernder Mülleimerdeckel, der auf den Boden gefallen ist? Aber es klang, als würde es von oben kommen. Vielleicht war es nur meine Einbildung, die mir einen Streich gespielt hat. Ein Zeichen dafür, wie sehr ich Evelyn vermisse, wie sehr mir ihre Anwesenheit in der Wohnung fehlt, ihre kleinen Marotten – das viel zu laut aufgedrehte Radio und die Anfangsmelodien ihrer Lieblingsseifenopern, die man durch unsere Decke hören konnte. Manchmal vergesse ich, dass sie nicht mehr dort oben ist und Tee kocht oder strickt.

»Komm wieder ins Bett.« Jamies Stimme ist schläfrig. »Wahrscheinlich war es nur eine herumstreunende Katze oder so.«

Ich kuschle mich neben ihm ein. Seine Körper ist warm, und schon bald schläft er wieder, während ich hellwach im Dunkeln liege. Evelyns Wohnung steht ebenfalls zum Verkauf. Anscheinend hat ein Neffe irgendwo den Beschluss getroffen. Doch soweit ich weiß, sind ihre Fotos und Möbel, ihr Nippes und ihre Kleider noch da, alles ganz genauso wie zum Zeitpunkt ihres Todes. Ich verspüre den Drang, nach oben zu gehen, zwischen ihren Dingen zu sitzen, in ihrem gemütlichen Wohnzimmer, wo ich mich immer so sicher und geborgen gefühlt habe. War gerade jemand oben? Oder bin ich nur wieder paranoid? Nach allem, was die letzten Monate passiert ist, so beruhige ich mich, ist das wirklich nicht weiter verwunderlich.

Den Sonntag verbringen wir damit, hektisch die Wohnung zu putzen, wobei wir erfolglos versuchen, den Hundegeruch aus dem Sofa und den Teppichen zu entfernen. Ich zünde Duftkerzen an, sauge Staub, wische und räume auf. Wir brauchen drei Stunden, aber als es vollbracht ist, verspüre ich ein Gefühl von Zufriedenheit. Endlich ist es geschafft. Morgen können wir den Immobilienmakler kontaktieren und mit der Umzugsplanung beginnen.

Jamie geht mit Ziggy Gassi, während ich noch einmal durch die Küche wische. Morgen steht auch noch ein Arzttermin an. Ich habe ausgerechnet, dass ich in der sechsten oder siebten Woche sein müsste, was mein Unwohlsein in Cornwall erklärt, das nicht nur auf die Aufregung zurückzuführen war. Ich gebe mir Mühe, nicht daran zu denken, wie wir unseren Lebensunterhalt verdienen sollen, nun da ich nicht mehr als Lehrerin arbeiten kann, und verdränge den Gedanken, wie sehr ich meine Klasse und die Schule vermisse. Ich bin fest entschlossen, zuversichtlich zu bleiben. Ich habe Glück, das ist mir klar. Die Dinge werden zu einem guten Ende kommen, dessen bin ich mir sicher. Ich ertappe mich dabei, wie ich vor mich hin summe, während ich die Arbeitsflächen abwische, und ich drehe das Radio auf, um einen Sender mit tanzbarer Musik zu finden. Trotz allem, was passiert ist, fühle ich mich optimistisch. Heute ist ein guter Tag. Der Himmel ist strahlend blau, und es ist zwar warm, aber nicht ganz so heiß wie neulich. Jetzt, da es keine Lügen mehr zwischen uns gibt, fühle ich mich Jamie näher als je zuvor. Er nennt mich immer noch Libby, weil ich es so will. Karen fühlt sich für mich an wie ein anderer Mensch.

Ich hüpfe ausgelassen zu Justin Timberlake durch die Küche, als ich die Eingangstür zuschlagen höre. Das muss Jamie sein, der früher von seinem Spaziergang zurückkommt. Ich eile in den Flur, voller Vorfreude, ihn zu sehen und ihm zu zeigen, wie hübsch die Wohnung aussieht, nun da sie entrümpelt und sauber ist, aber sein Gesicht ist vor Sorge verkniffen.

»Was ist los?« Erst da bemerke ich Ziggy. Er liegt mit traurigen Hundeaugen auf dem Boden. Ich beuge mich zu ihm hinab. »Ziggy, mein Junge, alles in Ordnung mit dir?« Ich kraule seinen Kopf, aber er rührt sich kaum. Er stößt ein bekümmertes Fiepen aus, und mein Herz zieht sich zusammen.

Jamie beugt sich nach unten, um seine Leine zu lösen, richtet sich jedoch nicht wieder auf, sondern geht in die Hocke, sodass er mir in die Augen blicken kann. »Ich glaube, wir müssen ihn zum Tierarzt bringen, Libs. Irgendwas stimmt nicht mit ihm.«

Plötzlich gibt Ziggy ein ersticktes Geräusch von sich, und heiße Panik steigt in mir auf, als er beginnt zu krampfen und seine Augen sich in den Höhlen verdrehen.

»Was ist nur los mit ihm?«, rufe ich und stehe auf.

»Er scheint eine Art Anfall zu haben. Wir müssen ihn in den Wagen schaffen. Komm, die Tierarztpraxis hat rund um die Uhr geöffnet.«

Ziggy ist so schwer, dass wir seinen bebenden Körper nur zu zweit in den Wagen tragen können. Wir legen ihn auf den Rücksitz, und ich renne rasch in die Wohnung zurück, um ein Handtuch und eine Decke zu holen. Als ich zurückkomme, zuckt Ziggy nicht mehr, sondern liegt ganz reglos und still da. Zu still. Ich klettere auf den Rücksitz neben ihn, lege die Hand auf seinen Bauch und bin beruhigt, als ich spüre, wie er sich hebt und senkt. »Er ist bewusstlos. Schnell, Jay. Er muss sofort zum Arzt!«, schreie ich.

Jamie ist kreidebleich im Gesicht. Er rollt vom Bordstein und rast los, und als ich aufblicke, bin ich beinahe sicher, einen Schatten am Fenster zu sehen. Als würde uns jemand hinter Evelyns vergilbten Spitzengardinen beobachten.

35
Beth

Ich habe sie beobachtet und geduldig abgewartet.

Ich habe die Polizei kommen und gehen sehen. Seans Leichnam, der in einem Sack davongetragen wurde. Ich habe mit angesehen, als die Forensiker den Garten und die Wohnung durchkämmten. Und als ich sicher sein konnte, dass die Polizei nicht wiederkommen würde, als das Ermittlungsteam sich zerstreute, bin ich in Evelyns Wohnung gezogen. Ich hatte keine Wahl. Mein Geld muss eine Weile reichen, und die Pension, in der ich die letzten sechs Wochen gewohnt habe, ist zu teuer. Ich muss einen Weg finden, den Rechtsanwalt meines Vaters zu kontaktieren, um herauszufinden, ob der Bastard mir ein paar Kröten vererbt hat. Die Entdeckung von Karens Foto in der Zeitung hat mich von meinem ursprünglichen Anliegen abgelenkt.

Und dann waren sie gestern plötzlich wieder da, stiegen aus ihrem Wagen, mit ihrem breiten Grinsen, dem lauten Lachen und den abgeschmackten Neckereien, als sie ihren großen trotteligen Hund in ihre Wohnung führten und so mühelos in ihr altes Leben zurückschlüpften wie in eine Lieblingsjeans.

Also haben sie ihr erlaubt, wieder nach Hause zu kommen, was bedeutet, dass sie nicht als Verdächtige gehandelt wird. Ich weiß, dass sie nicht nach mir suchen werden. Ich bin wie ein Geist – ein Gespenst, das kommt und geht, ohne eine Spur zu hinterlassen. Ich habe alles bar gezahlt, mit *ihrem* Geld.

Es ist einfach, jemandem Schaden zuzufügen, der glaubt, man sei tot.

Ich habe nicht viel, was ich mein Eigen nennen kann. Das meiste habe ich in Barcelona zurückgelassen. Ich besitze lediglich meine Tasche mit Klamotten, meinen Pass und mein Handy. Und das Foto. Ich schaue es mir jeden Abend an. Es ist meine einzige Erinnerung an sie – meine wunderhübsche kleine Prinzessin. Ich schlafe oben im zweiten Stock, in einem von Evelyns Gästezimmern, die sie allem Anschein nach nie benutzt hat. Eine dicke Staubschicht liegt über den Bilderrahmen und Teppichen. Die Luft ist abgestanden und muffig.

Ein *Zu-verkaufen*-Schild wurde vor dem Fenster aufgehängt. Es ist ein bisschen riskant, hierzubleiben, wo jederzeit potenzielle Verkäufer hereinflattern können, wie Elstern, die sich durch die Sachen der netten alten Dame picken und sich krächzend über die altmodische Einrichtung auslassen. Aber es ist ein kleiner Preis, den ich zahle, um in Karens Nähe bleiben zu können.

Denn da gibt es noch viel mehr Schaden zuzufügen, mehr Schmerz zu verursachen. Sie hat noch nicht einmal ansatzweise genug gelitten.

Am Sonntag höre ich einen Aufruhr. Ich eile zum Fenster, ziehe Evelyns Gardine ein winziges Stück beiseite, gerade rechtzeitig, um Karen und Jamie zu sehen, die ihren

Hund auf den Rücksitz wuchten. Ich bin kein Hundefan, ich bevorzuge Katzen – Hunde sind für meinen Geschmack zu bedürftig, zu verzweifelt darum bemüht, geliebt zu werden. Und ja, ich will, dass Karen Qualen leidet, das darf man mir glauben, aber ihrem Hund würde ich kein Leid wünschen. Schließlich ist er nur ein wehrloses Tier.

Da dreht Karen sich um und schaut zu meinem Fenster hoch; in ihren Augen stehen der Schmerz und die unvergossenen Tränen. Rasch ziehe ich mich in die Schatten zurück. Unsichtbar. Ganz so, wie ich es mag.

36
Libby

Man teilt uns mit, dass Ziggy sich in einem äußerst kritischen Zustand befindet. Die Tränen rollen meine Wangen hinab, und ich kann sie nicht aufhalten, als ich ihn zum Abschied auf die samtige Stelle zwischen seiner Nase und seinem Mund küsse, wo seine Schnurrhaare wachsen. Meine Lieblingsstelle. »Ich habe dich lieb, Ziggy«, flüstere ich. »Morgen sind wir wieder bei dir.«

Wie er so auf dem kalten Metalltisch der Tierarztpraxis liegt – eine Kanüle in seiner Pfote, die traurigen Hundeaugen geschlossen –, fühlt es sich an, als müsse mein Herz brechen.

»Er darf nicht sterben, das würde ich nicht ertragen«, schluchze ich und kümmere mich nicht um den Rotz, der mir aus der Nase läuft und sich mit den Tränen vermischt, die mir vom Kinn auf meine Baumwollbluse tropfen.

»Er wird nicht sterben«, beharrt Jamie. Er greift nach meiner Hand; seine fühlt sich heiß und klebrig an. »Er wird wieder gesund.« Ich merke an seinem angespannten Lächeln, dass er eigentlich nicht daran glaubt. Seine Augen sind gerötet, und er schafft es nicht, den Blick von unserem geliebten Hund loszureißen.

Unser Tierarzt Owen kommt in einem grünen OP-Kittel

mit einem Handtuch in den Händen herein. Er ist ziemlich jung, aber er verströmt diese gewisse Ruhe und Autorität. Seit wir Ziggy zu uns geholt haben, ist er sein Arzt. »Er wird heute Nacht in guten Händen sein«, verspricht er. »Bitte, versuchen Sie, sich keine Sorgen zu machen. Wir tun alles, was wir können. Das hier sollte das Gift aus seinem Körper spülen. Ich rufe Sie umgehend an, falls sich sein Zustand verändern sollte.«

Gift?

Auf dem Weg zum Auto halte ich mich an Jamies Arm fest. »Er wurde vergiftet, Jay. Wer würde so etwas nur tun?« Ich muss an die Schattengestalt denken, die ich mit ziemlicher Sicherheit vorhin in Evelyns Wohnung gesehen habe. Warum werde ich das Gefühl nicht los, dass wir immer noch beobachtet werden, obwohl Sean Elliot tot ist?

»Vielleicht hat er auf unserem Spaziergang irgendwas gefressen«, erwidert Jamie. »Dabei passe ich immer so auf. Aber er war schon irgendwie seltsam, bevor wir losgingen. Er schien nicht er selbst. Viel ruhiger, findest du nicht auch?«

Wir steigen in den Wagen und bleiben eine Weile vor der Praxis sitzen, unfähig loszufahren. Es fühlt sich falsch an, Ziggy zurückzulassen. Ich berühre meinen Bauch. Da ist nur eine leichte, kaum merkliche Wölbung, und doch fühle ich bereits den überwältigenden Drang, dieses kleine Wesen zu beschützen. Die Zukunft breitet sich vor mir aus, doch meine Hoffnung von vorhin schwindet und wird von all den Gefahren verdrängt, die unserem kostbaren Baby drohen könnten. Ich werde von einer Furcht gepackt, die so heftig ist, dass ich anfange, unkontrolliert zu zittern. Werde ich in der Lage sein, das zu tun? Was, wenn wieder etwas passiert?

»Ich will ihn nicht allein lassen, Libs«, sagt Jamie elend in die Stille des Wagens hinein. Dann bricht er in Tränen aus, und ich schaue ihn erschrocken an, als seine Schultern beben. Ich glaube nicht, dass ich ihn je zuvor wirklich habe weinen sehen – nicht so, nicht diese dicken, schweren Schluchzer, die ihn zu verzehren scheinen. Es macht mir Angst. Ich berühre seine Schulter und murmle tröstende Worte, für mich, für ihn. Dann dreht er sich um, zieht mich verzweifelt in seine Arme, und wir halten einander unbeholfen über den Schaltknüppel hinweg fest. Trotz der unbequemen Haltung bleiben wir eine Ewigkeit so sitzen.

Als wir heimkommen, geht die Sonne bereits unter, und unsere Häuserzeile liegt im Dunkeln. Mir ist bewusst, wie ich aussehe – das Gesicht verquollen, die Augen gerötet –, und so bin ich froh, dass die Straße ruhig und unbelebt ist wie meistens am Sonntagabend. Im Schatten ist es kühl, und ich zittere in meiner kurzärmligen Bluse, während Jamie den Haustürschlüssel aus seiner Hosentasche zieht.

Die Wohnung wirkt so leer ohne Ziggy, der uns zur Begrüßung entgegenstürmt. Ich verspüre eine erneute Welle der Traurigkeit, als ich die Leine auf dem Boden bemerke, die wir vorhin in der Eile vergessen haben, und ich hebe sie auf und drücke sie an mich, um seinen Duft einzuatmen.

Jamie beugt sich hinab, um seine Schnürsenkel aufzubinden, als ich einen Umschlag entdecke, der halb aus dem Briefkasten lugt. Der war doch vorhin noch nicht da. Oder doch? Selbst wenn, hätten wir ihn in der Aufregung um Ziggy nicht bemerkt. Ich ziehe ihn heraus, öffne ihn … und wünsche mir sofort, ich hätte es nicht getan. Die Worte verschwimmen vor meine Augen. Diese schrecklichen, grauenhaften Worte.

»Was ist das?«, fragt Jamie und späht über meine Schulter. »Warum hast du deine Krankenakte zugeschickt bekommen? Hast du sie beantragt?«

»Es … es ist nichts.« Ich versuche, die Blätter in den Umschlag zurückzustopfen, aber sie weigern sich und knicken in die falsche Richtung.

»Libby? Was ist hier los?«

»Nichts … gar nichts … Ich setze Wasser auf …« Ich schiebe die Blätter unter meinen Arm und eile in die Küche, aber Jamie bleibt mir auf den Fersen.

»Was soll die Geheimnistuerei? Warum hast du deine Krankenakte beantragt?«

Wie kann ich ihm nur erklären, dass ich das nicht getan habe? Ich lege sie umgekehrt auf die Arbeitsfläche und schalte den Wasserkocher an. Als ich mich umdrehe, hält er sie in den Händen.

Ich reiße sie ihm wütend weg. »Das ist privat!«, fahre ich ihn an. »Was glaubst du eigentlich, was du da tust, verdammt?«

Er sieht mich gekränkt an. »Privat? Du erwartest unser gemeinsames Kind. Warum soll ich da deine Patientenakte nicht sehen dürfen? Du kannst dir gerne meine anschauen … ich habe nichts zu verbergen.« Sein Blick verhärtet sich, als er mich mustert. »Du etwa?«

Keine Lügen mehr. Das hatte ich ihm versprochen.

»Es tut mir leid …«, sage ich und schlucke die Tränen hinunter. Schweigend reiche ich ihm die drei DIN-A4-Blätter und kann nur hilflos zusehen, wie er die erste Seite überfliegt und sein Ausdruck sich verdüstert.

Als er fertig ist, blickt er zu mir auf. »Du hast abgetrieben?«

Ich überlege, ihn anzulügen, ihm zu sagen, dass dies die Patientenakte der echten Elizabeth Elliot ist, nicht meine. Aber es ergäbe keinen Sinn. Das Datum passt nicht. Er weiß, wann ich aufhörte, Karen Fisher zu sein. Ich nicke und blicke auf meinen Bauch hinab, als hätte ich das Baby verraten, das in mir heranwächst.

»Warum?«

Ich seufze. »Ich war nicht mit dem Vater zusammen. Ich habe ihn in Thailand kennengelernt. Habe geglaubt, ich wäre verliebt. Ich wusste nicht, dass ich schwanger war. Und dann kam ich zurück mit meiner neuen Identität, meinem neuen Leben. Ich war gerade erst einen Monat an der Hochschule, als ich merkte, dass ich schwanger war. Ich … ich konnte es nicht behalten. Es hätte bedeutet, alles aufzugeben.«

»Warum hast du es mir nicht erzählt?«

Ich blicke in seine von Enttäuschung überschatteten Augen. »Weil …« Katies Stimme erklingt in mir, so klar und deutlich, als würde sie bei uns in der Küche stehen. *Es ist kein Zeichen von Schwäche zu zeigen, dass man nicht perfekt ist, weißt du?* »Weil ich nicht wollte, dass du schlecht von mir denkst. Ich wollte das Bild, das du von mir hast, nicht trüben«, antworte ich aufrichtig. »Ich bin eine Frau, die Kinder liebt. Und Lehrerin dazu. Aber ich habe mein Baby abgetrieben.«

»Und du glaubst wirklich, das hätte meine Gefühle für dich geändert? Dass ich es nicht verstanden hätte? Ich bin kein Abtreibungsgegner. Ich hätte deswegen nicht schlecht von dir gedacht. Es sind die Lügen. Ich habe dich *gefragt*. Ich habe dich gefragt, ob es noch etwas anderes gibt, das du mir nicht erzählt hast, und du hättest es mir da sagen können. Aber du hast es nicht getan. Ich halte dich nicht für perfekt, Libby. Ich erwarte nicht von dir, dass du es bist.« Er schüttelt ratlos den Kopf. »Was verdammt noch mal geht in deinem Kopf vor, Libby? *Karen?* Was auch immer dein echter Name ist? *Wer* verdammt noch mal bist du überhaupt?«

»Ich bin Libby«, sage ich weinend. »*Deine* Libby.«

Sein Kiefer ist angespannt, als er langsam und bestimmt antwortet. »Nein. Das bist du nicht.«

Er drückt mir die Unterlagen in die Hände, und ich presse sie an meine Brust. Sie zerknittern zwischen meinen Fingern, das Papier raschelt. Dann stapft er aus der Küche. Ich folge ihm und sehe schweigend zu, als er in die Turnschuhe schlüpft, die er gerade erst ausgezogen hat. Dann schnappt er sich seine Jacke vom Garderobenhaken neben der Tür und verlässt wortlos die Wohnung.

In dieser Nacht weine ich mich in den Schlaf, zusammengerollt zu einer Kugel, die Bettdecke fest über den Kopf gezogen. Jamie kommt spät nach Hause. Ich höre ihn gegen die Möbel stoßen und frage mich, ob er sehr betrunken ist. Mit wem hat er den Abend verbracht? Mit seiner Mum? Mit Hannah? Als er nicht ins Bett kommt, ziehe ich mir meinen Morgenmantel über und gehe ins Wohnzimmer, wo er, schnarchend und vollständig bekleidet, auf dem Sofa eingeschlafen ist.

Am nächsten Morgen werde ich vom Klingeln meines Handys geweckt. Ich weiß instinktiv, dass es der Tierarzt ist. Ich höre schweigend zu, während Owen mir sanft die Nachricht überbringt, dass Ziggy es trotz all seiner Anstrengungen nicht geschafft hat, dass sein Herz aufgegeben hat. Mein Handy fällt zu Boden, das Display splittert, und ein Riss zieht sich über das Foto, das ich als Hintergrundbild verwende: Jamie, ich und Ziggy zusammen. Eine glückliche kleine Familie.

37

Ich renne ins Bad und übergebe mich in die Toilette; erschöpft lege ich den Kopf auf der Klobrille ab, doch der Geruch nach WC-Reiniger lässt mich abermals würgen.

Ziggy ist tot. Die Wucht der Erkenntnis trifft mich erneut, und frische Tränen rinnen über mein bereits geschwollenes Gesicht. Ich wecke Jamie, und mir ist schwer ums Herz, weil ich ihm eine so furchtbare Nachricht überbringen muss. Er dreht sich schwerfällig auf den Rücken, wobei er den Geruch nach schalem Schweiß und dem Alkohol der letzten Nacht ausdünstet. »Ich möchte nicht mit dir reden«, murmelt er und schließt die Augen.

»Jay … es geht um Ziggy.«

Er klappt die Augen auf. Sie sind blutunterlaufen und in den Winkeln verkrustet. »Ziggy?« Er setzt sich abrupt auf. »Was ist mit ihm?«

»Er …« Ich spüre die Tränen über mein Gesicht rollen. »Er hat es nicht geschafft.«

»Nein …« Seine Stimme bricht, und trotz unseres Streits ziehe ich ihn in meine Arme, wo er an meiner Schulter weint.

Nachdem er geduscht und sich rasiert hat, sitzt er so weit von mir entfernt wie nur möglich auf dem Sofa. Der

Abstand schmerzt. Sonst sitzen wir immer so da, dass wenigstens ein Teil unserer Körper sich berührt – unsere Zehen, unsere Finger, unsere Schenkel.

Er räuspert sich. »Hör zu. Während du dich angezogen hast, habe ich mit Owen telefoniert. Wir wissen, dass Ziggy vergiftet wurde. Aber wir wissen nicht, mit was. Nur dass es offenbar etwas Hochwirksames war. Stark genug, um ihn umzubringen.« Beim letzten Teil zuckt er zusammen. »Ich glaube, dass jemand das mit Absicht getan hat.«

Meine Kopfhaut prickelt. »Wie bitte?«

»Hier geht es um mehr als nur ein paar giftige Beeren oder etwas Fingerhut, den er versehentlich gegessen haben könnte, Libs. Er hatte eine große Menge Gift in seinem Blut. Groß genug, um einen Herzstillstand zu verursachen. Ich habe Owen von Sean erzählt. Alles. Ich befürchte, dass Sean nicht allein gehandelt hat.«

Ich habe Mühe, seine Worte zu verdauen. »Aber wer?«

»Hatte Beth noch weitere Feinde? Oder du? Mit wem sonst wart ihr damals unterwegs?«

Ich zucke die Achseln. »Ich kannte die anderen im Grunde kaum.« Außer Harry. Obwohl, angesichts dessen, was er mit Beth abgezogen hat, kannte ich ihn vielleicht doch nicht. Er war nicht der Mensch, für den ich ihn hielt. »Wir waren nur ein paar Monate gemeinsam unterwegs, ich wüsste nicht, warum irgendwer von ihnen etwas Derartiges tun sollte.«

Er runzelt die Stirn. »Bist du dir sicher? Was ist mit dem Typ, der dich geschwängert hat?«

Seine Worte schneiden mitten in mein Herz, und ich

zucke schmerzlich zusammen. »So etwas würde Harry nicht tun. Warum auch?«

»Du hast ein Kind von ihm erwartet. Du hast ihn verlassen und abgetrieben.«

Ich senke den Blick und drehe betreten meinen Ehering. »Er wusste nichts davon. Wahrscheinlich erinnert er sich nicht mal an meinen Nachnamen. Ich war sicher nur eine von vielen.«

Er räuspert sich und verlagert sein Gewicht, wobei er es vermeidet, mir in die Augen zu blicken. »Da ist noch was. Etwas, was ich dir noch nicht erzählt habe. Ich habe es selbst erst am Freitag herausgefunden. Ich wollte den richtigen Moment abwarten, aber dann, mit Ziggy …« Er hält inne, als seine Stimme bricht.

»Was? Was willst du mir sagen?«

»Ich möchte dir keine Angst einjagen, aber ich habe bei der Bank nachgefragt. Das Geld … es wurde abgehoben, *nachdem* wir aus Cornwall zurückkamen. Sean war zu dem Zeitpunkt schon tot.«

»Wie bitte?« Ich kann nicht glauben, was ich da höre. »Sean hat das Geld gar nicht genommen?«

»Er konnte nicht. Und dann das Zeug aus dem Versandhauskatalog. All diese Dinge wurden erst nach seinem Tod gemacht. Lediglich die Website wurde davor erstellt. Das muss Sean gewesen sein. Außerdem braucht so eine Website Zeit, bis sie fertig ist.«

Ich halte meinen Kopf fest. Ich habe das Gefühl, dass sich alles dreht. Eigentlich sollte das hier eine glückliche Zeit für uns sein – unser erstes Ehejahr, in Erwartung eines

Babys. Wie hat alles nur eine so schreckliche Wendung nehmen können?

Jamie rutscht unbehaglich hin und her, so wie immer, wenn er Angst hat, mich etwas zu fragen.

»Was ist?«

»Hältst du es für möglich …« Er zögert und reibt sich mit der Hand über sein glattes Kinn. »Besteht irgendeine Möglichkeit, dass Beth bei dem Brand damals gar nicht ums Leben gekommen ist?«

Ich schüttle den Kopf. »Definitiv nicht.« Ich kann ihm unmöglich sagen, warum ich mir so sicher bin. »Es ist völlig ausgeschlossen, dass sie überlebt haben könnte. Ich habe es dir doch gesagt: Sie war noch in dem Zimmer und hat tief und fest geschlafen. Ich habe nur überlebt, weil ich bereits draußen war.«

»Aber du hast doch gesagt, dass es andere Überlebende gab.«

»Ich habe alle Krankenhäuser abtelefoniert und bin am nächsten Tag zum Hostel zurückgekehrt. Nichts.« Ich ziehe meinen Morgenmantel fester um mich. Plötzlich ist mir kalt. »Hör zu, Jay. Ich weiß, dass du dich furchtbar fühlst wegen Ziggy. Ich auch. Aber wir können doch nicht ernsthaft davon ausgehen, dass Ziggy absichtlich vergiftet wurde, dass jemand es auf ihn abgesehen hatte.« Vielleicht will ich es nur nicht glauben. Ich kann nicht auch noch Ziggys Tod auf dem Gewissen haben. »Die andere Sache scheint mir da wahrscheinlicher. Vielleicht hat derjenige, der Sean umgebracht hat, in unserer Wohnung herumgeschnüffelt und unsere Bankdaten mitgehen lassen, um uns auszunehmen?« Ich lege meine Hand auf seine. »Ich will das, was passiert ist, einfach hinter uns lassen, Jay. Das alles war schon schrecklich genug … Ziggy zu verlieren, meinen Job … Aber wir bekommen ein Baby …«

Er schüttelt meine Hand ab und steht auf. »Ich kann nicht. Es tut mir leid, aber ich brauche etwas Zeit.«

Ich werde von Furcht gepackt. Jamie wirkt so wütend, so unerreichbar. Ich bin dabei, ihn zu verlieren.

»Okay«, murmle ich. »Aber du musst wissen, dass es mir leidtut. Die Lügen. Ich liebe dich. Ich möchte mir dein Vertrauen wieder verdienen.«

Er reibt sich den Nacken und schaut mich nicht an, den Blick auf den beigefarbenen Teppich gerichtet, der eine Reinigung gebrauchen könnte. Seine Schultern hängen herab. Er sieht gebrochen aus. Ich sehne mich danach, ihn wiederaufzurichten, aber er wird mich nicht lassen.

»Ich … ich will dich nicht allein in der Wohnung lassen«, sagt er. »Aber ich brauche etwas Zeit für mich. Ich fahre zu Mum und werde den Rest des Tages dort arbeiten. Ich komme heute Abend wieder, damit du nicht allein hier bist.« Er sieht mich nicht an, als er leise sagt: »Aber, Libs, ich weiß nicht, ob ich dir vergeben kann, dass du mich noch einmal angelogen hast.«

Ein latentes Unbehagen drückt mir auf den Magen. Die Trauer über den Verlust von Ziggy, von Jamie, von meinem Leben … meinem schönen, glücklichen Leben. Und ja, es war nicht perfekt – wir hatten ständig Geldsorgen, und ich hatte meine Schwierigkeiten mit seiner Mutter, mit Hannah und Katie. Aber auf einmal erscheint mir das alles so schrecklich banal. Falls er mir damit sagen will, dass unsere Beziehung zu Ende ist, verliert alles andere seinen Sinn.

Ich versuche, mich den Tag über beschäftigt zu halten, aber es ist gar nicht so einfach ohne Arbeit. Ich gehe zu meinem Termin bei der Frauenärztin und erfahre, dass ich in der neunten Woche bin. Es sei immer noch zu früh, sagt sie. Das Risiko einer Fehlgeburt bleibe bis zur zwölften Woche erhöht. Auf dem Heimweg versuche ich, nicht darüber nachzudenken. Es ist ein stürmischer Regentag, der zu meiner Stimmung passt, und in dem trüben Grau schauen die Straßen und Häuser trist und schmuddelig aus. Immer wieder werde ich von meiner Trauer um Ziggy und Jamie überwältigt und breche in Tränen aus. Ich habe das Gefühl, jeglichen Bezug zur Realität zu verlieren, und kann dem Drang nicht widerstehen, an meiner alten Schule vorbeizulaufen. Ich stehe auf der anderen Straßenseite und schaue meinen ehemaligen Schützlingen auf dem Spielplatz zu, den Regenschirm tief über meinen Kopf gesenkt, damit sie mich nicht erkennen. Als der kleine Zac McMurray hinfällt und sein Knie aufschürft, möchte ich am liebsten zu ihm rennen und ihn trösten; das Gleiche gilt für die schüchterne Katrina Simmons, die allein und mit bekümmertem Gesicht in einer Ecke steht und tapfer versucht, ihre Tränen zurückzuhalten. Ich vermisse sie alle so sehr, dass der schmerzhafte Kloß in meiner Brust anwächst wie ein Tumor und ich nach Luft schnappen muss. Ich erinnere mich an meine Panikattacke in Sylvias Wintergarten und versuche, tief und konzentriert zu atmen, so wie sie es mir gezeigt hat. Durch die Nase ein. Durch den Mund aus. Ein. Aus.

Die Wohnung kommt mir so leer und groß vor, so abweisend. Immer wieder höre ich Geräusche aus der Wohnung über mir – ein Krachen, das Knarzen von Holzdielen, das schwache Echo von Stimmen –, und ich frage mich, ob Leute zur Besichtigung da sind. Wir hatten vor, unsere Wohnung zu verkaufen, aber wer weiß, was jetzt passieren wird? Falls Jamie die Trennung will, werde ich mir eine eigene Wohnung suchen müssen, doch allein bei dem Gedanken muss ich mit aller Macht meine Panik niederringen. Ich sehe mich schon als alleinerziehende Mutter, ohne Einkommen und von Sozialhilfe abhängig – das heißt, falls ich überhaupt Anspruch darauf habe. Wo sollte ich wohnen? Die Zukunft ist auf einmal so ungewiss.

Die Tage vergehen, einer wie der andere. Jamie sehe ich nur abends. Wir essen gemeinsam, wechseln ein paar Worte und legen uns dann nebeneinander ins Bett, aber es fühlt sich an, als wäre da eine unsichtbare, unüberwindbare Mauer zwischen uns. Er sagt, er brauche Zeit, und ich gebe mir alle Mühe, geduldig zu bleiben, ihn nicht unter Druck zu setzen. Manchmal wandere ich ziellos durch die Straßen, stelle mir Ziggy an meiner Seite vor, die Zunge hechelnd aus dem Maul hängend und übermütig an der Leine zerrend. Ich bin versucht, bei Cara anzurufen, aber ich schäme mich zu sehr, um mit ihr zu reden. Oder mit überhaupt irgendwem.

Eines Tages schaut Florrie mit einer selbst gebackenen Cottage Pie vorbei. Sie sitzt neben mir und hält meine Hand, während Jacob sich auf das Kinderprogramm im Fernsehen konzentriert, und sagt mir, sie würde immer meine Freundin bleiben, egal, was mit ihrem Bruder passiert. Ihr Besuch verleiht mir neuen Auftrieb, und die nächsten paar Tage fühle ich mich nicht mehr ganz so einsam.

Ich zwinge mich jeden Tag zu einem Spaziergang. Manchmal meine ich, schwere Schritte hinter mir zu hören, und meine Nackenhaare sträuben sich sofort. Doch wenn ich mich umdrehe, sind die engen Straßen leer bis auf eine vereinzelte Person oder einen neugierigen Touristen, der zu einem historischen Gebäude aufblickt oder in ein Schaufenster späht.

Jamie erkundigt sich jeden Abend nach dem Baby. Er will wissen, ob ich Übelkeit verspüre oder irgendwelche Schmerzen habe, ob ich tagsüber ordentlich esse. Aber sobald ich bezüglich unserer Beziehung nachhake, macht er dicht, und seine Miene wird undurchdringlich, also gebe ich auf.

An einem Mittwoch, es ist etwa der zehnte Tag meines neuen Alltags, zeigt sich die Sonne endlich wieder, und der Himmel erstrahlt in einem klaren Blau. Als ich die Wohnung zu meinem üblichen Spaziergang verlasse, kann ich das Brummen einer entfernten Bohrmaschine oder eines Rasenmähers hören, und als ich die Stufen zur Straße hinaufsteige, sehe ich dort Hannah, die auf dem Bürgersteig steht und zu Evelyns Wohnung hochschaut. Ich bin immer wieder überrascht, wie groß sie ist, beinahe so groß wie Jamie. Sie trägt einen eleganten taubengrauen Blazer samt passendem Bleistiftrock. Sie sieht attraktiv aus mit dem blonden Haar, das ihr in weichen Wellen über die Schultern fällt.

»Hannah«, begrüße ich sie, sobald ich die oberste Stufe erreicht habe und wir auf gleicher Höhe stehen. »Was tust du hier?«

Sie wirkt erstaunt, mich zu sehen, als hätte sie vergessen, dass ich in den dunklen Untiefen der Souterrainwohnung lebe, meinem persönlichen Verlies. Sie stammelt ein bisschen herum, und ich bemerke einen roten Lippenstiftfleck auf ihren Zähnen. Ich überlege, ob ich es ihr sagen soll, unsicher, weil ich ihren Stolz bewahren, sie aber nicht in Verlegenheit bringen will.

»Oh … ja, hi, Libby. Du nennst dich doch noch Libby, oder?«, fragt sie mich mit einer Spur von Überheblichkeit.

Ich nicke nur, da ich befürchte, kein Wort herauszubringen.

Sie schiebt ihre schwere Umhängetasche auf der Schulter zurecht und zeigt auf Evelyns Wohnung. »Ich warte auf ein paar Interessenten, aber sie sind spät dran.« Sie scheint verärgert. Ich kann mir vorstellen, dass sie lieber sonst wo sein würde, als sich hier mit mir zu unterhalten. Vielleicht fühlt sie sich als Verräterin, hier herumzustehen und mit Jamies zerstrittener Ehefrau zu plaudern. Sie weicht meinem Blick aus und blickt starr auf Evelyns Haus. Wir hatten uns schon in der Vergangenheit nicht allzu viel zu sagen, doch hier auf dem holprigen Bürgersteig kann man das Unbehagen förmlich knistern hören. Ich bemerke das Unkraut, das zwischen den Rissen der Steinplatten hervorsprießt.

Ich hasse mich dafür, dass ich frage, aber ich kann nicht anders. »Hast … hast du mit Jamie gesprochen?«

Da dreht sie sich langsam zu mir um und bedenkt mich mit ihrem kühlen Blick. »Er hat mir von dem Baby erzählt. Glückwunsch«, presst sie mit angespanntem Kiefer hervor, als koste es sie unglaubliche Mühe, die Worte auszusprechen.

Ich nestle an meinem Jackenknopf. »Danke … es ist … na ja, es ist schwierig. Du weißt schon, all die Sorgen nach der ersten Fehlgeburt. Wir haben eigentlich versprochen, es niemandem zu sagen, bis die ersten drei Monate vorbei sind. Zwischen mir und Jamie läuft es gerade nicht so gut …«

Sie presst die Lippen aufeinander. »Ja, das hat er mir erzählt. Wir essen gemeinsam zu Mittag, wenn er bei seiner Mum zu Hause arbeitet. Ich bin nur froh, dass ich für ihn da sein kann. Nach der Sache mit Ziggy und allem.«

Es wurmt mich, dass er es ihr erzählt hat. Ich kann mir die gemütlichen Mittagessen in ihrem Kutscherhaus nur allzu gut vorstellen – Hannah, die betroffen mit den Wimpern klimpert, während er sich über seine unglückliche Ehe auslässt.

»Nun, ich schätze, falls ihr euch zu einer Trennung entschließen solltet, werdet ihr euch zumindest nicht scheiden lassen müssen. Er meinte, dass ihr, in Anbetracht der Tatsache, dass du einen falschen Namen benutzt hast, womöglich gar nicht rechtmäßig verheiratet seid.«

Es ist wie ein brutaler Schlag in den Magen. Scheidung? Steht es denn so schlecht um uns? Ich hoffe immer noch, dass Jamie mir vergeben wird.

Hannah fährt unerbittlich fort. »Ich kann nicht leugnen, dass es ziemlich hart ist, das Leben als alleinerziehende Mutter. Felix ist natürlich ein wunderbarer kleiner Junge, das weißt du ja, aber sein Vater will partout nichts mit ihm zu tun haben.« Ich habe sie noch nie so viel am Stück reden hören.

Die Hitze schießt mir ins Gesicht. »Ja, nun, Jamie wird kein solcher Vater sein. Selbst wenn wir uns trennen sollten«, entgegne ich.

»Oh, das weiß ich. Jamie wird ein wundervoller Vater sein. Das habe ich mir schon immer gedacht. So hingebungsvoll.« Sie lächelt in sich hinein, als würde sie im Geist eine alte Erinnerung wiederaufleben lassen. »Aber egal, wohin wolltest du gerade?« Sie mustert mich abschätzig, und ich bin mir sicher, dass sie meine Aufmachung unmöglich findet – meine Jeansjacke, die ich schon seit sieben Jahren besitze, meine Stoffhose mit dem Zebramuster, meine ausgelatschten Birkenstocksandalen und meinen abblätternden pinkfarbenen Nagellack.

»Nur spazieren.«

»Ja, ist schon traurig, das mit deinem Job«, sagt sie. »Dass sie dich wegen der Beschwerde dieser Eltern suspendieren mussten. Wirklich schlimm.«

Ich frage mich, woher sie das weiß. Bis auf Jamie habe ich niemandem erzählt, dass einige der Eltern sich über mich beschwert haben. Außer natürlich Jamie selbst hat es Hannah erzählt. Schließlich war es kein Geheimnis, und allmählich klingt es so, als würde er ihr so einiges anvertrauen.

»Hast du ihnen schon gesagt, dass du in Wirklichkeit gar nicht Elizabeth Elliot bist?«

»Ja. Ich habe gekündigt.«

»Sie müssen sehr enttäuscht gewesen sein. Aber anderenfalls hätten sie dich feuern müssen, nicht wahr? Du als Fachleiterin für Englisch … warst du doch, oder nicht?« Sie genießt das hier viel zu sehr, und ich muss mir auf die Wange beißen, um nichts Unhöfliches zu erwidern.

Ich nicke. »Ja, ich habe ein paar dumme Fehler gemacht. Aber haben wir das nicht alle?« Dann, um das Thema zu wechseln, erkundige ich mich, wie die Wohnungsbesichtigungen laufen.

Sie seufzt und streicht sich eine widerspenstige Locke aus der Stirn. »Nicht so toll. Wir hatten erst ein oder zwei. Die Wohnung benötigt einen Haufen Renovierungsarbeiten. Komplett neue Stromleitungen und so weiter und so fort. Aber nun, da der Sommer kommt, hoffen wir auf ein paar mehr Interessenten.«

»Eine Schande, dass die Wohnung so leer stehen muss.«

Sie runzelt die Brauen. »Oh, nein, sie steht nicht leer. Mrs. Goodwins Nichte wohnt im Moment darin. Nur bis wir die Wohnung verkauft haben.«

»Oh … ach so …« Wie bitte? Ich kann mich nicht daran erinnern, dass Evelyn je eine Nichte erwähnt hätte.

Sie wirft einen Blick auf ihre protzige goldene Armbanduhr. »Wie auch immer, ich muss los. Ich glaube, meine potenziellen Käufer sind da.« Sie schirmt die Augen ab und blinzelt gegen das Sonnenlicht die Straße entlang, wo ein junges Paar auf uns zuschlendert.

Ich will mich gerade umdrehen und in die entgegengesetzte Richtung weitergehen, als es mir wieder einfällt. »Oh, Hannah«, sage ich im übertriebenen Flüsterton. »Du hast Lippenstift auf den Zähnen.«

Für einen Moment wirkt sie verunsichert, als sie in ihre riesige Tasche greift, um einen kleinen Spiegel hervorzuziehen. Und schon hat sie wieder ihr falsches Lächeln aufgesetzt, und ihre Stimme überschlägt sich förmlich, als das junge Paar zu ihr stößt. Ich entferne mich unauffällig und bin mehr denn je entschlossen, Jamie zurückzugewinnen.

38

Beim Gehen rufe ich Jamie auf seinem Handy an. Er nimmt beim zweiten Klingeln ab. »Ist alles in Ordnung mit dem Baby?«

»Alles ist gut. Ich bin nur gerade Hannah über den Weg gelaufen. Sie führt irgendwelche Leute in Evelyns Wohnung herum. Anscheinend wohnt eine Nichte von ihr dort. Evelyn hat nie erwähnt, dass sie eine Nichte hat. Einen Neffen, ja, aber von einer Nichte war nie die Rede.« Das gleichzeitige Reden und Gehen strengt mich an, und ich verlangsame keuchend meine Schritte.

»Dann waren das also die Geräusche, die du gehört hast?«, fragt er, aber er scheint abgelenkt, und ich weiß, dass ich ihn wahrscheinlich in seinem Arbeitsfluss unterbrochen habe.

Ich sauge tief die frische Luft in mich ein. Ich rieche frisch gemähtes Gras und Benzin, den neu verlegten Asphalt einer Einfahrt, an der ich vorbeikomme. Eine alte Dame jätet Unkraut in ihrem Garten. Ihr gebeugter Rücken und ihr silbergraues Haar erinnern mich an Evelyn, und ich verspüre erneut einen schmerzhaften Stich der Trauer. »Hannah meinte, du hättest ihr alles erzählt. Über uns. Unsere Probleme.«

Am anderen Ende herrscht Schweigen. »Hast du angerufen, um dich zu streiten? Denn das können wir auch heute Abend machen.«

»Nein, natürlich nicht. Aber das ist privat, Jay, das, was zwischen uns passiert.«

Seine Stimme wird sanfter. »Das weiß ich, Libs. Ich habe Hannah nichts erzählt. Das würde ich nie tun. Das geht niemanden was an.«

Er klingt aufrichtig. Aber woher weiß sie dann über das Baby Bescheid?

»Ich vermisse dich. Ich vermisse uns.« In meinen Augen sammeln sich die Tränen, sodass ich für einen Moment nichts sehen kann und mich gegen eine Mauer lehne.

Stille. »Ich wünschte nur, ich könnte …«

»Mir vergeben?«

Er antwortet nicht. Er muss nicht. Sein Schweigen sagt alles.

Als ich zurückkomme, fühlt sich die Wohnung anders an. Als wäre jemand hier gewesen. Ein Stuhl wurde unter dem Küchentisch hervorgezogen, ein Glas steht auf dem Sideboard, das nicht da war, als ich die Wohnung verließ. War Jamie hier, während ich außer Haus war? Ich rufe seinen Namen, während ich von einem Zimmer zum anderen gehe, aber die Wohnung ist leer. Außerdem hätte er das bei unserem Telefonat erwähnt. Aber da ist dieser Geruch in der Luft. Derselbe Duft, der mir nach meiner Rückkehr aus Cornwall auffiel. Würzig-süß, als hätte jemand kürzlich eine Duftkerze angezündet, obwohl ich keine Kerzen mit so einem exotischen Duft besitze.

Verwirrt gehe ich ins Schlafzimmer und blicke in Evelyns verwilderten Garten hinaus. Mittlerweile ist er in einem noch schlimmeren Zustand als an dem Tag, an dem wir Seans Leichnam fanden. Die Nachbarsbäume strecken ihre grünen Äste durch den zerbrochenen Zaun; Efeu hat sich um einige der Pflanzen geschlungen und droht, sie zu ersticken; büschelweise Unkraut sprießt aus dem Boden, und die Erde ist dank der Polizisten schlammig und aufgewühlt. Erst da bemerke ich ihn: einen schmutzigen Schuhabdruck auf einer der cremefarbenen Terrassenfliesen direkt vor meinem Schlafzimmerfenster. Ich verspüre einen Anflug von Panik. Er sieht frisch aus, als sei er erst wenige Stunden alt. Letzte Nacht hat es geregnet; ein plötzlicher, heftiger Schauer, der mich gegen Mitternacht weckte. Der Abdruck wäre weggespült worden, wäre er von gestern gewesen.

Vielleicht war es das junge Paar, das sich vorhin Evelyns Wohnung angeschaut hat. Oder Hannah? Vielleicht hat sie einen neugierigen Blick durch das Fenster geworfen, um das Zimmer zu sehen, in dem Jamie und ich schlafen. Vielleicht war es auch diese mysteriöse Nichte, die oben wohnt.

Ich weiß nicht, was mich letztlich dazu bringt, es zu tun. Vielleicht die Tatsache, dass nie die Rede von einer Nichte war, vielleicht Hannahs Verhalten von vorhin, aber ich ertappe mich dabei, wie ich in der Küchenschublade nach dem Ersatzschlüssel zu Evelyns Wohnung suche.

Bevor ich es mir anders überlegen kann, renne ich die Treppe nach oben. Für den Fall, dass die Nichte in der Wohnung ist, habe ich die seltsamen Geräusche als Ausrede parat. Sie muss ja nicht wissen, dass ich heute Vormittag Hannah begegnet bin. Ich gebe mir einen letzten Ruck, drehe den Schlüssel um, und die Tür schwingt auf. Als ich Evelyns Flur betrete, wird mir schwer ums Herz. Ich erinnere mich an das letzte Mal, als ich hier war – in der Erwartung, Evelyn in ihrem Sessel am Fenster sitzen und stricken zu sehen. Sie strickte ständig.

Als ich das Wohnzimmer erreiche, schlägt mir derselbe Geruch entgegen wie vorhin in meiner Wohnung. Eine Duftkerze? Räucherstäbchen? Wo habe ich diesen Duft schon mal gerochen?

Ich blicke mich im Raum um. Er ist genau so, wie Evelyn ihn zurückgelassen hat, nur dass eine Staubschicht auf den Porzellanfigürchen, dem kleinen Mahagonitisch und den Bilderrahmen liegt. Ich gehe in die Küche, die nichts mit unserem offenen Koch- und Essbereich zu tun hat; sie ist lang und schmal, mit Einbauschränken auf beiden Seiten und einer Hintertür in der Mitte, die in den Garten führt. Ich öffne die Schränke. Alles scheint an seinem Platz – ein paar Tomatendosen und eine Packung Thunfisch in einem Fach, Tassen und Gläser im anderen. Ich kehre ins Wohnzimmer zurück. Es ist alles viel zu ordentlich, zu unbewohnt. Hier wohnt bestimmt niemand, oder doch?

Mit einem beklommenen Gefühl gehe ich die Treppe hoch und überprüfe die Gästezimmer im zweiten Stock, die Evelyn kaum je nutzte. Ich bleibe auf dem Treppenabsatz stehen. Es ist irgendwie gruselig und altmodisch hier oben, mit den dunkel tapezierten Wänden und der

Holztäfelung. Der Räucherstäbchenduft ist nicht bis hier oben gedrungen; vielmehr riechen die Räume feucht und muffig. Ich schaue in jedes Schlafzimmer. Wo schläft diese angebliche »Nichte« bloß? Als ich den ehemaligen Abstellraum erreiche, wird mir klar, dass sie hier nächtigen muss. Die Bettdecke ist zerknittert, und auf dem Nachttisch liegt ein Buch. Ich greife danach, um es mir anzuschauen – ein Roman mit einem Slogan, der einen düsteren, hoch spannenden Thriller verspricht –, als ein abgegriffenes Foto herausrutscht und auf den braun gemusterten Teppich segelt. Ich hebe es auf und inspiziere es. Es ist das Bild eines Mannes mit freundlichen dunklen Augen, doch was mir sofort auffällt, ist der tiefe Kummer, der in sein Gesicht gegraben ist. Der Schmerz strahlt so heftig von dem Foto aus, dass er beinahe fühlbar ist. Der Mann hält ein Baby mit dunklem Haarschopf in den Armen, das in eine gelbe Decke gewickelt ist. Die Augen des Kindes sind geschlossen, doch angesichts der wächsernen Haut und ihrer unnatürlich blassen Farbe wird mir mit einem grauenvollen Schlag klar, dass das Baby tot ist. Betrübt schiebe ich das Foto zwischen die Seiten zurück und eile hastig nach unten.

Wer ist diese Frau in Evelyns Wohnung?

Ich fühle mich unwohl hier. Ich will gerade gehen, als mir ein Plastikordner auf der Mahagonianrichte auffällt. Neugierig hebe ich ihn auf und drehe ihn um. Er ist transparent, sodass ich die Unterlagen darin sehen kann. Ich öffne den Ordner und bin enttäuscht, dass es sich lediglich um Immobilienbroschüren handelt. Sie müssen Hannah gehören. Ich blättere sie trotzdem durch. Und da sticht mir eine Grußkarte ins Auge. Mit einem Stirnrunzeln ziehe ich sie aus der Klarsichthülle. *Für meine einzige Liebe*, prangt über zwei sich umarmenden Comic-Pinguinen. Wem würde Hannah wohl so eine Karte schicken? Ich weiß, ich sollte es nicht tun, aber ich öffne sie trotzdem, und plötzlich scheint die Welt stillzustehen. Nur noch das Klopfen meines Herzens in meinen Ohren ist zu hören.

Ich muss die ganze Zeit an dich denken.

Dein Jamie

Ich blicke auf die Karte hinab, meine Hände zittern. Hat Jamie das an Hannah geschickt? Ist er in sie verliebt? Ganz sicher nicht! Er klang so ehrlich und aufrichtig, als ich ihn danach fragte. Aber wer weiß, vielleicht habe ich ihn dazu getrieben mit meinen Lügen? Es ist nicht seine übliche krakelige Schreibschrift, sondern Blockbuchstaben – klein, eckig und ordentlich. Ich schiebe sie in meine Jackentasche. Vielleicht hat er ihr die Karte gegeben, als sie noch zusammen waren, und Hannah hat sie nur aufbewahrt. Auch wenn sie nicht aussieht, als wäre sie zehn Jahre alt. Aber womöglich hat sie die Karte an einem sicheren Ort verstaut, sodass sie mit den Jahren nicht vergilbte …

Ich will gerade das Wohnzimmer verlassen, als ich den Schlüssel in der Wohnungstür höre. Ich erstarre und bin unschlüssig, was ich tun soll. Ich überlege, mich zu verstecken, aber ich weiß, dass das albern wäre. Ich muss einfach nur die Ruhe bewahren und der hier wohnenden Person erklären, dass ich eine Nachbarin bin, die ein seltsames Geräusch gehört hat und nach dem Rechten schauen wollte. Ich lege den Ordner auf seinen Platz zurück und trete in den Flur.

Es ist Hannah. Sie hat mir den Rücken zugewandt, während sie die Tür schließt. Als sie sich umdreht und mich sieht, zuckt sie zusammen. »Libby, was tust du denn hier?« Sie wirkt gehetzt, doch ihre Augen blicken unverändert kühl.

»Das Gleiche könnte ich dich fragen«, erwidere ich, um Zeit zu schinden.

Sie kommt auf mich zu; die eckigen Absätze ihrer zweckmäßigen Schuhe klappern über den gefliesten Boden. »Ich habe meine Unterlagen vergessen. Wie bist du überhaupt hier reingekommen?«

»Ich habe einen Ersatzschlüssel.«

»Dir ist aber schon klar, dass du hier nicht nach Belieben reinspazieren kannst?«

»Ich … habe ein seltsames Geräusch gehört.« Ich bin versucht, sie sofort zur Rede zu stellen. Aber ich möchte warten, bis ich zuerst mit Jamie gesprochen und ihm die Chance gegeben habe, sich zu erklären.

Sie kneift ungläubig die Augen zusammen. »Ich habe dir doch gesagt, dass Mrs. Goodwins Nichte übergangsweise hier wohnt. Die Wohnung gehört schließlich immer noch der Familie. Du bist nicht befugt, hier einzutreten.« Doch sie wirkt zerstreut, als sie ins Wohnzimmer eilt und ihren Ordner aufsammelt. Sie drückt ihn fest gegen ihre Brust, während sie in den Flur zurückeilt. »Kannst du hinter dir abschließen?«, fragt sie. »Ich bin spät dran und muss Felix abholen.« Dann knallt sie die Tür hinter sich zu und ist fort.

Erleichtert atme ich aus.

Ich taste nach meiner Jackentasche, um sicherzugehen, dass ich die Karte noch habe, um sie später Jamie zu zeigen, dann wende ich mich zum Gehen. Meine Hand liegt schon auf dem Türknauf, als ich ein Knarren auf der Treppe hinter mir höre.

Ich erstarre. Ich weiß, dass da jemand ist. Ich spüre den Blick, der sich in meinen Rücken bohrt, mitten durch mich hindurch. Langsam drehe ich mich um, und da steht sie, auf Evelyns Treppe. Nach all den Jahren. Sie hat sich deutlich verändert. Ihr Haar ist lang und verfilzt und reicht ihr fast bis zur Taille. Sie hat schwere Tränensäcke unter den Augen, und ihr Gesicht ist verkniffen und hart. Ein verblasster blauer Fleck zeichnet sich auf ihrem Wangenknochen unter dem rechten Auge ab. Einige Sekunden herrscht absolute Stille. Ich kann den Nachbarn draußen hören, der die Mülltonnen rausstellt; die Vögel zwitschern, und eine Katze jault, aber das alles scheint weit weg, als bestünde die Welt nur aus uns beiden.

»Sieh an, sieh an, wenn das nicht die kleine Karen Fisher ist«, sagt sie.

39
Beth

Ihr Mund steht offen, ihr Gesicht ist kreidebleich. Sie sieht aus, als hätte sie einen Geist gesehen – eine abgedroschene Floskel, ich weiß, aber in diesem Fall trifft sie zu. Also hat sie wirklich geglaubt, ich sei tot.

Warum war sie sich dessen so sicher?

»B… Beth«, stammelt sie. Sie hält sich am Heizkörper fest, um sich abzustützen, und ein Schweißfilm schimmert auf ihrer Oberlippe. Sie neigte schon immer zum Schwitzen, wenn sie nervös war. Ich erinnere mich noch an das Theater, das sie wegen des Tattoos veranstaltete.

»Wir haben einiges nachzuholen, nicht wahr?«, sage ich und gehe die Treppe hinunter.

Sie wirbelt herum und blickt sich hektisch um, als würde sie ihren Fluchtweg abschätzen. Doch bevor sie sich rühren kann, schnappe ich mir ihren Oberarm und packe ihn so fest, dass es bestimmt blaue Flecken gibt. »Ich hoffe, du spielst nicht mit dem Gedanken, dich aus dem Staub zu machen?«

»Ich … nein …« Sie starrt mich an, als könne sie nicht glauben, dass ich wirklich und wahrhaftig vor ihr stehe. In ihren Augen zeichnet sich Angst ab, was mir nur einen weiteren Schub Energie und Entschlossenheit verleiht, wie elektrische Ladung. Seit ich ihr Foto vor sechs Wochen in der Zeitung sah, habe ich auf diesen Tag gewartet.

»So muss es sich anfühlen, einen Geist zu sehen, was?«, frage ich grinsend und genieße den Augenblick. Ich bugsiere sie ins Wohnzimmer. »Ich finde, wir sollten reden, du nicht auch?«

Sie öffnet den Mund und klappt ihn wieder zu wie eine Bauchrednerpuppe, aber es dringt kein Laut hervor. Tatsächlich muss ich beinahe lachen. Wie schon immer in unserer Beziehung habe ich alle Macht inne. Ich bin froh, dass sich dahin gehend nichts geändert hat.

»Beth …«, setzt sie an, doch ich stoße sie hart gegen die Brust, sodass sie rückwärts aufs Sofa fällt. »Ich kann alles erklären.«

Ich setze mich ihr gegenüber auf den Sessel neben dem Kamin, unter Evelyns Fotografien. »Gut, denn ich bin ganz Ohr.« Ich schlage die Beine übereinander, wobei die Ketten an meinen Bikerboots klirren. Verdutzt wirft sie einen Blick darauf.

»Hast du … Bist du mir gefolgt?«, fragt sie.

»Wochenlang.« Ich lehne mich grinsend zurück. »Und, ja, ich war es, die dir die Pakete geschickt hat. Ich habe dein Bankkonto leer geräumt. Es war ganz einfach, immerhin teilen wir dieselbe Sozialversicherungsnummer. Eigentlich teilen wir alles …«

»Warst du vorhin in meiner Wohnung?«

Ich zucke die Achseln und zupfe an dem ausgefransten Riss in meiner Jeans herum. »Kann gut sein.«

»W… wie?«, stammelt sie aufgewühlt.

»Ich habe meine Mittel und Wege. Einer der Vorteile, wenn man mit Sean verheiratet war.«

Sie zögert, ihr Blick schweift über mich, als könne sie immer noch nicht glauben, dass ich tatsächlich vor ihr sitze. »Woher wusstest du, wo ich bin?«

»Ich habe dein Foto in der Zeitung gesehen. Eine richtige kleine Heldin bist du, nicht wahr? Wie du all diese Kinder in Sicherheit gebracht hast … Was für ein Jammer, dass du das nicht für mich und all die anderen Leute tun konntest, die in dem Hostel umgekommen sind.«

Sie schiebt starrsinnig ihr Kinn vor. »Ich dachte, du wärst tot …«

Ich beuge mich vor und stütze die Ellbogen auf die Knie. »Was mich viel mehr interessiert, ist, wie du entkommen konntest?«

Sie schaut mich nicht an, sondern konzentriert sich auf das Muster von Evelyns Teppich. »Ich … ich war schon draußen, als das Feuer ausbrach.«

»Ich wusste es«, erwidere ich triumphierend. »Ich wusste, dass jemand die Finger im Spiel hatte. Oh, ich habe dich unterschätzt, nicht wahr? Was hast du getan, Karen?«

Sie hebt den Kopf mit argwöhnischem Blick. Sie sieht aus wie ein Tier in der Falle. Dann ändert sich etwas in ihrem Ausdruck – ihre Miene verhärtet sich, sie entblößt die Zähne und blickt mich finster an. »Nach der Sache, die du mit Harry abgezogen hast, habe ich dich gehasst. Wusstest du eigentlich, dass ich schwanger von ihm war?«

Nein, das wusste ich nicht, obwohl ich es im Nachhinein vermutet habe. Sie war in Bangkok so blass gewesen, so schlapp. Ich hatte geglaubt, es sei der Liebeskummer wegen Harry. »Ich habe es herausgefunden, als ich mir deine Patientenakte angeschaut habe … oder sollte ich lieber sagen, *meine*?«

»Ich wollte nicht, dass die Dinge so enden. Ich habe lediglich eine Chance gesehen und sie ergriffen.«

Ich starre sie zornig an. Sie hat sich kein bisschen verändert. Sie ist immer noch nicht bereit, Verantwortung für irgendwas zu übernehmen. »Ach ja, und das bringt alles in Ordnung, oder wie? Weil du es nicht so gemeint hast? Also, Karen, jetzt erzähl mir mal: Wie bist du entkommen?«

Sie blickt auf ihre Hände hinab, und ich sehe, dass sie wieder Angst hat. »Ich … ich habe deine Cola mit Drogen versetzt. Keine Ahnung, was das Zeug war. Ich fand die Pillen in deiner Tasche. Und dann ließ ich dich dort liegen, da ich wusste, dass du zu weggetreten wärst, um mir zu folgen.«

»Du hast mich unter Drogen gesetzt?« Ich erinnere mich jetzt wieder an das schwummrige Gefühl, als ich in dem Stockbett erwachte, während das Zimmer sich schon mit Rauch füllte. Ich stehe mit hämmerndem Herzen auf. »Deshalb warst du dir so sicher, dass ich tot war. Weil du dachtest, ich wäre zu betäubt, um dir zu folgen. Tja, offenbar hast du nicht genug genommen, denn ich bin aufgewacht. Und ich wurde gerettet.«

Sie steht auf und sieht mich an, die Hände an den Seiten zu Fäusten geballt, das Gesicht rot angelaufen. »Ich weiß nicht, warum du dich hier die ganze Zeit als das beschissene Opfer aufspielst«, faucht sie. »Es waren *deine* Drogen. Als ich sie fand, wurde mir klar, was du getan hattest.

Mit mir. Mit Harry auf der Party am Abend vor unserer Abreise. Du bist ein böser Mensch, Beth. Du hast alles kaputt gemacht. Ich habe Harry geliebt. Ich habe ihn geliebt, aber du hast alles ruiniert. Also habe ich, als du auf dem Klo warst, die Pillen in meine Coladose gekippt und dann so getan, als wäre ich eingeschlafen, damit du sie austrinkst. Und natürlich hast du es getan. Du warst schon immer ein schäbiges Miststück.«

Der Zorn lodert in mir empor, und ich verpasse ihr eine schallende Ohrfeige. Sie keucht auf und weicht erschrocken vor mir zurück, die Hand an die Wange gepresst.

»Ich habe ihn auch geliebt!«, brülle ich. »Ich habe Harry auch geliebt, aber du wolltest ihn für dich haben. Du hast einen Scheiß auf meine Gefühle gegeben. Du hast mir nicht einmal gesagt, dass du was mit ihm hast. Wir waren Freundinnen, Karen. Du wusstest, aus was für einer Beziehung ich geflüchtet war. Dass ich durch die Hölle gegangen war. Harry wäre gut für mich gewesen. Aber das war dir egal, nicht wahr? Du bist eine egoistische kleine Schlampe. Aber du hast dich mit der Falschen angelegt, als du dich mit meinem Pass und meiner Identität verpisst und dir mein Leben unter den Nagel gerissen hast.«

Sie schäumt vor Wut, in ihren Augen lodert blanker Hass. »Ich habe dir dein Leben nicht genommen. Du hattest nämlich keins! Du wolltest sogar deine Chance, Lehrerin zu werden, in den Wind schießen. Und ich, ich war verzweifelt. Es würde doch niemandem schaden, oder? Das ist es, was ich dachte. Du warst tot, und da wartete ein Studienplatz für einen angesehenen Abschluss, der nutzlos verfiel.«

»Wie überaus nett von dir. Du dachtest also, ich wäre tot, und konntest es trotzdem nicht erwarten, meinen Platz einzunehmen. Wenn ich in dem Feuer umgekommen wäre, wäre es allein deine Schuld gewesen, Karen. Deine Schuld!«

Mit Tränen im Gesicht bricht sie auf dem Sofa zusammen. Sie wirkt so gebrochen, so klein, und mit plötzlicher Klarheit wird mir bewusst, dass Harry mich nicht länger interessiert. Nicht einmal Karen. All das war lediglich ein Ablenkungsmanöver, um nicht mehr ständig an Lilianna zu denken. Eigentlich sollte ich nach Hause zurückkehren, nach Spanien. Zu Matteo. Um unser Leben wieder in Ordnung zu bringen. Er ruft mich jeden Tag an. Ich gehe nie ran, aber er hinterlässt mir flehentliche Nachrichten, in denen er mich bittet, zu ihm nach Hause zu kommen, ihn wissen zu lassen, dass ich in Sicherheit bin; in denen er mir sagt, dass er mich immer noch liebt und dass wir einander in unserem Kummer unterstützen sollten. Dass wir es noch einmal mit einem Baby versuchen könnten. Dass es Lilianna nicht ersetzen wird – nichts kann sie je ersetzen –, aber dass wir glücklich sein könnten.

Aber verdiene ich es überhaupt, glücklich zu sein?

Ich sinke auf den Sessel und zünde mir eine Zigarette an. Ich inhaliere tief, meine Hände zittern. Was tue ich hier? Ich bin nicht besser als Karen. Ich habe so viele verdammt dämliche Dinge getan. Boshafte, hässliche Dinge. Und warum? Weil ich verbittert war, eifersüchtig und unglücklich. Ich habe mein Leben damit verbracht, von anderen kontrolliert und beherrscht zu werden – von meinem

Vater, von Sean –, aber wenn ein liebenswerter Mann wie Matteo vorbeikommt, glaube ich, dass ich ihn nicht verdiene. Ich war so darauf versessen, Karen wehzutun, sie zu bestrafen. Doch nun, da ich hier bin, nun, da ich ihre Beziehung und ihre Karriere ruiniert habe, fühlt sich alles so … so bedeutungslos an. So nichtig.

Weil es den Schmerz nicht lindert.

Weil es mir mein Kind nicht zurückbringt.

»Es tut mir leid. Was ich mit Harry getan habe«, sage ich schließlich.

Ihr Kopf zuckt hoch. »Wirklich?« Ihre Wimperntusche ist verschmiert, und sie hat dunkle Flecken um die Augen. Es sieht aus, als hätte sie jemand geschlagen.

»Erst nicht«, gebe ich zu. »Damals nicht. Aber später. Ja, ich habe mich schlecht gefühlt deswegen. Ich dachte ebenfalls, du wärst tot, weißt du. Ich dachte, du wärst in dem brennenden Zimmer zurückgeblieben. Mir war nicht klar, dass du schon abgehauen bist, bevor das Feuer überhaupt ausbrach.«

»Und der Haustausch? Hast du den eingefädelt? Um dich zu rächen?«

Ich nehme einen weiteren tiefen Zug von meiner Zigarette und atme mit zitternden Händen aus. »Nein. Das war Sean. Wir waren immer noch verheiratet, weißt du. Er war ein krankes Arschloch …«

Sie lacht bitter auf. »Ja, das wird mir langsam klar.«

»Er dachte, das wäre ich in der Zeitung. Er wollte Rache. Weil ich ihn verlassen hatte. Weil ich mit seinem Geld abgehauen war. Also fädelte er die ganze Sache ein, um dir und deinem Ehemann Angst einzujagen … in dem Glauben, es handle sich um mich.«

»Die Tierpräparate … die blutige Unterwäsche. Das war alles er?«

»Tierpräparate?«

Sie nickt. »Ausgestopfte Tiere. Tote Tiere. Im Gefrierfach …«

Ich schaudere. »Das war wohl an mich gerichtet. Ich habe eine Phobie vor ausgestopften Tieren. Ich weiß, es ist seltsam, aber mir graut davor. Er wusste, wenn ich in dem Haus gewesen wäre, wäre ich bei ihrem Anblick ernsthaft ausgerastet … Ich schätze, die Unterwäsche war eine Art Drohung. Wenn ich all das gesehen hätte, wäre mir klar gewesen, dass es Sean war. Dass er mich gefunden hatte.«

Sie streicht sich den Pony aus den Augen. Die Frisur steht ihr. Viel besser als mir jemals. Ihre Wange ist immer noch gerötet von meiner Ohrfeige, und ich fühle mich schlecht, weil ich die Beherrschung verloren habe.

»Ich kann nicht glauben, dass er sich all die Mühe gemacht hat«, sagt sie. »Das Haus stand monatelang leer. Er hatte genug Zeit, um an seinem Plan zu feilen.«

Ich drücke die Zigarette auf einer von Evelyns Untertassen aus. »Du wärst überrascht, zu was er in der Lage war. All die Dinge, die er mir angetan hat, als wir zusammen waren. Er hatte vor, mich umzubringen, weißt du. Ich tauchte vor deiner Wohnung auf, in der Erwartung, dich vorzufinden. Doch dann öffnete er die Tür.«

»Oh, Beth …«

»Ich bin einfach nur müde«, sage ich, und mir wird klar, dass es die Wahrheit ist. »Als ich dein Foto in der Zeitung sah, war ich so voller Hass. Du hattest alles, was mir hätte gehören können. Eine glückliche Familie …«, mein Blick fällt auf ihren Bauch, »… ein Baby.«

»Woher weißt du …?«

»Evelyn hat es mir gesagt.«

Sie erbleicht. »Du hast sie getroffen?«

»Sie war nett zu mir. Sie hat mich vor dem Haus herumschleichen sehen …«

»Ah.«

Ich runzle die Stirn. »Wie meinst du das?«

Sie lächelt. »Sie glaubte, Jamie hätte eine Geliebte. Sie muss dich herumstreichen gesehen haben und dachte wohl, er hätte eine Affäre. Sie hat versucht, mich zu warnen.«

Ich muss schwer schlucken. »Ich war da. Als sie starb.«

»Du warst *hier*?«

Ich nicke und blinzle bei der Erinnerung die Tränen weg. »Ich wollte gerade gehen, als sie einen Herzanfall hatte. Es kam so plötzlich. So schnell.«

»Und Sean? Warst du es, die ihn umgebracht hat?«

Es hat keinen Sinn, es zu leugnen. »Es war Notwehr. Ich habe versucht, ihm zu entkommen. Er hätte mich umgebracht. Es hieß, er oder ich.«

»Oh mein Gott«, murmelt sie, und ihr Blick huscht durch das Zimmer. »Meine Güte, Beth. Was willst du denn nun tun? Hast du vor, zur Polizei zu gehen? Wirst du ihnen von Sean erzählen?«

Plötzlich habe ich keine Ahnung mehr, was ich will.

40
Libby

Ich hätte wissen müssen, dass sie zurück war, sobald ich Evelyns Wohnung betrat. Der Geruch ist allgegenwärtig. In der Luft, auf ihrer Kleidung, in ihrem Haar, und auf einmal fällt mir wieder ein, wo ich ihn schon mal gerochen habe: in dem Zimmer auf Ko Lanta. Die Hitze, der Übelkeit erregende Geruch der Räucherstäbchen, der unterschwellige Gestank nach Krankheit. Beth wedelte ständig mit den Stäbchen herum, als würde sie eine Tempelzeremonie vollführen.

Sie sitzt im Sessel neben dem Kamin. Sie sieht so verletzlich aus, selbst mit ihrer toughen Lederjacke und den schweren Bikerboots. Ich frage mich, ob sie eine Art Zusammenbruch erlitten hat. Mir wird bewusst, dass ich nicht viel über sie weiß. Ich weiß, dass ihre Eltern starben, als sie noch klein war, aber das ist auch alles. Mir fällt das Foto ein, das ich oben in dem Buch gefunden habe. Sie muss ihr Baby verloren haben.

Meine Wange brennt höllisch, aber diese Ohrfeige habe ich verdient. Ich verdiene alles, was sie mir angetan hat.

»Beth«, sage ich sanft. »Ich habe das Foto gesehen. Oben. Dein Baby?«

Sie hebt den Kopf, und in ihren Augen steht die Trauer

geschrieben, als sie mir forschend ins Gesicht blickt. »Ich musste mich unterm Bett verstecken, als du ins Zimmer kamst.« Mit einem Mal scheint sie erschöpft, als wäre aller Kampfgeist aus ihr gewichen. »Aber, ja, das war mein Baby. Lilianna. Es gab Komplikationen bei der Geburt. Sie starb …« Ihre Stimme bricht. »Sie war bereits tot, als ich sie zur Welt brachte.«

»Oh, Beth.« Ich umfange mit meinen Händen die kleine Wölbung meines Bauches. »Es tut mir so leid.«

Tränen rinnen ihr übers Gesicht. Ich habe sie noch nie weinen sehen. Es kommt so schockierend, so unerwartet, dass ich sie nur anstarren kann. Sie wischt sie rasch weg, als sei es ihr peinlich. »Es war hart«, bringt sie schließlich hervor.

»Das kann ich mir vorstellen. Ich hatte eine Fehlgeburt. Ich weiß … es ist nicht dasselbe, aber …«

Sie hebt ihre Hand, während sie sich wieder sammelt. »Lass uns nicht darüber reden. Wir sind keine Freundinnen, Karen. Nicht mehr.«

»Ich weiß … ich weiß.«

Sie konzentriert sich auf die Risse in ihrer Jeans und zupft an den ausfransenden Fäden. »Und? Wie war es so? Dein Leben als ich?«

Ich muss unwillkürlich lachen. »Nicht so einfach, wie du vielleicht denkst. Die Hochschule war echt heftig. Ohne Uniabschluss hatte ich ernsthafte Probleme, mein Staatsexamen zu machen. Ich musste verdammt hart arbeiten. Ich konnte nicht einmal Auto fahren lernen …«

Sie sieht mich verdutzt an. »Warum denn nicht?«

»Na ja, weil du schon einen Führerschein hattest. Wie sollte ich denn bitte Fahrstunden nehmen, wo ich doch eigentlich schon meine Prüfung hätte hinter mir haben sollen?«

»Hättest du nicht einfach einen Auffrischungskurs belegen können?«

Ich lache. »Auf die Idee bin ich nicht gekommen. Ich habe mich nur einmal hinters Steuer gesetzt, aber ich hatte keine Ahnung, wie man fährt, und hätte beinahe Jamie und mich umgebracht. Seitdem habe ich es nicht mehr versucht.«

Ihre Mundwinkel verziehen sich, doch das Lächeln reicht nicht bis zu ihren Augen, als höre sie gar nicht richtig zu, was ich erzähle. »Und was sollen wir jetzt tun?«, fragt sie. »Wie geht es ab hier weiter?«

Plötzlich kommt mir ein furchtbarer Gedanke. »Hast du Ziggy vergiftet?«

Sie runzelt die Stirn. »Ziggy?«

»Meinen Hund? Er ist gestorben. Der Tierarzt meinte, er sei vergiftet worden.«

»Natürlich nicht.« Sie wirkt entrüstet. »Ja, ich wollte dir wehtun, einen Keil zwischen dich und Jamie treiben. Dich leiden lassen, wie ich gelitten habe. Aber ich hätte nie einem Tier etwas zuleide getan.«

Ich erkenne an ihrer Empörung, dass sie die Wahrheit sagt. Mir wird flau im Magen. Wenn sie Ziggy nicht umgebracht hat, wer dann? Oder war das nur ein unglücklicher Zufall?

Sie erhebt sich, und ich tue es ihr gleich. Ich frage mich, was als Nächstes passiert. Sie hat Sean umgebracht. Sie ist eine Mörderin. Wird sie mir ebenfalls wehtun? Irgendwie glaube ich es nicht. Außerdem glaube ich ihr, dass sie Sean in Notwehr getötet hat. Ich hätte unter diesen Umständen dasselbe getan. Töten oder getötet werden. Ich habe eine Veränderung an ihr bemerkt, in den wenigen Minuten, die wir gemeinsam verbracht haben. Als dämmere ihr langsam, wie banal das alles im Angesicht des großen Ganzen ist.

»Was hast du jetzt vor?«, frage ich noch einmal. »Du solltest wissen, dass man bereits einen Verdächtigen für den Mord an Sean verhaftet hat. Ich bin nicht sicher, ob schon ein Verfahren gegen irgendwen läuft, aber Sean hatte anscheinend eine Menge Schulden und Feinde. War in irgendwelche dubiosen Geschäfte verstrickt.«

»Das überrascht mich nicht. So wie ich Sean kenne.«

»Du kannst im Grunde also gehen. Ich bin die Einzige, die weiß, dass du überhaupt hier warst, und ich werde nichts verraten.«

Sie verengt die Augen zu Schlitzen. »Das würdest du für mich tun? Warum?«

»Ich habe dir etwas Schlimmes angetan. Ich habe dir deine Identität genommen. Ich habe gelogen, was meine Qualifikationen angeht, was ich nie hätte tun dürfen. Ich habe verdient, was mir passiert ist, Beth. Ich will das alles einfach hinter mir lassen und in die Zukunft blicken. Meine Beziehung mit Jamie retten. Ich will eine zweite Chance.«

Sie mustert mich skeptisch an. »Ich habe dich bestohlen.«

»Tja, da wären wir schon zu zweit«, sage ich ironisch. »Ich würde sagen, wir sind damit quitt.«

So stehen wir da und blicken einander schweigend an. Dann, plötzlich, überrumpelt sie mich, indem sie mich kurz und unbeholfen umarmt.

Langsam spaziere ich aus Evelyns Tür. Ich spüre Beths Blick, als ich die Stufen zu meiner eigenen Wohnung hinuntergehe. Ich frage mich, was sie nun tun wird. Wird sie dorthin zurückkehren, wo auch immer sie die letzten Jahre gelebt hat? Ich will diesen ganzen Albtraum einfach nur hinter uns lassen.

Denn in Wirklichkeit schulde ich ihr alles.

41
Beth

Ich sehe ihr nach, als sie davongeht, und all die Bitternis und Wut in mir verpuffen. Lass sie ihr Leben als Libby Elliot führen, wenn es das ist, was sie will. Denn ich muss mein Leben leben – als Elizabeth Perez, Matteos Frau. Ich muss zu ihm zurück. Wenn er mich denn noch will.

Als Matteo mich vor drei Jahren bat, ihn zu heiraten, erzählte ich ihm, ich könne Sean nicht ausfindig machen, um mich von ihm scheiden zu lassen, aber wir zogen trotzdem zusammen und lebten gemeinsam als Mann und Frau. Endlich hatte ich jemanden gefunden, der mich liebte, der mich nicht missbrauchen wollte, weder geistig noch körperlich, so wie meine Eltern oder Sean. Einen guten Mann. Ich begann zu genesen. Nie hätten die Dinge diese schlimme Wendung genommen, wenn das mit Lilianna nicht passiert wäre.

Als die Hebamme mir an jenem grauenvollen Tag die Nachricht überbrachte, dass Lilianna noch in meinem Leib gestorben sei, fühlte es sich an wie die Bestätigung all der bösen Prophezeiungen, die mir mein Vater in meiner Jugend entgegengeschleudert hatte – dass ich ein schlechter Mensch war und den Teufel in mir trug. Lilianna war mir genommen worden, weil ich böse war. Sie verdiente keine Mutter wie mich.

Als meine Tochter starb, starben meine Träume und Hoffnungen mit ihr. Niemals würde ich sie mit nach Hause nehmen, in das Kinderzimmer, das wir in einem fröhlichen Löwenzahngelb gestrichen hatten, in das kleine weiße Babybett, das Matteo in stundenlanger Arbeit eigenhändig zusammengebaut hatte; zu den Plüschtieren, die auf sie warteten; den Stramplern und Jäckchen, den Windeln und winzigen Söckchen, die ordentlich zusammengelegt in ihrer Kommode lagen. Nie würde ich mit ansehen können, wie sie ihre ersten Schritte machte oder ihre ersten Worte sprach. Nie würde ich sie auf einem Fahrrad fahren sehen oder beim ersten Schultag; wenn sie sich das erste Mal verliebte oder heiratete. All das war mir mit einem Schlag genommen worden, und ich verzehrte mich vor Kummer nach ihr und dem Leben, das sie hätte haben können.

Karen wiederzusehen, sie zur Rede zu stellen, mit ihr zu sprechen, war eine Art Therapie für mich. Eine Art Schlussstrich. Ich bin nicht stolz auf mein Verhalten in Thailand oder das, was ich Karen seit meiner Ankunft in England angetan habe. Aber ich muss mir selbst vergeben, genauso wie ihr.

Sie hat mich unter Drogen gesetzt, damit ich ihr nicht folgen konnte. So sehr hat sie mich gehasst. Aber ich verdiente es nicht anders.

Als es dunkel wird, setze ich mich in Evelyns Sessel am Fenster und wähle Matteos Nummer. Sobald ich seinen warmen, sexy Akzent höre, schießen mir die Tränen in die Augen, und seine Stimme befördert mich direkt zu ihm zurück, zu unserem kleinen Haus in der Nähe des Strandes mit der Veranda, den Holzdielen und unserer Wäscheleine voller bunter Handtücher, die in der Meeresbrise flattern. Plötzlich will ich so sehr bei ihm sein, dass es schmerzt.

»Beth … Oh, Beth! Gott sei Dank, dir geht's gut. Ich war außer mir vor Sorge«, ruft er, sobald er ans Telefon geht.

»Es tut mir so leid«, erwidere ich mit tränenerstickter Stimme. »Es tut mir leid, dass ich weggerannt bin. Ich bin einfach nur so schrecklich traurig. Ich vermisse sie so sehr …«

»Ich weiß, mein Schatz, ich weiß, aber bitte komm jetzt heim. Ich brauche dich.«

»Ich kann nicht glauben, dass du mich noch haben willst. Nach all dem Kummer, den ich dir bereitet habe.«

»Natürlich will ich dich, *chica hermosa*.« Schönes Mädchen. Das Herz in meiner Brust löst sich und fliegt ihm vor Glück entgegen. »Ich liebe dich. Wenn du Geld brauchst, werde ich gleich was auf dein Konto überweisen, aber bitte … bitte komm nach Hause …«

Und da muss ich durch meine Tränen hindurch lachen, als ich ihm sage, dass ich am nächsten Tag da sein werde, dass ich ihn ebenfalls liebe, dass es mir leidtut.

Als ich keine vierundzwanzig Stunden später die Flughafenhalle durchquere, wartet Matteo auf mich. In den Monaten, die ich fort war, hat er sich einen Bart stehen lassen, und als er mich sieht, schimmern in seinen dunklen Augen die Tränen. Ich eile auf ihn zu, und er hebt mich hoch und wirbelt mich herum. Die Freude steht ihm ins Gesicht geschrieben, als er meine Lippen und Augenlider mit Küssen übersät. Er fährt mit seinem Zeigefinger über meine Wange, als wolle er den blauen Fleck heilen, und ich verspüre ein so plötzliches, so reines und echtes Glücksgefühl, dass mir die Luft wegbleibt. Sean ist fort. Ich muss nie wieder Angst vor ihm haben. Ich bin frei und kann endlich glücklich sein. Mit Matteo.

Ich halte mich an ihm fest und weine und lache, bis er mich durch die automatischen Schiebetüren führt, seine Arme schützend um mich gelegt, als fürchte er, ich könnte sonst wieder verschwinden. Endlich kann ich aufhören wegzurennen. Endlich bin ich in Sicherheit. *Endlich bin ich zu Hause.*

42
Libby

Ich sitze in unserer Wohnung und warte auf Jamie, während das Sonnenlicht schwindet und die Dämmerung hereinbricht. Doch er kommt nicht.

Ich muss ihn wegen der Grußkarte zur Rede stellen. Ich versuche, ihn auf dem Handy zu erreichen, aber ich lande auf seiner Mailbox.

Wahrscheinlich ist er bei seiner Mum. Oder bei Hannah.

Ich muss um meinen Mann kämpfen. Um unsere Beziehung. Sonst war alles umsonst. Ich rufe ein Taxi, und zehn Minuten später laufe ich den Pfad zu Sylvias Haus hinauf.

Ihre Augen weiten sich überrascht, als sie mir die Tür öffnet. »Was tust du hier?«, begrüßt sie mich, als ich an ihr vorbeistürme.

»Wo sind sie?«, rufe ich.

»Libby«, sagt sie mit schneidender Stimme. »Was soll das alles?« Sie schließt lautlos die Haustür.

»Wo ist Jamie?«

Sie verschränkt die Arme vor ihrer üppigen Brust. »Im Esszimmer … aber was ist hier …?« Doch ich marschiere bereits weiter.

Sie sitzen um den ovalen Mahagonitisch herum, in Sylvias

elegantem Esszimmer mit den grünlich blauen Tapeten und den Chintzvorhängen, die die französischen Terrassentüren umrahmen. Katie und Gerard, Hannah und Jamie.

Jamies Gesicht gibt bei meinem Eintreten einen solchen Anblick des Grauens ab, dass ich am liebsten loslachen würde. Der Rest der Gesellschaft blickt mit gespannter Miene zu mir. Katie grinst hämisch. Hannah läuft rot an, die Gabel Pasta schwebt vor ihrem Mund.

»Ah, da bist du ja, Jamie. Na, hast du heute Abend noch vor, nach Hause zu kommen?«

Sein Besteck fällt klirrend auf den Teller; er steht auf und schiebt seinen Stuhl weg. »Libby, was tust du hier?« Er runzelt die Brauen. »Und was ist mit deinem Gesicht passiert? Deine Backe ist ganz rot.«

Ich lege die Hand an meine Wange; sie fühlt sich heiß an. Und in genau diesem Moment überlege ich mir, all das hinter mir zu lassen und fortzugehen. Fort von Jamie. Ganz von vorne anzufangen. Das habe ich schon mal getan. Ich greife in meine Jackentasche und klatsche die Karte auf den Tisch. »Ich habe das hier gefunden«, sage ich.

Hannah legt nun ebenfalls ihre Gabel ab und beäugt mich mit offensichtlichem Missfallen. Katie und Gerard glotzen mich weiterhin an, doch nun ist da Spannung in ihren Augen. Als würden sie gleich einer tollen Show beiwohnen.

»Wo... woher hast du das?«, will sie wissen.

Jamie greift nach der Karte und nimmt sie in Augenschein. »Moment mal ... das ist doch ...« Er wendet sich mit gerunzelter Miene an Hannah. »Was hat das bei dir verloren?«

Sie rutscht auf ihrem Platz hin und her und blickt unbehaglich drein. Sie schafft es nicht, ihm in die Augen zu schauen. Sie beißt sich auf die Lippe und scheint den Tränen nahe. Ich frage mich kurz, wo ihr Sohn ist. Katie und Gerard starren uns weiterhin unverfroren an. Ich kann ihnen ansehen, wie sehr sie dieses Schauspiel genießen.

Trotz allem verspüre ich Mitleid mit Hannah, die hier sitzt, alle Augen auf sie gerichtet. »Jamie, Hannah, warum gehen wir nicht ins Wohnzimmer und besprechen das dort?«, schlage ich vor.

Doch Hannah stößt ihren Stuhl so heftig nach hinten, dass er umkippt. »Spar dir deine Nettigkeiten«, fährt sie mich an.

Sylvia, die in der Tür stehen geblieben ist, ist sichtlich schockiert.

»Willst du das wirklich hier tun?«, fragt Jamie. Über ihren Kopf hinweg begegnet er meinem Blick, und ein Ausdruck stiller Übereinkunft flackert zwischen uns auf. In diesem Augenblick weiß ich mit Sicherheit, dass Jamie die Karte nicht geschrieben hat.

»Du hast diese Karten an unsere Nachbarin Anya geschickt, nicht wahr? Du wolltest mich glauben machen, dass Jamie eine Affäre hat«, sage ich an Hannah gewandt.

Sie wirbelt zu mir herum, und ihre Augen blitzen auf. »Du verdienst ihn nicht«, sagt sie mit einem höhnischen Lachen. »Er hätte mich heiraten sollen. Kein dahergelaufenes Flittchen wie dich.«

»Hannah, es reicht«, fährt Sylvia mit schneidender Stimme dazwischen.

»Und was ist mit all den anderen Sachen?«, will Jamie wissen.

Ich könnte den Mund aufmachen. Erklären, dass es Beth war, die uns die Prospekte und den Rucksack geschickt hat, die unser Bankkonto leer geräumt hat. Aber ich tue es nicht. Ich warte. Die Anspannung im Raum ist beinahe mit Händen greifbar.

Plötzlich zeichnet sich Wut in Jamies Gesicht ab. »Und Ziggy …?«

Sie lässt den Kopf sinken. »Ich wollte nicht, dass er stirbt. Ich wollte nur einen Keil zwischen euch treiben. Ich dachte, dann würdest du zurückkommen …« Sie wendet sich zu ihm und greift nach seiner Hand, doch er schüttelt sie ab. »Zu mir zurückkommen …«

»Hannah, das wird nicht passieren, niemals«, erwidert Jamie mit steinerner Miene. Ich weiß, dass es ihn alle Mühe kosten muss, sie nicht anzubrüllen, für das, was sie Ziggy angetan hat. »Es tut mir leid, falls ich dich verletzt habe, aber es ist nun mal Libby, die ich liebe. Es ist Libby, mit der ich zusammen sein will. Du und ich … das ist Vergangenheit.«

Einen kurzen, entsetzlichen Moment lang frage ich mich, ob sie sich auf ihn stürzen wird oder auf mich. Doch stattdessen geht sie schweigend an ihm vorbei und verlässt das Zimmer. Ein paar Sekunden später hören wir die Haustür zufallen.

43

Ich habe einen Teilzeitjob in einem Café im Ortszentrum angenommen – Bezahlung bar auf die Hand, keine Fragen. Noch wurde keine Anklage gegen mich erhoben. Melanie glaubt, dass noch etwas kommt, aber sie hofft, dass, wenn ich auf schuldig plädiere, mir schlimmstenfalls eine Verurteilung zu gemeinnütziger Arbeit blüht. Meine Arbeit als Lehrerin fehlt mir, und die Zukunft scheint so schrecklich ungewiss, dass es mir eine Heidenangst macht, aber immerhin bleiben mir noch Jamie und das Baby, und dafür bin ich mehr als dankbar. Wir haben endgültig beschlossen, unsere Wohnung aufzugeben, und hoffen auf einen schnellen Verkauf. Einen Neuanfang.

Nachdem Hannah zugegeben hatte, die Briefe geschrieben zu haben, eröffnete Sylvia ihr, dass sie aus dem Kutscherhaus ausziehen müsse. Dass sie sich von Jamie fernhalten solle. Ich war beeindruckt, wie sie die Situation handhabte. Wir sind uns im Lauf der letzten Wochen nähergekommen. Endlich habe ich das Gefühl, dass sie mich als ihre rechtmäßige Schwiegertochter betrachtet.

Jamie und ich haben uns lange über unsere Beziehung unterhalten. Ich habe das Gefühl, dass wir momentan nichts anderes tun, als miteinander zu reden – unsere innersten Gefühle quellen aus uns heraus, beide begierig darauf, uns reinzuwaschen. »Mir war nicht klar, dass ich Hannah falsche Hoffnungen gemacht habe, indem ich Zeit mit ihr verbrachte«, gesteht er mir eines Abends, als wir nebeneinander im Bett liegen. »Ich bin immer noch schockiert, wenn ich daran denke, dass sie zu so etwas in der Lage war … Ziggy zu vergiften, die Briefe, die Heuchelei. War sie es auch, die das Zeug aus dem Katalog geschickt hat? Sie hat es zwar noch nicht zugegeben, aber … es scheint genau so etwas, was sie tun würde.«

Ich habe ihm die Wahrheit nicht erzählt, denn das hieße, ihm von Beth zu erzählen. Doch das soll zwischen uns beiden bleiben.

»Ich kenne Hannah jetzt so lange«, fährt er fort. »Seit wir achtzehn waren. Wie können wir je wissen, was in den Köpfen anderer Menschen vor sich geht? Am liebsten möchte ich niemandem mehr vertrauen.«

Ich schmiege mich an ihn und versuche, ihn zu beruhigen. »Du kennst mich, Jay. Und ich kenne dich. Mir kannst du vertrauen. Das verspreche ich dir. Wir müssen jetzt in die Zukunft blicken. Uns darauf freuen. Auf Peanut. Die Vergangenheit hinter uns lassen.«

Er dreht sich zu mir und schaut mich an. »Keine Lügen mehr?«

Ich lächle zur Antwort und küsse ihn. »Keine Lügen mehr.«

Ich glaube, es ist möglich, jemanden zu kennen und zu wissen, wie es bei demjenigen wirklich im Herzen aussieht. Hannah habe ich nie vertraut. Ich wusste, dass sie eifersüchtig war; schließlich habe ich gesehen, wie sie Jamie anschaute. Ich konnte ihr ansehen, dass sie mich hasste, weil ich diejenige war, die er geheiratet hatte. Wir gehen durchs Leben und tun unser Bestes; wir begehen Fehler; wir verletzen und verärgern andere Menschen – manchmal unwissentlich, manchmal in voller Absicht. Aber wie können wir wissen, ob die anderen es uns nicht irgendwann heimzahlen? Woher sollen wir wissen, wie sehr oder wie lange jemand seinen Groll gegen uns hegt?

Ich sehe Jamie beim Schlafen zu, seinen Arm über die Augen gelegt, sodass ich nur seine vollen Lippen sehen kann, das fein geschnittene Kinn, die sanfte Kuhle zwischen Hals und Schlüsselbein. Ich weiß, dass er mich liebt – aber wie kann ich wissen, dass er Hannah auf seine Art nicht ermuntert hat? Dass es nicht auch seine Schuld war, selbst wenn er sich dessen nicht vollkommen bewusst war? Bis zu welchem Grad kann man uns zur Rechenschaft ziehen?

Lügen. Es wird immer Lügen geben. Die kleinen, harmlosen Notlügen, weil wir es nicht übers Herz bringen, unseren Ehepartnern, unseren Freunden die Wahrheit zu sagen. Manchmal um sie, manchmal um uns selbst zu beschützen.

Ich weiß, ich habe Jamie versprochen, ihm alles zu erzählen. Mich ihm anzuvertrauen, mit all meinen Fehlern und Schwächen, und aufzuhören, so zu tun, als wäre ich perfekt. Aber das von Beth kann ich ihm nicht erzählen. Ich kann ihm nicht sagen, dass ich ihr vergeben habe, denn zu einem Teil ist alles auch meine Schuld.

Als ich die Drogen fand, die Beth mir ins Getränk

gekippt hatte, wuchsen meine Wut und mein Groll wie Unkraut in mir und wanden sich um mein Inneres, bis ich von ihnen aufgezehrt wurde. Es war Beths Schuld, dass ich Harry verloren hatte – sie hatte ihre Spielchen mit uns getrieben. Und so nahm ich die Pillen und kippte sie in meine Coladose, während Beth auf dem Klo war. Dann, als sie zurückkam, stellte ich mich schlafend. Es dauerte nicht lange, bis die Wirkung einsetzte. Ich wartete, bis ich sicher sein konnte, dass sie tief und fest schlief, bevor ich mir den Rucksack schnappte, den ich in der Hast für meinen hielt, ihn mir über die Schulter warf und mich aus dem Zimmer schlich. Dann legte ich das Feuer im Frauenklo, direkt ums Eck von unserem Zimmer. Ich entzündete eines von Beths Streichhölzern und warf es in den Papierkorb voller Papierhandtücher. Es sollte nur ein kleines Feuer werden. Nur, um für eine Ablenkung zu sorgen, falls Beth doch aufwachte. Ich ging davon aus, dass der Feueralarm losgehen und die Polizei sie vernehmen würde, so wie alle anderen Gäste auch. Ich überlegte, dass es mir genug Zeit verschaffen würde, um so weit weg wie möglich von ihr zu kommen. Woher hätte ich wissen sollen, dass die Rauchmelder im Hostel kaputt waren? Dass das Feuer außer Kontrolle geraten würde? Dass Menschen darin umkommen würden? Mein ganzes Leben lang habe ich in dem Versuch verbracht, dafür Buße zu tun. Ein guter Mensch zu sein, eine gute Lehrerin. Und ich werde eine gute Mutter sein.

Erst als ich auf dem Bürgersteig stand, sah ich den dichten schwarzen Qualm, der aus einem der Fenster im zweiten Stock quoll, und begriff meinen Fehler. Das Feuer breitete sich viel schneller aus, als ich gedacht hatte. Ich rannte in ein nahe gelegenes Hotel, brüllte die Leute an, die Feuerwehr zu rufen, und sah verzweifelt zu, als die Löschfahrzeuge anrückten. Ich konnte nur an Beth in ihrem drogeninduzierten Schlaf denken, unfähig, sich selbst zu retten.

All die Jahre war ich mir so sicher, dass Beth tot war, weil ich glaubte, dass ich sie umgebracht hatte. Es ist allein meine Schuld, dass diese Menschen in jener Nacht ums Leben kamen. Und dafür werde ich mir nie vergeben.

Unser Tun zieht Konsequenzen nach sich. Wir können ihnen nicht entfliehen.

Jamie dreht sich leise stöhnend im Schlaf um und legt seinen Arm über meine Brust. Ich schmiege mich an ihn, umfasse meinen Bauch und denke an das neue Leben, das in mir heranwächst. Wir sind in Sicherheit, wir drei. Das hier ist meine zweite Chance, und ich werde alles tun, um sie nicht zu vermasseln.

Epilog

Die Wohnung stand erst eine Woche zum Verkauf, als wir auch schon ein erstes Angebot bekamen. Wir selbst haben ein hübsches kleines Haus unweit von Bath gefunden, in Saltford, in der Nähe des Flusses. Es hat einen Garten, und wir überlegen, uns noch während des Umzugs einen kleinen Welpen zuzulegen, sodass er stubenrein ist, bevor das Baby da ist. Jamies Geschäfte laufen immer besser, und ich hatte kürzlich erst meine zweite große Ultraschalluntersuchung in der zwanzigsten Schwangerschaftswoche. Wir bekommen einen Jungen. Meine T-Shirts spannen bereits über meinem Bauch, und ich werde mir bald Umstandskleidung kaufen müssen. Ich verspüre ein freudiges Kribbeln, wenn ich an das neue Leben denke, das vor mir liegt. Es ist nicht genau das, was ich mir ausgemalt hatte – die Arbeit als Lehrerin wird mir immer fehlen –, aber ich freue mich darauf, Mutter zu sein.

Es ist ein warmer Sommertag, und zarte Schleierwolken überziehen den hellblauen Himmel. Ich sortiere Papierkram aus, damit wir organisierter sind, wenn der Umzugstag kommt. Ich sitze inmitten des Esszimmers auf dem Boden, die Blätter um mich herum verstreut.

Jamie schlängelt sich mit einer leeren Tasse hindurch. Er

verströmt diese müde, leicht zerstreute Aura, wie immer, wenn er in der Arbeit steckt, als könne er seine Gedanken nicht lösen von den Zahlen und Codes und weiß Gott, mit was er sich den Kopf sonst zerbrechen muss. Er schaltet den Wasserkocher ein. »Kaffee?«

»Entkoffeiniert«, sage ich und streiche über meinen kleinen Kugelbauch.

»Ich weiß.« Er lacht, denn dieses Gespräch führen wir immer, wenn er mir etwas zu trinken anbietet.

Als es an der Tür klopft, kommt das so unerwartet, dass Jamie und ich einen verdutzten Blick wechseln. Normalerweise kommt mittags nie jemand vorbei. Nicht einmal Sylvia. Sie wartet meist, bis wir sie besuchen, da sie sich nicht »aufdrängen« will.

Ich stehe auf, öffne die Tür und bin überrascht, Detective Inspector Hartley vor mir stehen zu sehen. Mein Herz macht einen Satz. Ich habe nichts mehr bezüglich irgendeines Verfahrens gegen mich gehört. Melanie Finch hat sich seit Wochen nicht mehr bei mir gemeldet.

»Elizabeth Elliot«, beginnt er und hält überflüssigerweise seine Polizeimarke hoch, da ich genau weiß, wer er ist.

»Elizabeth Hall, bitte …«

»Hiermit verhafte ich Sie wegen Mordes an Sean Elliot. Sie haben das Recht, die Aussage zu verweigern, aber es kann Ihre Verteidigung schwächen, wenn Sie bei der Befragung etwas verschweigen, worauf Sie sich im späteren Gerichtsverfahren beziehen. Alles, was Sie sagen, kann gegen Sie verwendet werden.«

»Wie bitte?«, platzt es aus mir heraus, und ich starre ihn

ungläubig an. »Das können Sie nicht tun. Sie haben mich schon einmal deswegen verhaftet und dann gehen lassen. Ich dachte, Sie hätten einen Verdächtigen … Ich dachte …« Meine Stimme überschlägt sich hysterisch. Jamie stürzt in den Flur; alles Blut weicht aus seinem Gesicht, als er den Detective auf der anderen Seite der Türschwelle stehen sieht.

»Was wollen Sie noch einmal hier?«

»Wir haben neue Beweise, die darauf hindeuten, dass Ihre Frau für Sean Elliots Tod verantwortlich ist, Mr. Hall. Nun, Mrs. Elliot, Sie können jetzt in aller Ruhe mitkommen, oder wir …«

Ich schüttle den Kopf. »Nein, schon gut. Ich weiß, dass ich nichts Unrechtes getan habe. Lassen Sie mich nur meine Schuhe anziehen.« Ich schlüpfe in meine Ballerinas, dann folge ich DI Hartley zum wartenden Polizeiwagen.

»Libs, ich rufe sofort Melanie Finch an. Wir sehen uns auf dem Revier!«, ruft Jamie und hastet mir hinterher. Er steht in seinen Socken auf dem Bürgersteig. Ich kann nur nicken, und mein Magen verkrampft sich, als man mir auf den Rücksitz des Polizeiwagens hilft.

Ich kann die Tränen nicht mehr zurückhalten, als Melanie Finch mich darüber aufklärt, was geschehen ist. Wir sitzen im Vernehmungsraum des Polizeireviers. Es ist ein anderer Raum als das letzte Mal – kleiner, ohne Fenster, die Luft stickig. Sie sitzt mir gegenüber, ihr Ausdruck hinter der Brille ist ernst.

»Die Polizei ist im Besitz eines Ziergegenstands aus Ihrer Wohnung, den sie für die Tatwaffe hält«, erklärt sie. Ihr Lippenstift ist viel zu rot, viel zu knallig für ihr Gesicht, sodass ihr Mund beinahe etwas Comichaftes hat. Ich muss ständig darauf starren, während sie spricht.

»Ein Ziergegenstand?«

»Ja, ein steinerner Buddha.« Sie schiebt eine Fotografie über den Tisch. »Gehört der Ihnen?«

Ich runzle die Stirn. Es ist der Buddha, den Harry mir in Thailand geschenkt hat, der Buddha, der nach unserer Rückkehr aus Cornwall auf dem Sideboard stand. Ich hatte ihn doch im Kleiderschrank unter einem Haufen Klamotten verstaut. Wie kommt er in die Hände der Polizei? »Ja, er gehört mir. Wo haben sie ihn her?«

Sie blinzelt, ihre Augen hinter den dicken Brillengläsern sind riesig. »Ich bin momentan nicht befugt, Ihnen Auskunft darüber zu erteilen.«

»Warum? Was geht hier vor sich?«

»Die Form der Figur passt zu der Wunde auf dem Kopf des Mordopfers, und Ihre Fingerabdrücke befinden sich darauf.«

Also hat Beth meinen Buddha benutzt, um Sean zu töten. Und dann, was hat sie dann getan? Ihre Fingerabdrücke abgewischt und ihn auf mein Sideboard gestellt, damit ich ihn dort fand? Wenn ich ihn nie angefasst hätte, wenn ich ihn einfach dort hätte stehen lassen, wäre es nie so weit gekommen.

Ich nehme einen Schluck Wasser aus einem Plastikbecher. Meine Hände zittern. »Nun, ja, natürlich sind es meine. Es ist schließlich meine Figur. Aber ich habe ihn nicht umgebracht. Das müssen Sie mir glauben, Melanie. Ich war es nicht. Ich war an dem Tag, als Sean Elliot starb, mit Jamie im Krankenhaus, in Cornwall, erinnern Sie sich?«

Sie lehnt sich auf ihrem Stuhl zurück und mustert mich eingehend. Es ist so furchtbar heiß in dem Raum, so stickig. Meine Bluse klebt an meiner Haut, und ich spüre den feuchten Fleck, der sich auf meinem Rücken bildet. Sie nimmt ihre Brille ab und fährt sich mit den Fingern über den Nasenrücken. Sie wirkt müde. »Kann es sein, dass Sie mehr über die Sache wissen, als Sie vorgeben?«, fragt sie und setzt ihre Brille wieder auf.

Es tut mir leid, Beth. Ich hole tief Luft und erzähle alles.

Als ich geendet habe, sieht sie mich ungläubig an. »Sie wollen mir also sagen, dass die echte Elizabeth Elliot nicht in dem Feuer starb, sondern hierher zurückkehrte, weil sie wütend auf Sie war, dass Sie ihre Identität gestohlen hatten, und bei dieser Gelegenheit ihren Mann umbrachte?«

Ich nicke. »Ja, genau das möchte ich sagen.«

»Ich muss das fragen, Libby: Haben Sie es getan? Haben Sie Sean Elliot umgebracht?«

»Nein, das sagte ich doch. Es war die echte Elizabeth Elliot. Nicht ich. Ich bin Karen Fisher.«

Sie wirft einen Blick in ihre Notizen, und ihre Miene verdüstert sich. »Nun, hier steht aber, dass die echte Karen Fisher bei einem Brand ums Leben kam. In Thailand. Im Jahr 2008. Ihre Dokumente wurden bei den Aufräumarbeiten gefunden. Man geht davon aus, dass das Feuer absichtlich gelegt wurde, Libby.«

»Es waren meine Dokumente. Ich habe versehentlich Elizabeth Elliots Rucksack genommen, als ich aus dem

Hostel rannte. Die echte Elizabeth Elliot war hier. Vor zwei Monaten. Sie hat in der Wohnung meiner Nachbarin geschlafen. Ich habe sie gesehen. Ich habe mit ihr gesprochen.« Ich kann ihr ansehen, dass meine Erklärungen auf taube Ohren stoßen, und mir wird mit Entsetzen klar, dass sie mir nicht glaubt. Dass sie denkt, dass ich mir die ganze Geschichte ausgedacht habe.

»Überlassen Sie das mir«, sagt sie und steht auf.

Ich bleibe sitzen und warte. Schließlich kehrt Melanie mit DI Hartley und DS Trott zurück. Sie setzt sich neben mich, während die beiden Detectives gegenüber von uns Platz nehmen.

»Wir haben hier genug Beweise vorliegen, um gegen Sie Anklage zu erhaben«, sagt DI Hartley mit einem gefährlichen Blitzen in den Augen. »Und dann kommt das Ganze vor Gericht. Sie würden uns allen das Leben leichter machen, Mrs. Elliot, wenn Sie gestehen.«

»Ich werde nichts gestehen, weil ich nichts getan habe!«, rufe ich verzweifelt.

»Wir haben bereits festgestellt, dass der Ziergegenstand Ihnen gehört«, fährt er fort.

»Ja … ja, er gehört mir.«

»Und es sind Ihre Fingerabdrücke darauf. Nicht die von irgendwem sonst. Nur Ihre.«

Ich rutsche auf meinem Stuhl hin und her, der Schweiß prickelt auf meiner Oberlippe. Ich kann nicht glauben, dass das hier passiert. »Beth hat mir selbst gesagt, dass sie ihn umgebracht hat. In Notwehr. Der Mann war ein totaler Psychopath. Er wollte sie töten. Ich habe die Figur auf meinem Sideboard gefunden. Normalerweise bewahre ich sie in meinem Kleiderschrank auf. Ich habe sie genommen und wieder dort verstaut. Ich nahm an, mein Mann hätte sie gefunden und dort hingestellt …«

»Wer sonst kann für Sie bürgen? Wer sonst hat diese Beth gesehen? Hat Ihr Ehemann sie gesehen? Irgendwer?«, schaltet DS Trott sich nun ein. Ihr blonder Bob fällt ihr um das jugendliche Gesicht, und ich beschließe, meine Antworten an sie zu richten. Sie ist ungefähr in meinem Alter, vielleicht wird sie es verstehen, vielleicht wird sie mehr Mitgefühl haben als Hartley.

Ich schüttle den Kopf. »Nein. Niemand. Aber Sie können doch die Bankverbindungen überprüfen, nicht wahr? Reisepässe? Ich glaube, sie ist aus dem Ausland gekommen. Sie hat kürzlich erst ihr Baby verloren. Sie ist psychisch etwas instabil …«

DI Hartley wirkt skeptisch. »Ich glaube Ihnen nicht. Ich glaube, Sie haben Ihren Ex-Mann getötet und sich dann diese ganze hanebüchene Geschichte über einen Identitätstausch und Thailand aus der Nase gezogen, um aus der Sache rauszukommen. Ich glaube, Sie haben Ihren Ex-Mann getötet, weil er drohte, Sie bloßzustellen. Das ist doch die Wahrheit, nicht wahr, Elizabeth?«

»Nein … nein, so war es nicht.« Ich fühle mich wie in einem Albtraum. »Wie bitte hätte ich das tun sollen? Ich war in Cornwall. Jamie war im Krankenhaus.«

DI Hartley lächelt spöttisch. Er erinnert mich an einen Fuchs mit seiner spitzen Nase und den kohlschwarzen Augen. »Ja, das haben wir überprüft. Tatsächlich haben

Sie das Krankenhaus am 5. April um 18.30 Uhr verlassen. Sean Elliot wurde zwischen zwölf Uhr des 5. April und achtzehn Uhr des Folgetages umgebracht. Also hatten Sie genug Zeit, um nach Bath zu fahren, ihn umzubringen und wieder nach Cornwall zurückzukehren, bevor Sie Jamie am nächsten Morgen wiedersahen.«

Ich fahre mir verzweifelt mit der Hand übers Gesicht. »Aber warum? Warum sollte ich das tun?«

»Wir haben hier einen Nachweis, dass Sie Mr. Elliot gegen …«, DS Trott wirft einen Blick in ihre Notizen, »… elf Uhr vormittags an ebendiesem Tag anriefen.« Sie schiebt mir ein Blatt Papier mit der Liste der Telefonnummern unter die Nase. Ich erkenne meine sofort. »Für das Tonbandprotokoll: Ich zeige Mrs. Elliot die Telefonlisten«, fügt sie hinzu, ohne den Blick von mir zu nehmen.

»Ja. Aber ich dachte, das sei Philip Heywood, mit dem ich da sprach. Nicht Sean Elliot.«

DS Trott bleibt ungerührt. »Ich glaube, als Sie mit ihm sprachen, wurde Ihnen klar, was er vorhatte. Ich glaube, Sie arrangierten ein Treffen mit ihm in Ihrer Wohnung in Bath und brachten ihn dort um.«

Ich habe mich geirrt, als ich dachte, sie wäre die Mitfühlendere von beiden.

»Nein. Ich hatte einen gebrochenen Arm. Mein linker Arm. Ich hätte gar nicht fahren können. Ich kann überhaupt nicht Autofahren«, protestiere ich.

»Sie haben einen Führerschein und ein Fahrzeug mit Automatikgetriebe, Mrs. Elliot. Ich bin sicher, Sie waren durchaus in der Lage, mit einem gebrochenen Arm zu fahren, wenn Sie nur die Schlinge abgenommen haben und die Not groß genug war. Was in Ihrem Fall zutrifft.«

»Ich … nein … ich kann nicht fahren. Karen Fisher kann nicht fahren.«

DS Trott mustert mich schweigend, was mich verunsichert. Dann beugt sie sich vor. »Neigen Sie zu Gewaltausbrüchen, Elizabeth?«

»Nein, natürlich nicht.«

Sie blickt auf ein Blatt Papier, ihr Haar schwingt nach vorne. Sie schiebt es sich hinter die Ohren. »Wir haben hier eine Aussage von einem Mr. James Penton. Er meinte, Sie hätten ihn angegriffen.«

James Penton? Und da macht es Klick. *Jim.* »Ihn angegriffen?« Ich schnappe nach Luft. »Ich habe ihn nicht angegriffen. Ich habe ihn lediglich geschubst, weil er sich unbefugt auf dem Grundstück aufhielt und um das Hideaway herumschnüffelte. Ich wollte nur, dass er uns in Ruhe lässt. Man könnte wohl sagen, dass ich ihn gestoßen habe, aber nicht fest …« Ich blicke verzweifelt in die Runde. Zu Melanie Finch. Den beiden Detectives. Aber ihre Blicke bleiben starr, die Mienen ernst.

Ich wurde offiziell des Mordes an Sean Elliot angeklagt.

Und jetzt warte ich auf das Gerichtsverfahren. Ich wurde aufgrund der Schwere des Verbrechens nicht auf Kaution freigelassen, obwohl ich schwanger bin. Anscheinend besteht Fluchtgefahr, was geradezu ironisch ist angesichts der Tatsache, dass ich seit Thailand die Grenze nicht mehr überquert habe.

Melanie Finch versuchte, optimistisch zu bleiben, und meinte, wir hätten eine gute Verteidigung, auf der wir aufbauen könnten. Aber ich weiß, dass sie lügt. Wir haben keinen Beweis, dass Beth je im Land war. Melanie hat versucht, sie ausfindig zu machen, aber es gibt keinerlei Hinweis darauf, dass die richtige Beth Elliot in England lebt. Und falls sie sich im Ausland befindet, könnte sie überall sein.

Jamie kommt mich oft besuchen. Er ist der Einzige, der mir glaubt. Aber selbst ich kann sehen, dass seine Hingabe schwindet und sich wahrscheinlich komplett auflösen wird, sobald er vor Gericht alle Einzelheiten erfährt. Denn wenn ich unter den Geschworenen säße, würde ich mir selbst nicht glauben. Ich stecke zu tief drin – ich bin so sehr Elizabeth Elliot geworden, dass niemand mehr akzeptiert, dass ich in Wirklichkeit Karen Fisher bin. Ich habe Melanie gebeten, mit meinen alten Schulfreunden in Kontakt zu treten – oder meinen Kollegen aus dem Supermarkt, in dem ich gejobbt habe –, um sie zu bitten, mich zu identifizieren. Es wird sich doch bestimmt noch jemand aus meiner Vergangenheit finden, der sich an mich erinnert? Ich war doch nicht komplett unsichtbar? Sie ist an der Sache dran, aber sie versuchte auch, mir behutsam beizubringen, dass es eigentlich keine Rolle spielt, wie ich mich nenne, denn die Fingerabdrücke auf der Statue stammen von mir, ganz egal, wer ich behaupte zu sein.

»Aber wenn wir beweisen können, dass Sie Karen Fisher sind, dann werden damit zugleich Ihre Motive für einen Mord an Sean Elliot schwächer«, erklärte sie. »Und Ihre

Geschichte wird für die Geschworenen glaubhafter. Also besteht Hoffnung.«

Hoffnung. Das ist alles, was mir bleibt, während ich im Gefängnis warte. Das ist die Rache. Für Thailand. Für das Feuer. Ich habe zwar nicht Sean Elliot ermordet, aber ich bin verantwortlich für den Tod von sieben anderen Menschen. Ich bin in dieser ganzen Geschichte nicht unschuldig. Diese eine Nacht des Irrsinns hat mich so unglaublich viel gekostet. Sollte man mich für schuldig befinden, werde ich Jahre im Leben meines Sohnes verpassen. Ich werde seine ersten Schritte versäumen, sein erstes Lachen, seine ersten Worte. Und das wäre die schlimmste Strafe von allen.

Ich habe in meiner Zelle zu viel Zeit nachzudenken, mich in die Sache hineinzusteigern. Wie ist die Polizei an das belastende Beweisstück gekommen? Beth hat zugegeben, in meiner Wohnung gewesen zu sein. Ist sie eingedrungen, um den Buddha zu finden und ihn dann an die Polizei zu schicken, in dem Wissen, dass meine Fingerabdrücke darauf waren? Es ist die einzig logische Erklärung. Sie hat ihr ganzes Leben auf der Flucht verbracht. Mich ans Messer zu liefern, war der einzige Weg, sich ihre Freiheit endgültig zu sichern.

Beth und Libby. Libby und Beth. Wir sind uns ähnlicher, als wir je zugeben wollten. Mir ist klar, dass, wenn die Sache umgekehrt gelaufen wäre, ich ihr dasselbe angetan hätte, um meine eigene Haut zu retten. Weil wir gelernt haben zu überleben. Das mussten wir. Und ich werde das hier überleben. Ich werde meine Unschuld beweisen. Ich weigere mich, Beth gewinnen zu lassen.

Danksagung

Ein riesiges Dankeschön an meine fabelhaften Verlegerinnen, Maxine Hitchcock und Eve Hall, die dieses Buch so viel besser gemacht haben, sowie an Eugenie Todd für ihr Adleraugenlektorat. Danke an das gesamte Penguin-Team, das solch eine unglaubliche Arbeit leistet, von der Covergestaltung bis hin zum Vertrieb.

Dank geht auch an die wunderbare Juliet Mushens – die weltbeste Agentin (mit den weltsüßesten Kätzchen!) – sowie Nathalie Hallam. Ihr beide seid einfach nur großartig, und ich kann mich glücklich schätzen, Teil des Mushens-Teams zu sein.

Danke an die Prime Writers dafür, dass sie so eine nette, motivierende Truppe sind, und ganz besonders an Sarah Vaughan für all die Word-Race-Partien, die mich bei der Sache und fern von Facebook hielten!

Ich danke meinen schreibenden Kameradinnen Fiona Mitchell, Joanna Barnard, Liz Tipping, Gilly Macmillan und Nikki Owen für die Unterhaltungen, die Unterstützung, die Treffen und das Lachen.

Außerdem danke ich allen Bloggern – ich bewundere immer wieder, wie viele Bücher ihr lest und besprecht und wie viel Rückhalt ihr uns Autoren damit bietet.

Ein großer Dank geht an die Leser, die meine Bücher gekauft, geteilt, ausgeliehen und weiterempfohlen haben, und an diejenigen, die mich auf Twitter oder Facebook kontaktiert haben – eure Nachrichten bedeuten mir so viel.

Ich danke allen meinen lieben Freunden, die so nett waren, meine Bücher zu lesen, zu empfehlen und sogar für unsere Leseklubs auszuwählen. Ihr seid die Besten! Nicky Jones – das fluffige rosa Einhorn ist für dich!

Nicht zuletzt will ich meiner Familie danken, meiner Mum Linda und meiner Schwester Samantha, für ihre Unterstützung und ihre Ratschläge und dafür, dass sie meine allerersten Leserinnen waren. Ich danke meinem Dad Ken für sein unerschütterliches Vertrauen in mich und dafür, dass er immer daran geglaubt hat, dass ich eines Tages einen Verlag finden würde. Ich danke meinem Stiefvater John und meiner Stiefmutter Laura (die besten Stiefeltern überhaupt) sowie meinem Ehemann Ty, für seine Hilfe beim Brainstormen, dafür, dass er mir immer sagt, wenn etwas nicht funktioniert, und dafür, dass er stets an mich glaubt. Ich bin überglücklich, euch meine Familie nennen zu dürfen, und ich liebe euch über alles.

Und schließlich danke ich meinen Kindern Claudia und Isaac, die ich mehr liebe als alles auf der Welt. Jeden Tag danke ich meinem Glücksstern, dass ich euch zwei in meinem Leben habe. Dieses Buch ist für euch (leider werdet ihr es erst lesen können, wenn ihr etwas älter seid!).

Lesen Sie weiter >>

LESEPROBE

Sie hat dein Leben schon einmal zerstört …

Nach dem Selbstmordversuch ihres Mannes ist Kirsty am Boden zerstört. Ein Neuanfang in ihrer alten Heimat Wales scheint daher perfekt. Dort, in einem abgeschiedenen alten Pfarrhaus, will sie eine kleine Pension eröffnen. Doch dann taucht wie aus dem Nichts Selena auf. Die Frau, die sie nie mehr in ihrem Leben hatte wiedersehen wollen. Kirsty ist außer sich: Was will Selena von ihr? Und warum findet Kirsty plötzlich jeden Morgen einen verwelkten Blumenstrauß vor der Haustür? Noch bevor sie Selena zur Rede stellen kann, wird diese ermordet. Und Kirsty weiß, dass die Wahrheit von damals nun endlich ans Licht kommen muss …

Nach »Missing« und »Still Alive« der nächste Blockbuster von Thrillerkönigin Claire Douglas.

Mittwoch, 25. Oktober 2017

Ich werde von einem gellenden Schrei geweckt. *Den Mädchen ist etwas zugestoßen!* Mit rasendem Herzen fahre ich hoch. Nichts regt sich. Stille. Habe ich das nur geträumt? Mein Blick huscht zu Adrians Seite des Betts. Sie ist leer, das Laken zerknittert und klamm, die Decke zurückgeworfen, als ob er es überstürzt verlassen hätte. Wo ist er? Mein Wecker zeigt 5.37 Uhr, und durch einen Vorhangspalt kann ich den Himmel sehen, der allmählich ein mattes Grau annimmt, während die Bergspitzen im frühmorgendlichen Dunst verschwinden.

Ich taste nach meinem Bademantel, der über dem Fußende des Betts liegt. Während ich auf den Flur eile, schlüpfe ich hinein. Die Tür zum gegenüberliegenden Zimmer der Mädchen ist geschlossen. Ich will gerade darauf zugehen, als der Schrei erneut ertönt.

Dieses Mal gibt es keinen Zweifel. Der Schrei kommt von meiner Mutter.

Ich haste den ersten Treppenlauf hinab, wobei ich versuche, die aufsteigende Panik in mir zu unterdrücken. Meine Mutter ist keine Frau, die grundlos schreit. Ich denke unwillkürlich an die Gäste, die behaglich in ihren Zimmern liegen. Mir ist klar, dass Mum sie ebenfalls geweckt haben muss, und mich beschleicht sofort die Sorge, dass sie sich gestört fühlen, während mir gleichzeitig bewusst wird, wie lächerlich meine Bedenken sind.

Als ich das obere Ende der zweiten Treppe erreiche, bleibe ich wie angewurzelt stehen. Ich blinzle in der Hoffnung, dass meine Augen mir einen Streich spielen, doch das Bild bleibt unverändert. Der Flur ist in Dunkelheit getaucht, aber es sieht aus, als würde Mum über einer Leiche kauern – die leblosen Gliedmaßen auf den restaurierten viktorianischen Fliesen von sich gestreckt. Ich kann den hellen Schimmer einer bleichen Wade, eines schmalen Handgelenks ausmachen. Ich höre Mum stöhnen.

Das sieht nicht aus wie ein Kind. Die Beine sind zu lang. *Keines der Mädchen. Gott sei Dank.*

»Mum?«

Beim Klang meiner Stimme schnellt ihr Kopf empor, die Augen weit aufgerissen vor Entsetzen und noch etwas anderem … Furcht. Sie hebt die Hände wie zum Gebet. Sie sind mit Blut bedeckt.

ERSTER TEIL
Davor

1

August 2017 – zwei Monate zuvor

Die Mädchen hinten im Auto sind ungewöhnlich ruhig. Im Rückspiegel kann ich sehen, wie sie durch die Windschutzscheibe schauen, während sich draußen die Landschaft allmählich vor ihnen entfaltet – die zugebauten Vorstädte mit ihren graffitibeschmierten Hochhäusern und dem Wirrwarr aus Straßen in sanfte Hügel übergehen und sich in Täler und Berge verwandeln. Amelia blickt finster drein, als hege sie Mordgelüste mir und ihrem Vater gegenüber, dafür, dass wir es gewagt haben, sie von ihren Freunden zu trennen. Evie dagegen wirkt heiter, geradezu aufgeräumt, aufmerksam registriert sie die englisch-walisischen Straßenschilder. Meine Sechsjährige hatte schon immer eine lebhafte Fantasie. Sie wird das Ganze hier als Abenteuer betrachten, versuchen, das Magische darin aufzuspüren. Sie glaubt an Feen, den Weihnachtsmann und den Osterhasen. Sie sieht Tiergestalten in den Wolken, vierblättrige Kleeblätter dort, wo keine sind, ein Gesicht im Mond.

Amelia, fünf Jahre älter, ist da schon skeptischer. Ihre Sensibilität äußert sich auf andere Weise. Sobald man einen Raum betreten hat, spürt sie, in welcher Stimmung man sich befindet, und sie wird sich dementsprechend verhalten.

Zumindest war es früher so. Jetzt, da die Hormonschübe eingesetzt haben, ist das seltener der Fall. Sie ist nicht mehr so erpicht darauf, es allen recht zu machen. Adrian und ich haben zwar versucht zu verbergen, wie sehr uns die letzten achtzehn Monate zugesetzt haben, doch sie hat einen schärferen Blick als Evie. Der Stress, unter dem wir standen, wird ihr nicht entgangen sein. Trotzdem kann sie nicht wirklich verstehen, warum wir beschlossen haben, London den Rücken zu kehren. Und in den vergangenen Wochen gab es durchaus Momente, in denen es mir genauso ging.

Wir hatten nicht vor, nach Wales zurückzuziehen. Jedenfalls nicht jetzt. Ein Gästehaus in den Brecon Beacons zu kaufen, war ein lang gehegtes, fernes Ziel von mir gewesen. Ein Tagtraum, dem ich nachhängen konnte, während ich mich in meinem perspektivlosen Job im Marketingbereich abrackerte oder im Mutterschaftsurlaub befand, umgeben von Windelbergen und Feuchttüchern. Mit den Brecons verband ich nur die besten Erinnerungen: an Picknicks im Vorgebirge und Familienausflüge, bei denen sich mein Bruder Nathan und ich im Auto kabbelten, während mein Vater uns gutmütig zurechtwies. An selbst gemachte Eiersandwiches und Schwarztee mit Milch aus dem Flachmann. An Frisbees. An diese herrlichen Hügel und Berge, die sich endlos dahinzuziehen schienen. Als Kind erinnerten sie mich immer an die Zeichnungen in den Wimmelbüchern – sie waren so perfekt. Es schienen Welten zwischen dieser Landschaft und Cardiff zu liegen, wo wir damals lebten.

Nach Wales zu ziehen und ein Gästehaus zu eröffnen, war ein Plan für die ferne Zukunft gewesen. Wenn beide

Mädchen an der Uni und wir Ende vierzig oder Anfang fünfzig wären und genug hätten von unserem beengten Reihenhäuschen und dem hektischen Großstadtleben. Doch dann, plötzlich, wurde die Vorstellung von frischer Luft und Frieden verlockender, ja, dringlicher. Ein gemächlicherer Lebensrhythmus, ein ruhiges Fleckchen für Adrian zum Schreiben – was er schon immer hatte tun wollen – und ein sicheres Zuhause für die Mädchen, weitab der Zerstreuungen und Versuchungen Londons.

In der Ferne sehe ich unter der Wolkendecke den glitzernden Sonnenschein, der uns willkommen heißt. Ich greife nach Adrians Hand und drücke sie. Er erwidert die Geste, und ich werfe kurz einen Blick in seine Richtung. Er sieht glücklich und entspannt aus. Er hat sich einen Bart stehen lassen, auch sein Haar ist jetzt länger und streift den Kragen seines blauen Poloshirts. Von seiner geschäftigen Großstadtpersönlichkeit ist nichts mehr übrig. In dem Moment, als er seinen Job an den Nagel hängte, entledigte er sich auch seiner schicken Anzüge und seines glatt rasierten Äußeren. Aber das sind bei Weitem nicht alle Veränderungen. Der alte Adrian würde jetzt versuchen, Amelia Begeisterung zu entlocken. Er würde am Radio herumfummeln, bei Absolute 90s mitsingen oder mit Evie »Ich sehe was, was du nicht siehst« spielen und die Augen verdrehen, wenn sie so tat, als würde sie ein Einhorn oder eine Elfe sehen. Stattdessen blickt er starr auf die Straße vor uns, und das Radio bleibt aus. Er ist auf seine ganz eigene Weise ruhig und zufrieden. Nur eben … *anders*.

Doch wenigstens ist er da.

Ich möchte, dass er mir versichert, dass wir mit dem Umzug die richtige Entscheidung getroffen haben. Dass Amelia mich nicht bis in alle Ewigkeit hassen wird. Dass alles sich zum Besten fügen wird.

Ein flaues Gefühl macht sich in meiner Magengrube breit. In all meinen Fantasien darüber, ein eigenes Geschäft an meinem Lieblingsort aufzubauen, hätte ich mir nie im Leben vorstellen können, dass ich es gemeinsam mit meiner Mutter würde tun müssen.

»Kirsty?« Adrians Stimme reißt mich aus meinen Gedanken. »Wann soll eigentlich Carol eintreffen?« Es ist, als habe er in meinen Kopf hineingeschaut. Früher – *vor der Sache* – haben wir oft darüber gescherzt. Darüber, dass wir immer zu wissen schienen, was den anderen gerade beschäftigte.

»Ähm, nächsten Monat, glaube ich.« Ich schalte einen Gang runter, als wir in den Nationalpark einbiegen, und der SUV rumpelt über das im Boden eingelassene Viehgitter. Ich bemerke, wie Evie sich gleich aufrechter hinsetzt, und ich weiß, dass sie hofft, Grüppchen von Ponys am Straßenrand zu sehen, so wie bei unserem letzten Besuch.

»Nächsten Monat?«, wiederholt er ungläubig.

»Sie meinte irgend so was, dass sie abwarten wolle, bis das Haus wohnlicher ist.«

»Also bis die Renovierungsarbeiten abgeschlossen sind.« Er lacht, um seinen Worten die Schärfe zu nehmen.

»Sie hat mit meinem Vater zig Häuser renoviert, bevor er starb.«

»Ja. Vor über zwanzig Jahren.«

»Ihr handwerkliches Können ist um einiges besser als meines.« Es wurmt mich, dass er sie einfach so schlechtmacht. Ich darf über sie sagen, was ich will – er nicht. Trotz all ihrer Fehler gehört meine Mutter zu den fähigsten, praktischsten Menschen, die ich kenne.

»Super. Worauf wartet sie dann?« Er lacht wieder. »Sag ihr, dass sie herkommen soll, und zwar fix! Wir werden alle Hilfe brauchen, die wir kriegen können.«

Hat sie nicht schon genug getan?, möchte ich fragen, aber ich verkneife es mir. Ich gebe mir Mühe, keinen Groll zu hegen, weil wir gezwungen waren, unsere Ersparnisse anzugreifen, nachdem Adrian seinen Job aufgegeben hatte. Es war nicht seine Schuld. Außerdem war es ein netter Zug von Mum, sich uns anzuschließen. Nur mit ihrem Geld konnten wir das Haus kaufen und den Kredit für die Sanierungsarbeiten stemmen. Eine Geschäftsbeziehung mit ihr einzugehen, wäre zwar nicht meine erste Wahl gewesen, aber nun, da wir es getan haben, müssen wir auch dafür sorgen, dass es läuft.

Das Alte Pfarrhaus haben wir zum ersten Mal vor sechs Monaten gesehen.

Wir hatten einen Familienurlaub in Brecon verbracht und waren durch diese Berge gefahren, die ich schon als Kind so bewundert hatte. Adrian saß zusammengesunken auf dem Beifahrersitz, immer noch traumatisiert von all dem, was passiert war, als wäre er ein Kriegsveteran oder Überlebender einer Katastrophe. Wir waren im Umgang miteinander äußerst behutsam, wie Liebende, die viele Jahre voneinander getrennt gewesen waren und sich erst wieder kennenlernen mussten. Der Nebel war dicht wie Trockeneis, er schmiegte sich sanft an die Hügel und legte sich um die Berge in der Ferne. Das Land, durch das sich die Straße im Zickzackkurs zog, breitete sich in einer Fülle unterschiedlicher Grüntöne vor uns aus. Weit und breit gab es keine Menschenseele.

Und dann, als wir den Rand eines kleinen Dorfes namens Hywelphilly erreichten, sahen wir es: ein frei stehendes, viktorianisches Haus mit symmetrischer Fassade, beinahe gotisch anmutend mit seinen spitzen Giebeln und den üppig verzierten Bogenfenstern. Ein Stück von der Straße zurückversetzt, gleich neben einer schönen alten Kirche gelegen und eingerahmt von den Bergen in der Ferne, hatte es ein *Zu verkaufen*-Schild in der Einfahrt stehen. Die Ziegel fielen bereits vom Dach, die Farbe blätterte ab, und einige der Fenster waren mit Brettern vernagelt, doch selbst da schon konnte ich seine Schönheit erkennen. Mit ein bisschen liebevoller Zuwendung, so dachte ich, ließe sich etwas Herrliches daraus machen.

Um besser sehen zu können, parkte ich auf dem Bürgersteig, wobei ich das rostige Eisentor versperrte. Durch die Risse im Asphalt spross Unkraut, und eines der Fenster wurde beinahe vollständig von einer gewaltigen Eiche verdeckt. Adrian musste in eine ähnliche Richtung gedacht haben, denn als er sich zu mir umdrehte, strahlten seine Augen. Zum ersten Mal seit einer Ewigkeit wirkte er begeistert.

Wir vereinbarten einen Besichtigungstermin für den nächsten Tag, und als wir dem Immobilienmakler zu viert durch das bröckelnde Gemäuer des vernachlässigten Hauses folgten, knisterte die Luft zwischen uns vor Spannung.

»Es ist ein bisschen gruselig«, befand Evie, als wir auf dem verschlissenen Teppich im Flur stehen blieben. Sie starrte zur Decke empor, als erwarte sie jeden Moment, dass ein Geist vom Dachboden herabsteigen könnte.

»Außerdem riecht es komisch«, fügte Amelia hinzu.

Doch ich war überzeugt, dass es genau das war, was wir brauchten. Ein Projekt. Ein Richtungswechsel für Adrian. Eine Ablenkung. Für uns alle.

Jetzt stehen wir in der Einfahrt und blicken zum Haus empor, während mir eine entsetzliche Erkenntnis dämmert: Es wird wesentlich mehr Arbeit benötigen, als ich in Erinnerung hatte. Nicht zum ersten Mal droht die Last dessen, was wir uns vorgenommen haben, mich zu erdrücken.

»Und wir sollen ernsthaft da drin wohnen?«, fragt Amelia naserümpfend, während sie die Löcher im Dach, die zugenagelten Fenster und den Efeu beäugt, der die Mauern hochwuchert wie ein struppiger Bart. Die Arbeiten auf dem Dach sind bereits im Gange, und ein Gerüst wurde errichtet, auch wenn weit und breit kein Handwerker zu sehen ist.

»Noch nicht«, beruhige ich sie. »Wir werden vorläufig in dem Apartment unterkommen, das wir am anderen Ende des Dorfes gemietet haben. Schon vergessen?«

»Na toll«, brummt sie und verschränkt die Arme vor der mageren Brust. »Den ganzen Sommer eingepfercht in so einer bescheuerten Wohnung.«

»Das wird lustig«, meldet sich Evie. »Wir dürfen uns ein Zimmer teilen.«

»Ja, ich krieg mich gar nicht mehr ein vor Freude«, erwidert Amelia spitz.

Ich beschließe, zumindest heute Nachsicht walten zu lassen und ihre patzigen Sprüche zu ignorieren. Stattdessen schwärme ich von dem großen Garten und erinnere Amelia daran, dass ich dem Kauf eines Trampolins zugestimmt habe – sie lagen mir das ganze letzte Jahr damit in den Ohren, aber auf unserem alten Grundstück hatten wir nicht genug Platz dafür. »Außerdem können wir uns die Kaninchen zulegen, die du dir immer gewünscht hast, Evie«, verspreche ich. Vor Freude springt sie auf und ab.

Adrian schlingt einem Arm um meine Schultern. Obwohl wir August haben, liegt eine kühle Frische in der Luft. Beglückt über die Umarmung, rücke ich näher an ihn heran. Vor der ganzen Misere war Adrian immer sehr zärtlich gewesen. Zu zärtlich sogar, dachte ich insgeheim – wenn auch etwas schuldbewusst. Ständig wollte er meine Hand halten, meinen Hinterkopf berühren oder beim Autofahren mein Knie drücken. Damals war es mir peinlich, wenn er in Anwesenheit unserer Töchter oder Freunde sein Gesicht an meine Halsbeuge schmiegte, während ich kochte. Ich stammte aus einer Familie, in der man Zuneigung nicht offen zeigte – das Äußerste, was ich von meiner Mutter bekam, war ein flüchtiger Kuss auf die

Wange. Doch dann hörten die Berührungen auf, und ich begann, sie zu vermissen. Jetzt lege ich meinen Arm um seine Taille und ziehe ihn an mich heran, lehne den Kopf an seine Schulter.

»Ich werde mich nie an den Namen dieses Ortes gewöhnen.« Adrian lacht.

»Welchen? ›Olles Pfarrhaus‹?«, spottet Amelia.

»Sei nicht so. Du weißt ganz genau, was dein Vater meint«, rüffle ich.

»Dämliche walisische Wörter«, murrt Amelia und bohrt die Spitze ihres violetten Superga-Schuhs in den Kies.

»Es ist ganz einfach – Hywelphilly. Ausgesprochen: *Hauell-filly*«, erkläre ich, wobei ich die Ls rolle und das Gefühl der Sprache in meinem Mund genieße. Als wir uns kennenlernten, war Adrian geradezu verzückt von meinem Akzent. Er bat mich immer wieder, möglichst lange walisische Wörter auszusprechen, und guckte mich ganz ehrfürchtig an, während ich sie mühelos aufsagte. Er versuchte zwar, es nachzumachen, aber aus seinem Mund klangen sie wie kuriose Zungenbrecher.

»Kannst du wirklich Walisisch sprechen, Mummy?« Evie schaut mich aus ihren großen blauen Augen an.

»Aber natürlich.«

»Und werden wir auch Walisisch sprechen lernen?«, fragt sie weiter. »Ich möchte so reden wie du.«

Amelia macht ein Gesicht, als könne sie sich nichts Grauenhafteres vorstellen.

Ich löse mich von Adrian, um Evie zu knuddeln, und drücke einen Kuss auf ihr weiches blondes Haar. In ihrem schrägen Farbenmix gibt sie einen verrückten Anblick ab: eine rote Tunika mit gelben Punkten zu knallrosa Leggings und grünen Froschgummistiefeln. Über ihren Kopf hinweg bemerke ich, wie Amelia zurückweicht, bevor ich sie in eine Gruppenumarmung schließen kann.

»Dann mal los«, verkündet Adrian und kehrt zum Wagen zurück. »Wir sollten die Schlüssel für das Apartment holen.«

Wir folgen ihm, wobei mein Blick auf Amelia gerichtet bleibt, die den Kopf hängen lässt und die Arme um ihren Oberkörper geschlungen hat. Sie zittert leicht in ihrem dünnen Kapuzenpulli. Ich möchte sie packen und ganz fest an mich drücken, ihr versichern, dass alles gut werden wird und dass ich sie liebe. Doch sie steigt ins Auto, bevor ich sie einholen kann. Wenn sie sich erst an ihr Leben hier gewöhnt hat, wird sich auch ihre Laune bessern.

Schweigend fahren wir durch das Dorf, lassen die kunstvoll verzierten Brückenbogen auf uns wirken, die Hügel und Berge der Brecons in der Ferne, die grünen Parks und Schafweiden, die kopfsteingepflasterte Hauptstraße mit ihren Lädchen und dem einzigen Pub im Ort, dem Seven Stars, mit seinem Blick über den Fluss Usk.

Und obwohl ich noch nie hier gelebt habe, fühle ich mich, als wäre ich nach Hause gekommen.